中國古典文學基本叢書

蘇軾詩集

第五册

〔清〕王文誥輯註
孔凡禮點校

蘇軾詩集卷二十六

古今體詩四十八首

【誥案】起元豐八年乙丑六月復朝奉郎，起知登州軍州事，八月過揚州，十月抵登州任，詔以禮部郎中召還，十一月過齊州，十二月抵禮部郎中任，遷起居舍人作。考《宋史·職官志》：朝奉郎，正七品；禮部郎中、起居舍人，皆重六品；騎都尉，從五品。公乞常州居住，表銜位有騎都尉，是官與職皆奪而封賜猶存也。墓誌、本傳並載明年以七品服入侍延和，卽改賜銀緋，與所任官品不符。此蓋當日於敍官之外，又必別有因依，今則不可盡通其故矣。

次韻許遵

〔查註〕許仲塗，名遵。先生有《次韻滕元發、許仲塗》詩，見上卷。時許方知潤州。今此詩，意仲塗自潤罷官住金陵，有詩寄先生，復次韻送之也。〔合註〕《宋史》及《東都事略》：許遵知潤州，又請提舉崇福宮，尋致仕。今詩中有「道裝」字，又用疏廣事，當是已請宫觀，并已致仕，或僑寓金陵，故以長干寺爲言耳。【誥案】詩意乃送許遵罷潤州赴金陵也〔一〕，故有「挽艎」、「供帳」二句，如去後寄和，卽無此二句矣。餘皆設想語。二註泥看，故誤。

蒜山渡口挽歸艎，〔查註〕陸游《南唐書·馬仁裕傳》：初給使烈祖，署爲右職。烈祖鎮潤州，仁裕監蒜山渡。道聞朱瑾之亂，馳入白之，烈祖卽日渡江定亂。按《太平寰宇記》，卽京口渡也。朱雀橋邊看道裝。〔王註次公曰〕朱雀橋在江寧府，晉之建康也。劉禹錫詩：朱雀橋邊野草花，烏衣巷口夕陽斜。〔查註〕《晉書》：成帝沿淮設航二十有四，有青溪、朱雀、竹格、驃騎、丹陽等名。按《晉書》：孝武帝建朱雀門，上作兩銅雀，故朱雀航以之得名，謂正當門處。王敦作亂，温嶠令焚航，始用杜預浮橋法代之。按今鎮淮橋，在聚寶門内，乃朱雀橋舊址。供帳已應煩百兩，〔王註〕《漢書·疏廣傳》：受乞骸骨，上許之。公卿大夫，故人邑子，設祖道供張東都門外，送者車數百兩。〔合註〕《漢書註》：供，音居供反。張，音行亮反。擊鮮毋久溷諸郎。〔王註〕《前漢書》：陸賈出橐金，分其子，謂曰：「與汝約：過汝，汝給人馬酒食，極欲，十日而更。一歲中以往來過他客，率不過再過，數擊鮮，毋久溷汝爲也。」問禪時到長干寺，〔王註次公曰〕長干里，在建康。李白《古樂府》有《長干行》二首。其一云，同居長干里，兩小無嫌猜。其一云，嫁與長干人，沙頭候風色。〔查註〕《梁京寺記》：建康南五里，有大長干，有小長干，東長干，並是地名也。梁武帝初起長干寺。載酒閑過緑野堂。〔王註續曰〕《唐書》：裴度請老，治第東都，作別墅，具燠館涼臺，號緑野堂。野服蕭散，與白居易、劉禹錫爲文章，把酒窮晝夜，不問人間事。〔次公曰〕時王介甫閑居，故以緑野堂比之。此味只憂兒輩覺，逢人休道北窗涼。

溪陰堂

〔查註〕《高齋詩話》云：東坡《過真州范氏溪堂》詩，蓋用老杜「兩箇黄鸝鳴翠柳」一首詩意也。據此，則溪陰堂當在真州。但與過真州時景物不合，姑仍施編。【誥案】公以六月起知文登，時家累尚寄真州，復往般挈而去，此作詩之時也。原編並誤，今改編於此。

白水滿時雙鷺下，緑槐高處一蟬吟。〔合註〕《能改齋漫録》云：唐李端《茂陵山行陪韋金部》詩：盤雲雙鶴下，隔水一蟬鳴。東坡本此。【誥案】此類偶同甚多，作者多不自覺也，合註非是。酒醒門外三竿日，卧看溪南十畝陰。【誥案】此名作也，足與李、杜齊驅。使非考出真州寄居之事，則詩話雖有着落，而與本集過真時地不符，究屬疑事。茲則不惟詩話可信，且見本案亦有以發明之也。

送穆越州〔二〕

〔合註〕穆珣曾提點梓州路刑獄，見《續通鑑長編》元豐元年七月。故先生詩有「舊政猶傳蜀父老」之句。又文集有《穆珣知廬州敕》，當在知越州之後矣。

江海相忘〔三〕十五年，羨公〔四〕松柏蔚蒼顏。四朝耆舊冰霜後，〔王註次公曰〕穆越州名珣，字東美。而詩云「四朝耆舊」，豈以其嘗歷仕四朝故邪？〔合註〕其時哲宗已即位，合新君言之，上遡仁宗，正四朝也。【誥案】紀昀曰：生於真宗年間，故曰四朝耆舊，不必定仕而後謂之耆舊也。《益都耆舊傳》、《襄陽耆舊傳》等書所載，不皆仕宦。兩郡風流水石間。〔王註次公曰〕兩郡言其前在蜀中，今又爲越州，所領皆山水郡也。舊政猶傳蜀父老，先聲已振越溪山。罇前俱是蓬萊守，〔王註次公曰〕穆既守越，而先生將守登。元微之守越，以《州宅誇白樂天》詩云：我是玉皇香案吏，謫居猶得在蓬萊。今越州有蓬萊閣，及以酒名也。登州有萊山倚郭，乃蓬萊縣。故越、登皆可稱蓬萊守。〔邵註〕登州亦有蓬萊閣，公是詩已聞新命，故云。【誥案】已聞新命，當註入前卷《次韻答賈耘老》詩中。莫放高樓雪月〔五〕閑。

小飲公瑾〔六〕舟中

【誥案】此詩施編不載，查註從外集補編。

青泥赤日午相烘，〔馮註〕庚子山《哀江南賦》：闕上泥青。《説文》：烘，尞也。《詩·小雅·白華》曰：卬烘于煁。走訪〔七〕船窗柳影中。輟我東坡無限〔八〕睡，賞君〔九〕南浦不貲風。〔合註〕魏武帝《讓增封表》：臣受不貲之分。坐觀邸報談迂叟，閑説滁山憶醉翁。〔公自註〕鄧，滁人也。是日坐中觀邸報云：迂叟已押入門下省〔一〇〕。〔王註續曰〕迂叟，司馬君實。醉翁，歐陽永叔。〔查註〕宋制：兩府有除拜未受命，先押入，以示不準辭免之意。《司馬温公行狀》：哲宗卽位，詔除公知陳州，過闕入見，至，則拜門下侍郎。以《宰輔編年録》考之，元豐八年五月事；先生是時，亦起知登州，途中聞司馬入相之命，故自註云云。此去〔一一〕澄江三萬頃，只應〔一二〕明月照還空。

金山妙高臺

〔查註〕《京口三山志》：金山初名浮玉山，亦名伏牛山，山之東有善財石，野鶻多棲其上，有臺曰妙高。【誥案】紀昀曰：雖不深厚，而頗爲姿逸。

我欲乘飛車〔一三〕，〔王註〕《帝王世紀》曰：奇肱民能爲飛車，從風遠行。湯時，西風吹奇肱車至於豫州，湯破其車，不以示民。十年，東風至，乃復作車遣歸之。其地去玉門四萬里。〔仔曰〕韓退之詩：誰能駕飛車，相從觀海外。東訪赤松子〔一四〕。〔合註〕王本續註引師古曰：赤松子，黄帝時爲雨師。考《漢書註》，作神農。蓬萊不可到，弱水三萬里。〔王註〕《史記》：蓬萊、方丈、瀛洲，諸仙人及不死之藥，皆在焉。未至，望之如雲。及到，三神山反居水下。臨之，風輒引去，終莫能至。〔援曰〕《神仙傳》：謝自然泛海求蓬萊，一道士謂曰：「蓬萊隔弱水三萬里，非飛仙不可到。」不如金山去，清風半帆耳。〔合註〕許渾詩：半帆斜日一江風。中有妙高臺，〔王註次公曰〕妙高臺之名，取《華嚴經》「德雲比丘，所居妙高峯」爲義也。雪峰自孤起。仰觀初無路，誰信平如砥。〔王註次公曰〕《詩·小雅·大東》：周道如砥。〔合註〕何焯曰：白樂天《遊悟真寺》詩：山下望山上，初疑不可攀。誰知中有路，盤折通巖顛。縮作二句更妙。陸魯望《縹緲峯》詩：頻攀峻過斗，末造平如砥。臺中老比丘，〔王註師曰〕謂了元長老也。碧眼照窗几。巉巉玉爲骨，凜凜霜入齒。機鋒不可觸，千偈如翻水。何須尋德雲，卽此比丘是。〔王註〕《華嚴經》云：善財童子問法於五十三善知識，而德雲比丘乃第一也。【誥案】此以德雲比了元，當時並無德雲其人，後題廣州靈洲山詩，所謂「前世德雲今我似，依希猶記妙高臺」者，又借此詩爲金山舊事，皆寓言也。查註强以實之爲德雲乃靈洲山僧，而公乃是其後身，是全未讀此詩也。長生未暇〔一五〕學，請學〔一六〕長不死。〔王註次公曰〕長生謂學仙，長不死謂佛不生不滅也。〔查註〕嵇康《養生論》：世或有謂神仙可以學得，不死可以力致者。〔合註〕何焯曰：許渾詩：長生難學證無生。〔查註〕先生《與佛印尺牘》云：妙高詩，聊應命耳，今日過邵伯埭，自此入塵土俠猾之鄉矣。【誥案】過邵伯埭，乃作書之地也。查註既改置此詩於到揚之前，引此書而不載明其故，乃自亂其例也。

贈杜介并敍〔一七〕

〔合註〕《欒城集·贈別杜介》詩自註：幾先去年送子瞻至高郵。

元豐八年七月二十五日，杜幾先自浙東還，與余相遇於金山，話天台之異，以詩贈之。

我夢遊天台，橫空石橋小。〔查註〕《登真隱訣》註：天台山在桐柏山後，四明山東南。《啓蒙記》註云：去山不遠，路經油溪，水深險清冷，前有石橋，今名相山，道書所謂玉堂。松風〔一八〕吹菵露，〔王註次公曰〕菵，草上之露也。宋《永初山川記》曰：寧州瘴氣菵露，四時不絶。菵者，草名，其上露霑人之肉，即潰爛。故鮑照有《苦熱行》云：瘴氣晝熏體，菵露夜霑衣。翠濕香娟娟。應真飛錫過，〔王註〕孫綽《遊天台賦》云：王喬控鶴以沖天，應真飛錫以躡虚。《釋氏要覽》云：昔高僧隱峯，游五臺，出淮西，擲錫飛空，而往西天。比丘行必持錫杖，持錫有二十五威儀，凡至室中，不得著地，必挂於壁牙。故釋子稱游行僧爲飛錫，安住僧爲挂錫。〔查註〕《晉書·釋道安傳》：應真之侶也。絶磵〔一九〕度雲鳥。畢意欲從之，〔合註〕杜子美《鳳凰台》詩：畢意八極周。翛然已松杪。微言粲珠玉，未説意先了。覺來如墮空，〔查註〕《傳燈録》：此身如墮空虛，眼前皆白。耿耿窗户曉。羣生陷迷網，獨達從古少。杜叟子何人，長嘯萬物表。妻孥空四壁，振策念輕矯。〔王註〕孫綽賦云：被毛褐之森森，振金策之鈴鈴。註曰：金策，錫杖也。又云：哂夏蟲之疑冰，整輕翮而思矯。遂爲赤城遊，〔王註〕支遁《天台山銘序》云：往天台，當由赤城山爲道徑。孔靈符《會稽記》曰：赤城山，土色皆赤，狀似雲霞。〔查註〕《述異記》：赤城一峯，高三百丈，丹壁爍日。《太平寰宇記》：赤城山在天台縣北六里。山下有洞，在三十六小天數。赤城丹洞，周回三百里，上有玉清平天。飛步凌縹緲。問禪不歸舍，屢爲瓠壺繞。〔王註〕《倦遊録》：金鑾長老問歐陽景，取書索米於玉泉長老。景授一緘及詩一絶云：金鑾來見玉泉書，金玉相逢賈倍珠。到了不干藤蔓事，壺蘆自去纏壺蘆。何人識此志，佛眼自照瞭〔二〇〕。我夢君見之，卓爾非魔嬈。〔合註〕徐陵《諫仁山金法師書》：法師非是無智，遂爲愚者所迷，類似阿難，更爲魔之所嬈。仙葩發茗椀〔二一〕，剪刻分葵蓼。〔王註次公曰〕先生《十八羅漢頌》後跋云：軾家藏十六羅漢像，每設茶供，則化爲白乳，或凝爲雪花，桃李芍藥，僅可指名。〔合註〕《太平寰宇記》：瀑布山，天台別岫也。《神異記》云：虞洪入山採茗，遇一道士，曰：「吾丹丘子也。聞子善具飮，山中有大茗，可以相給。」因立奠祀，後常入山獲大茗焉。故先生有此二句也。元微之詩：剪刻彤雲片。從今更不出，閉户閑驟裹〔三〕。時從佛頂巖，〔查註〕《天台記》：赤城西北至佛頂巖，梁僧定光，隱此三十年，人無知者。智顗至江陵，夢光引至山顛，曰：「汝當住此。」及顗至，佛隴光曰：「金地吾已居之，汝宜往銀地。」今有金地嶺、銀地嶺。馳下雙蓮沼。〔查註〕《名勝志》：過金地嶺，西北有寒風闕，由闕東上，爲華頂峯，乃山之第八重最高處。自下望之，若蓮華之蕚。峯下數里有雙溪。上，天柱峯，轉左，上下有二池。

余將赴文登，過廣陵，而擇老移住石塔，相送竹西亭〔三〕下，留詩爲別

〔查註〕《文獻通考》：登州文登縣，有文登山。《齊乘》：春秋牟子國，後魏置東牟郡，唐武德中，以文登縣置登州。〔合註〕《續通鑑長編》：元豐八年五月戊戌，蘇軾復朝奉郎，知登州。又《周益公題跋》云：八月二十八日，贈竹西無擇長老絕句。《墨莊漫録》云：東坡赴登經過揚州石塔寺，戒公來別，元豐八年八月二十七也。明日，坡作詩贈之。【誥案】此詩施編不載，查註從邵本補編。

竹西失却上方老，〔查註〕盛儀《維揚志》：上方禪智寺，在江都縣東，一名竹西寺，蜀井在内，即隋故宫也。石塔還逢惠照師。〔查註〕盛儀《維揚志》：石塔寺，即唐木蘭院。〔合註〕惠照自梁普通七年生，至唐元和十年，凡二百九十年，見《宣室志》。我亦化身東海去，〔馮註〕《釋論》：一覺性是法身，二覺相是報身，三覺用是化身。又：釋迦牟尼千百億化身。寶王云：法身如月之體，報身如月之光，應身如月之影。註：應身，即化身也。姓名莫遣世人知。

贈葛葦〔二四〕

竹椽茅屋半摧傾，肯向蜂窠寄此生。〔王註次公曰〕「蜂窠寄此生」，不過言其所居窄小而懸露耳。先生又有詩曰：舉族長懸似細腰。長恐波頭〔二五〕卷室去，欲將船尾載君行。小詩試擬孟東野，大草閑臨張伯英。〔查開註〕按，須溪云：大草謂張帖，比他帖字大。消遣百年須底物，〔合註〕鄭谷詩：此際難消遣。故應憐我不歸耕。

贈王寂

與君暫別不須嗟，俯仰歸來鬢未華。記取江南烟雨裏，青山斷處是君家〔二六〕。【誥案】紀昀曰：偶作，嫵媚亦自宜人。

次韻孫莘老斗野亭寄子由，在邵伯堰〔二七〕

〔王註次公曰〕邵伯堰，在揚州廣陵縣。本朝樂史《寰宇記》云：謝安所築。按《安傳》：及至新城，築埭於城北。後人追思之，名爲邵伯埭。〔查註〕盛儀《維揚志》：邵伯鎮，有斗野亭，以揚州分野屬斗也。考《山谷集》：外舅孫莘老守蘇州，留詩斗野亭，時元豐三年庚申也。《莘老集》世不傳，今從《淮海集》採出其詩云：淮海無林丘，曠澤千里平。一渠閗防潴，物色故不清。老僧喜穿築，北户延朱甍。簷楯斗杓落，簾幃河漢傾。平湖杳無涯，湛湛春波生。結纜嗟已晚，不見芙蓉城。尚想紫芡盤，明珠出新烹。平生有微尚，一舟聊寄行。遇勝輒偃蹇，霜須刷澄明。可待齒牙豁，歸與謝浮榮。〔合註〕莘老是時官京師，先生追次其韻，以寄子由。

落帆〔三八〕謝公渚，〔王註〕《晉書》：阮裕赴山陵事畢，便還。諸人相與追之。至方山，不相及。劉惔歎曰：「我入東，正當泊安石渚下耳，不敢近思曠傍。」日脚東西平。〔王註〕杜子美《羌村》詩：崢嶸赤城西，日脚下平地。孤亭得小憩，暮景含餘清。〔王註〕《文選》謝靈運詩：密林含餘清，遠峯隱半規。坐待斗與牛，錯落挂南甍。〔合註〕王粲《鶯賦》：春鳴翔於南甍。老僧如夙昔〔三九〕，〔查註〕老僧名榮，斗野主人也。見《欒城集》和詩自註。一笑意已傾。新詩出故人，舊事疑前生。〔王註續曰〕房琯，開元中爲盧氏宰，與道士邢和璞過夏口，入廢佛寺，鑿地，得甕中所藏婁師德《與永禪師書》，笑曰：「頗憶此耶？」因悵然悟前生爲永禪師。〔合註〕見《白孔六帖》。吾生七往來，送老海上城。【誥案】元豐己未四月，公自徐移湖，已有「十年三往來」句。其四，己未八月赴臺獄。其五，甲子乞常至南都。其六，乙丑自南都放還宜興。合此，起知文登爲七往來。詩之本意，言熙寧四年被出之後，至是已七往來於此，將送老於海上也。與前之「功名真已矣」句，一線穿下。餘詳卷三十五《淮上早發》「默數淮中十往來」句下。逢人輒自哂，得魚不忍烹。似聞績溪老，復作東都行。〔王註次公曰〕指言子由也。先生既自黄移汝，故子由亦自監筠州鹽酒稅，移知歙之績溪。先生未至汝，繼得請歸常，尋又起知登州，而子由自績溪以校書郎被召入京，亦須由邵伯堰至東都，故於篇末及之。小詩如秋菊，艷艷霜中明。過此感我言，長篇發春榮。〔合註〕曹子建《與吴季重書》：曄若春榮，瀏若清風。

送楊傑并敘

〔查註〕據《宋史》：楊傑字次公，無爲人。舉進士。元祐中，爲禮部員外郎，自號無爲子。《東都事略》：楊傑，元豐中官太常者數任，一時禮文，傑與討論。〔王註堯卿曰〕元祐二年，高麗僧義天航海，問道至明州。《傳》云：義天棄王位出家，上疏，乞遍歷叢林，問法受道。有詔朝奉郎楊傑次公館伴。所至吳中諸刹，皆迎餞如王臣禮。至金山，僧了元乃牀坐，受其大展。次公驚問其故。了元曰：「義天亦異國僧耳。叢林規繩如是，不可易。」朝廷聞之，以了元知大體。

無爲子嘗奉使登太山絶頂，雞一鳴，見日出。又嘗以事過華山，重九日飲酒蓮華〔三〕峰上。今乃奉詔與高麗僧統游錢塘。皆以王事，而從方外之樂，善哉未曾有也，作是詩以送之。

天門夜上賓出日，〔王註〕《太山記》云：太山盤道，屈曲而上，凡五十餘盤，經小天門、大天門，仰視天門，如穴中視天窗矣。自下至古封禪處，凡四十四山頂。西嵓爲仙人石閣，東嵓爲介丘，東南嵓名日觀。鷄一鳴時，見日始欲出，長三丈許。萬里紅波半天赤。歸來平地看跳丸，〔王註〕韓退之詩：日月如跳丸。一點黄金鑄秋橘。〔查註〕《抱朴子·微旨篇》：始青之下，日與月兩半，同昇合成。一出彼玉池，入金室，大如彈丸，黄如橘。太華峰頭作重九，〔查註〕《華岳志》：中峰曰蓮花峰，東峰曰仙人掌，西峰曰巨靈足，南峰曰落雁峰，西北曰毛女峰，東北曰雲臺峰。天風吹灔黄花酒。浩歌馳下腰帶鞓，〔王註續曰〕腰帶鞓，華山地名。〔查註〕陸游《感舊》詩：青城山裏屏風疊，太華峰頭腰帶鞓。醉舞崩崖一揮手。〔王註〕李白《冀中一割之別用半道病還留別金陵崔侍御》詩：因之出寥廓，揮手謝此世。【誥案】紀昀曰：筆墨恣橫。神遊八極萬緣虛，下視蚊雷隱汚渠。〔合註〕韓退之詩：清溝映汚渠。大千一息八十返，笑厲東海騎鯨魚。〔王註次公曰〕《詩·邶風·匏有苦葉》：深則厲，淺則揭。厲，言涉之也。《爾雅》：由帶以上爲厲。三韓王子西求法，〔王註縯曰〕東夷，國名曰韓。韓有三種，曰馬韓、曰辰韓、曰弁韓，皆高麗也。〔查註〕《教苑遺事》：高麗，國名。文宗仁孝王第四子出家，名義天。元豐八年乙丑冬，航海至明州，上表，乞游中國，詔以楊傑館伴。所至二浙、淮南、京東諸路，迎餞如夏國禮，遍訪三學宗工。初抵鄞，師事明智、中立而友法隣，請跋教乘。造杭州，上天竺，以弟子禮事慈辨。過潤州金山，以禪規展拜佛印。鑿齒彌天兩勍敵。〔王註〕《晉書》：釋道安與習鑿齒相見。道安曰：「彌天釋道安。」鑿齒曰：「四海習鑿齒。」人以爲佳對。〔合註〕《左傳·僖公二十二年》：勍敵之人。過江風急浪如山，寄語舟人好看客。〔王註〕《摭言》載：唐令狐楚鎮揚州，處士張祜常與狎宴。楚視祜，改令曰：「上水船，風又急，帆下人，須好立。」祜應聲曰：「下水船，船底破，好看客，莫倚柂。」【誥案】紀昀曰：結亦波峭。

楊康功有石，狀如醉道士，爲賦此詩

〔查註〕楊康功，華陰人。仕龍圖待制。本集《與康功尺牘》云：兩日大風，孤舟掀舞雪浪中，楊次公惠醞一壺，醉中與公作《醉道士石》詩，托楚守寄去。〔合註〕《蘇子容集·楊康功墓誌銘》云：諱景略。用祖偕廕，守將作監主簿。治平二年，擢進士第。元豐七年，避親嫌，知揚州，移蘇州，復徙維揚。元祐元年八月，卒。《續通鑑長編》載：元祐元年八月，知揚州楊景略卒。與《墓誌》同。先生作詩，康功知揚州時也。【誥案】時呂公著已自揚州召還，故景略自蘇徙揚，其到任亦不久也。

楚山固多猿，青者黠而壽。化爲狂道士，山谷恣騰蹂。誤入華陽洞，竊飲〔三〕茅君酒。〔王註〕《仙經》載：句曲山即三十六洞天之第八洞，名曰華陽洞，大茅君之所治也。〔師曰〕茅山，在江寧府句容縣。君命因巖間，巖石爲械杻。松根絡其足，藤蔓縛其肘。蒼苔眯其目，叢棘哽其口。三年化爲石，〔王註次公曰〕語使「萇弘之血，藏之三年，化爲碧」也。堅瘦敵瓊玖。無復號雲聲，空餘舞杯手。〔王註次公曰〕「號雲」以言猿，「舞杯」以言醉道士。〔合註〕《搜神記》：太康中，爲《晉世寧》之舞。其舞，仰手以執杯盤，而反覆之，歌曰：「晉世寧，舞杯盤。」樵夫見之笑，抱賣易升斗。〔合註〕《莊子·外物篇》：君豈有升斗之水而活我哉。楊公海中仙，〔合註〕康功曾使高麗，故稱爲海中仙。世俗那得友。海邊逢姑射，一笑微俯首。胡不載之歸，用此頑且醜。求詩紀其異，本末得細剖。吾言豈妄云，得之亡是叟。〔王註〕《漢·司馬相如傳》：子虛，虛言也。爲楚稱。烏有先生者，烏有此事也。爲齊難。亡是公者，亡是人也。欲明天子之義，故虛藉此三人爲辭。〔次公曰〕先生自言：以其石乃猿化，道士竊仙酒，而又化石，止設虛辭爲稱耳。〔查註〕《陵陽室中語》云：東坡作文，如天花變現，初無根葉，不可揣測。如《醉道士石》詩，共二十八句，却二十六句假説，惟用二句收拾，此真千古絶調也。

追作《淮口遇風詩》，戲用其韻

我詩如病驥，〔王註〕杜子美《敬簡王明府》詩：驥病思偏秣。又《第五弟豐獨在江左》云：草黄騏驥病。悲鳴向衰草。有兒真驥子，〔王註續曰〕杜子美子宗武，小名驥子。有《遣興》詩云：驥子好男兒。〔次公曰〕梁元帝《答齊國雙馬書》：價匹龍媒，聲齊驥子。一噴羣馬倒。〔王註次公曰〕《穆天子傳》曰：天子東游於黄澤，宿於曲洛，使宮樂謡曰：

「黄之池，其馬歕沙，皇人威儀。黄之澤，其馬歕玉，皇人受穀。」「歕」，卽「噴」字。養氣勿吟哦，聲名忌太早。風濤借筆力，〔王註〕杜子美《送顧八分文學適洪吉州》詩：筆力破餘地。勢逐孤雲掃。何如陶家兒，遶舍覓梨棗。君看押强韻，〔王註〕王子韶《雞跖集》：王筠，字元禮。爲詩能押彊韻。已勝郊與島。〔王註援曰〕孟郊、賈島也。

次韻送徐大正〔三二〕

〔公自註〕嘗與余約，卜鄰於江淮間。將赴登州，同舟至山陽，以詩見送，留別〔三三〕。

別時酒醆〔三四〕照燈花，知我歸期漸有涯。去歲渡江萍似斗，〔王註〕《家語》：楚昭王渡江，江中有物大如斗，直觸王舟。舟人取之，王使使問於孔子。孔子曰：此爲萍實也。異時小兒謡曰，楚王渡江得萍實，大如斗，赤如日，剖而食之甜如蜜。今年並海棗如瓜。〔王註〕《漢書》：李少君曰：「臣嘗游海上，見安期生，食臣棗，大如瓜。」多情明月邀君共，無價青山爲我賒。〔王註〕謝惠連《月賦》：隔千里兮共明月。李白《送韓侍御之廣德令》詩：今宵貰酒與君傾，暫就東山賒月色。千首新詩一竿竹，不應空釣漢江槎。

次韻徐積

〔查註〕《東都事略》：徐積，字仲車，山陽人。少孤，事母至孝，四十不婚不仕。鄉人勉之就舉，遂偕母至京師。既登第，未調官而母卒，遂不復仕。監司上其行，以爲教授。久之，致仕歸山陽，於是始娶，後以壽終，謚曰節孝處士。王賓深《仲車行狀》：父名石。神童出身，知融州羅城縣。羅城君卒，先生始三歲。既冠後，從安定胡先生學。治平三年，登第，以耳疾不能從仕。元祐元年，就除揚州司户參軍、楚州教授。則東坡與相見時，尚未授職，故有「中年隱槐市」之句。〔合註〕《續通鑑長編》：元豐八年六月，賜孝子徐積絹三十疋、米三十石。其爲參軍、教授，載於元祐元年四月。

殺雞未肯邀季路，裹飯先須問子來〔三五〕。〔查註〕韓退之《贈崔斯立》詩云：昔者十日雨，子來寒且飢。〔合註〕今本韓退之詩云：子桑苦寒飢。豈舊本有作「子來」者耶？但見中年隱槐市，〔王註〕《淮南子》云：槐市，學也。樹以青槐。又《三輔黄圖》云：明堂辟雍爲博士舍三十區，爲會市，但列槐樹數百行。諸生朔望會此市，各持其郡所出物及經書，相與買賣。雍雍揖讓，論議樹下。豈知平日〔三六〕賦蘭臺。海山入夢方東去，風雨留人得暫陪。若説峨嵋〔三七〕眼前是〔三八〕，故鄉何處不堪回。〔合註〕先生自淮揚赴登，經由密、海二州，而小峨嵋在密，故云眼前是也。

元豐七年〔三九〕，有詔京東、淮南築高麗亭館，密、海二州，騷然有逃亡者。明年，軾過之，歎其壯麗，留一絶云

〔查註〕王溥《五代會要》：高麗，本扶餘之别種，都平壤城，在京師東五千一百里。前王姓高氏。晉天成四年，封權知國事王建爲高麗國王，自後有國者皆王氏。徐兢《宣和奉使高麗圖經》：熙寧四年，高麗國王王徽，復修方貢，神宗嘉其忠藎。元豐三年、四年，連使來朝。六年，徽卒。命楊景略爲祭奠使，錢勰爲弔慰使。七年七月，自密之板橋航海而往。《宋史》：熙寧中，高麗遣使

言，欲遠契丹，乞改途由明州詣闕。郡縣供頓無舊準，頗擾民，詔立式頒下，費悉官給。本集《論高麗進奉狀》云：伏見熙寧以來，高麗入貢，至元豐末十六七年間，兩浙、淮南、京東三路，築城造船，建立亭館。所在騷然，公私告病。〔合註〕《續通鑑長編》：元豐七年三月，吴居厚言：板橋鎮乞厚築高垣，置關鎖，從之。餘可類推矣。

簷楹飛舞垣牆外，桑柘蕭條斤斧餘。盡賜昆邪作奴婢，〔王註〕《前漢・汲黯傳》：匈奴渾邪王來降，賈人與市者，坐當死五百餘人。黯入，請間，見高門，曰：「夫匈奴攻當路塞，絶和親，中國舉兵誅之，死傷不可勝計，而費以鉅百萬數。臣愚以爲陛下得胡人，皆以爲奴婢，賜從軍死者家；鹵獲因以與之，以謝天下，塞百姓之心。今縱不能得匈奴之贏，又以微文殺無知者五百餘人，臣竊爲陛下弗取也。」不知償得此人無？

懷仁令陳德任新作占山亭二絶〔四〕

〔查註〕《唐書・地理志》：海州東海郡領縣四，懷仁其一也。《名勝志》：海州贛榆縣，舊名懷仁。《太平寰宇記》：大海在城東二十八里，南接朐山界，北接懷仁界。向來刻本俱譌作懷口，今從外集作懷仁。【誥案】此二詩，施編不載，查註從外集補編。

其一

尚父提封海岱間，〔馮註〕《詩・大雅・大明》：維師尚父。《史記》：海岱之間，斂袂而往朝，故齊冠帶衣履甲天下。

南征惟到穆陵關。〔馮註〕《左傳・僖公四年》：昔召康公命我先君太公曰：五侯九伯，女實征之。賜我先君履。東至於海，西至於河，南至於穆陵，北至於無棣。〔查註〕《齊乘》：穆陵關，在沂水縣北。伏琛《齊記》：東山南，龜山北，穆陵山是也。誰知海上詩狂客，占得膠西一半山。〔查註〕《漢書》：文帝十六年，分齊立膠西國，都高密。《輿地廣記》：密州有膠西縣，先生曾知密州，故曰「膠西舊使君」，非萊之膠州也。《水經注》：膠水北逕祝兹縣故城東，漢武帝封膠東康王子延爲侯國。後魏置膠州於此，則萊之膠州，乃膠東也。

其二

我是膠西舊使君〔四一〕，〔王註〕曾守密州〔四二〕。此山仍合〔四三〕與君分。故應竊比山中相，時作新詩寄白雲。〔馮註〕陶弘景詩：山中何所有？嶺上多白雲。只可自怡悦，不堪持贈君。《南史》：陶弘景止句曲山，自號華陽陶隱居。梁武帝既早與之游，及即位，恩禮愈篤，書問不絶，時人謂爲山中宰相。

過密州次韻趙明叔、喬禹功

〔查註〕趙明叔爲膠西教授，喬禹功由太博換左藏知欽州，移知施州。

先生依舊廣文貧，〔王註次公曰〕指言趙明叔也。先生曩在密州時所謂趙教授者也。杜子美《醉時歌》詩：甲第紛紛厭粱肉，廣文先生飯不足。老守時遭醉尉嗔〔四四〕。〔王註次公曰〕指言喬禹功也。禹功必以別處太守替罷或致仕而歸，故以故將軍比之。〔合註〕《續通鑑長編》：元豐三年十二月，前權發遣瀘州左藏庫副使喬叙除名，坐奏乞弟打誓不實。汝輩何曾堪一笑，〔王註〕杜子美《三韻》詩：何當官曹清，爾輩堪一笑。吾儕相對復三人。黄雞催曉〔四五〕凄涼曲，白髮驚秋見在身。〔王註〕白樂天《初見白髮感秋》詩云：白髮映朱顔。一別膠西舊朋友，扁舟歸釣五湖春。

再過常山和昔年留別詩

〔查註〕此詩即《次留別雩泉韻》。

傴僂山前叟，〔王註〕《左傳·昭公七年》：正考父《鼎銘》云：一命而僂，再命而傴。迎我如迎新。那知夢幻軀，念念非昔人。〔邵註〕《楞嚴經》：日月歲時，念念遷變。江湖久放浪，朝市誰相親。却尋泉源去，桃花應避秦〔四六〕。

再過超然臺贈太守霍翔

〔合註〕《續通鑑長編》：熙寧九年九月，駕部員外郎知都水監霍翔，提舉疏濬汴河。十月，相度熙河營田。十年二月，提點秦鳳路刑獄，仍提舉官莊。十二月，兼同管勾經制西河路邊防財用事。元豐二年八月，除京東提刑。三年九月，爲主客郎中。六年十月，徙成都。七年二月，提舉京東保馬。八年五月，知密州。元祐元年閏二月，以三省言翔提舉保馬，兩路騷然，詔差管勾太平觀。先生贈詩，正其知密州時，而其先之相度營田提舉官莊，尤與詩中自註合也。

昔飲雩泉別常山，〔查註〕本集《雩泉記》略云：熙寧八年，旱，禱於常山，應如響，乃新其廟。廟門西南有泉，乃琢石爲井，作亭於上，名之曰雩泉。天寒歲在龍蛇間。〔王註堯卿曰〕公辰年冬末，罷知密州，正在辰巳之間。山中兒童拍手笑，問我西去何當還。〔王註〕《後漢書》：郭伋行部到河西美稷，有童兒數百騎，竹馬迎拜。及事訖，諸兒復送至郭外，問何日當還，伋計日告之。既還，先期一日止於野亭，須期乃入。十年不赴竹馬約，〔查註〕公自密移徐，在丙辰十二月，及乙丑赴知登州，九月過密，相距十年矣。扁舟獨與漁蓑閑。【誥案】紀昀曰：平叙中，自饒老潔之致。重來父老喜我在，扶挈〔四七〕老幼相遮攀。〔合註〕《逸周書》：扶老攜幼。庾信《哀江南賦》：提挈老幼。《後漢書·寇恂傳》百姓遮道。《華陽國志》：巴郡嚴王思爲揚州刺史，惠愛在民，每當遷官，吏民塞路攀轅。當時襁褓皆七尺，而我安得留朱顏。問今太守爲誰歟？護羌充國鬢未斑〔四八〕。〔公自註〕翔自言：在熙河作屯田有功。〔王註〕《漢書》：護羌校尉趙充國擊先零，上屯田策。〔邵註〕《漢·趙充國傳》：年七十餘，以後將軍出平羌戎，條上留田便宜十二事。【誥案】紀昀曰：此伏結四句之根。躬持牛酒勞行役，無復杞菊嘲寒慳。〔王註厚曰〕公有《後杞菊賦》，以譏公使庫之儉陋。〔查註〕《烏臺詩案》：《杞菊賦》云：「及移守膠西，始至之日，齋館蕭然。」以諷新法減削公使錢太甚，齋醞廚簿事皆索然無備也。超然置酒尋舊迹，尚有詩賦鑱堅頑。〔查註〕本集有《超然臺記》及《和潞公》詩，子由有《超然臺賦》。〔合註〕鑱堅頑，言刻於石也。孤雲落日在馬耳，〔查註〕《水經注》：馬耳山，東去常山三十里。照耀金碧開烟鬟。邞淇自古北流水，〔王註援曰〕《水經注》：邞淇之水出西南常山，東北流注濰。濰自箕縣北逕東武縣西北流，合邞淇之水。漢琅琊有扶縣。蓋邞與扶同音。〔邵註〕《水經注》有扶淇水。晏謨、伏琛云：東武城西北二里濰水者，卽扶淇之水也。按此，則公詩所用的是扶淇，故曰「自古北流水」也。又考《漢·地理志》：琅邪郡有邞縣。師古曰：音夫，又音扶。又《送喬仝》詩：隨師東游渡濰、邞。〔王註〕濰、邞，密州二水名。則扶、淇似亦可作邞、淇。跳波下瀨鳴玦環。〔合註〕司馬相如《上林賦》：涖涖下瀨。願公〔四九〕談笑作石埭，〔合註〕《玉篇》：埭，以土堨水。坐使城郭生溪灣。【誥案】紀昀曰：化出一語作結，是對屯田有功人語，是舊官對現在官語。

雜　詩〔五〇〕

【誥案】此詩施編不載，乃七集本雜詩二首之一也。查註從邵本補編二十九卷中，合註據王本，以其一入《書扇》詩，而以此首爲雜詩，分析較楚。但查註已疑此詩自常州赴文登時作，而揚、楚、海、密道中不能歸宿，合註亦以其故，仍置二十九卷元祐二年冬杪，非也。今屢復此詩，并以《徐州和趙成伯見戲》詩公自註合觀，始知此爲重過密州作。今改編，餘詳《韓康公座上書扇》詩題下。

昔日雙鴉照淺眉〔五一〕，如今婀娜綠雲垂。蓬萊老守明朝去，【誥案】公起知文登，《與穆越州》詩云：樽前俱是蓬萊守。其自謂，則以登州有蓬萊閣故也。可與此詩互證。腸斷簾間綷縩時〔五二〕。原作「蟋蟀悲」。一作「繱縩時」。〔合註〕「繱縩」疑「綷縩」之譌。《漢書·班婕妤傳註》：綷縩，衣聲也。【誥案】「蟋蟀悲」，非是。「繱」字亦譌。綷、縩音義同，皆可用也。今從合註更正。

遺　直　坊并敘〔五三〕

富公之客〔五四〕李君諱常〔五五〕，登人也。〔查註〕同時有兩李常：一李公擇，建昌人；一登州人。《歐陽公集》有《讀張李二生文贈石先生》詩云：先生二十年居魯，能使魯人皆好學。其間張續與李常，剖琢珉石得天璞。則李常不獨爲富公客，亦徂徠之高弟也。故太守李公諱師中〔五六〕，〔合註〕《續通鑑長編》：李師中知登州，在熙寧中。榜其閭曰遺直。而其子〔五七〕大方，求詩於軾，爲賦一首。

使君不浪出，〔施註〕杜子美《贈蘇渙》詩：龐公不浪出。又《上牛頭寺》詩：真成浪出游。羔雁親扣門。〔王註〕《儀禮・士相見禮》：下大夫相見以雁，上大夫相見以羔。又《禮記・曲禮上》云：飾羔雁者以繢。〔施註〕《後漢・陳寔傳》：子紀，紀子羣，弟諶，父子並著高名。同時旌命，羔雁成羣。先生但清坐，薤水已多言。〔施註〕《後漢・龐參傳》：爲漢陽太守。郡人任棠者，有奇節，隱居教授。參到，先候之，棠不與言，但以薤一大本，水一盂，置戶屏前，自抱孫兒伏於戶下。參思其微意，良久，曰：「是欲曉太守也。水者，欲吾清拔；大本薤者，欲吾擊强宗；抱兒當戶，欲吾開門恤孤。」於是歎息而還。當時邦人化，市無晨飲〔五八〕豚。〔王註援曰〕《孔子家語》：初，魯之販羊有沈猶氏者，常朝飲其羊，以詐市人。孔子爲政，沈猶氏不敢朝飲其羊。《荀子》亦云：夫飲羊水者，所以滿其腹，而添斤重也。歲月曾幾何，客主皆九原。〔王註〕《禮記・檀弓》：趙文子與叔譽觀乎九原。文子曰：「死者如可作也，吾誰與歸？」註：晉卿大夫之墓地，在九原。魯經有遺歎〔五九〕，〔王註〕《禮記・禮運》：仲尼之歎，蓋歎魯也。〔師曰〕意自《春秋》止於獲麟。《公羊》言：仲尼曰：「曷爲來哉？」此其所以爲歎也。楚些無歸魂。〔施註〕《楚辭》宋玉《招魂》：魂兮來歸，去君之恒幹，何爲兮四方些。我作遺直詩，過者式其藩。〔王註厚曰〕《史記》：魏文侯式段干木之廬。〔施註〕《尚書・武成》：式商容閭。孔氏曰：式其閭巷以禮賢。

鰒魚行

〔查註〕《說文》：鰒，海魚名。郭璞云：鰒狀如蛤，偏著石。《本草》：鰒魚甲，卽石決明，一名千里光，主明目去障。《後山談叢》：石決明，登人謂之鰒魚。〔合註〕先生《與滕達道尺牘》，有「鰒魚三百枚，聊爲土物」之語。此詩末四句，未知卽指送達道否？又，姚亢宗曰：《本草綱目》，石決明，生石崖上，海人泅水，乘其不意，即易得之，否則緊粘難脱。玩詩中「長鑱」句，言於石上鏟取之也。【詁案】此詩施編不載，查註從邵本補編。

漸臺人散長弓射，初啖鰒魚人未識。〔馮註〕《漢書·郊祀志》：北治大池，漸臺高二十餘丈，名曰泰液。師古註：漸，浸也。臺在池中，爲水所浸，故曰漸臺。《漢·王莽傳》：莽就車，之漸臺，欲阻池水，猶抱持符命、威斗。軍人入殿中，呼曰：「反虜王莽安在？」有美人出房，曰：「在漸臺。」衆兵追之，圍數百重。臺上亦弓弩與相射，稍稍落去。矢盡，無以復射，短兵接。又：初，莽憂懣不能食，亶飲酒，啗鰒魚。「亶」，與「但」通。西陵衰老繐帳空，肯向北河親饋食。〔馮註〕《一統志》：銅雀臺，在彰德府臨漳縣，魏操所築。上，複道樓閣相通，中央懸絶。鑄大銅雀，高一丈五尺，置之樓巔。臨終，遺令施繐帳於上，使宮人歌吹帳中，望吾西陵墓田。〔合註〕曹植表：臣欲祭先王於北河之上。兩雄一律盜漢家，嗜好亦若肩相差。〔公自註〕莽、操皆嗜鰒魚。〔翁方綱註〕按曹操嗜鰒魚，註家不言所出，海寧陳竹户以綱曰：曹植《請祭先王表》：先王喜食鰒魚，臣前以表得徐州臧霸上鰒二百枚，足自供事〔六〇〕。〔合註〕韓退之《樊紹述墓誌銘》：從漢迄今用一律。又《和杜相公》詩云：二聖亦肩差。食每對之先太息，不因噎嘔緣瘡痂。〔馮註〕《世説》：劉邕嘗詣孟靈休，靈休先患疚，瘡痂落在牀，邕取食之，靈休大驚。痂未落者，悉褫啖邕。邕去，靈休《與何最書》曰：適劉邕向顧見啖，遂舉體流血。註：瘡痂味似鰒魚故也。中間霸據關梁隔，一枚何啻千金直。〔馮註〕《南史·褚彦回傳》：時淮北屬江南，無復鰒魚，或有間關得至者，一枚直數千錢。人有餉彦回鰒魚三十枚，彦回時雖貴，而貧薄過甚，門生有獻計賣之，云：「可得十萬錢。」百年南北鮭菜通，往往殘餘飽臧獲。〔合註〕司馬遷《報任安書》：臧獲婢妾，由能引決。東隨海舶號倭螺，〔合註〕《太平御覽》引《魏志》：倭國人入海捕鰒魚，水無深淺，皆沉没取之。又，《草木子》：石決明，海中大螺也。異方珍寶來更多。〔馮註〕《廣志》：鰒無鱗有殼，一面附石，細孔雜雜，或七或九。北齊顏之推云：卽石決明，內旁一年一孔，至十二孔而止，以合歲數。登州所出，其味珍絕。光武時，張步據青、徐，遣使詣闕上書，獻鰒魚，卽此。〔合註〕張步事，見《後漢書·伏隆傳》。磨沙瀹瀋成大胾，〔合註〕《漢書·周勃傳》：獨置大胾。註：胾，大臠也。剖蚌作脯分餘波。君不聞蓬萊閣下駝碁島，〔馮註〕《方輿記》：蓬萊閣，在登州丹崖山駝碁島，一曰鼉磯島，在蓬萊海中，產硯石，金星雪浪者佳。〔查註〕《名勝志》：唐神龍問，析黃縣置蓬萊縣，即蓬萊鎮也。昔漢武於此望海中蓬萊山，因築城以爲名。有蓬萊閣，在城北丹崖山，東西二面，石壁巉巖。《歐陽公集》：鼉磯島，在登州海中，距蓬萊縣百餘里。《名勝志》：沙門在城西北海中，其連屬者，有駝碁島，紫翠巉絕，出沒於波濤之表。八月邊風備胡獠。舶船跋浪黿鼉震，〔合註〕杜子美《短歌行》詩：鯨魚跋浪滄溟開。長鑱鏟處崖谷倒。膳夫善治薦華堂，坐令雕俎生輝光。肉芝石耳不足數，〔合註〕《本草》：石耳，一名靈芝。醋芼魚皮真倚牆。中都貴人珍此味，糟浥油藏能遠致。〔查註〕《本草》：吳越人以糟決明爲美品。割肥方厭萬錢廚，〔馮註〕《晉書》：何曾性奢豪，務在華侈，廚膳滋味，過於王者，食日萬錢，猶曰無下筯處。決眥可醒千日醉。〔馮註〕左太沖《魏都賦》：醇酎中山，流湎千日。《志怪》：齊人田無己，釀千日酒，過飲一斗，醉臥千日方醒。《搜神記》：狄希，中山人。能造千日酒，飲之千日醉。〔合註〕司馬相如《子虛賦》：中必決眥。三韓使者金鼎來，〔合註〕王粲《正考父贊》：銘書金鼎。方奩饋送煩輿臺。遼東太守遠自獻，臨淄掾吏誰爲材。〔合註〕何焯曰：此吳良事。按《後漢書·吳良傳》：齊國臨淄人。初爲郡吏，歲旦，與掾史入賀。門下掾王望舉觴上壽，諂稱太守功德，良於下坐，勃然進曰：「望佞邪之人，願勿受其觴。」註引《東觀記》云：太守曰：「此生言是。」賜良鰒魚百枚。吾生東歸收一斛，苞苴未肯鑽華屋。〔馮註〕《莊子·列禦寇篇》：小夫之智，不離苞苴竿牘，敝精神乎蹇淺。分送羹材〔六一〕作眼明〔六二〕，〔馮註〕《本草》：鰒魚，治青盲失精。却取細書防老讀。〔翁方綱註〕王半山詩：細書防老讀。

登州孫氏萬松堂〔六三〕

〔查註〕《名勝志》：孫氏松堂，在登州府城内。

萬松誰種已摐摐，〔王註〕杜牧《晚晴賦》：甲刃摐摐。半嶺蒼雲〔六四〕映此邦。露重珠瓔〔六五〕蒙翠蓋，〔施註〕漢揚雄《甘泉賦》：流星旄以電爥兮，咸翠蓋而鸞旗。〔合註〕王起賦：解彼珠瓔。風來石齒碎寒江。〔王註〕孟郊《聯句》云：檣瀉碎江喧。〔施註〕孟郊詩：路行石齒中。浮空兩竹橫南閣，〔查註〕大竹、小竹，二島名，皆在登州北海中。倒景扶桑射北窗。〔王註次公曰〕倒景扶桑，言日也。梁元帝《纂要》云：景在上曰反景，在下曰倒景。又司馬相如《大人賦》：貫列缺之倒景兮，涉豐隆之滂濞。張晏註曰：倒景，氣去地四千里，其景皆倒在下也。《淮南子》：日出於暘谷，浴於咸池，拂於扶桑，是謂晨明。〔施註〕《文選》張景陽《七命》：承倒景而開軒。註引《陵陽子·明經》，與張晏註同。坐待夕烽傳海嶠，〔王註次公曰〕夕烽，邊郡有之，平安火也。登州雖傍海，而扼高麗。〔施註〕杜子美《夕烽》詩：夕烽來不近，每日報平安。重城歸去踏逢逢。〔王註次公曰〕逢，音龐，鼓聲也。劉禹錫詩：雞人一唱鼓逢逢。亦其類也。〔堯卿曰〕韓退之詩云：中虛得暴下，避冷卧北窗。不踏曉鼓朝，安眠聽逢逢。【誥案】逢逢，《大雅》與鐘、廱、公并押。韓退之不止鼓聲叶龐，如「會合安可逢」句，亦叶江、鄉也。三江韻只收逢字，而義不通。一東韻收篷、蓬，二冬韻收逢，是逢字只有縫音，而無蓬音。今即於二冬押鼓逢逢，亦誤。以《大雅》論，東、冬皆當收鼓逢逢之韻，而東、冬皆失之。大約唐、宋時嫌其疎漏，故不肯爲韻所囿者多也。

登州海市〔六六〕并敍〔六七〕

〔查註〕石刻《海市》下有詩字，末題云：元豐八年十月晦，書呈全叔承議。《元和郡縣志》：登州，古萊子國，後魏置東牟郡，尋廢。武德初，於文登縣置登州。《太平寰宇記》：登州西南至萊州界四百里，西北至大海四里，當中國往新羅、渤海大路。沈括《筆談》：登州海中，時有雲氣，如宮室、樓觀、城堞、人物、車馬、冠蓋之狀，謂之海市。或云蛟蜃之氣。《齊乘》云：登州北海中，有沙門、鼉磯、牽牛、大竹、小竹五島，海市現滅，常在五島之上。或謂類南海蜃樓，殆不然。嘗至海上訪之，每於春夏晴和之時，杲日初昇，東風微作，雲脚齊斂於島上，海市必現。凡世間所有，象類萬殊，或小或大，或變現終日，或際海皆滿，其爲靈怪赫奕，豈蜃樓可擬哉。蓋滄溟與元氣呼吸，神龍變化不測，如佛經所云，龍王能興種種雷電雲雨，於本宮不動不搖。山海幽深，容有此理。【誥案】名山大川，亦有山市，不獨登州海市也。

予聞登州海市舊矣。父老云：嘗出〔六八〕於春夏，今歲晚不復見矣〔六九〕。予到官五日而去，〔合註〕《續通鑑長編》：元豐八年九月己酉，朝奉郎蘇軾爲禮部郎中。以不見爲恨，禱於海神廣德王之廟〔七〇〕，明日見焉，乃作此詩〔七一〕。【誥案】此詩以叙爲題，只作「明日見焉」四字，《龍尾歌》即此法也。讀者但就題論詩，故多膜論。

東方雲海空復空，〔合註〕李義山詩：十二玉樓空更空。羣仙出没空明中。蕩搖浮世生萬象，豈有貝闕藏珠宮〔七二〕。〔王註〕《楚辭·九歌》之《河伯篇》云：魚鱗屋兮龍堂，紫貝闕兮珠宮。王逸註云：言河伯所居，以魚鱗蓋屋，堂上畫蛟龍之文，紫貝作闕，朱丹其宮，形容異制，甚鮮好也。〔施註〕《唐文粹》吴筠《步虚詞》：七元已高飛，火鍊生珠宮。心知所見皆幻影，敢以耳目煩神工〔七三〕。歲寒水冷天地閉，〔施註〕《周易·坤文言》：天地閉，賢人隱。爲我起蟄鞭魚龍。重樓翠阜出霜曉，【誥案】紀昀曰：查初白謂只「重樓翠阜」二句正寫，此外全用議論，亦避實擊虛法也。若將幻影寫作，縱摹擬盡情，終屬拙手。異事驚倒百歲翁。〔王註〕杜子美《往在》詩：私泣百歲翁。〔施註〕杜牧之詩：人生直作百歲翁，亦是萬古一瞬中。人間所得〔七四〕容力取，世外無物誰爲雄。率然有請不我拒，〔合註〕東方朔《非有先生論》：今先生率然高舉。註：率然，輕舉之貌。信我〔七五〕人厄非天窮。潮陽太守南遷歸，【誥案】本意以謫歸自況，借作「非天窮」註脚，合註辨誤用退之事，此非知詩者也。喜見石廩堆祝融。〔王註〕韓退之《謁衡岳廟》詩云：我來正值秋雨節，陰氣晦昧無清風。潛心默禱若有應，豈非正直能感通。須臾靜埽衆峰出，仰見突兀撑青空。紫蓋連延接天柱，石廩騰擲堆祝融。自言正直動山鬼，豈知〔七六〕造物哀龍鍾。〔王註次公曰〕《秦始皇本紀》：山鬼固不過知一歲事也。〔次公曰〕「龍鍾」字，祖出卞和之歌。又，韓退之言孟東野曰：白首誇龍鍾。〔合註〕何焯曰：「龍鍾」用裴公事。按《劇談録》：裴度微時，上天津橋，有二老人語曰：「蔡州未平，須待此人爲將。」既歸，僕述其事，度曰：「見我龍鍾，相戲耳。」伸眉〔七七〕一笑豈易得，〔王註〕《前漢·薛宣傳》云：欲君自圖進退，可復伸眉於後。又《後漢書·馮衍傳》云：伸眉高談。神之報汝亦已豐。〔施註〕《文選》孫子荆《與孫晧書》：豐報顯賞，隆於今日。斜陽萬里孤鳥〔七八〕没，〔查註〕杜牧詩：長空澹澹孤鳥没，萬古消沉向此中。但見碧海磨青銅。〔王註〕杜子美《別張十三建封》詩：羽人埽碧海，功業竟何如。〔施註〕《十洲記》：扶桑東有碧海，正作碧色。〔查註〕本集《蓬萊閣記》云：閣上望海如鏡面，與天相際。〔合註〕韓退之詩：緑窗磨遍青銅鏡。何焯曰：杜牧詩，江靜鏡新磨。新詩綺語亦安用，相與變滅隨東風。〔王註〕黃魯直跋此詩云：東坡乞得。海市不時見，光景神物亦能愛魁磊之士乎。【誥案】此詩出之他人，則「斜陽」二句已可結矣。公必找截乾淨而唱歎無窮，此猶海市靈奇不可以端倪也。紀昀曰：是海市結語，不是觀海結語。

奉和陳賢良〔七九〕

〔查註〕《宋史·選舉志》有賢良方正科。【誥案】此詩施編不載，查註從邵本補編。

不學孫、吳與《六韜》，〔馮註〕《漢·藝文志》：《吳孫子兵法》八十二篇；註：孫武也。《齊孫子》八十九篇；註：孫臏也。《吳起》四十八篇。又《周史六弢》六篇；註：即今之《六韜》。〔合註〕《史記·貨殖傳》：孫吳用兵。敢將駑馬並英豪。〔馮註〕《釋文》：智出萬人曰英，智過百人曰豪。望窮海表天還遠，傾盡葵心日愈高。〔合註〕葵之向日，見《淮南子》。白樂天詩：傾心向日葵。身外浮名休瑣瑣〔八〇〕，〔馮註〕杜子美《曲江》詩：何用浮名絆此身。魏楊修《答曹植書》：季緒瑣瑣，何足以云。夢中歸思已滔滔。三山舊是神仙地，引手東來一釣鼇。〔合註〕《唐語林》云：李太白開元中謁宰相，封一板上，題曰海上釣鼇客。又，唐秦系亦自號東海釣鼇客，見《王公四六話》中。又，王嚴光亦自號釣鼇客，見《海録碎事》引《異聞集》。

留別登州舉人

【誥案】此詩施編不載，查註從邵本補編。

身世相忘久自知，此行閑看古黄腄〔八一〕。〔查註〕《史記》：始皇二十八年，東行郡縣，並渤海以東過黄腄。〔合註〕《史記·始皇本紀註》引《地理志》：東萊有黄縣、腄縣。《漢書·主父偃傳》：起於黄腄。師古註：腄，又音誰。自非北海孔文舉，誰識東萊太史慈。〔馮註〕《吳志》：太史慈，字子義，東萊黄人也。避事之遼東。北海相孔融聞而奇之，數遣人訊問其母，并致餉遺。落筆已吞雲夢客，抱琴〔二〕欲訪水仙師。莫嫌五日悤悤〔三〕守，〔馮註〕《漢·張敞傳》：絮舜曰：「今五日京兆耳，安能復案事。」公以元豐乙丑年十月十五日抵登州，二十日內召去，故有五日悤悤之句。歸去先傳《樂職》詩〔四〕。

過萊州雪後望三山

〔王註〕《地志》：萊州掖縣載，三山在海之南岸。《史記·封禪書》：秦始皇東遊海上，行禮祠名山川及八神。其四曰陰主，祠三山。其後武帝亦祠三山八神。是已。〔查註〕《元和郡縣志》：萊州，地在齊國之東，故曰東萊。隋開皇二年，改萊州。《漢·郊祀志》：秦祠八神，四曰陰主，祠三山。顏監謂即三神山者，非也。三神山乃蓬萊、方丈、瀛洲之稱，在渤海中，非海岸之三山也。又《名勝志》：三山島，在府城北五十里。掖縣城北，又有三山亭。

東海如碧環，西北卷登萊。雲光與天色，直到三山回。我行適冬仲，薄雪收浮埃。黃昏風絮定，半夜扶桑開。參差太華頂，〔施註〕《文選》謝玄暉《三山》詩：參差皆可見。〔合註〕此句以華岳三峯比三山也。出沒雲濤堆。〔施註〕白樂天《海漫漫行》：雲濤烟浪最深處，人傳中有三神山。安期與羨門，〔邵註〕《史記·封禪書》：欒大敢爲大言，處之不疑。大言曰：「臣嘗往來海中，見安期、羨門之屬，顧以臣爲賤，不信臣。」乘龍安在哉。茂陵秋風客，〔王註厚曰〕漢武帝葬茂陵，嘗作《秋風辭》。李賀《金銅仙人辭漢歌》：茂陵劉郎秋風客，夜聞馬蹄曉無迹。勸爾麾一杯。帝鄉不可期，〔王註〕陶淵明《歸去來辭》云：富貴非吾願，帝鄉不可期。楚些招歸來。〔王註〕楚辭《招魂》云：魂兮來歸，何爲兮四方些。〔施註〕《楚辭》宋玉《招魂》：魂兮歸來，君無上天些。

書文與可墨竹 并敍〔八五〕

【誥案】此詩查註仍施編之舊，列入元祐元年丙辰，合註從誤。以後題與可既没八年始還朝之説考之，則此敍謂既没七年者，當列元豐八年未還朝之前。今改編於此。

亡友文與可有四絶，詩一，楚辭二，草書三，畫四。與可嘗云：世無知我者，惟子瞻一見，識吾妙處。既没七年，〔合註〕先生《文與可畫篔簹谷偃竹記》云：元豐二年正月二十日，與可没於陳州。與《墓志》作元豐戊午不同。覩其遺迹，而作是詩。

筆與子皆逝，詩今誰爲新。空遺運斤質，却弔斷絃人。〔施註〕《吕氏春秋》：鍾子期死，伯牙破琴絶絃，終身不復鼓琴，以爲世無足爲知音者。

次韻趙令鑠

〔施註〕趙令鑠，字伯堅。熙寧中，以諸衞將軍對策學士院，改職方員外郎，簽書南京判官。侍祠郊丘，對垂拱殿，言：青苗不當立俵散賞格，恐希功生弊。神宗然之。元祐初，爲光禄少卿，將作監。終太僕卿。贈寶文閣待制。〔合註〕《續通鑑長編》：熙寧五年九月，以右監門衞大將軍趙令鑠爲職方員外郎。宗室試换文資，自令鑠始。註引《令鑠墓碑》云：知潁州，召還，再領太僕，徙鴻臚，尋知光州。未行，以兑便收租錢出牓稽滯事，獄具，奪兩官，降朝請大夫知廣濟軍。〔查註〕

王明清《跋東坡真迹》云：英宗潛龍日，居穆親宅，與宗屬淄恭憲王世雄厚善。慶曆八年戊子，兩家各生子，同年日月時。其後英宗入繼大統，所誕即神宗；恭憲所育乃太僕伯堅也，爲本朝宗室登進士第之冠，易文階最先。伯堅，令鑠字也。【詰案】自此詩以下，皆京師作，公當日有《蘭臺集》，起於此時也。

東坡已報六年穰，〔王註次公曰〕《莊子·庚桑楚篇》：庚桑子北居畏壘之山，三年，畏壘大穰。公在黄州，凡跨六年，故云。〔施註〕《毛詩·商頌·烈祖》：自天降康，豐年穰穰。惆悵紅塵白首郎。〔王註次公曰〕先生至常州，以遇哲宗即位，復朝奉郎，知登州。至登州五日，召爲禮部郎中，則所謂白首郎者，謂此也。馮唐、顔駟，皆云白首爲郎。〔施註〕《楚辭·九辨》：惆悵而私自憐。白樂天《雲中晏起》詩：北闕浩浩惟紅塵。枕上溪山猶可見，門前冠蓋已相望。〔施註〕《漢·文帝紀》：遣使者冠蓋相望，結轍於道。故人年少真瓊樹，〔王註〕《晉書》：王戎有人倫鑒識，常目王衍神姿高澈，如瑤林瓊樹，自然是風塵表物。杜子美《飲中八仙歌》云：宗之瀟灑美少年，皎如玉樹臨風前。落筆風生戰堵牆。〔施註〕杜子美《莫相疑行》：集賢學士如堵牆，觀我落筆中書堂。〔邵註〕指趙對策事也。端向甕間尋吏部，〔王註〕《晉書》：畢卓，字茂世。爲吏部郎，常飲酒廢職。比舍郎釀熟，卓因醉，夜至其甕間盜飲之，爲掌酒者所縛。明旦視之，乃畢吏部也，遽釋其縛。卓遂引主人，宴於甕側，致醉而去。老來專以〔六〕醉爲鄉。〔王註〕《唐書》：王績，字無功。遊北山東皐，著書自號《東皐子》。乘牛，經酒肆，留或數日。又採杜康、儀狄以來善酒者爲譜。李淳風曰："君酒家南董也。"所居東南有盤石，立杜康祠，祭之，尊爲師，以焦革配。著《醉鄉記》以次劉伶《酒德頌》。〔施註〕《唐文粹》王績《醉鄉記》：阮嗣宗、陶淵明等十數人，並游於醉鄉，没身不返。

次韻王定國得潁倅二首

【誥案】王定國上書言事，司馬光看詳，以爲第二，緣此減二年磨勘，擢宗正寺丞。公復以充節操方正可備獻納科薦之。旋爲言者所攻，出判西京，時去司馬光之没未久也。由是考之，定國先起潁倅，實未至潁。合觀施編，定國得潁倅，在擢宗正丞之前也。

其一

仙風入骨已凌雲，秋水爲文不受塵。〔施註〕杜子美《徐卿二子歌》詩：大兒九齡色清澈，秋水爲神玉爲骨。一噫固應號地籟，餘波猶足挂天紳。〔王註〕孟郊詩：檐溜擲天紳。〔施註〕韓退之《送惠師》詩：是時雨初霽，懸瀑垂天紳。買牛但自捐三尺，〔施註〕《漢·高祖紀》：提三尺，取天下。顏師古曰：三尺劍也。〔查註〕《韓安國傳》：高帝曰：「提三尺取天下者，朕也。」見《漢書》。《陳書》高帝詔：提彼三尺，賓於四門。射鼠何勞挽六鈞。〔施註〕《左傳·定公八年》：顏高之弓六鈞。註云：三十斤爲鈞。莫向百花潭上去，〔王註次公曰〕百花潭，應在潁川。醉翁不見與誰親〔八七〕。〔王註厚曰〕歐陽文忠公，自號醉翁，致仕居清潁尾。〔施註〕歐陽文忠《醉翁亭記》：太守飲少輒醉，而年又最高，故自號醉翁。

其二

滔滔四海我知津，每愧先生植杖芸〔八八〕。自少多言晚聞〔八九〕道，從今閉口不論文。〔王註〕杜子美《春日憶李白》詩：何時一樽酒，重與細論文。〔施註〕杜子美《懷舊》詩：自從失辭伯，不復更論文。灩翻白獸樽中酒，〔施註〕《晉·禮志》：正旦元會，設白獸樽於殿庭，樽蓋上施白獸，若有能獻直言者，發此樽飲酒。哲宗卽位求言，上書者以千計。司馬温公考定，孔宗翰居第一，定國第二，稍進用。故用白獸樽事。〔合註〕此句似自言爲起居舍人也。歸煮青泥坊底芹。〔施註〕《仙傳拾遺》：周末殺萇弘於蜀，其血碧色，入地化爲碧玉，數里內土皆青色。今蜀有青泥坊，卽弘死處。要識老僧無盡處，牀頭〔九〇〕牛蟻不曾聞。

次韻趙令鑠惠酒

〔查註〕元鮮于伯機《游阜亭山記》略云：元貞元年，送客臨平鎮，晚宿廣嚴院，僧晉聞出書畫詩客，中有東坡與趙令鑠唱和真迹一卷。令鑠有詩聲，集不行世，因録之。其序云：子瞻和余《致齋》詩，有「端向甕間尋吏部，老來惟以醉爲鄉」之句，因送薄酒，兼成斐章，冀發一笑也。詩云：古人醉以酒，蓋亦有所寓。一飲百憂忘，陶陶朝復暮。公欲醉爲鄉，甕間尋吏部。借取青銅錢，濁醪安足酤。敢竊好事名，聊資子雲具。巧手斧鼻端，此情知有素。伯堅又有《子瞻辭免起居之命令鑠復用前韻以勉之》詩，云：登州與儀曹，到官如旅寓。螭陛鳳凰池，翺翔未云暮。冰雪照人清，黄色盈中部。譬如十日釀，一宿陋清酤。載筆無多辭，公真濟時具。歎息賀德基，尤知我尸素。〔合註〕查氏本之《鐵綱珊瑚》，今仍附録。

神山〔九一〕無石髓，生世悲暫寓。〔合註〕傅咸《鳴蜩賦》：生世忽兮如寓。坐待玉膏流，〔王註〕東方朔《十洲記》：瀛洲有玉石，高且千丈，出泉如酒，名之爲玉醴泉。飲數升，輒醉，令人長生。《山海經》：密山，丹水出焉，其中多玉膏。〔查註〕玉膏，酒名。鮮于樞《游皐亭山記》載先生此詩題云：伯堅惠玉膏兩壺，且枉佳篇，次韻戲答。千載真旦暮。〔施註〕《莊子·齊物論篇》：萬世之後，而一遇大聖，知其解者，是旦暮遇之也。青州老從事，鬲上非所部。惠然肯見從，〔王註〕《詩·邶風·終風》：惠然肯來。知我憎市酤〔九三〕。開瓶自洗盞，肴核誰與具。〔施註〕《毛詩·小雅·賓之初筵》：籩豆有楚，肴核維旅。門前聽剥啄，烹魚得尺素。

送范純粹守慶州

〔施註〕范純粹，字德孺，文正公之季子。元豐初，檢正中書五房公事，與同列不合，謫知徐州滕縣。東坡時守徐，爲作《公堂記》。後轉運陝西。神宗遣高遵裕等將兵伐西夏，德孺從軍給餉。遵裕無功而還。神宗鋭意大舉再伐，中人李憲先爲帥，以失期當坐，懼罪，遂進疏以逢上意。關陝不堪科調，汹汹將亂。德孺屢疏，危言甚力，謂若復加騷動，根本可憂，異時必職臣是咎，寧受盡言之罪於今日。會中人李舜舉奉使歸告上，以再舉必亂，帝意悟，始知其忠。哲宗即位，以直龍圖閣京東轉運副使，代其兄忠宣公守慶。請棄所侵西夏地，曰：「争地未棄，則邊隙無時可除。」於是還四砦，而夏人服。拜寶文閣待制。再任，入爲户部侍郎。紹聖後，以棄地故，又坐黨錮，屢起屢仆，終龍圖閣直學士。此詩著其爲國盡言之實，卒言文正公在仁宗時，李元昊叛命，訖以計降之，德孺守慶州，竟如先生所期云。〔查註〕《元和郡縣志》：關内道慶州順化都督府，古西戎地，秦屬北地郡，隋爲合川鎮，後割寧州歸德縣置慶州。《九域志》：陝西永興軍路中府慶州安化郡，去東京一千九百里。〔合註〕《續通鑑長編》：元豐八年十一月，范純粹知慶州，代其兄純仁也。先生還朝，德孺必尚未成行。【誥案】公赴京，德孺尚在京東轉運任，同議給田募役法，是時始罷還也。餘詳案中。〔案〕總案元豐八年十一月，有「至鄆州，與范純粹論給田募役事」條，云：本集元祐二年繳進給田募役議劄云：臣前年十二月，自登州召還，草此狀。臣過鄆州，本與京東轉運使范純粹，同建此議。

才大古難用，論高常近迂。〔王註〕《莊子・刻意篇》：高論怨誹，爲亢而已矣。君看趙魏老，乃爲滕大夫。〔合註〕德孺曾知滕縣，故專用滕大夫也。浮雲無根蔕〔九三〕，〔施註〕韓退之《聽穎師琴》詩：浮雲柳絮無根蔕。黃潦〔九四〕能須臾。〔施註〕韓退之《符讀書城南》詩：潢潦無根源，朝滿夕已除。知經幾成敗，得見真賢愚。羽旄照城闕，談笑安邊隅。當年老使君〔九五〕，〔王註次公曰〕老使君，則純粹之父仲淹也。〔查註〕《東都事略・范仲淹傳》：元昊反，仁宗知仲淹材兼文武，令知延州，時議諸路進討，獨仲淹固守鄜、延不從。後徙慶州，爲環慶路經略安撫招討使，尋拜陝西四路安撫緣邊招討使。居三歲，士勇邊實，乃謀取横山，復靈武。《宋史》：仲淹在慶州，築大順城於州西北，當後橋川口，以斷賊路。赤手降於菟。諸郎更何事，折箠鞭其雛。〔王註〕《後漢・鄧禹傳》：帝徵禹還，勅曰：「赤眉無穀，自當來東，吾折箠答之，非諸將憂也。」〔查註〕按《史》：神宗朝，文正公次子純仁，以直龍圖閣知慶州。哲宗朝，幼子純粹，以直學士繼守是州。吾知鄧平叔，不鬭月支胡。〔王註〕《後漢・鄧禹傳》：禹子訓，字平叔。爲護羌校尉。先是小月氏胡分居塞内，勝兵者二三千騎，皆勇健富强，每與羌戰，常以少制多。漢時收其用。時迷吾子迷唐，别與武威種羌合兵萬騎，來至塞下，欲脅月氏胡。訓擁衛稽故，令不得戰。遂令開城及所居園門，悉驅羣胡妻子納之，嚴兵守衛。羌掠無所得，又不敢逼諸胡，因即解去。由是湟中諸胡，皆言「漢家常欲鬭我曹，今鄧使君待我以恩信，開門納我妻子。」咸歡喜叩頭曰：「惟使君所命。」

次韻王震

〔施註〕王震，字子發。時爲給事中。〔合註〕《續通鑑長編》：元豐八年十二月，王震爲給事中。

擒文過我治平間，〔查註〕《年譜》：英宗治平乙巳丙午間，先生自鳳翔還朝，召試祕閣直史館。霧豹當時始一斑。〔王註〕《晉書》：王獻之年數歲，嘗觀門生摴蒱，曰：「南風不競。」門生曰：「此郎亦管中窺豹，時見一斑。」聞道吹嘘借餘論，〔施註〕《後漢・鄭太傳》：孔公緒清談高論，嘘枯吹生。《南史・謝朓傳》：是子聲名未立，應共獎成，無惜齒牙餘論。〔查註〕王定國《聞見近録》云：六姪震嘗謂予曰：子瞻貶黄州，神宗每憐之，一日謂執政曰：「國史大事，欲俾蘇軾成之。」執政有難色。上曰：「非軾則用曾鞏。」其後復有旨起蘇軾以本官知江州，中書蔡持正、張粹明受命，震當詞頭。明日改承議郎江州太平觀，又明日命格不下，曰：「皆王禹玉之力也。」故教流落得生還。〔施註〕韓退之《别竇司直》詩：生還真可喜。清篇帶月來霜夜，妙語先春發病顔。〔查註〕陳鵠《耆舊續聞》：東坡元豐末《移汝州制詞》云：蘇軾謫居既久，念咎已深，人才實難，不忍終棄。蓋王子發詞也。元祐初，坡入掖垣，與子發同僚。《和子發》詩云：清篇帶月來霜夜，妙語先春發病顔。蓋爲此故也。詩酒暮年猶足用〔九六〕，〔施註〕《漢・東方朔傳》：三冬文史足用。竹林高會許時攀。〔施註〕《晉・嵇康傳》：所與神交者，阮籍、山濤；預其流者，向秀、劉伶、籍兄子咸、王戎。遂爲竹林之游，世謂竹林七賢。按震，定國之姪也，故以咸爲比。

次韻王定國謝韓子華過飲

〔查註〕《宋史》：韓絳，忠憲公億之第三子。熙寧七年，復代王安石爲相，再出知許州，封康國公。

元祐初，以太尉致仕，謚獻肅。按，子華立朝柄政，一無可稱，甚至爲言路所劾，與章惇、曾布並提而論，生平概可知矣。定國人材門地，自堪大用，子華乃王之所自出，當路有汲引之力，反托親嫌，不爲表薦，遂使三年瘴癘，萬里生還，區區潁、揚二倅，轉徙靡常，與流落何異，子華不得辭其責也。公此詩，似爲定國痛惜，然所以諷刺子華者深矣。〔合註〕《續通鑑長編》：元豐八年八月，韓絳判大名府兼北京留守。絳陛見，遣使就第賜告。豈過飲即在此時耶？先生和詩，則在後也。【誥案】合註既爲此說，則查註以《喜王定國北歸第五橋》詩，與此詩並編是年十二月，顯誤，何弗致一詞耶？

楚有孫叔敖，長城隱千里。〔王註〕《宋書》：檀道濟被誅，引飲一斛，脱幘投地，曰：「乃壞汝萬里長城。」〔施註〕《唐・李勣傳》：帝嘗曰：「我用勣守并，突厥不敢南向，賢長城遠矣。」哀哉練裙〔九七〕子，〔施註〕《南史・任昉傳》：昉卒後，有子東里、西華、南容、北叟。兄弟流離，不能自振。平生舊交，莫有收恤。西華冬月著葛帔練裙，道逢劉孝標，泫然矜之，爲著《廣絶交論》。負薪躡破履。豈無故交親，逝去如覆水。〔施註〕《晉・載記》：慕容超曰：「不能委賢任善，覆水不收，悔將何及。」不如老優孟，談笑〔九八〕託諧美。世家不可恃〔九九〕，〔施註〕《史記》作三十世家。孟子、仲子，齊之世家也。註云：世卿大夫之家。如倚折足几。祥符有賢相，〔王註次公曰〕賢相指文正公旦，定國之祖也。〔查註〕《宰輔編年録》：王旦於景德三年拜相，歷祥符至天禧元年，在位凡十二年。李燾《長編》云：旦爲相，端重堅正，明達國體，接物若甚和易，而風儀峻整，當官涖事，莊厲不可犯。〔合註〕《史記・曹相國世家》：大稱賢相。手握天下砥。懿敏亦名公，〔查註〕《宋史》：王素，文正公旦季子。事仁宗，出入垂三十年，卒謚懿敏。三貴德爵齒。蓋棺今幾日，〔王註〕杜子美《君不見簡蘇徯》詩：丈夫蓋棺事始定。公子誰料理。誰要卿料理，欲說且止止。〔施註〕《法華經》：止止不須說，我法妙難思。宅相開府公，〔王註〕《晉・魏舒傳》：舒，字陽元。少孤，爲外家甯氏所養。甯氏起宅，相宅者云：「當出貴甥。」外祖母以魏氏甥小而慧，意謂應之。舒曰：「當爲外祖成此宅相。」〔堯卿曰〕文正公長女嫁韓忠憲公，子華乃王氏之甥，爲開府儀同三司，故有宅相開府之語。【誥案】堯卿原註「文正公以長女嫁韓獻肅公」一句，「子華乃王氏之甥」一句。但誤以忠憲公爲獻肅耳。查註謂子華之父名億謚忠憲，其獻肅乃子華謚，所駁甚當。合註强以「文正公長女嫁韓」爲一句，「獻肅公子華乃王氏之甥」爲一句，反謂查註以「嫁韓」二字連下讀爲非，此乃有意苛駁，自古無此句讀之法。即堯卿陋劣少文，亦斷不至是也。二韓之謚，當時無不知者，此乃堯卿偶誤，今已更正。久爲蒼生起。〔王註〕《晉・謝安傳》：桓温請爲司馬，將發新亭，高崧戲之曰：「卿屢違朝旨，高卧東山，諸人每相與言，安石不肯出，將如蒼生何。蒼生今日亦將如卿何。」安有愧色。〔施註〕《晉・殷浩傳》：王濛、謝尚相謂曰：「深源不起，當如蒼生何。」如何垂老别，冰盤饋蒼耳。〔王註〕杜子美有《驅豎子摘蒼耳》詩。親嫌妨鶚薦，〔王註〕《後漢書》孔融《薦禰衡書》：鷙鳥累百，不如一鶚，使衡立朝，必有可觀。〔施註〕韓退之《獨孤府君墓志》：太常權公登君於門，歸以其子。權公既相，君以嫌自列。相對發微泚。新詩如彈丸，脱手不移晷。我亦老賓客，〔王註〕杜子美《醉爲馬所墜諸公攜酒相看》詩：甫也諸侯老賓客。苦語落紈綺。莫辭三上章，有道貧賤恥。

【誥案】末句結出作詩本意，否則此題無可和也。

次韻馬元賓

【誥案】此詩施編不載，查註據邵本補編。

流落江湖萬里歸，〔馮註〕《史記・衛將軍驃騎列傳》：諸宿將常坐流落不遇。相逢自慰已〔一〇〇〕差池。初聞好句驚人倒，悔過東庭識面遲。握手寧知無賀監，〔馮註〕韓退之文：握手出肺肝相視。《唐・李白傳》：白至長安，往見賀知章。知章見其文，歎曰：「子謫仙人也。」言於玄宗，召見金鑾殿。結交誰復〔一〇一〕許袁絲。〔馮註〕《史記・袁盎傳》：字絲。絳侯得釋，盎頗有力，絳侯乃大與盎結交。塞鴻正欲摩天去，垂老追攀豈可〔一〇二〕期。

惠崇春江晚景二首〔一〇三〕

〔施註〕《圖畫見聞志》：建陽僧惠崇，尤工小景，爲寒汀遠渚，蕭灑虚曠之象，人所難到。〔查註〕《圖繪寶鑑》：建陽僧惠崇，工畫鵝、雁、鷺鷥，歐陽公以爲九僧之一也。〔合註〕《宋詩紀事》：惠崇，淮南人。【誥案】紀昀曰：此是名篇，興象實爲深妙。

其一

竹外桃花三兩枝，春江水暖鴨先知。蔞蒿滿地蘆芽短，〔翁方綱註〕《王漁洋詩話》：《爾雅》，購蔏蔞。郭璞註：蔏蔞，蔞蒿也。生下田，初出可啖，江東用羹魚。故坡詩云然，非泛詠景物也。正是河豚欲上時。〔施註〕梅聖俞《河豚》詩：春洲生荻芽，春岸飛楊花。河豚於此時，貴不數魚蝦。〔查註〕《演繁露》引《博雅》云：鯸鮐，魨也。背青腹白，觸物卽怒，其肝殺人。《苕溪漁隱》云：按《游仙雜録》，暮春楊花飛，此魚大肥，江淮人臠其肉，雜蔞蒿、荻芽，瀹而爲羹。或不甚熟，亦能害人。張耒《明道雜志》：此魚有二種，色淡黑有文點，謂之斑子。阮閱《詩話總龜》：梅聖俞詩，春岸飛楊花。永叔謂河豚食楊花則肥。韓偓詩，柳絮覆溪魚正肥。大抵魚食楊花則肥，不必河豚。【誥案】此乃本集上上絶句，人盡知之，而固陵毛氏獨不謂然。凡長於言理者，言詩則往往別具肺腸，卑鄙可笑，何也？

其二

兩兩歸鴻欲破羣，〔施註〕《漢·天文志》：魁下六星，兩兩相比。依依還似北歸人。〔施註〕《後漢·馬援傳》：來君叔其意依依，常獨爲西州言。遥知朔漠多風雪，更待江南半月春。

次韻周邠〔一〇四〕

〔施註〕東坡倅杭，相與倡酬，故云：羡君同甲心方壯。開祖時知管城縣。〔合註〕見《續通鑑長編》元豐八年十一月。後知吉州。《宋詩紀事》：周邠，嘉祐八年進士。元豐中爲溧水令，仕至朝請大夫輕車都尉。

南遷欲舉力田科，〔合註〕漢文帝詔：能孝悌力田者復其身。三徑初成樂事多。豈意殘年踏朝市，〔王註〕杜子美《病後遇王倚飲贈歌》詩：但使殘年飽吃飯。〔施註〕《法帖·何氏書》：投老殘年。【誥案】句包出倅、放還二事。有如疲馬畏陵坡。羡君同甲心方壯，笑我無聊鬢已皤。〔施註〕白樂天《呈思黯》詩：歲暮皤然一老父。何日西湖尋舊賞，〔王註次公曰〕西湖，先生與周開祖舊游之地。淡烟疎雨暗漁簑。〔合註〕白樂天詩：淡烟疎雨間斜陽。

次韻胡完夫〔一〇五〕

〔施註〕胡完夫，名宗愈，晉陵人。副樞宿之姪。舉進士。神宗擢同知諫院。王安石執政，用李定爲御史，蘇、李、宋三舍人，皆不草制，坐絀。完夫曰：「御史須官博士員外郎，用學士及丞雜薦。今定以幕職，不因薦得之，是一出執政意，即大臣不法，誰復言之。」安石怒，出通判真州，入爲吏部右司郎中。元祐初，擢左史西掖夕郎中執法。哲宗問朋黨之弊。對曰：「君子指小人爲姦，則小人指君子爲黨，陛下能擇中立之士而用之，則黨禍息矣。」明日具《君子無黨論》以進。拜右丞，以資政殿學士知陳州，徙成都，召入爲禮部、吏部尚書。卒年六十六。此詩墨迹，刻石成都府治，題云：次韻完夫舍人見戲一首。「朝來拄笏看西山」，墨迹作「望西山」。〔合註〕《續通鑑長編》：元豐八年七月，右司郎中胡宗愈爲起居郎，十二月，爲中書舍人。先生和詩，正在此時。〔施註〕完夫詩云，宗愈聞子瞻舍人有懷居之興，爲短詩戲呈：蘇公五十鬢髯斑，雲衲青袍入漢關。賈誼謫歸猶太傅，謝安投老負東山。黄崗泉石紅塵外，陽羨牛羊返照間。知有竹林高興在，欲閑誰肯放君閑。

青衫〔一〇六〕別淚尚斕斑〔一〇七〕，十載江湖困抱關。老去上書還北闕，〔施註〕《漢·枚皋傳》：上書北闕自陳，召入見待詔。朝來拄笏看西山〔一〇八〕。相從杯酒形骸外，〔施註〕《莊子·德充符篇》：子與我游於形骸之內，而子索我於形骸之外，不亦過乎。笑説平生醉夢間。〔施註〕李涉《題鶴林僧房》詩：終日昏昏醉夢間。萬事會須咨伯始，〔王註〕《後漢書》：胡廣，字伯始。練達事體，明解朝章。京師語曰：「萬事不理問伯始，天下中庸有胡公。」白頭容我占清閑。

次韻錢穆父〔一〇九〕

〔施註〕穆父，名勰，吴越讓王諸孫。五歲，日誦千言，十三歲制舉業成。既中祕閣選，廷對入等矣，會王介甫惡孔經父策，罷科，不得第，以蔭入官。神宗召對，將任以清要，介甫許用爲御史，穆父謝以母老不能爲萬里行。知其必不附己，命權鹽鐵判官。後元祐初，拜中書舍人，故詩云：故人飛上金鑾殿。遷給事中，知開封，出守越州，歸從班，再知開封。哲宗莅政，入翰林。章子厚當軸，憾其疇昔謫詞有「鞅鞅非少主之臣，硜硜無大臣之節」二語，罷知池州以卒。元符末，追復龍圖閣學士。欽宗在東宫時，所藏東坡帖甚富，多有宸翰簽題。即位後，出二十軸賜吴少宰元中，元中爲曾文清妹婿，以十軸歸之，今藏於元孫户部郎樂道棨。宿爲餘姚，嘗刻石縣齋。墨迹云「病客來從飯顆山」，集本作「遷客」；「一言置我老劉間」，集本作「二劉」。諸家所註皆引《石勒載記》云：朕當在二劉之間耳。先生自註云：公行軾告詞，引董仲舒、劉向事。此詩穆父再和，東坡復次韻，集本不載，今亦編入。錢穆父《次完夫韻簡子瞻右史舍人》詩云：史觀婆娑馬與班，十年流落共間關。鸞凰喜見翔西省，猿鶴何勞怨北山。豈學三閭吟澤畔，仍欣二陸下雲間。非維綸紵須椽筆，讜論尤宜賜燕閑。

老入明光踏舊班，〔王註〕《關中記》曰：桂宫，在未央宫北，周回十餘里。中有明光殿，殿上複道，從宫中西上城，西至建章宫、神明臺、蓬山。《三秦記》曰：未央宫，漸臺西，有桂宫。宫中有明光殿，金阯玉階。〔施註〕杜子美《石硯》詩：公含起草姿，不遠明光殿。染鬚那復唱陽關。〔王註〕劉禹錫詩：唱得涼州意外聲，舊人惟數米嘉榮。近來時世輕前輩，好染髭鬚事後生。故人飛上金鑾殿，〔王註次公曰〕唐東内大明宮之中，有金鑾殿。《記》曰：在還周殿之西北，順宗召學士鄭絪至金鑾殿，立憲宗爲皇太子。而樂史《李翰林别集序》云：翰林在唐天寶中，賀祕監以名聞於明皇帝，召見金鑾殿，降步輦迎，如見綺皓。於是置之金鑾殿，出入翰林中。〔師曰〕李太白詩：承恩初入銀臺門，著書獨在金鑾殿。〔施註〕韋執誼《翰林内志》：至德以後，置學士東院於金鑾殿西，隨上所在而遷，取其近便。遷客〔一〇〕來從飯顆山。〔王註次公曰〕飯顆山，蓋李白言甫之爲詩，如砌飯爲山也。【誥案】李白何至不識杜甫，此詩人皆知其僞也。用之者多借以自謂，故不以爲嫌耳。杜甫初未知名，多援李白以自重，其《懷舊》詩云：自從失詞伯，不復更論文。可見「重與細論文」，是尊李白，非輕李白，若下此者，且不屑與論文也。一自譏李之説起，而不平者，又託爲飯顆之嘲。李白詩云：思君若汶水，浩蕩寄南征。其意待甫甚厚，必無嘲之之事。《讀杜心解》亦主譏李之説。皆小兒見解也。大筆推君西漢手，〔王註〕《舊唐書》：李嶠爲鳳閣舍人，朝廷每有大手筆，特令嶠爲之。〔查註〕《猗覺寮雜記》：大手筆始王珣。夢人以大筆與之，如椽，人謂有大手筆事。已而果有策謚之草。此非美事，不可用。齊文宣有大手筆，多命徐陵草，唐燕許號大手筆，此可用也。一言置我二劉〔一一〕間。〔王註厚曰〕劉向、劉歆父子，俱以文章學術稱。〔子仁曰〕《晉書・載記》：石勒謂徐光曰：「朕當在二劉之間耳，軒轅豈所擬乎？」〔查註〕周必大《二老堂詩話》：曾吉甫侍郎藏子瞻和錢穆父詩真本。「一言置我二劉間」其下自註云：穆父嘗草某答詔，以歆、向見喻，故有此句〔一二〕。便須置酒呼同舍，〔施註〕《漢・光武紀》：先在長安時，同舍生彊華奉赤伏符。杜子美《贈秦少公短歌》：朝回君是同舍客。看賜飛龍出帝閑。〔王註績曰〕翰林學士初除，例賜名馬。李太白詩云：勑賜飛龍二天馬，黄金絡頭白玉鞍。〔施註〕《唐・兵志》：天子御馬，總十有二閑。其後，禁中又增置飛龍廐。〔查註〕李肇《翰林志》：學士初遷者，於麟德殿候對，同院賜宴，又賜衣一副，絹二十疋，飛龍司借馬一匹，其所乘馬，送迎於擗仗門内擴門之西。《事實類苑》：舊規云，學士新入院，飛龍廐賜馬一匹；鞍轡及芻粟，謂之長借。今則賜馬并鞍轡。程大昌《雍録》：飛龍廄後苑有驥德院，禁馬所在。

次韻完夫再贈之什，某已卜居毘陵，與完夫有廬里之約云〔一三〕

【誥案】此詩施編不載，查註從邵本補編。

柳絮飛時筍籜斑，風流二老對開關。雪芽我爲〔一四〕求陽羨，〔馮注〕《一統志》：宜興銅棺山，即古陽羨，其地産茶。《茶譜》：有唐茶品，以陽羨爲上，建溪、北苑未著也。乳水君應〔一五〕餉惠山。〔馮註〕《茶賦》：雲垂緑脚，香浮碧乳，挹此霜華，却兹煩暑。《茶經》：山水上，江水中，井水下。其山水乳泉漫流者上。竹簟涼風〔一六〕眠晝永，玉堂制草落人間。〔查註〕《宋史·職官志》：中書舍人與學士，對掌内外制，學士内制，舍人外制，謂之兩制。内制自大誥令、外國書，許令進草。凡册拜之事，召入面諭。制分六房，掌行命令，隨房當制。既得詞頭，即於紫微閣下草制，俟宰執出堂，方得下直。宋敏求《春明退朝録》：凡公家文書之藁，樞密謂之底，三司謂之檢，中書謂之草。歐陽修有《學士院草録》。應容緩急煩閭里，〔馮註〕《史記·袁盎傳》：盎病免居家，與閭里浮沉。又：緩急人所有。桑柘聊同十畝閑。〔馮註〕《詩·魏風·十畝之間》：十畝之間兮，桑者閑閑兮。

次韻穆父舍人再贈之什

〔施註〕是時東坡爲起居舍人，故用《唐·志》所載，每仗下議政事，起居郎執筆記録事。〔查註〕《宋史·職官志》：中書省，舍人四人，掌行命令，爲制詞。事有失當及除授非其人，則論奏封還詞頭。又有起居舍人、通事舍人，皆屬中書省。時穆父爲中書舍人。詳見上註。

詔語春温昨夜班，〔施註〕《續漢·禮儀志》：立春之日，下寬大詔書。《晉·武帝紀》：班五條詔書於郡國。屋頭鳴鳩便鬪鬪。〔施註〕《毛詩·周南·關雎》：關關雎鳩。游仙夢覺月臨幌，〔施註〕《文選》有郭璞《游仙》詩。賀雨詩成雲滿山。〔施註〕白樂天《元和三年賀雨》詩，卒章云：君以明爲聖，臣以直爲忠，敢賀有其始，亦願有其終。憐我白頭來仗下，〔施註〕《唐·儀衛志》：衙凡朝會之仗，三衞番上分爲五仗，一曰供奉仗，二曰親仗，三曰勳仗，四曰翊仗，五日散手仗。每月以四十六人立內廊閤外，號曰內仗，以左右金吾將軍當上中郎將一人押之。朝罷，皇帝步入東序門，然後放仗。又《百官志》：每仗下議政事，起居郎一人，執筆記録於前。看君黃氣發眉間。〔施註〕《唐·李林甫傳》：初就相位，喜津津出眉宇間。《相書》：喜色紅黃。鳳池故事同機務，〔施註〕《晉·荀勖傳》：奪我鳳凰池，諸君賀我耶？《唐·百官志》：中書舍人，參議表章，百司奏議考課，皆預裁焉。〔合註〕嵇康《與山濤絶交書》：機務纏其心。火急開樽及尚閑。

次韻答李端叔〔一七〕

〔查註〕《宋史》：李之儀，字端叔，滄州無棣人。登第幾三十年，乃從蘇軾於定州幕府，歷樞密院編修，通判原州。元符中，以其嘗從蘇軾辟，詔勒停。之儀能爲文，尤工尺牘，軾謂入刀筆三昧。〔合註〕《續通鑑長編》：元豐六年十二月，上批楊景略使高麗，奏辟李之儀。聞之儀文章不著士論，詔赴中書，試擬用書狀進呈。至其後之應辟與否，無可考。以先生詩首二聯揣之，似曾應辟也。【誥案】此詩施編不載，查註從邵本補編。

若人如馬亦如班，笑履壺頭出玉關。〔王註縯曰〕《後漢．馬援傳》：劉尚擊五溪蠻夷，軍没，援請行，進營壺頭。賊乘高守隘，水疾，船不得上。又《班超傳》：久在絶域，上疏，願生入玉門關。〔合註〕《一統志》：玉門關，在故瓜州。已入西羌度沙磧〔二八〕，〔王註縯曰〕燉煌西北有沙磧，不生草木，水味鹹苦，所謂惡磧者也。〔馮註〕《一統志》：沙州有鳴沙山，天氣清朗，則沙鳴聞數里外。《郡國志》：伊州鐵勒國，路多沙磧，沙内聞叫喚聲，不見人，蓋鬼物也。又從〔二九〕東海看濤山。識君小異千人裏，慰我長思十載間。西省鄰居〔三〇〕時邂逅，相逢有味是偷閑。〔馮註〕《史記》：有味乎其言之也。

次韻答滿思復

〔王註堯卿曰〕名中行。〔施註〕滿思復，元豐末爲左司郎中。哲宗即位，東坡自登州召入，爲郎禮部旬餘，擢起居舍人。中行並命爲起居郎，又同省，而中行爲東陽人，故有「跛牂隨赤驥」、「啼烏巷有顔」之句。〔合註〕《續通鑑長編》：元豐八年十二月，滿中行爲起居郎。後元祐元年四月，爲直龍圖閣知明州，以孫升言其務從諛承意，陰附柄臣也。

自甘茅屋老三間，豈意彤庭綴兩班。〔施註〕白樂天詩：三間茅屋向山開。《文選》班孟堅《西都賦》：玄墀釦砌，玉階彤庭。〔查註〕沈括《筆談》：唐制，兩省供奉官，東西對立，謂之蛾眉班。紙落雲烟供醉後，〔王註〕杜子美《飲中八仙歌》：揮毫落紙如雲烟。〔王註〕潘岳作《楊荆州誄》云：翰動若飛，紙落如雲。詩成珠玉看朝還。〔王註〕杜子美《奉和賈至舍人早朝大明宮》詩：詩成珠玉在揮毫。誰言載酒山無賀，記取啼烏巷有顔。〔王註〕《異苑》：陽顔以純孝著聞。後有羣烏銜鼓，集顔所居之村，烏口皆傷。一境以爲至孝，故慈烏來萃銜鼓之象，欲令聾者遠聞。即於其處，立縣名爲烏傷。王莽改爲烏孝，以彰其行。歐陽詢《藝文類聚》又作東陽顔烏。〔施註〕《異苑》：東陽顔烏以純孝著聞。父死，負土成墳，羣烏銜土助之，烏口皆傷。因名縣曰烏傷。《婺州圖經》云：即今義烏也。顔烏，秦時人。但恐跛牂〔三〕隨赤驥，〔王註次公曰〕周穆王八駿之名，有曰右驂赤驥而左白羲。〔施註〕杜子美《述古三首》詩：赤驥頓長纓。青雲飛步不容攀。〔王註〕《南史·劉瑀傳》：一蹙自造青雲，何至與駑爭路。〔施註〕《漢·揚雄傳》：當塗者入青雲，失路者委溝渠。

送戴蒙赴成都玉局觀，將老焉

〔王註堯卿曰〕蒙本名莊，吳興人。慶曆六年賈黯榜登第，後改名蒙。〔查註〕《九域志》：宋嘉祐四年，以益州路爲成都府劍南西川節度，治成都、華陽二縣。《方輿勝覽》：道經，二十四化，上應二十四氣，而座隱地中，因成洞穴，故以玉局名之。《雲笈七籤》：玉局洞與青城第五洞天相連。宋時宫觀使，有勾管成都玉局觀及提舉成都玉局觀之名。

拾遺被酒行歌處，〔王註續曰〕杜子美爲右拾遺，避亂居成都浣花草堂。被酒者，爲酒所加。《漢紀》：高祖被酒，夜徑澤中。〔倬曰〕《後漢書》：靈帝嘗令劉寬講經，寬常於坐，被酒睡伏。〔施註〕杜子美《贈韋左丞》詩：行歌非隱淪。子美至德二年，拜右拾遺，見《唐書》本傳。野梅官柳西郊路。〔王註〕杜子美《西郊》詩：時出碧雞坊，西郊近草堂。市橋官柳細，江路野梅香。聞道華陽版籍〔三〕中，〔王註續曰〕昔人論蜀之富，曰地稱天府，縣號華陽。常璩《蜀志》，謂之《華陽國志》。〔施註〕《唐·地理志》：成都府，蜀郡華陽縣，本蜀縣，乾元元年更名。《周禮·天官》：司會掌國之百物財用，凡在書契版圖者之貳。註：版，户籍。至今尚有城南杜。〔王註次公曰〕華陽乃成都倚郭縣名也。今言杜子美在蜀，則華陽有杜姓矣。〔縯曰〕京兆城南有韋曲、杜曲。韋、杜皆遺盛時。人語曰：城南韋、杜，去天尺五。《唐書》：杜正倫與城南諸杜昭穆遠，求同譜，不許，銜之。諸杜所居號杜固，世傳其地有壯氣，故世衣冠。正倫既執政，建言鑿杜固通水以利人，既鑿，川流如血。自是，城南諸杜稍不振。我欲歸尋萬里橋，〔施註〕趙抃《成都集記》：萬里橋，諸葛孔明於此送吴使張温，曰：「此水下至揚州萬里。」因以爲名。或云：孔明送費禕聘吴，至此，曰：「萬里之行自此始。」二説雖殊，要之因孔明得名。水花風葉暮蕭蕭〔三三〕。〔施註〕《文選》江文通《恨賦》：風蕭蕭而異響。芋魁徑尺誰能盡，〔王註次公曰〕《漢書·翟方進傳》：童謡曰：飯我豆，食羹芋魁。蓋言芋之大者。《華陽國志》曰：汶山郡有大芋如蹲鴟。故杜子美《贈别賀蘭銛》詩云：我戀岷下芋。〔施註〕《漢·貨殖傳》：卓氏遷之蜀，曰：吾聞汶山之下沃野，下有蹲鴟，至死不飢。顔師古曰：蹲鴟，謂芋也。榿木三年已足燒。〔施註〕《蜀·本紀》：蜀人以榿木爲薪，種之三年，可燒。百歲風狂定何有，羨君今作峨眉叟。縱未家生執戟郎，〔王註厚曰〕揚雄，成都郫人，執戟爲郎。〔邵註〕《漢書》：揚雄待詔歲餘，奏《羽獵賦》，除爲郎。〔合註〕《漢書》：雄，蜀郡成都人，避仇處郫。也應世出埋輪守。〔施註〕《後漢·張綱傳》：犍爲武陽人。順帝漢安元年，選遣八使，徇行風俗，皆耆儒知名，多歷顯位。惟綱年少，官次最微。餘人受命之部，而綱獨埋其車輪於洛陽都亭，曰：「豺狼當路，安問狐狸。」遂奏大將軍冀，條其十五事，京師震悚。莫欺老病未歸身，玉局他年第幾人。〔王註縯曰〕昔張道陵修道既成，老君降於成都，地湧玉局，今爲觀，在平門內。〔施註〕《北斗經》：地神湧出，扶一玉局而作高座。《成都集記》：開元中，道士羅上清奏重修殿宇，本名玉局治，避高宗諱，改爲玉局化。國朝爲玉局觀，置提舉主管官。會待子猷清興發，還須雪夜〔三四〕去尋君。

卷二十六校勘記

〔一〕誥案詩意乃送許遵罷潤州赴金陵也　按，此詩，施註嘉泰原刻本在缺卷中，合註未引。施乙有此詩，題下註云：「許遵『出知潤州。時東坡經途，次其韻也。』」據此，誥案未當。

〔二〕送穆越州　七集續集重收，題同。

〔三〕相忘　原作「相望」。今從集本、施乙、類本、七集續集。

〔四〕羡公　集乙作「羡君」。

〔五〕雪月　七集續集作「雲月」。

〔六〕公瑾　類本作「公謹」。

〔七〕走訪　類本作「走扣」。七集原校：「『訪』一作『扣』。」

〔八〕無限　外集作「無礙」。

〔九〕賞君　類本作「當君」。

〔一〇〕鄧滁人也是日坐中觀邸報云迁叟已押入門下省　類本無此條自註。「觀邸報」，外集作「見邸報」。「迁叟已押入門下省」，「迁」、「已」字據外集補；七集作「□□入□下省」。

〔一一〕此去　七集作「我去」。

〔一二〕只應　外集作「只因」。

〔一三〕乘飛車　何校：真迹作「乘輕舟」。查註：石刻「飛車」作「輕舟」。合註：汪砢玉《珊瑚網》載先生自書此詩真蹟，「飛車」作「輕舟」。

〔一四〕赤松子　原作「赤城子」。今從集本、施乙、類本。查註：石刻「赤城」作「赤松」。合註：《珊瑚網》「赤城」作「赤松」。施註引《漢書·張良傳》：願棄人間事，從赤松子游。

〔一五〕未暇　原作「未可」。今從集本、施乙、類本。查註：石刻「可」作「暇」。合註：《珊瑚網》作「未暇」。

〔一六〕請學　施乙作「且學」。

〔一七〕并敘　據集本補。施乙、類本作「并引」。

〔一八〕松風　原作「秋風」。今從集本、施乙。

〔一九〕絶磵　集本、施乙、類本作「絶澗」。

〔二〇〕照瞭　集本、施乙、類甲作「照燎」。查註：宋刻本「瞭」作「燎」。

〔二一〕茗椀　施乙作「茗盌」。按，《集韻》：「盌」，或作「椀」。以後不重出。

〔二二〕褭　集甲、類丙作「㚟」。按，《集韻》：「褭」，或書作「㚟」。

〔二三〕竹西亭　外集「竹」上有「至」字。

〔二四〕贈葛葦　施乙作「贈葛鞏」。七集續集重收此詩，題同。

〔二五〕波頭　七集續集作「千頭」。

〔二六〕君家　原作「吾家」。各本作「君家」，今從。

〔二七〕次韻孫莘老斗野亭寄子由在邵伯堰　施乙無「在邵伯堰」四字。施註云：此詩墨跡，欽宗東宮所藏，今在曾文清家，宿刻石餘姚縣治。詩尾題云：「予自宜興赴文登，過邵伯埭。埭上僧舍有小亭，名斗野亭，有孫莘老長韻。舍弟子由小詩，乃次莘老韻。留示子由。時子由以校書郎召，將過此也。」查註「在邵伯堰」四字爲題下自註。

〔二八〕帆　查註：別本作「帽」，訛。

〔二九〕夙昔　施乙作「宿昔」。按，《康熙字典》：「宿」，通「夙」，以後不重出。

〔三〇〕蓮華　集本作「蓮花」。

〔三一〕竊飲　何校：「竊醉」。

〔三二〕次韻送徐大正　七集續集重收此詩，題作：次韻徐得之，常與余約，卜鄰於江淮間，將赴登州，同舟至山陽，以詩見送留別。

〔三三〕嘗與余約云云　集本、施乙、類本無此條自註。

〔三四〕酒醆　集甲作「酒盞」。按，《說文》：「琖」，玉爵也，從玉，戔聲，或從「皿」。又，《經典釋文》：「醆」，或作「琖」。則「醆」、「盞」，通。

〔三五〕裹飯先須問子來　《永樂大典》卷八百二十一（見中華書局影印本第七册）引《甕牖閑評》：「唐韓文公、蘇東坡皆誤用《莊子》中子桑裹飯事，作子來。……東坡詩云：（略）。余原此字之失，蓋『來』字與『桑』字頗相類。文公已爲誤用，東坡又承其誤爾。」

〔三六〕平日　施乙作「公子」。

〔三七〕峨嵋　集甲、施乙作「峨眉」。七集作「蛾眉」。

〔三八〕眼前是　類丙作「眼前事」，疑誤。

〔三九〕元豐七年　類丙「年」字後有「上」字。

〔四〇〕懷仁令陳德任新作占山亭二絶　類本「懷仁令」作「懷口令」，查註謂「口」訛。七集題作「占山亭」。外集「懷」字上有「留題」二字。
〔四一〕使君　七集作「史君」。
〔四二〕曾守密州　類本爲「我是」句下原註，無註者姓氏，或爲自註。
〔四三〕仍合　七集作「仍占」。
〔四四〕醉尉嗔　集甲、施乙作「醉尉瞋」。
〔四五〕催曉　原作「唱曉」。今從集本、施乙、類本。
〔四六〕應避秦　集本、施乙、類本作「逢避秦」。
〔四七〕扶挈　施乙作「扶攜」。
〔四八〕未斑　集甲、施乙作「未班」。
〔四九〕願公　原作「願君」。今從集本、施乙、類本。
〔五〇〕雜詩　外集作「無題」。
〔五一〕淺眉　外集作「畫眉」。
〔五二〕綷縩時　七集作「蟋蟀悲」。外集作「綷縩時」。
〔五三〕并敘　施乙作「并引」。
〔五四〕富公之客　集本作「富鄭公之客」。類本作「富鄭公客」。
〔五五〕李君諱常　類本無「君諱」二字。

〔五六〕李公諱師中　類本無「公諱」二字。
〔五七〕而其子　類本無「而」字。
〔五八〕晨飲　類本作「朝飲」。
〔五九〕遺歎　集本、施乙、類本作「餘歎」。
〔六〇〕曹植請祭先王表云云　原引文有訛漏，今據《太平御覽》訂補。
〔六一〕羹材　合註：「羹」一作「美」。
〔六二〕作眼明　查註：「作」疑誤，當作「乍」。
〔六三〕萬松堂　集本、施乙、類本無「萬」字。
〔六四〕蒼雲　類甲、類丁作「蒼髯」。
〔六五〕珠瓔　集本、類本作「珠纓」。查註：宋刻本作「珠纓」。
〔六六〕登州海市　阮元《山左金石志》卷十七收此詩石刻，并校。集本、施乙無「登州」二字。
〔六七〕并敍　施乙作「并引」。
〔六八〕嘗出　集本、施乙作「常見」。查註：石刻「出」作「見」。阮校：「常出」。
〔六九〕見矣　查註：石刻作「出也」。阮校作「出也」。
〔七〇〕廟　阮校：石刻作「祠」。
〔七一〕此詩　阮校：石刻作「是詩」。
〔七二〕珠宮　何校：「朱宮」。

〔七三〕神工　原作「神功」。今從集本、施乙、類本、《山左金石志》所收石刻。
〔七四〕所得　類甲作「所待」。查註：《叢話》作「所見」。
〔七五〕信我　查註：《叢話》作「信哉」。
〔七六〕豈知　查註：石刻「豈」作「不」。何校：真迹作「不知」。
〔七七〕伸眉　集甲、施乙、類本作「信眉」。按，《集韻》：「伸」，通作「信」。
〔七八〕孤鳥　類本作「孤島」。
〔七九〕奉和陳賢良　外集題作「次韻陳賢良」。
〔八〇〕休瑣瑣　外集作「真瑣瑣」。
〔八一〕黄腄　外集作「黄陲」。
〔八二〕抱琴　七集作「抱寒」，合註謂「寒」訛。
〔八三〕悤悤　外集、查註、合註作「匆匆」。
〔八四〕樂職詩　外集作「樂賦詩」，疑誤。外集「詩」字後原註：到登五日被召，故云。
〔八五〕并敘　施乙作「并引」。
〔八六〕專以　查註、合註：「專」一作「惟」。
〔八七〕與誰親　集本、類本作「與誰春」。
〔八八〕植杖芸　查註作「植杖耘」。
〔八九〕晚聞　類本作「聞晚」，合註謂「聞晚」訛。

〔九〇〕牀頭　集本、施乙、類本作「牀前」。

〔九一〕神山　類丙作「神仙」。

〔九二〕憎市酤　查註、合註：「憎」一作「困」。

〔九三〕蒂　集甲、施乙、類丙作「蔕」。按，《正字通》：「蔕」，小篆作「蒂」。

〔九四〕黄潦　類本作「潢潦」。

〔九五〕使君　施乙作「史君」。

〔九六〕足用　類本作「得用」。

〔九七〕綀裙　查註「綀」作「練」；又謂：宋刻本作「綀」。合註：一作「練」。盧校：當作「練」。集本作「練」。
按，《康熙字典》未收「綀」字，「綀」疑爲「練」之誤刊。「裙」原作「帬」，今從集甲。按，「裙」、「帬」，通。

〔九八〕談笑　查註謂宋刻本「笑」作「説」。集本、類本作「談笑」。

〔九九〕不可恃　集乙作「不可侍」，疑誤。

〔一〇〇〕慰已　外集作「喜燕」。

〔一〇一〕誰復　類本作「誰定」。

〔一〇二〕豈可　查註：「可」一作「所」。

〔一〇三〕惠崇春江晚景二首　集本「晚景」作「曉景」。七集續集重收此二首，題作「書袞儀所藏惠崇畫二首」。

〔一〇四〕次韻周邠　類本題下原註：「周開祖也。」

〔一〇五〕次韻胡完夫　西樓帖有此詩，題作「次韻完夫舍人見戲一首」，下書「軾上」。當卽題下施註所云之墨迹刻石。

〔一〇六〕青衫　合註謂「衫」一作「山」，並謂「山」譌。

〔一〇七〕斕斑　集乙作「爛斑」。

〔一〇八〕看西山　集本、類本、西樓帖作「望西山」。

〔一〇九〕次韻錢穆父　類本題下原註：「錢勰也。」

〔一一〇〕遷客　施乙據墨迹作「病客」。

〔一一一〕二劉　施乙據墨迹作「老劉」。

〔一一二〕二老堂詩話云云　清刊《周益國文忠公集》及《津逮祕書》本《二老堂詩話》，均無此條。

〔一一三〕次韻完夫再贈之什某已卜居毘陵與完夫有廬里之約云　外集「完夫」上有「胡」字，「某」作「軾」，「廬里」作「鄰里」，無「云」字，題下註云：初和見前集卷十五（按，指本卷《次韻錢穆夫》詩）。

〔一一四〕我爲　七集作「爲我」。

〔一一五〕君應　外集作「君當」。

〔一一六〕涼風　七集作「水風」，外集作「暑風」。

〔一一七〕次韻答李端叔　七集無「次韻」二字。

〔一一八〕沙磧　外集作「沙漠」。

〔一一九〕又從　七集作「又來」。

〔一二〇〕鄰居　七集作「憐君」，原校：一作「鄰居」。

〔一二一〕牂　合註：一作「羊」。

〔一二二〕版籍　集甲作「板籍」。按，《集韻》：「版」，或從木。

〔一二三〕蕭蕭　施乙作「瀟瀟」。

〔一二四〕雪夜　原作「夜雪」。各本作「雪夜」，今從。

蘇軾詩集卷二十七

古今體詩三十九首

【誥案】起哲宗元祐元年丙寅正月，入侍延和殿，三月除中書舍人，八月擢翰林學士知制誥，至十二月作。《宋史·職官志》：中書舍人，正四品。翰林學士，正三品。又，起居舍人有紀事責，例得入侍延和殿。

正月八日招王子高飲〔一〕

〔合註〕外集載此詩。【誥案】王迥，字子高，改名蘧，字子開。公爲賦芙蓉城者也。王、施註不載此詩，查註從蒲積中《歲時雜詠》收入續採中。其附載子由詩，極繁，而此詩必當引《欒城集·次韻》詩以考定者，卽又不知何也。今補編入集。餘詳案中。〔案〕總案云：公此詩，……據子由詩，用韻相符，載《題憩寂圖》詩前。公以正月八日招子高晚飲，十二日作《憩寂圖跋》，兩集符合，則此詩信公作也。

屋雪〔二〕號風苦戰貧，紙窗迎日稍知春。正如蒼蔔林中坐，更對芙蓉城裏人。昨想玉堂空冷徹，【誥案】此云「玉堂冷徹」猶之。《雪後書北臺壁》用「凍合玉樓」也。合註謂「玉堂」見《武昌西山》、《玉堂栽花》詩。二詩中之「玉堂」，皆翰林故事，與此無涉〔三〕。誰分銀榼送清醇。〔合註〕白樂天詩：銀榼攜桑落。《後漢·仲長統傳》：清醇之酎。海山知有東南角，正看歸鴻作小顰。

和王晉卿并引〔四〕

【誥案】此詩施編本誤，查註編元祐二年九月詩後，亦誤。今改編，餘詳案中。〔案〕總案云：叙郎稱「不相聞者七年」，自元豐庚申計至元祐丙寅，正七年也。是年九月八日，作《王晉卿詩跋》，十一月二十一日，爲王晉卿書《黄泥坂詞》，必非二年九月始遇於殿門也。今改編於此。

駙馬都尉王詵晉卿，功臣全斌之後也〔五〕。〔查註〕《畫繼》：王晉卿尚英宗女蜀國長公主，雖在戚里，斥遠聲色，而從事於詩畫，作寶繪堂於私第之東，以蓄其所有，東坡爲作記。《晉書》：杜預尚文帝妹，武帝踐祚，給追鋒車第二駙馬。後世稱尚公主者爲駙馬，實始於此。元豐二年，予得罪貶黄岡〔六〕，而晉卿亦坐累遠謫〔七〕，〔查註〕《烏臺詩案》：御史臺檢會送到册子，根勘蘇軾爲作詩賦謗訕朝廷，絳州團練使駙馬都尉王詵，爲留軾譏諷文字及上書奏事不實，根勘所結案狀。内一條，作詩賦及諸般文字寄送王詵等，致有鏤刻印行，各係譏諷朝廷，謗訕中外，臣僚準勅徒二年，情重者奏裁。又本集《題王晉卿詩後》云：晉卿爲僕所累，僕既謫齊安，晉卿亦貶武當。不相聞者七年。予既召用，晉卿〔八〕亦還朝，【誥案】本集《與王定國書》云：晉卿已召還都，月給百千，其女泣訴，聖主爲惻然也。據此書，晉卿已早歸矣。叙云「不相聞者七年」，謂自元豐己未至乙丑爲七年也，至是已八年矣。相見殿門外。感歎之餘，作詩相屬，託物〔九〕悲慨，阨窮而不怨，泰而不驕。憐其〔一〇〕貴公子有志如此，故和其韻〔一一〕。【誥案】此詩原叙與合註所載鄭羽重刊施註本、七集本詳略小異，其鄭本似後又改定者也，今從鄭本爲當。

先生飲東坡，獨舞無所屬。當時挹明月，對影三人足。醉眠草棘間，蟲虺莫予毒。〔合註〕「莫予毒」，用《左傳》晉文公語。醒來送歸雁，一寄千里目。〔王註〕唐王之渙詩：欲窮千里目，更上一層樓。〔合註〕鮑明遠詩：遠極千里目。悵然〔一二〕懷公子，旅食久不玉。〔王註援曰〕杜子美《奉贈韋左丞丈》詩：旅食京華春。又《晉・王濟傳》：濟麗服玉食。蓋濟爲晉駙馬，則於晉卿用之宜矣。欲書加餐字，遠託西飛鵠。謂言相濡沫，未足救溝瀆。吾生如寄耳，何者爲禍福。不如兩相忘，昨夢那可逐。上書得自便，歸老湖山曲。〔王註師曰〕公自黄量移汝州，表乞常州居住，詔許之。躬耕二頃田，自種十年木。豈知垂老眼，却對〔一三〕金蓮燭。〔王註次公曰〕金蓮燭，惟至尊用之也。〔援曰〕《唐・摭言》：令狐趙公，大中初，常便殿召對，夜艾方罷。宣賜金蓮花，送歸院，院使以下，莫不驚異。金蓮花，燭柄耳，惟至尊有之。【誥案】句指入侍不必定翰林也。公鎖宿入對，撤金蓮燭送歸院，此係三年四月四日承旨草吕大防、范純仁並相麻制之事，本傳誤入二年。邵註引以實此句，謂即公自述，誤甚，今刪。公子亦生還，仍分刺史竹。〔合註〕晉卿時爲文州團練使。賢愚有定分，樽俎守尸祝。〔王註〕《莊子・逍遥遊篇》：庖人不治庖，尸祝不越樽俎而代之。文章何足云，執技等醫卜。〔王註〕司馬遷書：文史星曆，近乎卜祝之間。朝廷方西顧，羌虜驕未伏。【誥案】王詵乃武世家，且官居武職，自此以下，皆就詵作勸勉之詞也。遥知重陽酒，白羽落黄菊。〔王註〕李太白《九日登巴陵置酒望洞庭水軍》詩：白羽落酒樽。

羨君真將家，浮面氣可掬。〔公自註〕袁天綱謂竇軌，君語則赤氣浮面，爲將勿多殺人〔一四〕。〔邵註〕《唐書·袁天綱傳》：見竇軌曰：「君方語，氣浮入於大宅，若將，必多殺人，願自戒。」何當請長纓，〔王註〕《漢書》：終軍願請長纓，以羈南越王，而致之闕下。一戰河湟復。〔王註援曰〕杜牧詩：文思天子復河湟。〔次公曰〕唐自代宗永泰後，隴右悉陷吐蕃，故杜牧已有此語。〔查註〕《元和郡縣志》：隴右道鄯州有湟水，名湟河，亦謂之樂都水，東南流至蘭州，西南入黄河。《太平寰宇記》：霍去病取西河地，開湟中，屬金城郡。南涼禿髮烏孤自稱武威王，徙居於此。後魏改爲鄯州。又案，唐上元中，鄯州陷於吐蕃，所管州縣入河州。至宋時，西邊郡縣俱廢，故結句云爾。杜詩《投贈哥舒開府翰》：每惜河湟棄。先生蓋暗用此語也。

次韻王覿正言喜雪〔一五〕

〔施註〕王覿，字明叟，泰州如皋人。元祐初，吕正獻、范忠宣薦其可大用，擢右正言，進司諫。極言當位者奸邪害正，使一二元老不得行其志，章數十上，公論韙之。東坡時爲右史，故云：「我方執筆侍，未敢書上瑞。君猶伏闕争，高論亦少慰。」明叟在言路，每欲深破朋黨之説。東坡居翰苑，朱公掞光庭訐其《試館職策問》。明叟言：「軾之辭不過失輕重之體爾，若悉考同異，深究嫌疑，則兩歧遂分，黨論滋熾。夫學士命辭失體，其事尚小，使士大夫有朋黨之名，大患也。」帝深然之。後爲侍御史。又言：「一年之内，章疏多緣程頤、蘇軾之故。前日頤去，而言者及軾，故乞補外，降詔不允，尋復進職經筵，適當執政有闕，陛下若欲保全軾，則且勿大用之，使不及於悔吝。」進諫議大夫，自是出藩入從。紹聖間一再被貶。徽宗擢爲御史中丞，出典二州，又安置清江。紹興初，追復龍圖閣學士。〔查註〕《宋史·職官志》：門下、中書二省，其屬各有正言一人。門下省爲左正言，中書省爲右正言，皆從七品，乃左右拾遺之任。曾子固《隆平集》以拾遺爲正言，乃太平興國六年改。〔合註〕《續通鑑長編》：元豐八年十二月，王覿爲右正言。公和詩，正覿爲正言時也。【誥案】此詩在起居舍人任作，施編在答西掖諸公詩後，本誤，查註以《二月八日起居院》詩，補編於此詩之後，而不知更正施編，亦誤。今改列於前。

聖人與天通，〔王註〕《列仙傳》：陶安公，六安冶師也。數行火術，火一旦散上，紫色衝天。須臾，朱雀止冶上。曰：「安公安公，冶與天通。七月七日，迎汝以赤龍。」龍至，安公騎之東南而上。有詔寬獄市。〔王註〕《前漢·曹參傳》：爲齊相。蕭何薨，使者召參。參去，屬其後相曰：「以齊獄市爲寄，慎勿擾也。」〔合註〕《宋史·哲宗本紀》：元祐元年正月，録在京囚，減死罪以下一等，杖罪者釋之。詩意指此。好語夜喧街，〔王註〕杜子美《驄馬行》詩：近聞下詔喧都邑。濕雲朝覆砌。〔王註〕唐崔櫓詩：紅葉下山寒寂寂，濕雲如夢雨如塵。紛然退朝後，色映宮槐媚。欲誇剪刻工，〔王註〕韓退之《李花》詩：誰將平地千堆雪，剪刻作此連天花。吴陸暢《雪》詩：天人寧底巧，剪冰作飛花。故上〔六〕朱藍袂。〔王註縯曰〕國朝太宗皇帝言：唐朝學士，多衣緋緑，今之任職者，或以朱藍而加金帶之飾，亦士林之榮。〔施註〕《宋書》：大明五年正月朔，朝賀，雪落。太宰義恭，衣有六出，奏以爲瑞，上説。《吴興詩集》李郢《雪霽登樓》詩：城樓飛雪定，猶看謝莊衣。註云：謝莊朝回，衣爲飄雪印點，時人翫之爲風韻。見《宋書·符瑞志》。〔查註〕《齊書·文學傳·論》：朱藍共妍，不相祖述。我方執筆侍〔七〕，未敢書上瑞。〔王註次公曰〕左史記言，右史記動，今日之起居郎、起居舍人是已。韓退之《與元稹書》云：愈既承命，又執筆以俟。〔施註〕《唐·百官志》：「每仗下議政事，起居郎一人執筆記録於前。」按，東坡時爲起居舍人。君猶伏閣争，〔施註〕《舊唐書》：陽城爲諫議大夫，伏閣上疏。高論亦少慰。〔王註〕《唐書》：久視二年三月，大雨雪。蘇味道等以爲瑞，率羣臣入賀。王求禮讓曰：「宰相燮和陰陽，而季春雨雪，乃災也，果以爲瑞，則冬月雷遽，爲瑞雷邪？」味道不從。賀者既入，求禮厲言：「今主荒臣佞，寒暑失序，戎狄亂華，使天有瑞，何感而來哉？」武后爲罷朝。霏霏止還作，【誥案】紀昀曰：自此以下，純寓時事，蓋其時局漸改而勢未定。盎盎風與氣。〔施註〕《孟子》趙氏註云：盎盎然，盛流於四體。杜牧《李賀詩集序》：春之盎盎，不足爲其和也。神龍久潛伏，一怒勢必倍〔一八〕。行當見三白，拜舞讙萬歲。〔王註〕杜子美《韋諷錄事宅觀曹將軍霸畫馬圖》詩：盤賜將軍拜舞歸。〔施註〕《吳越春秋》：采葛婦作詩曰：羣臣拜舞天顏舒。《漢·武帝紀》：元封元年，詔曰：翌日親登嵩高，御史乘屬，在廟旁，吏卒咸聞呼萬歲者三。歸來飲君家，酣詠追《既醉》。〔施註〕《毛詩》：《既醉》，太平也。

元祐元年二月八日，朝退，獨在起居院讀《漢書·儒林傳》，感申公故事，作小詩一絕〔一九〕

〔查註〕《宋史·職官志》：舊置起居院，命三館校理以上，修起居注。【誥案】此詩施編在遺詩中，查註補編。

寂寞申公謝客時，自言已見穆生機〔二〇〕。綰、臧下吏明堂廢，又作龍鍾病免歸。〔李註〕《漢書·儒林傳》：申公，魯人也，少與楚元王交俱事齊人浮丘伯。浮丘伯在長安，元王遣子郢與申公俱卒學。元王薨，郢嗣立爲楚王，令申公傅太子戊。戊不好學，病申公。及戊立爲王，胥靡申公。申公愧之，歸魯，退居家教，終身不出門，復謝賓客。蘭陵王臧及代趙綰從受《詩》。綰、臧請立明堂，以朝諸侯，不能就其事，乃言師申公。於是上使使束帛加璧，安車以蒲裹輪，駕駟迎申公。至，見上，上問治亂之事。申公時已八十餘，老，對曰：「爲治不在多言，顧力行何如耳。」上默然。竇太后喜《老子》言，不悅儒術，得綰、臧之過，以讓上。上因廢明堂事，下綰、臧吏，皆自殺。申公亦病免歸，數年卒。

送陳睦知潭州

〔施註〕陳睦，字和叔。嘉祐六年第二名進士。神宗擢爲御史。元豐元年，假起居舍人介安燾以聘高麗。除鴻臚少卿。會廣州缺人，以寶文閣待制使出守。給事中韓忠彦言其偶緣泛海之勞，僥倖至此，不足以玷侍從，詔從之。至是，以直龍圖閣守長沙。初，和叔爲兩浙提刑，杭州有裴氏婢夏沈香者，因與其女赴井，女既死，沈香科杖，罪已決矣。和叔舉駁，俾秀州倅張若濟重勘，夏沈香遂坐死，杭州獄掾杜子方、陳珪、戚秉道亦得罪衝替。東坡時倅杭，賦詩送之云：殺人無驗終不快，此恨終身恐難了。蓋指和叔、若濟云爾。玆送和叔，所述者止少時登臨相從而已，正無一語以及其人，則東坡不與之意可見。蓋與贈唐林夫坰詩，皆出一律也。〔查註〕《輿地廣記》：荆湖南路潭州，古三苗地，秦置長沙郡，漢爲晉國，晉永嘉元年置湘州，隋改潭州，以昭潭爲名。【誥案】紀昀曰：窄韻穩押，綽有餘力。

華清縹緲浮高棟，〔王註次公曰〕按《長安志》載云：湯泉宮，咸亨二年名温泉宮，天寶六載改爲華清宮。北向，正門曰津陽門，東面曰開陽門，西面曰望京門，南面曰昭陽門。津陽門之東曰瑶光樓，南曰飛霜殿、九龍殿、宜春亭、重明閣、芳春閣……十八名，此所謂浮高棟也。杜子美《七月一日題終明府水樓》詩：高棟層軒已自涼。〔師曰〕杜子美《遠遊》詩：江闊浮高棟。〔施註〕杜牧之《華清宮辭》：神仙高縹緲。上有纈林藏石甃。〔王註次公曰〕福巖寺，在南山半腹。石甕谷，有懸泉激石，成臼，似甕形，因以谷名名石甕寺。鄭嵎《津陽門》詩註云：石魚嵓下，有天然石，其形似甕，以貯飛泉，故玄宗以石甕爲之寺名。寺僧於上層飛樓中，懸轆轤，斜引修綆，長二百餘尺，以汲甕泉，出於紅樓喬樹之杪，此所謂「綵林藏石甕」也。〔施註〕白樂天詩：黄夾纈林寒有葉。一杯此地初識君，千巖夜上同飛鞚。〔王註〕杜子美《麗人行》詩：黄門飛鞚不動塵。君時年少面如玉，〔施註〕梁簡文帝《烏栖曲》：朱唇玉面燈前出。〔合註〕此用《史記》「陳平美如冠玉」，兼切姓也。一飲百觚嫌未痛。〔施註〕孟東野《看花》詩：痛飲一百杯。白鹿泉頭山月出，〔王註次公曰〕《述征記》曰：長安東則驪山，西則白鹿原。而驪山中又有白鹿觀。云：本驪山觀，有老母殿，唐高祖武德六年幸温泉旁觀川原，見白鹿，遂改觀名。而白鹿泉三字未見顯載，唯長生殿有飲鹿泉，又有飲鹿槽。〔施註〕《津陽門》詩：飲鹿泉邊春露晞。寒光潑眼如流汞。〔王註次公曰〕汞，水銀也。〔敬夫曰〕《物類相感志》云：登汞泉，在滄州九梘山，山出泉，闊百步，亦云流汞渠。雖泛金石，終不沉，故州人以瓦鐵爲船舫。朝元閣上酒醒時，卧聽風鑾〔三〕鳴鐵鳳。〔王註〕陸倕《石闕銘》：蒼龍玄武之制，銅雀鐵鳳之工。〔次公曰〕鐵鳳，蓋施雀鳳於屋脊上者。薛綜《西京賦註》云：員闕上作鐵鳳凰，令張兩翼，舉頭敷尾。故老杜《贄公房》詩曰：鐵鳳森翱翔。又《贈崔評事》詩曰：陰沉鐵鳳闕。風鑾，和鑾之鑾也，以其在風中，故謂之風鑾。舊遊空在人何處，二十三年真一夢。〔合註〕以詩中二十三年上溯至英宗初年甲辰，先生尚在鳳翔，當卽同游之歲也。【誥案】公以甲辰十二月十七日罷鳳翔任，至長安，因游驪山，非甲辰尚在鳳翔也。但合註既爲此説，何以不駁正查編驪山詩而從誤耶？我得生還雪髯滿，〔施註〕杜子美《北征》詩：生還對童稚。君亦老嫌金帶重。〔王註〕杜祁相詩：老嫌金帶重，瘦覺玉堂寒。〔施註〕白樂天《六十六》詩：瘦覺腰金重，衰憐鬢雪繁。〔查註〕《歸田録》：國朝之制，自學士以上，賜金帶，謂之重金。太宗創爲金銙之制，方團球路以賜兩府，御仙花以賜學士以上。今俗以毬路爲笏頭，御仙花爲荔枝，皆失其本號。岳珂《媿郯録》：國朝服帶之制，乘輿，東宮以玉，大臣以金。金帶有六種，毬路、御仙花、荔枝、師蠻、海捷、寶藏。又有金塗帶九種，金束帶八種，金塗束帶四種。《春明退朝録》：重金謂金帶上垂金魚者。有如社燕與秋鴻，〔施註〕《禮記·月令》：仲秋之月，鴻雁來，玄鳥歸。鄭氏云：玄鳥，燕也。相逢未穩還相送。【誥案】紀昀曰：以上從陳睦生情，末四句以潭州作結，章法清老。洞庭青草渺無際，〔王註續曰〕洞庭、青草，二湖名，相連接，乃往潭州之所經也。〔邵註〕杜子美《宿青草湖》詩：洞庭猶在目，青草續爲名。註：青草湖，與洞庭湖相連，在岳州境上。天柱紫蓋森欲動。〔王註〕韓退之《謁衡岳廟》詩：紫蓋連延接天柱，石廩騰擲堆祝融。森然魄動下馬拜，松柏一逕趨靈宮。〔施註〕徐靈期《衡山記》：天柱峰高四千一百丈，夏禹理水，刻石峰上。紫蓋峰多隱雲表，常有白鶴仙童，飛翔其側。湖南萬古一長嗟，〔王註〕杜子美《祠南夕望》詩：湖南清絶地，萬古一長嗟。付與騷人發嘲弄。

用前韻答西掖諸公見和〔二二〕

〔查註〕楊奐《汴故宮記》：登聞鼓院之西，曰右掖門，翰林知制誥者，多居西掖。【誥案】紀昀曰：無所取義，却説得精采，此種純以筆力勝，不以性情勝矣。

雙猊蟠礎〔二三〕龍纏棟，〔王註次公曰〕礎，石磉也。礎斲雙猊，棟盤龍像，此言禁殿也。〔師曰〕梅聖俞《紫宸早朝》詩：眈眈玉宇龍纏棟，靄靄金爐獸齧鐶。金井轆轤鳴曉甕。〔王註〕李賀詩：轆轤咿啞轉鳴玉。〔施註〕《玉臺新詠·行路難篇》：玉欄金井牽鹿盧。戴延之《西征記》：洛陽太極殿，有金井欄、金博山，轆轤蛟龍負山於井上。小殿垂簾白玉鉤〔二四〕，〔查註〕小殿即睿思殿。大宛立仗朱絲〔二五〕鞚。〔施註〕《漢·張騫傳》：大宛有善馬。《唐·顔真卿傳》：大宗置立仗馬二，有急奏須乘者，聽。《古樂府》梁元帝《紫騮馬歌》：宛轉青絲鞚。風馭賓天雲雨隔，〔王註次公曰〕《列子》：御風而行，又所謂風馬雲車也。賓天，以言帝之上仙也。此蓋言神宗矣。〔合註〕《汲冢周書》：王子曰：「吾後三年，上賓於帝所。」註言：死必爲賓於天帝之所。孤臣忍淚肝腸痛。〔王註〕梅聖俞詩：二年不到大梁城，江邊淚滴肝腸痛。〔施註〕柳子厚《黄溪》詩：孤臣淚已盡，虚作斷腸聲。羨君意氣風生座，〔施註〕唐盧綸詩：説劍風生坐，抽琴鶴繞雲。落筆縱横盤走汞。〔施註〕杜牧《註孫子序》云：猶盤中走丸，丸之走盤，横斜圓直，計於臨時。上樽日日〔二六〕瀉黄封，〔施註〕《漢・翟方進傳》：賜上樽酒。賜茗時時開小鳳。〔施註〕歐陽文忠公《龍茶録後序》：茶之爲物，至精而小，團又其精者，蓋自蔡君謨始造而進貢焉。仁宗南郊致齋之夕，中書、密院各四人，共賜一餅。宫人剪金爲龍鳳貼其上，兩府八家，分割以歸。嘉祐七年，明堂始人賜一餅。《茶經》云：茗，茶之晚取者。《集韻》亦云。〔查註〕《澠水燕談録》：蔡君謨造小團以充貢，一斤二十餅，仁宗尤所珍惜，雖宰相未嘗輒賜。惟郊禮致齋之夕，兩府各四人，共賜一餅。不敢自試，有佳客，出爲傳玩。又《北苑雜述》云：北苑細色第五綱，有興國巖、小龍、小鳳之名。閉門憐我老太玄，給札看君賦雲夢。金奏不知江海眩，〔王註〕《周禮・地官》：以晉鼓鼓金奏。〔施註〕《左傳・成公十二年》：金奏作於下。木瓜〔二七〕屢費瑶瓊〔二八〕重。豈惟蹇步苦追攀〔二九〕，〔施註〕《文選》謝宣遠《張子房》詩：四達雖平直，蹇步愧無良。已覺侍史疲奔送。〔施註〕《史記・孟嘗君傳》：孟嘗君待客坐語，而屏風後，嘗有侍史主記君所與客語。春還宫柳腰支活，〔王註〕杜子美《絶句漫興》詩：隔户楊柳弱嫋嫋，恰似十五女兒腰。水入〔三〇〕御溝鱗甲動。〔施註〕劉禹錫《牛渚》詩：秋江鱗甲生。〔合註〕杜子美《秋興》詩：石鯨鱗甲動秋風。借君妙語發春容〔三一〕，顧我〔三二〕風琴不成弄。〔施註〕潘閬《風琴》詩：到底不能成一曲。

再次韻答完夫穆父〔三〕

〔公自註〕二公自言：先世同在西掖。〔施註〕此詩墨迹，藏吳興秦氏，首云：又次韻穆父舍人和完夫初入省，且述世契。集本云「掖垣老吏」，墨迹乃「老史」也。〔合註〕《宋史》：錢彦遠爲右司諫，遷起居舍人。穆父，彦遠子也。胡宿修起居注，知制誥，從子宗愈。所云「先世同在西掖」，當指彦遠與宿也。【誥案】此詩在中書舍人任作，施編在前，本誤，查註編入卷二十六元豐八年十二月，尤非。今改編於此。

掖垣老吏〔三四〕識郎君，〔王註〕劉楨詩：誰謂相去遠，隔此西掖垣。註引應劭《漢官儀》曰：左右曹受尚書事，前世文士，以中書在右，因謂中書爲右曹，又稱西掖垣。〔施註〕《唐·權德輿傳》：左右掖垣，承天子誥命。並轡天街兩絶塵。〔施註〕《史記·天官書》：畢昴間爲天街。《莊子·田子方篇》：夫子奔逸絶塵，而回瞠若乎其後。汗血固應生有種，〔王註〕《北史·魏世祖本紀》：遮逸國獻汗血馬。夜光那復困無因。豈知西省深嚴地，〔王註堯卿曰〕王元之《滁州謝上表》云：臣自西垣，入叨内府，既在深嚴之地，乃當繁劇之秋。〔施註〕《唐·百官志》：龍朔元年，改中書省曰西臺。〔查註〕楊奐《汴故宫記》：登聞鼓院檢院之東，曰左掖門，門南曰待漏院。登聞鼓院之西，曰右掖門，西省即右掖也。也著東坡病瘦身。〔施註〕白樂天《新秋病起》詩：病瘦形如鶴。免使謫仙明月下，狂歌〔三五〕對影只三人。〔王註援曰〕先生言，自與胡完夫、錢穆父爲三人也。

和蔣發運

〔施註〕蔣發運，名之奇，字穎叔，宜興人。鎖廳擢進士第，舉賢良方正，試六論，中選，及對策，以失書問目報罷。英宗覽而善之，擢監察御史。神宗立，進副端，歷諸道轉運，遂爲江淮發運。祖宗舊制，歲終奏計京師，其實多至次年正月到闕，穎叔十月已詣京師奏計。進待制，守長沙，爲御史諫官，以廉白稱。由寶文閣待制河北都漕守瀛，入爲户部侍郎。〔查註〕《宋史·職官志》：發運使，掌經度山澤財貨之源，漕淮浙江湖六路儲廩，以輸中都，而兼制茶鹽泉寶之政。《燕翼貽謀録》：初下江南，置水陸發運二使，後以陸路不便，悉從水路。雍熙四年，詔合水陸發運爲一路。《職官分紀》：淮南、江浙、荆湖有都大發運使、副使等官。

夜語翻千偈，書來又一言〔三六〕。此身真佛祖，何處不羲軒。船穩江吹坐，樓空月入樽。【誥案】江淮發運使，置司真州，有東園池臺之勝，歐陽修爲記。公後北歸，至真州而疾作，米元章冒熱至東園，送麥門冬飲子，即其處也。各註皆失考東園，而《年譜》並譌東園在常州，今已詳載卷四十五案中。據此詩，則元豐七年，公寄居真州之時，與蔣之奇燕集此園，其情顯然。而宜興莊田，誥謂始終因之奇而成者，其線索愈明。〔案〕總案卷四十五建中靖國元年六月一日，有「與米黻遇於白沙東園」條。可參考卷四十五《睡起聞米元章冒熱到東園送麥門冬飲子》題下誥案。遥知思我處，醉墨在頹垣。

送表弟程六知楚州

〔施註〕東坡母成國太夫人程氏，眉山著姓。其姪之才，字正輔，第一；之元，字德孺，第六，即楚州；之邵，字懿叔第七。正輔初娶東坡女兄，早亡，老蘇公以爲恨事〔三七〕，見後《次韻正輔江行見桃花》詩註。此詩云「炯炯明珠照雙璧」，《次前韻送德孺漕江西》又云「君家兄弟真聯璧」，獨指德孺、懿叔，不復及正輔，猶以舊怨故也。德孺以父文應蔭入官。其自江右移節廣南，爲郎金部。元符三年，由河中守爲兩浙轉運使。東坡歸自海外，會於金山。後爲衞尉少卿，坐曾丞相布取金山下鼻塘地，德孺嘗與調護，蔡京與布不協，德孺亦得罪，時崇寧二年秋也。德孺孫敦厚，字子山。有文名紹興間，爲右史，兼掌外制。【誥案】據此註，則所編惠州卷，以程正輔事首列《江行桃花》題下，其編次尚不紊也。恨事見於後詩下者當即《老泉全集·族譜亭記》，而其註已亡，無由見也。公嘗命過補作《思子臺賦》，而自爲敍之，以傳史經臣之意，誥用其說，爲拈出之，亦使此註雖亡，而其意則存也。然既有此註，查註即當推求其所以註於《江行桃花》詩下之故，即不應折改諸詩。施註以文應爲德孺之父，亦誤。文應乃公之外祖，德孺之祖也，已詳卷一案中。〔案〕總案有「母程氏，大理寺丞文應女，是爲成國」條。〔查註〕《輿地廣記》：隋開皇初，山陽郡廢，十二年置楚州。

炯炯明珠照雙璧，〔施註〕杜子美《偪仄行》詩：此心炯炯君應識。當年三老蘇、程、石。〔合註〕《續通鑑長編》：景德三年九月，親試賢良方正，石待問入第四等。待問，眉山人也。又先生跋老蘇《送石昌言北使文》云：昌言名揚休，善爲詩，有名當時，終於知制誥。詩中所指，未知何人。【誥案】此指石揚休昌言之父也。參觀後「諸孫」句，蘇乃公祖宮傅，程乃公外祖文應也。里人下道避鳩杖，〔施註〕《漢·石奮傳》：內史貴人入閭里，里中長老皆走匿。《後漢·

禮儀志》：仲秋之月，縣道皆案户比民。年七十者，授以王杖，杖端以鳩鳥爲飾。刺史迎門倒梟鳥。〔王註援曰〕倒梟鳥，倒屣迎也。我時與子皆兒童，狂走從人覓梨栗。【誥案】紀昀曰：層次井然，有情文相生之樂。健如黄犢不可恃，〔施註〕杜子美《百憂集行》：憶昔十五心尚孩，健如黄犢走復來。庭前八月梨棗熟，一日上樹能千回。隙過白駒那暇惜。醴泉寺古垂橘柚，〔查註〕醴泉，眉州山名。石頭山高暗松櫟。〔施註〕韓退之詩：時見松櫟皆十圍。〔查註〕考《志》：眉州有石佛山，無石頭山。先生《寄子由》詩云：買田向何許，石佛山頭路。頭字疑當作佛字。諸孫相逢萬里外，一笑未解千憂集〔三八〕。〔施註〕韓退之《别知賦》：索微言於亂志，發孤笑於羣憂。子方得郡古山陽，〔王註次公曰〕山陽，言楚州，蓋淮陰郡山陽縣也。〔施註〕《唐・地理志》：楚州，本江都郡之山陽地。老手生風〔三九〕謝刀筆。〔施註〕《漢・趙廣漢傳》：見事風生。《蕭何傳》：起秦刀筆吏。顔師古曰：刀，所以削書也。古者用簡牒，故吏皆以刀筆自隨。我正含毫紫微閣，〔王註次公曰〕紫微閣，則中書舍人事。唐開元初，號紫微舍人。〔施註〕《唐・百官志》：開元元年，改中書省爲紫微。按，東坡時爲中書舍人。〔合註〕陸機《文賦》：或含毫而邈然。病眼昏花困書檄。〔施註〕《廣雅》：書記曰書。又按《説文》：檄，二尺書也。《釋名》：檄，激也，下官激迎其上之書文也。莫教印綬繫餘年，〔施註〕白樂天《遊恩德寺》詩：簪纓束縛使君身。《文選》嵇叔夜《絶交書》：欲離事自全，以保餘年。去掃墳墓當有日。〔王註〕《唐書》：太宗謂裴寂曰：「今歸掃墳墓，尚何辭。」〔施註〕《漢・嚴延年傳》：母數責之曰：「行矣，去女東歸，掃除墳墓耳。」功成頭白早歸來，共藉梨花作寒食。〔王註〕白樂天《寒食月夜》詩：風香露重梨花濕，草舍無燈愁未入。〔施註〕《文選》孫綽賦：藉萋萋之纖草。白樂天《陵園妾》詩：手把梨花寒食心。【誥案】紀昀曰：縈洄起處作結，章法完密。

和人假山

上黨攙天碧玉環，〔王註次公曰〕上黨，潞府也。此言太行山。〔施註〕杜牧之《賀平澤潞啓》：上黨天下之脊。〔查註〕《太平寰宇記》：五龍山，本名上黨山，其山松柏參霄。絶河千里抱商顔。〔王註師曰〕商顔，商山也，亦曰商於山。〔施註〕《漢·溝洫志》：引洛水至商顔下。顔師古曰：商顔，商山之顔也。〔查註〕《水經注》：楚水，源出上洛縣西南楚山。皇甫謐云：商山亦稱楚山。古老云：州有商君、商國、商塞、商密、商顔，曰五商。試觀烟雨三峰外，〔施註〕《唐文粹》楊敬之《華山賦》云：天雨初霽，三峰相差。都在靈仙一掌間。〔王註〕《賈氏談録》云：華岳掌，其石丹紫，正如人肉色，適類掌耳。高盈丈，闊四五尺。〔厚曰〕華山、首陽山，黄河流於二山間。古語云：此本一山，當河，河水過而曲行。河神巨靈以手擘開，其上以足踏，離，其下以通流，今華山有手迹仙掌峰是也。〔施註〕《文選》張平子《西京賦》：巨靈高掌，厥迹猶存。造物〔四〇〕何如童子戲，〔施註〕《法華經》：乃至童子，戲聚沙爲佛塔。寫真聊發使君閑。〔施註〕杜子美《驃騎歌》：故獨寫真傳世人。何當挈取西征〔四一〕去，畫作圍牀六曲山。〔施註〕李賀《屏風曲》：團迴六曲抱膏蘭。

送王伯敭守虢

〔施註〕王伯敭，名廷老。〔查註〕東坡守徐，有《和廷老退居見寄》詩。廷老放廢已久，至是起知虢州。《九域志》：陝西永興軍路虢州，唐弘農郡，宋改虢郡，治虢略縣。東至西京一百二十五里。周封虢仲之地，漢武置函谷關，謂形如函，卽孫卿子所云「秦有松柏之塞」是也。【誥案】此條，查註誤讀《欒城集·祭王虢州伯敭文》而改爲《代祭王虢州文》，遂實以伯敭長子娶東坡女之説，在處亂註。公詩有「平生無一女」句。今删，餘詳案中。〔案〕總案謂「平生無一女」句，「乃公在金陵《和葉濤》詩也」。（餘略）

華山東麓秦遺民，當時依山來避秦。〔施註〕陶淵明《桃花源記》：村中人自云：先世避秦亂，來此不復出焉。楊文公《談苑》云：華山南，有川廣袤數百里，連山洞壑，不知其極。人有登蓮花峰絶頂，俯瞰人烟，舍屋相望，四時常有花木，疑靈仙之窟宅。又云：秦人避難者，居此其裔也。至今風俗含古意，柔桑緑水〔三〕招行人。行人掉臂不回首，〔施註〕《史記·孟嘗君傳》：馮驩曰：「君獨不見夫朝趨市者乎？明旦，側肩爭門而入，日暮之後，過市朝者，掉臂而不顧。」爭入崤函土囊口。〔王註〕宋玉《風賦》：盛怒於土囊之口。〔施註〕《史記·秦本紀》：孝公據崤函之固，擁雍州之地。〔查註〕《元和郡縣志》：自東崤至西崤三十五里。又按《雍録》：自華至陝凡三關。秦函谷關，在唐陝州靈寶縣南十里。漢函谷關，在唐河南府新安縣東一里，漢楊僕移秦函谷關，而立於此。以比秦舊關，則移東三百七十八里。唐潼關，在華州華陰縣東北。惟有使君千里來，欲飲三堂無事酒。〔王註〕韓退之詩：何人有酒身無事。〔施註〕《唐文粹》呂温《虢州三堂記》云：開元初，天子思二南之風，並選宗英，共持理柄。虢大而近，匪親不居，時惟五王，出入相授，承平易理，逸政多暇，考卜惟勝，作爲三堂。三者，明臣子在三之節；堂者，屬宗室克構之義。韓退之《和虢州劉使君三堂新題詩序》云：虢州刺史宅，連水池竹林，往往爲亭臺島渚，目其處爲三堂。劉兄出刺此州，職修人治，州中稱無事，頗復增飾，從子弟而遊其間。〔查註〕《名勝志》：三堂，在虢州治内，唐岐、薛二王刺史時所建。三堂本來一事無，日長睡起聞投壺。〔施註〕《禮記》有《投壺篇》。《左傳·昭公十二年》：晉侯以齊侯宴，中行穆子相，投壺。牀頭硯石開雲月，澗底松根斸雪腴。〔王註援曰〕虢出月石硯屏并茯苓。山棚盗散人安寢，〔王註次公曰〕

《唐史》：河南汝、虢深山居民，團結爲盜，謂之山棚。李師道常衣食而潛部分之，欲以作亂於洛城。多置田伊闕、陸渾間，以舍山棚。元和十年，大饗邸中，殺牛醲酒，既衷甲矣，其徒白官發之。留守吕元膺以兵掩襲，賊突出轉略畿部。入山中數月，奪山棚所市，山棚怒遁，官軍襲擊盡殺之。〔施註〕《舊唐書·憲宗紀》：李師道與嵩山僧圓淨謀反，吕元膺圍之，賊入嵩岳山棚，盡擒之。亦見《通鑑》。〔合註〕子由詩，亦有「山賊近方侈，提刀索崖谷，援枹動閭里」句。【誥案】時有賊如山棚盜也。 勸買耕牛發陳廩。歸來只作水衡卿，〔王註〕《前漢·龔遂傳》：爲渤海太守，徵還，上以遂年老不任公卿，拜爲水衡都尉。水衡典上林禁院，共張宫館，爲宗廟取牲，官職親近，上甚重之。以官壽卒。〔施註〕《漢·龔遂傳》：爲渤海太守，秋冬課收斂，益蓄果實菱芡。郡中皆有蓄積，吏民皆富實。數年，拜爲水衡都尉。 我欲攜壺就君飲。〔施註〕杜牧詩：與客攜壺上翠微。杜子美《偪仄行》詩：速宜相就飲一斗。

道者院池上作

〔查註〕《汴京遺迹志》：道者院，在鄭州門外五里。高文虎《蓼花洲閑録》：五代時，有僧卓菴道邊藝蔬，一日晝寢，夢一金色龍，食所種萵苣數畦。已而見一偉丈夫於所夢之處，取萵苣食之。遂攝衣延之，饋食甚勤。因以所夢告，且曰：「公他日得志，願爲老僧於此地建一大寺。」偉丈夫，乃藝祖也。既即位，求僧，尚存，遂命建寺，賜名普安。都人稱爲道者院。周煇《清波雜志》所載亦同。又按晁補之《雞肋集·和普安院壁上蘇公韻》詩云：畏暑聊尋寺，追涼故繞池。雨園鳩喚婦，風徑燕將兒。散篆縈簾額，留雲暗井眉。龍蛇動屋壁，知有長公詩。《欒城集·次韻》詩云：雨氣涼侵殿，河流滲入池。黄粱瀹魚子，白酒瀉鵝兒。風細初生袖，塵清免污眉。郊行不得意，拂壁看題詩。

下馬逢佳客，〔施註〕杜子美《雨》詩：佳客適萬里，沉思情延佇。攜壺傍小池。清風亂荷葉，細雨出魚兒。〔王註〕杜子美《水檻遣興》詩：細雨魚兒出，微風燕子斜。井好能冰齒，〔施註〕白樂天《新秋早起》詩：銅瓶水冷齒先知。茶甘不上眉。歸途更蕭瑟，〔施註〕杜子美《陪諸貴公子丈八溝攜妓納涼晚際遇雨》詩：歸路翻蕭颯，陂塘五月秋。真個解催詩。

次韻子由送千之姪

〔查註〕千之兄弟五人，東坡同祖兄不欺之子也。【誥案】不欺娶於蒲氏，《欒城集》有《亡嫂靖安君蒲氏挽詞》，即千之之母，其詩之「風流似舅」句，指蒲傳正也。傳正素侈汰，公嘗以書規之曰：「千乘姪屢言大舅全不作活，計欲老弟苦勸，且看公亡甥面，少留意也。」千乘乃不欺長子千之之兄，皆蒲所出。卷二十五《寄蘄簟與蒲傳正》題下，施註論蒲事極詳，且有坡女姪歸其子澈之說，而語不及此，疑其有譌。今姑存之，并記於此。〔查註〕《欒城集·送千之姪西歸》詩云：京洛東游歲月深，相逢初喜解微吟。夢中助我生池草，別後同誰飲竹林。文字承家憐汝在，風流似舅慰人心。便將格律傳諸弟，王、謝諸人無古今。

江上松楠深復深，滿山風雨作龍吟。〔合註〕庾信詩：龍吟迴上游。年來老幹都生菌，下有孫枝欲出林。〔王註縯曰〕凡木皆本實而末虛，唯桐反之，故琴貴孫枝。〔施註〕《文選》嵇康《琴賦》：乃斲孫枝，準量所任。【誥案】紀昀曰：前四句一氣相承，純爲比體，於古體爲常格，於近體爲新調。白髮未成歸隱計，青衫〔四三〕儻有濟時心。〔施註〕杜子美《遣興》詩：豈無濟時策，終竟畏罪罟。白樂天《效陶潛體》詩：豈無濟時策，君門乏良媒。閉門試草三千牘，〔施註〕《史記·滑稽傳》：東方朔初入長安，至公車上書，凡用三千牘。仄席〔四四〕求人少似今。〔王註〕《後漢·逸民列傳》：光武側席幽人，求之若不及。〔施註〕《後漢·章帝紀》：建初五年，詔曰：朕思遲直士，仄席異聞。《文選》羊叔子《讓開府表》：側席求賢，不遺幽賤。【誥案】本集《與李端伯書》：小姪千之初官，得在麾下。考端伯時知益州，是千之以官西歸也。

題文與可墨竹并叙〔四五〕

【誥案】此詩，查註仍施編列入元祐二年丁卯，合註從誤。今據叙有「始還朝」語，詩當作於元祐丙寅。蓋與可没於元豐二年己未，計至元年丙寅，正八年也。其元年所編《送千之姪》詩後之《文與可墨竹》一首，亦以不合，改編元豐八年。今即以此詩改置其處，義各有當也。

故人文與可爲道師王執中作墨竹，且謂執中勿使他人書字，待蘇子瞻來，令作詩其側。與可既没八年，而軾始還朝，見之，乃賦一首。

斯人定何人，游戲得自在。〔施註〕《法華經》：神通游戲三昧。〔王註次公曰〕三昧，解者言自在也。詩鳴草聖餘，兼入竹三昧。〔施註〕《法書苑》：懷素自言得草書筆法三昧。《法華經》：佛入於無量義處三昧。慈恩疏云：梵語三昧，此云正受。時時出木石，荒怪軼象外。舉世知珍之，賞會獨予最。〔施註〕《宋·謝弘微傳》云：

叔父混，風格高峻，少所交納，唯與族子靈運、瞻、曜、弘微，並以文義賞會。知音古難合，〔施註〕韓退之《贈崔立之》詩：知音自古稱難遇。奄忽不少待。〔施註〕《文選·古詩》：人生寄一世，奄忽若飆塵。誰云生死〔四六〕隔，相見如龔、隗。〔施註〕《晉·藝術隗炤傳》：善於《易》。臨終，書版授其妻曰：「吾亡後五年春，當有詔使來頓此亭，姓龔，此人負吾金，卽以此版責之。」期日，有龔使者止亭中，妻遂賫版往責之。使者憫然，不知所以。沈吟良久而悟。乃命取蓍筮之，卦成，歎曰：「妙哉隗生。」於是告炤妻曰：「吾不負金，賢夫自有金耳。知亡後當暫窮，故藏金以待太平。知吾善《易》，故書版以寄意耳。金有五百斤，盛以青甖，覆以銅柈，埋在堂屋東頭。」還掘之，皆如卜。

次韻錢舍人病起

〔施註〕錢舍人，卽穆父，時爲中書舍人。〔合註〕《續通鑑長編》：元祐元年四月，中書舍人錢勰充天章閣待制，九月爲給事中。先生作詩時，穆父尚未改官也。

牀下龜寒且耐支，杯中蛇去〔四七〕未應衰。殿門明日逢王傅，〔王註〕《漢·東方朔傳》：期諸殿門，故有期門之號。杜子美《贈鄭虔貶台州》詩云：賈生對鵩傷王傅，蘇武看羊陷賊庭。〔施註〕《史記·日者傳》：宋忠、賈誼聞司馬季主言，伏軾低頭，卒不能出氣。居三日，宋忠見賈誼於殿門外，乃相引屏語相謂自歎云云。誼爲梁王傅。檑具爭先看不疑。〔王註〕《前漢書註》：應劭曰：檑具，木摽首之劍，檑落大壯也。晉灼曰：古長劍首以玉作轆轤形，上刻木作山形，如蓮花未敷時，今大劍木首其狀似此。檑，音磊。坐覺香烟攜袖少，〔王註縯曰〕梅學士詢好焚香，每晨起，必焚兩爐，以公服罩之，撮其袖以出，坐定撒開，郁然滿堂。〔施註〕杜子美《和賈至》詩：朝罷香烟攜滿袖。獨愁花影上廊遲。〔王註〕《唐書》：學士入署，常視日影爲候。李程爲翰林學士，性懶，日過八磚乃至，時號八磚學士。〔施註〕白樂天《宿楊家》詩：月照藤花影上堦。何妨一笑千痾〔四八〕散，〔施註〕《莊子·達生篇》：桓公田於澤，管仲御，見鬼焉。公反，誒詒爲病。齊士有皇子告敖者，曰：「公則自傷，鬼惡能傷公。」云云。桓公囅然而笑曰：「此寡人之所見也。」於是正衣冠與之坐，不終日，而不知病之去也。絶勝倉公飲上池。〔王註次公曰〕《史記》：扁鵲，渤海鄚人，姓秦氏。少爲人舍長。舍客長桑君過，扁鵲獨奇之，常謹遇之。長桑君亦知扁鵲非常人，呼扁鵲私坐，與語曰：「我有禁方，年老，欲傳與公，公毋泄。」乃出其懷中藥，與扁鵲曰：「飲是以上池之水，三十日當知天物矣。」乃悉取其禁方書與扁鵲，忽然不見。今詩言倉公，誤以爲淳于意。

次韻和王鞏

〔合註〕定國時爲宗正寺丞。

謫仙竄夜郎，〔王註〕《舊唐書》：天寶元年，改珍州爲夜郎郡。〔施註〕《舊唐書·李白傳》：以永王璘辟，坐長流夜郎。子美耕東屯。〔王註續曰〕東屯，在今夔州故城之東。〔施註〕杜子美《移居東屯》詩：淹留爲稻畦。又：東屯稻畦一百頃。造物豈不惜，要令工語言。〔施註〕韓退之《調張籍》詩：李、杜文章在，光燄萬丈長。唯此兩夫子，家居率荒涼。帝欲長吟哦，故遣起且僵。王郎年少日，文如瓶水翻。争鋒雖剽甚，〔王註〕《漢書》：黥布反，上自將而東。張良見上曰：「楚人剽疾，願上慎毋與楚争鋒。」聞鼓或驚奔〔四九〕。天欲成就之，使觸羝羊藩。〔施註〕《周易·大壯》：羝羊觸藩，不能進，不能退，無攸利。孤光照微陋，耿如月在盆。歸來千首詩，〔施註〕杜子美詩《不見》：敏捷詩千首，飄零酒一杯。傾瀉〔五〇〕五石樽。却疑彭澤在，〔施註〕謂陶淵明嘗爲彭澤令。頗覺蘇州煩。〔施註〕謂韋應物也。君看騶忌子，廉折配春温。知音必無人，壞壁挂桐孫。〔施註〕《漢·劉歆傳》：得古文於壞壁之中。李善註《文選》孫枝云：《周禮註》云：孫，竹枝根之末生者，桐孫亦然。李賀詩：嶧陽老樹非桐孫。《風俗通》：梧桐生於嶧陽山，採東南孫枝爲琴，聲甚清雅。〔合註〕庾信詩：桐孫待作琴。

用王鞏韻贈其姪震〔五一〕

【誥案】原題：用定國韻贈二十姪震。〔查註〕題中「二十」，當是「其」字之譌。〔合註〕王定國《聞見近録》作「六姪震」，則「二十」字自誤。【誥案】原題「贈二十姪震」，卽爲公贈己姪蘇震之文，其義顯誤。此乃舊本「其」字脱缺不全，如廿字狀，後遂譌爲二十兩字。今據前後二題，更正。此詩施編不載，查註從邵本補編。

衡門老苔蘚，〔馮註〕《詩·陳風·衡門》：衡門之下，可以棲遲。竹柏〔五二〕千兵屯。開樽邀落日，未對烏鳥言。〔合註〕《左傳·襄公十八年》：烏鳥之聲樂，齊師其遁。清風擧吹籟，散亂書帙翻。傳呼一何急，人馬從車奔。貧居少賓客，鄰婦窺籬藩。牆頭過春酒，〔馮註〕杜子美《夏日李公見訪》詩：隔屋喚西家，借問有酒不？牆頭過濁醪，展席俯長流。緑泛田家盆。比來伏青蒲，〔馮註〕《漢·史丹傳》：候上閒獨寢時，丹直入卧內，頓首伏青蒲上，涕泣言，曰：「皇太子以適長立。」云云。天子素仁，不忍見丹涕泣，言又切至，上意大感。坐捉白獸樽〔五三〕。〔合註〕《説文》：捉，握也。王猷修潤色，〔合註〕束晳詩：王猷允泰。班固《兩都賦序》：潤色鴻業。亦有簿領煩。朝廷貴二陸，〔馮註〕《晉書·陸機傳》：字士衡。少有異才，文章冠世。至太康末，與雲俱入洛，造太常張華。華素重其名，如舊相識，曰：「伐吴之役，利獲二俊。」屢聞天語温。〔合註〕李白《明堂賦》：聽天語之察察。猶能整筆陣，〔馮註〕王羲之《筆陣圖》：夫紙者，陣也；筆者，刀稍也；墨者，鍪甲也；水硯者，城池也；心意者，將軍也。孫何有《詩戰篇》：物華如陣筆如鋒，沈、謝、曹、劉是七雄。愧我非韓孫。

用王鞏韻，送其姪震知蔡州

〔施註〕王震，字子發。文正公旦曾孫。銓試優等，賜第，檢正孔目吏房。元豐官制行，從輔臣，執筆入記上語，面授右司外郎。爲右史，進西掖。元祐初，遷給事中，以龍圖待制守蔡。紹聖初，歸故班，權吏部尚書。以龍圖閣直學士知開封，爲章子厚所惡，奪職，知岳州，卒。子發時爲給事中，故云「夕郎方不夕」也。〔合註〕「夕郎」二句，言不爲夕郎而出建棨戟也。

九門插天開，萬馬先朝屯〔三四〕。舉鞭紅塵中，相見不得言。夜走清虛宿，〔王註師曰〕王鞏家有清虛堂。扣門驚鵲翻。君家汾陽家，永巷車雷奔。〔王註〕《長安志》載：郭汾陽宅，在親仁坊，居其地四分之一，中通永巷，家人三千，相出入者，不知其居。杜牧《阿房宫賦》云：雷霆乍驚，宫車過也。夕郎方不夕，〔王註厚曰〕漢故事：黄門郎，每日暮入對青瑣門拜，故謂之夕郎，即今之給事中也。〔合註〕見《太平御覽》所引《漢舊儀》。列戟以自藩。〔王註縯曰〕天官，門賜列戟。相逢開月閣，畫簷低金盆。至今夢中語，猶舉燈前樽。阿戎修玉牒，〔王註援曰〕玉牒，宗室世譜也。〔查註〕王定國爲宗正丞，故云修玉牒。【誥案】官宗正丞，即可云修玉牒，不必拘泥請修玉牒也。是年四月，公與定國子發游寶梵寺，本集有據，而施註原編此詩在初夏詩前，與本集正合。是此三詩，皆同時作，而蔡州之命，亦在四月間也。合註謂定國於是年十月，請修玉牒，詩非泛言。其説與詩意毫無裨益，而於施編則甚礙，今删。未憚筆削煩。〔王註〕《史記·孔子世家》：孔子修《春秋》，筆則筆，削則削。君歸助獻納，〔王註〕班固《兩都賦·序》云：朝夕論思，日月獻納。坐繼岑與温。〔王註績曰〕岑則岑文本，與其兄子長倩也。温則温大雅，與其弟彦博也。文本爲中書舍人侍郎令，而兄子長倩爲兵部侍郎同中書門下平章事，大雅爲黄門侍郎，而彦博爲中書舍人侍郎令。〔合註〕俱見《唐書》。我客二子間，不復尋諸孫。〔公自註〕子美詩云：權門多噂沓，且復尋諸孫〔五五〕。〔王註績曰〕此杜子美《示從孫濟》詩也。

用舊韻送魯元翰知洛州〔五六〕

〔查註〕《元和郡縣志》：洺州，秦邯鄲郡地，漢分置廣平國，周武帝建德六年，置洺州，以水爲名。《太平寰宇記》：河北道洺州廣平郡，治永年縣，唐天寶元年，爲廣平郡，乾元元年，復爲洺州。西南至東京五百五十里。〔合註〕用《送魯元翰知衛州》詩韻也。

我在東坡下，躬耕三畝園。君爲尚書郎，坐擁百吏繁。鳴蛙與鼓吹，等是俗物喧。永謝十年舊，老死三家村。惟君綈袍信，到我雀羅〔五七〕門。緬懷故人意，欲使薄夫敦。新年對宣室〔五八〕，〔王註〕《三輔黄圖》云：宣室，在未央宫殿北，未央前殿正室也。白首代堯言。〔王註次公曰〕先生言，今爲中書舍人也，掌制誥，爲代言之職。《説命》云：夢帝賚予良弼，其代予言。又漢夏侯勝云：堯言布於天下，至今見誦。相逢問前輩，所見多後昆〔五九〕。道館雖云樂，〔王註〕華嶠《後漢書》曰：學者謂東觀爲老氏藏室。道家蓬萊山。〔合註〕見《竇章傳》。冷卿當復温。〔王註倬曰〕世傳，京師謂光禄爲飽卿，衛尉爲煖卿，鴻臚爲睡卿，司農爲走卿，宗正爲冷卿。煖卿謂其管儀鑾供帳之類，冷卿謂其管玉牒所。〔合註〕元翰於元豐七年與宫觀差遣，至是復起知洛州。還持刺史節，却駕朱輪軒。〔王註援曰〕漢制：刺史皁蓋朱兩轓。黄髮方用事，〔王註〕《書·秦誓》：尚猷詢兹黄髮。白鬚宜少存。嗣聖真生知，拯民如救燔。〔合註〕《隋書·音樂志》：拯溺救燔。初囚羽淵魄，盡返湘江魂。〔王註師曰〕時哲宗初登極，太母垂簾，悉罷新法，而元豐末年用事宰執皆斥逐，當時議新法不合被竄謫者，皆召還録用。坐憂東郡決，老守思王尊。〔查註〕《東都事略·魯有開傳》：有開知冀州，河決小吴口，水不至城下數里。有開議增築護城隄，人皆謂初無水患，何勞役爲。有開卒成之。明年河決，水至，以有備無患。元翰在冀州治河有成效，故借王尊事以美之。北流桑柘没，故道塵埃翻。〔王註次公曰〕桑柘没，則泛水没之也。塵埃翻，則水不循故道，而反爲平地也。〔查註〕按，洛州與北京接壤，九河故道，半從此入海。時已湮塞，故云故道塵埃翻。知君一寸心，可敵千步垣。流亡自棲止，老幼忘崩奔。得閑閉閤〔六〇〕坐，〔王註次公曰〕即《漢書》「閉閤卧治」也。勿使道眼渾。聊乘應捨筏〔六一〕，〔王註〕《金剛經》：如來常説，汝等比丘，知我説法如筏，喻者法尚應捨，何况非法。直泝無生源。〔王註師曰〕佛氏以無生爲樂。歸來成二老，夜榻當重論。

次韻朱光庭初夏

〔王註堯卿曰〕字公掞，與公同年。〔查註〕《宋史》：朱光庭，偃師人。以父景蔭入官，復登第。哲宗立，司馬光薦爲左正言，首乞罷青苗等法，論蔡確、章惇、韓縝言甚切，遷左司諫。〔合註〕《續通鑑長編》：元豐八年十月，朱光庭爲左正言。元祐元年九月，爲左司諫。先生詩作於初夏，光庭尚在正言任也。【誥案】王巖叟、朱光庭，皆劉摯引薦。《宋史·劉摯傳》謂光庭乃首激成元祐黨禍之人。《東都事略》謂光庭乃君子而不仁者。又《宋史》本傳云：但爲小人忌惡擠排，不使安於朝廷之上。此首指朱光庭也。

朝罷人人識鄭崇，直聲如在履聲中。〔王註〕《前漢書》：鄭崇字子游。哀帝擢爲尚書僕射，數諫諍，上初納用之。每見曳革履，上笑曰：「我識鄭尚書履聲。」卧聞陳響梧桐雨，〔王註〕孟浩然詩：疏雨滴梧桐。獨詠微涼殿閣風。【誥案】此句用柳公權《與唐文宗聯句》「殿閣生微涼」語，特以獨詠二字，畫清本界。公嘗謂公權有美無箴，故此句以雖詠不忘諫諍之意諷之，且上聯太實，此則急脉緩授，其意自到，非不貫也。曉嵐謂牽於韻脚，前四句語脉不貫，此乃認作寫景之誤也。諫苑君方續承業，〔查註〕王應麟《困學紀聞》云：隋樂運，字承業。録夏、殷以來諫諍事，名《諫苑》，隋文帝覽而嘉焉。事出《北史》。【誥案】應麟云：註謂《南史》李承業作《諫苑》，誤。又，閻璩云：《南史》無李承業。此皆指王本纘註也。今已删。醉鄉我欲訪無功。陶然一枕〔六二〕誰呼覺，牛蟻初除〔六三〕病後聰。

次韻朱光庭喜雨

久苦趙盾日，〔王註〕《左傳·文公七年》：趙衰，冬日之日也；趙盾，夏日之日也。註：冬日可愛，夏日可畏。欣逢傳説霖。〔王註〕《書·説命》：高宗謂説曰：「若歲大旱，用汝作霖雨。」坐知千里足，初覺兩河深。〔王註次公曰〕兩河，蓋汴河、蔡河也。〔查註〕《續述征記》：汴、沙，到浚儀而分也。汴東注，沙南流。按《水經注》：沙，音蔡。破屋常持傘，〔合註〕《晉書·王雅傳》：將拜，遇雨，請以繖入，王珣不許之，因冒雨而拜。無薪欲爨琴。清詩似庭燎，雖美未忘箴。〔王註〕《詩·庭燎》：美宣王也，因以箴之。

奉勅祭西太一和韓川韻四首

〔查註〕《宋史·禮志》：國初，太一壇，在國門之東郊。熙寧中，司天正周琮上言：五福太乙，自雍熙元年入東南巽位，時修東太一宮。天聖七年，入西南坤位，修西太一宮。葉夢得《石林燕語》：太平興國中，司天言太一十神，凡行五宮，今自甲寅歲，入黄室巽宮，當吳分，請即蘇州建宮祠之。已而，復有言京城東南蘇村，可應姑蘇之兆，乃改築於蘇村。洪邁《容齋三筆》：東太一宮在蘇村，西太一宮在八角鎮。曾子固《元豐類藁》：初作太一宮，用張齊賢領祠事。齊賢以爲太一者，五帝之佐，天之貴神，宜半祠天之禮，天子使加伶官百人，自昏祠至明，如漢制。又按《燕語》：太一式有五福、大游、小游、四神、天一、地一、真符、君綦、臣綦、民綦凡十神，皆天之貴神。而五福所臨無兵疫，凡行五宮，四十五年一易。《宋史》：韓川，字元伯，陜人。進士上第。元祐初，爲監察御史，極論市易之害，遷殿中侍御史，改太常卿。〔合註〕《宋史》：川改太常少卿，不拜，加集賢校理，知潁州，進中書舍人。以龍圖閣待制復守潁，徙虢，與孫升同受責。徽宗立，得故官，知青、襄二州，卒。《續通鑑長編》：元祐元年三月，韓川爲監察御史，二年八月，進左司諫。先生作詩，川官御史時也。【誥案】以上朱光庭、王覿、韓川、孫升諸人，皆是年十二月以後攻公者。《宋史》謂小人忌惡擠排，皆此曹也。

其一

聖主新除祕祝，〔王註〕《史記》：漢文帝十三年，詔曰：蓋聞禍自怨起，而福由德興。今祕祝之官，移過於下，以彰吾之不德，朕甚不取，其除之。侍臣來乞豐年。〔查註〕龐元英《文昌雜録》：祠部每歲立春，祭東太一宮，立夏、立冬祭中太一宮，立秋祭西太一宮。壽宮神君欲至，夜半〔六四〕靈風肅然。〔王註〕《漢・郊祀志》：武帝置壽宮神君，神君最貴者太一，其佐曰大禁、司命之屬，皆從之。非可得見，聞其言，言與人音等。時去時來，來則風肅然。《三輔黄圖》曰：壽宮北宮，有神仙宮。壽宮，張羽旂設供具以禮神君，若神君來，則肅然風生，幃帳皆動。

其二

玉璽親題御筆，〔合註〕《史記・秦始皇紀》：趙高令子嬰受玉璽。金童來侍天香。〔王註次公曰〕道家有言散花玉女，侍香金童。唐李正封詩：天香夜襲衣。禮罷祝融參乘，〔王註縯曰〕祝融，南方炎帝之佐。司馬相如《大人賦》：祝融警而蹕御兮，清氣氛而後行。〔次公曰〕《左傳・哀公六年》：朝必參乘。《文選・子虚賦》：陽子參乘。前驅已過衡湘。

其三

解劍獨行殘月，〔王註次公曰〕祭必去服，則有劍之儀矣。〔合註〕謝朓詩：解劍北宮朝。披衣困卧清風。夢蝶猶飛旅枕，粥魚已響枯桐。〔合註〕《晉書・張華傳》：臨平岸，出一石鼓，搥之無聲。華曰：「取蜀中桐材，刻爲魚形，扣之，則鳴矣。」如其言，果聲聞數里。

其四

陂水初含曉淥，稻花半作秋香。皂蓋却迎朝日，〔王註次公曰〕皂蓋乃太守之製。杜子美《陪李北海游歷下亭》詩：朱藩駐皂蓋。又《王十七侍御掄許攜酒至草堂》云：皂蓋能忘折野梅。今在侍臣，言之未詳。〔合註〕《宋史·輿服志》：繖，京城外庶官通用。太一宮在城外，則自可用矣。紅雲正繞宮牆。〔王註〕韓退之詩：欲知花島處，水上覓紅雲。

西太一見王荆公舊詩，偶次其韻二首

〔王註子仁曰〕王荆公詩云：柳葉鳴蜩緑暗，荷花落日紅酣。三十六陂春水，白頭相見江南。其二云：三十年前此地，父兄持我東西。今日重來白首，欲尋舊迹都迷。先生見此兩絶，注目久之，曰：「此老野狐精也。」遂和之。後魯直亦和四首。〔查註〕《王半山集》中所載，與註中所引不同。「柳葉」二句，集本云：草色浮雲漠漠，樹陰落日潭潭。第三句「陂春」二字，集本作「宮烟」。【誥案】介甫詩文，與其《新經義》然，朝更暮改，並無一定也。

其一

秋早川原淨麗，〔合註〕《南史·謝裕傳》：居宇淨麗。雨餘風日清酣。從此歸耕劍外，何人送我池南。

〔王註次公曰〕杜子美《恨別》詩：草木變衰行劍外。〔堯卿曰〕王建《宮詞》：池南池北草緑，殿前殿後花紅。

其　二

但有樽中若下，〔王註〕《吳興統記》云：苕溪一名顧渚口，一名趙瀆。《初學記》載鄒陽《酒賦》云：其品類則沙洛、淥酃、烏鄉、若下。〔王註〕山謙之《吳興記》：上若、下若邨，並出美酒。何須墓上征西。〔王註〕《三國志·魏武紀註》：後徵爲都尉，及遷爲典軍校尉，意遂更欲爲國家討賊立功，欲望封侯，作征西將軍，然後題墓道，言「漢故征西將軍曹侯之墓」，此其志也。聞道烏衣巷口，〔王註援曰〕烏衣巷，在金陵，晉王、謝所居也。〔次公曰〕劉禹錫詩：烏衣巷口夕陽斜。〔合註〕《南史·王僧虔傳》：王氏分枝居烏衣者，位宦微減。又《謝弘微傳》：混與族子靈運、瞻、晦、曜，常居在烏衣巷。而今烟草萋迷。〔王註次公曰〕荊公居金陵，是時已薨，故云耳。〔合註〕荊公於元祐元年四月癸巳卒，見《續通鑑長編》。【誥案】紀昀曰：六言難得如此流利。

次韻子由送陳侗知陝州

〔合註〕《吳興備志》：陳侗，字成伯。官至寶文閣待制。《續通鑑長編》：陳侗，莆田人。陳睦，侗之弟。治平三年十月，詔舉才行士可試館職者，韓琦薦侗。又劉攽志侗墓云：熙寧四年十月，陳侗檢詳樞密院禮房文字，仍改太子中允。五年六月，以張商英言宫邸有妻族之親，每休沐相從，宴飲無度，罷檢詳，判登聞鼓院。元豐三年七月，御史王道祖言，前知湖州陳侗，昨慈聖光獻太后遺誥後赴任，至蘇州，卽令女妓佐酒，詔提點兩浙路刑獄孫昌齡體量。五年十一月，詔罷知宣州，陳侗再佐差判登聞檢院，以御史王桓言其不當以便私求再任也。詩中所云「無限毁譽」，當指以上諸事。又載：元祐元年六月，衛尉少卿陳侗知陝州，則是作詩時矣。〔查註〕《元和郡縣志》：漢弘農郡之陝縣，後魏置陝州，西魏大統三年罷，隋置弘農郡，武德元年，改爲陝州，廣德元年，改爲大都督府。南北隔河二百四十六里，西至潼關二百里。《欒城集》有《送陳侗同年知陝州》詩。

誰能如鐵牛，橫身負黃河。〔王註倬曰〕陝州有鐵牛廟，今封爲順濟王，頭在河之南，尾在河之北，世傳禹以此鎮河患也。〔查註〕《太平寰宇記》：開元十二年，於河東縣開東西門，各造鐵牛四。其牛並鐵柱連腹，入地丈餘，負橋跨河。滔天不能没，〔王註〕《書·益稷》：洪水滔天。尺箠未易訶。世俗自無常，徐公故逶迤。〔王註次公曰〕徐公，言徐邈也。逶迤，則雍容曲折之義。别來不可説，事與浮雲多。當時無限人，毁譽卽墨阿。〔王註〕《史記》：齊威王召卽墨大夫，而語之曰：「自子之居卽墨也，毁言日至。然吾使人視卽墨，田野闢，人民給，官無留事，東方以寧，是子不事吾左右以求譽也。」封之萬家。召阿大夫語之曰：「自子之在阿，譽言日聞。然吾使人視阿，田野不闢，民愁苦。昔日趙攻甄，子弗能救，衛取薛陵，子弗知，是子以幣厚吾左右以求譽也。」是日烹之。虚聲了無實，夜蟲鳴機梭。〔王註次公曰〕夜蟲有促織之名，而實未嘗織，所以成毁譽無實之義。相逢一笑外，奈此白髮何。天驥皆籋雲，長鳴飽芻禾。〔合註〕《儀禮·聘禮》：上賓大牢，積唯芻禾。王庭旅百實〔六五〕，〔王註〕《左傳·莊公二十二年》：庭實旅百，天地之美具焉。大貝隨弓戈。〔王註〕《書·顧命》：胤之舞衣，大貝鼖鼓，在西房。兌之戈，和之弓，垂之竹矢，在東房。君獨一麾去，欲賡五袴歌。甘棠古樂國，〔王註次公曰〕甘棠，陝州事，今驛名尚謂之甘棠館云。〔查註〕《名勝志》：壽安山，在宜陽縣東。《水經注》：以甘水導於山曲之中，故世人目其地爲甘棠。《志》云：召伯所嘗聽訟之地，故後魏析置甘棠縣，隋改爲壽安縣，唐改福昌。西北有勝因寺，卽甘棠驛故址。白酒金叵羅。知君不久留，治行中新科。〔合註〕《魏志·何夔傳》：太祖始制新科，下州郡。過客足嗔喜〔六六〕，東堂記分鵝。〔王註〕《晉·劉毅傳》：字希樂。初，江州刺史庾悦，隆安中爲司徒長史，曾至京口。毅時甚屯窶，先就府借東堂與親故出射。而悦後與僚佐徑來詣堂，毅告之，曰：「毅屯否之人，合一射甚難。君於諸堂並可，望以今日見讓。」悦不許。既而悦食鵝，毅求其餘，悦又不答。毅嘗銜之。義熙中，奪悦豫章，解其軍府，使人微示其旨，悦忿懼死。此外但坐嘯，後生工揣摩。〔王註〕《史記》：蘇秦得周書《陰符》，伏而讀之，期年，以出揣摩，曰：「此可以説當世之君矣。」註：《鬼谷子》有《揣摩篇》也。

送賈訥倅眉二首〔六七〕

〔王註堯卿曰〕訥時朝散郎。【誥案】訥時爲朝奉郎，王註誤。〔查註〕《元和郡縣志》：隋大業二年，并嘉州入眉州，八年改眉山郡，唐武德二年，改嘉州，割通義、洪雅等四縣，别置眉州。《輿地廣記》：西魏置眉州，隋置眉山郡，皆在今嘉州。《太平寰宇記》：眉州屬劍南西道。

其一

當年入蜀歎空回，未見峨眉肯再來。〔施註〕《十道四蕃志》：嘉州峨眉山，望之兩山相對，如峨眉，故名。童子遥知頌襦袴，使君先已洗樽罍。〔公自註〕李大夫，眉之賢太守也〔六八〕。〔王註堯卿曰〕元祐元年，李琪以朝散大夫知眉州。〔次公曰〕《周禮·春官》：彝皆有舟，尊皆有罍。鹿頭北望應逢雁，〔王註次公曰〕鹿頭關，在綿州羅江縣，下鹿頭關，則趨成都而往眉矣。〔子仁曰〕北望逢雁，意欲附書也。自蜀望中原，故云北。〔查註〕《元和郡縣志》：鹿頭戍，在漢州德陽縣之北，南至成都一百里。《太平寰宇記》：鹿頭山，在綿州羅江縣界，迤邐入德陽。昔有張鹿頭於此造宅，因以爲名。人日東郊尚有梅。〔公自註〕人日出東郊，渡江，游蟆頤山，眉之故事也。〔王註〕高適《寄杜子美》詩：人日題詩寄草堂，梅花滿枝空斷腸。〔施註〕《荆楚歲時記》：正月七日爲人日。我老不堪歌《樂職》，後生試覓子淵才。

其二

老翁山下玉淵回，手植青松三萬栽。【誥案】公自言甞兆東塋也。其後賈訥至眉，往祭老泉之墓，公有《謝賈朝奉啓》：詳案中。〔案〕總案元祐三年有「聞眉倅賈訥往祭東塋作謝啟」條，引《謝賈朝奉啓》。父老得書知我在，〔施註〕杜子美《羌村》詩：父老四五人，問我久遠行。又：妻奴怪我在。小軒臨水〔六九〕爲君〔七〇〕開。試看一一龍蛇活〔七一〕，更聽蕭蕭風雨哀。〔施註〕《通幽記》：虎丘寺幽獨君詩云：青衫多悲風，蕭蕭清且哀。便與甘棠同不剪，〔施註〕《史記·燕世家》：召公巡行鄉邑，有棠樹，決獄政事其下。召公卒，民人思召公之政，懷棠樹，不敢伐，歌詠之，作《甘棠》之詩。《毛詩·召南·甘棠》：蔽芾甘棠，勿剪勿伐，召伯所茇。蒼髯白甲待歸來〔七二〕。〔公自註〕先君葬於蟆頤山之東二十餘里，地名老翁泉。君許爲一往，感歎之深，故及之〔七三〕。〔查註〕歐陽修《蘇明允墓志》云：公葬於彭山之安鎮鄉石龍里。【誥案】紀昀曰：一氣渾成。

送程建用

〔王註堯卿曰〕字彝仲。時爲宣德郎，還眉山。〔施註〕程建用，字彝仲，眉山人。少時奉親税居，與老蘇公東西相望。甞與二蘇公、楊堯咨會草舍中，大雨，聯句六言以爲戲，先生嘗追書之。建用後得官，以獄掾改宣德郎而歸，子由亦有詩送行，見集中。〔查註〕《欒城集·送程建用西歸》詩云：昔與君同巷，參差對柴荆。艱難奉老母，絃歌教諸生。藜藿飽臧獲，布褐均弟兄。貧賤理則窮，禮義日益明。我親本知道，家有月旦評。逡巡户牖間，時聞歎息聲。善惡不可誣，孝弟神所聽。我見此家人，處約能和平。他年彼君子，豈復地上行。爾來三十年，遺語空自驚。松阡映天末，苦淚緣冠纓。子親八十五，皤然老人星。安輿及禄養，平反慰中情。月俸雖不多，足備甘與輕。今年復考課，得秩真代耕。倚門老鶴望，策馬飛鴻征。歸來歲云暮，手奉屠蘇觥。我詩不徒作，以遺鄉黨銘。自註云：君昔嘗税居，與敝廬東西相望，武昌君見其家事，知非貧賤人也。此語未嘗語人，俯仰三十年矣，因君西歸作詩，言之，不覺流涕。【誥案】彝仲早登第，家有星橋別業，非建用也。王、施註誤。

先生本舌耕，〔王註〕王子年《拾遺記》：賈逵口授經文，獻者積粟盈倉。或云：賈逵非力耕所得，誦經口倦，世所謂舌耕也。〔次公曰〕《洞冥記》載：黄安爲代郡卒，執鞭懷荆而讀書，畫地以記數。一夕，地成池，時人謂安舌耕。句首所謂先生，指言建用之父也；後所謂公子，則建用矣。文字浩千頃。〔王註〕韓退之詩：歸來閲書史，文字浩千頃。空倉付公子，坐待發苕穎。〔王註次公曰〕「發苕穎」字，祖出陸機《文賦》「苕發穎豎，離衆絶致」。而合用，則劉禹錫《畬田行》亦云：蒼蒼一雨後，苕穎如雲發。十年困新説，兒女争捕影。〔王註次公曰〕新説，言王介甫《三經新義》也，時學者號之曰《新經》，多言性命之説，故以捕影言之。〔施註〕《漢·郊祀志》：谷永説上曰：「姦人挾左道以欺罔人主，聽其言若將可遇。求之，盪盪如係風捕影，終不可得。」鑿垣種蒿蓬〔七四〕，〔施註〕《莊子·庚桑楚篇》：是其於辯也，將妄鑿垣牆而植蓬蒿也。嘉穀誰復省。空餘南陔意，〔王註〕《詩·南陔》，孝子相戒以養也。太息北堂冷。〔王註次公曰〕北堂冷，則念其母也。《詩·衛風·伯兮》云：焉得諼草，言樹之背。説者謂諼卽今萱草，可以忘憂也。北，音背，言背堂也。故今謂母爲萱堂，又爲北堂。〔施註〕李太白《贈楚司空》詩：北堂千萬壽，奉侍有光輝。纖屨隨方進，採薪教韋逞。〔王註〕《晉書·列女傳》：韋逞年少，母宋氏晝則樵採，夜則教逞，遂學成名立，仕苻堅爲太常。辛勤守一經，菽水賢五鼎。〔施註〕《漢·主父偃傳》：丈夫生不五鼎食，死則五鼎烹耳。今年聞起廢，〔施註〕《史記·太史公自序》：《春秋》補敝起廢，王道之大者。《魯史》復光景。〔王註續曰〕王荆公與新學，以《春秋》爲破爛朝報，廢之。元祐初，詔復詩賦，併復《春秋》。公子亦改官，〔查註〕按程彝仲《與東坡書》云：中江於東蜀，號稱劇邑，以衰拙臨之，始至若無暇，洎半年而滯獄清，期年而庶事稍就緒。乃謀葺亭臺池館，請公爲記。云云。據此，則建用此時當以宣德郎知中江縣。中江屬潼川州，故子由謂送其西歸，而詩中有「今年復考課，得秩眞代耕」之句也。三就繁馬頸。〔王註次公曰〕《禮記·禮器》云：大路繁纓一就，先路三就，次路五就。又《郊特牲》云：大路繁纓一就，次路繁纓七就。《釋文》：繁，音步千反。今句蓋以其飾馬言之。〔施註〕《周禮·春官》：玉路，錫樊纓，十有再就。鄭司農云：《士喪禮》下篇曰：馬纓三就。禮家説曰：纓當胸，以削革爲之；三就，三重三匝也。杜預《左傳註》：繁纓，馬飾也。歸來一笑粲，素髮颯垂領。〔王註〕《文選》潘安仁《秋興賦》云：悟時歲之遒盡兮，慨俯首而自省。斑鬢髟以承弁兮，素髮颯以垂領。會看金花詔，湯沐奉朝請。〔王註堯卿曰〕宋敏求《春明退朝録》云：「予嘗判官告院。郡夫人使金花羅紙七張，法錦褾袋。」賜以湯沐之邑，而奉朝請，乃奉親之榮事也。〔施註〕《公羊傳·隱公八年》：湯沐之邑。《漢·齊悼惠王傳》：以一郡上太后，爲公主湯沐邑。顏師古註：《高紀》曰：以其稅賦，供湯沐之具。《晉·職官志》：奉朝請，本不爲官，無員。漢東京罷三公、外戚、宗室、諸侯多奉朝請。奉朝請者，奉朝會請召而已。天公不吾欺，壽與龜鶴永。〔王註〕白樂天詩：誰識天地意，獨與龜鶴年。〔施註〕《文選》郭璞詩：寧知龜鶴年。白樂天《雨中花》詩：松枝上鶴著下龜，千年不死仍無病。

次韻李修孺〔七五〕留别二首

〔查註〕李修孺爵里事迹無可考，當是蜀人罷歸者。

其一

十年流落敢言歸，魚鳥江湖只自知。〔施註〕杜子美《寄劉峽州》詩：江湖多白鳥，天地有青蠅。豈意青天掃雲霧，〔王註次公曰〕《晉・樂廣傳》：衛瓘命諸子造焉，曰：「此人之水鏡，見之瑩然，若披雲霧而覩青天。」盡呼黄髮寄安危。〔王註〕《書・秦誓》：詢兹黄髮，則罔所愆。〔施註〕《唐・郭子儀傳》：以身爲天下安危者二十年。風流吾子真前輩，人物他年記一時。我欲折繻留此老，〔王註〕《前漢書・終軍傳》：軍步入關。關吏予軍繻，曰：「爲復傳，還當以合符。」軍曰：「大丈夫西游，終不復傳還。」棄繻而去。緇衣誰作好賢詩。〔王註〕《禮記・緇衣》：孔子曰：「好賢如緇衣，惡惡如巷伯。」〔施註〕《毛詩・緇衣》，美武公也，美其德，以明有國善善之功焉。

其二

此生别袖幾回麾，〔合註〕鮑明遠詩：離袖安可揮。夢裏黄州空自疑。〔施註〕杜牧之《遣懷》詩：十年一覺揚州夢。何處青山不堪老，當時〔七六〕明月巧相隨。〔施註〕李太白《把酒問月》詩：人攀明月不可得，月行却與人相隨。窮通等是思家意，衰病難堪送客悲。好去江魚煮江水，劍南歸路有姜詩。〔王註縯曰〕今地名有姜詩鎮。【誥案】紀昀曰：此種特多情致。

次韻黃魯直赤目〔七七〕

【誥案】紀昀曰：亦效山谷體。

誦詩得非子夏學，〔王註縯曰〕卜商，字子夏。爲《詩序》。毛公詩自謂傳之子夏。子夏哭子失明事，見《禮記》。紬史正作丘明書。〔王註〕司馬遷《答任少卿書》云：左丘失明，厥有《國語》。〔施註〕《漢·司馬遷傳》：爲太史令，紬史記石室金鐀之書。【誥案】時山谷方考館職，自此，除著作佐郎，在史局。天公戲人亦薄相，略遣幻翳生明珠。賴君年來屏鮮腴，〔合註〕《南史·梁武帝紀》：膳無鮮腴。百千〔七八〕燈光同一如。〔翁方綱註〕先生《蘇程菴銘》：百千燈同一光。書成自寫蠅頭表，端就君王覓鏡湖。〔王註〕《唐書》：賀知章，天寶初病，夢游帝居，數日寤，乃請爲道士，還鄉里，詔許之。以宅爲千秋觀而居，又求周官湖數頃，爲放生池。有詔，賜鏡湖剡川一曲。

武昌西山〔七九〕并叙

〔施註〕鄧潤甫，字温伯，建昌人。宣仁簾聽，以字名，改字聖求。紹聖間始復之。初第進士，爲武昌令。熙寧中，王安石用爲中書檢正官，歷知諫院，掌制誥，擢爲御史中丞。中人李憲，措置熙河邊事，温伯率其屬周尹、蔡承禧、彭汝礪上書力諫，不聽。繼入翰林，爲學士承旨吏部尚書，出典藩服。元祐末，以兵部尚書召。哲宗親政，温伯首陳武王能廣文王之聲，成王能嗣文武之道，以開紹述。遂基宗社之禍。事載《答李邦直》詩註。拜尚書左丞，居位纔兩月薨，年六十八。贈開府儀同三司，謚安惠。

嘉祐中，翰林學士承旨鄧公聖求，〔查註〕《職官分紀》：翰林學士承旨，正三品。〔合註〕《續通鑑長編》：元豐八年八月，翰林學士兼侍讀鄧温伯爲承旨。爲武昌令。常游寒溪西山，山中人至今能言之。軾謫居黄岡，與武昌相望，亦常往來溪山間。元祐元年十一月二十九日，考試館職，與聖求會宿玉堂，偶話舊事。聖求嘗作《元次山窪尊銘》刻之巖石，因爲此詩，請聖求同賦，當以遺邑人，使刻之銘側。【誥案】邑人謂王齊愈文甫也。

春江淥漲〔一〇〕蒲萄醅，〔王註〕《東漢·四夷列傳》：栗弋國，屬康居。出蒲萄，其土水美，故蒲萄酒特有名焉。武昌官柳知誰栽。憶從樊口載春酒，〔施註〕《文選》張平子《東京賦》：致欣歡於春酒。【誥案】此乃追憶樊口潘彦明酒店舊事。步上西山尋野梅。西山一上十五里，風駕兩腋飛崔嵬。同游困卧九曲嶺，褰衣獨到吴王臺。〔查註〕《武昌志》：樊山卽西山，九曲嶺在樊山南嶺，路九折，故名。有九曲亭，子由作記。【誥案】吴王臺以後漢僭竊孫權得名，卽吴王峴也。中原北望在何許，〔施註〕杜子美《成都》詩：鳥雀夜各歸，中原杳茫茫。但見落日低黄埃。〔施註〕白樂天《冀城北原》詩：風吹黄埃起，落日驅征車。歸來解劍亭前路，〔王註子仁曰〕解劍亭，在武昌，先生嘗云子胥渡江處也。蒼崖半入雲濤堆。浪翁醉處今尚在〔一一〕，〔王註〕瀼溪，在江州西南九十里，言浪無可拘限，著《浪説》十一篇，爲一卷。其在樊上，鄰家皆是漁者，少者、長者戲更曰聱叟。又以其漫浪於人間，謂其可稱漫叟。〔次公曰〕浪翁，指言元結也。本集自釋云：天下兵起，逃入猗玕洞，始自稱猗玕子。將家瀼濱，乃自稱浪士。石臼抔飲〔一二〕無樽罍。〔王註次公曰〕元結居樊上，有抔尊，自爲銘。并序曰：郎亭西乳有藻石，石臨樊水，漫叟構石顛以爲亭。石有窊顛者，因修之以藏酒，孟士源愛之，命爲抔尊。抔，音薄侯切。爲士源作《抔尊銘》曰：時俗澆狡，日益爲薄。誰能抔飲，其守淳樸。〔施註〕《元次山集》有《窊尊銘》云：片石何狀，如獸之跛。其背顚窊，可以爲樽。〔查註〕歐陽公《集古録》：吴王散花灘，疑當時苑囿别名，石臼窊尊，俱在此灘上。爾來古意誰復嗣，公有〔三〕妙語留山隈。至今好事除草棘，常恐野火燒蒼苔。當時相望不可見，玉堂正對金鑾開。〔施註〕楊侃《職林》：金鑾殿，因金鑾以爲名，門與翰林院相直，故學士稱金鑾。〔查註〕沈括《夢溪筆談》：學士院正廳曰玉堂。《葉石林燕語》：學士院，在樞密院之後，腹背相倚，不可南向，而後門與集賢相直，禁中宣命往來，皆行北門，取其便事。豈知白首同夜直，卧看椽燭高花摧。〔王註師曰〕《唐書》：宣宗以金蓮燭送令狐綯歸翰林院。蓋椽燭而以金蓮花承之。〔施註〕杜子美《官亭夕坐》詩：空燒夜燭花。江邊曉夢忽驚斷，銅環〔四〕玉鎖〔五〕鳴春雷。山人帳空猿鶴怨，江湖水生鴻雁來。〔王註〕杜子美《天末懷李白》詩：鴻雁幾時到，江湖秋水多。〔施註〕杜子美《春水生》詩：二月六夜春水生。《禮記・月令》：孟春之月，東風解凍，蟄蟲始振，魚上冰，獺祭魚，鴻雁來。請公〔六〕作詩寄父老，往和萬壑松風哀。〔施註〕《世説》：萬壑争流。〔查註〕江陵岑象求巖起跋云：子瞻内翰，昔竄謫黄岡，游武昌西山，覩聖求之墨迹。時聖求已貴處北扉，而子瞻方忤時遠放，流落困窮。不二年，遂與聖求對掌誥命，並驅朝門，同優游談笑於清禁，在常情固足感歎，有文而深於情者，宜如何哉，此前詩所以作也。元祐丁卯二月，因會飲子功侍郎宅，子瞻爲余筆此，遂記而藏之。

西山詩和者三十餘人，再用前韻爲謝〔七〕

朱顏發過如春醅，〔施註〕《漢・宣元六王傳》：結以朱顙。白樂天《自詠》詩：夜鏡隱白髮，朝酒發紅顏。胸中梨棗初未栽。丹砂未易掃白髮，赤松却欲參黄梅。〔施註〕《傳燈録》：弘忍大師者，蘄州黄梅人也。〔查註〕

《傳法正宗記》：五祖弘忍大師，先爲破頭山栽松道者。寒溪本自遠公社，白蓮翠竹依崔嵬。當時石泉照金像〔八八〕，神光夜發如五臺。〔施註〕陳舜俞《廬山記》：晉陶侃爲廣州刺史，海濱漁人，常見夜有光燄，網之，得金文殊菩薩像，以送武昌寒溪寺。侃移督江州，迎以自隨，復爲風濤所溺。遠公創寺，乃禱於水上，其像復出。會昌毀寺，二僧藏之錦繡谷。其後寺復，訪之不獲。至今峰頂佛手巖天池，有見光相者。劉禹錫《送僧仲剬》詩：「釋子道成神氣閑，住持曾上清涼山。晴空禮拜見真像，金毛五髻卿雲間。」飲泉鑑面得真意，坐視萬物皆浮埃。欲收暮景返田里，遠泝江水窮離堆。〔王註厚曰〕離堆，山名，在蜀之永康軍。〔施註〕《漢・溝洫志》：蜀守李冰鑿離堆，避沫水之害，穿二江成都中。還朝豈獨羞老病，自歎才盡傾空罍。〔王註〕《南史・江淹傳》：江淹夢郭璞曰：「吾有筆，在卿處多年，可以見還。」淹乃探懷中，得五色筆一，以授之。爾後爲詩，絶無美句，時人謂之才盡。諸公渠渠若夏屋，〔王註〕《詩・秦風・權輿》：於我乎夏屋渠渠。吞吐風月清隅隈。〔合註〕《楚辭・天問》：隅隈多有。我如廢井久不食，〔施註〕《周易・井》：井渫不食，舊井無禽。〔合註〕賈島《戲贈友人》詩：一日不作詩，心源如廢井。古甃缺落生陰苔。數詩往復相感發，汲新除舊寒光開。遥知二月春江潤，雪浪倒卷雲峰摧。石中無聲水亦静，云何解轉空山雷。〔公自註〕韋應物詩：水性本云静，石中固無聲。如何兩相激，雷轉空山驚〔八九〕。欲就諸公評此語〔九〇〕，【誥案】此語二字無着，故公自註明也。可見王本、七集本自註之不誤。合註謂宋刻施註本引韋應物《聽嘉陵山水》詩，不作公自註，此乃施註竊爲己説，而合註又耳食也。要識憂喜何從來。顧求南宗一勺水，〔王註次公曰〕一勺水，出《禮記》。〔施註〕《傳燈録》：淨慧。上堂僧，問：「如何是曹溪一滴水？」答云：「曹溪一滴水。」按，禪宗自中華五祖之下，曹溪六祖爲南宗，神秀大師爲北宗。〔合註〕見《舊唐書・僧神秀傳》。往與屈、賈消餘哀。〔施註〕《史記·屈原傳》：自原沉汨羅後，百有餘年矣。漢有賈誼，爲長沙太傅，過湘水，投書以弔之。

狄詠石屏

〔施註〕狄詠，樞密使武襄公青之子，與先生同館伴遼使。〔查註〕狄詠，字子雅，青之次子。本集《書武襄事後》云：元祐元年十二月五日，與詠同館北客。〔合註〕《續通鑑長編》：熙寧七年正月，賜知隴州狄詠獎諭勅書。六月，滎州刺史如京，副使狄詠爲皇城使，依舊兼閤門通事舍人。八月，爲西上閤門副使，以戰洮西有功也。九年十一月，爲客省副使。十年十一月，爲西上閤門使。元豐四年八月，權環慶路副總管。七年二月，復東上閤門使。四月，遷一官。《墨莊漫録》云：狄詠美豐姿。哲宗曰：「天下謂詠爲人樣子。」

霏霏點輕素，渺渺開重陰。風花亂紫翠，〔施註〕庾信《屏風》詩：風花直亂回。雪外有烟林。雪近勢方壯，林遠意殊深。【誥案】以上六句皆石質也。會有無事人，支頤識此心。〔施註〕劉禹錫《酬李侍郎惠藥物》詩：隱几支頤對落暉。

雪林硯屏率魯直同賦〔九二〕

【誥案】此詩施編不載，查註從邵本補編。〔查註〕黄庭堅《山谷集·次韻子瞻題狄引進雪林石屏要同作》詩云：翠屏臨硯滴，明窗玩寸陰。意境可千里，搖落江上林。百醉歌舞罷，四郊風雪深。將軍貂狐暖，士卒多苦心。

西山無時春，巉巖鎖頑陰。分明倚天壁〔九二〕，點綴無風林。物固爲人出，與誰於此深。窮奇真自蠹，詩句〔九三〕且娱心。〔馮註〕《史記·李斯傳》：娱心意，説耳目。

虢國夫人夜游圖

〔查註〕李端叔《姑溪集》云：内侍劉有方，蓄名畫，乃唐《虢國夫人夜游圖》，最爲絶筆。東坡館北客都亭驛，有方請跋其後。〔合註〕劉有方屢見《續通鑑長編》，官至景福使。《甕牖閒評》云：《虢國夫人夜游圖》，乃晏元獻公家物，後歸於内府。徽宗親題其上云：張萱所作。蘇東坡諸公有詩，皆在其後。又從友人借閱節録鄭羽重刊施註本云：圖本南唐李氏物，舊跋不名何人作。至徽宗御題云，張萱神品《秦虢圖》，賜梁師成。紹興間，藏秦丞相家，後歸伯陽之壻林子長右司。子長殁後，晝卽流落，爲人取以投韓侂胄。侂胄誅，録於官。〔查註〕李之儀《姑溪集·次韻》詩云：天街雨過花滿驄，萬人壁立驚游龍。飄飄衣袂欲仙去，寶鞭遥指蓬萊宫。真人睡起春如柳，誰眷琵琶最先手。合歡堂裏謝使人，暗香猶帶天街塵。宛然相對若可語，筆墨頓失當時痕。開眼成今合眼古，回頭自有來時路。長風破浪真快哉，快處須防倒騎虎。

佳人自鞚玉花驄，〔王註續曰〕唐玄宗有名馬，曰玉花驄。《明皇雜録》：虢國每入禁中，常乘驄馬，使小黄門御。杜子美《丹青引》詩：先帝天馬玉花驄。翩如驚燕蹋飛龍。〔王註〕曹植《洛神賦》：翩若驚鴻，宛若游龍。《後漢》：馬皇后詔：車如流水，馬如游龍。金鞭争道〔九四〕寶釵落，〔王註〕《舊唐書》：正月望夜，楊家五宅夜游，與廣平公主争西市門，楊氏奴揮鞭及公主衣，公主墮馬。〔合註〕《新唐書》及《太真外傳》，作廣寧公主。何人先入明光宫。宫中羯鼓催花柳，玉奴絃索花奴手。〔王註〕《楊妃外傳》：諸王郡主，妃之姊妹，皆師妃爲琵琶弟子。每一曲徹，廣有進獻。《羯鼓録》：明皇酷不好琴，嘗聽彈琴，未及畢，叱琴者出，曰：「召花奴將羯鼓來，爲我解穢。」坐中八姨真貴人，〔王註厚曰〕《楊妃外傳》：貴妃有姊三人，皆豐碩修整，工於謔浪，巧會旨趣。虢國不施妝粉，自衒美艷，常素面朝天。當時杜子美有詩。〔合註〕《楊妃外傳》：三姨封虢國，八姨封秦國。《舊唐書》云：三姨封虢國。余初疑詠虢國而作八姨，似誤。但子由有《秦虢夫人走馬圖二絶》，鄭刊施註亦稱《秦虢圖》，則詩中八姨，本指秦國，非誤用也。【誥案】二詩繫誤，今刪存，餘詳後條。走馬來看不動塵。〔王註〕杜子美《麗人行》：黄門飛鞚不動塵。明眸皓齒誰復見，〔王註〕杜子美《哀江頭》詩：明眸皓齒今何在，血污游魂歸不得。只有丹青餘淚痕。人間俯仰成今古，吴公臺下雷塘路。〔王註〕《地志》：揚州吴公臺，以陳將吴明徹得名，在江都縣西。雷塘在縣東北十里。煬帝初葬吴公臺下，唐平江南，改葬雷塘。案《大業拾遺》載：帝昏湎滋深，嘗游吴公宅雞臺，恍惚與陳後主相遇。後主云：「每憶張麗華，方倚臨春閣，作璧月詞未終，見韓擒虎躍青驄車，擁萬甲，直來衝人，就至今日，始謂殿下政治在堯舜之上，今日復此逸游，曩時何見罪之深耶。」〔查註〕《太平寰宇記》：吴公臺，一名弩臺。陳吴明徹圍北齊，東廣州刺史敬子猷增築之，故號吴公臺，亦名雞臺。唐趙嘏詩：鬭雞臺邊花照塵。當時亦笑〔九五〕張麗華〔九六〕，不知門外韓擒虎〔九七〕。〔王註〕杜牧詩：門外韓擒虎，樓頭張麗華。〔查註〕《苕溪漁隱叢話》云：東坡《虢國夫人夜游圖》結二句，全用小杜《臺城曲》。【誥案】合註謂王註改虢國爲八姨，以附會詩句，其説是，但公詩未嘗以八姨爲虢國也。合註又以考秦國而謂公詩脱去「虢國」二句，其誤看與王註正等。據此詩起句「佳人自控玉花驄」，已將虢國夜游全題出盡，其夜游之狀，已追到「自控」二字之内，故云出盡也。第五句八姨作襯，特以坐中二字，截清題界，既曰坐中，斯虢國自在矣。「宫中」二句，已該入宫之事，觀其以四字了當楊妃，則其下不欲再演，又可知矣。「坐中」二韻，只有「坐中」句是八姨，其下「走馬」、「明眸」、「丹青」三句，仍是虢國，且已頂接控驄，找足楊妃。合註謂脱「虢國」二句者，此乃誤看八姨四句皆作秦國事，故疑虢國未結，殊不知虢國之次第前後，皆已完足，中間無語可夾入也。公詩起落虛實，流走不定，本是難看，非眼光與其作意針鋒相對，而欲輕議其詩，未有不爲所紿者。歐陽公謂文有定價，而詰亦以爲詩有定法，然其中神變百出，殆未可以言傳也。轉韻七古，詩之下格，惟天骨不張者宜之。取其恃韻爲骨，通幅不至散漫，故如吳梅村之流，皆終身爲所束縛而不能自奮，其爲他七古，亦多不脫此調。唐人又有夾入三韻以取變者，究亦不妥，公乃以題畫偶爲之，豈必二句一韻爲所囿哉。前卷《送戴蒙赴成都玉局觀》詩，雖轉韻而不演長篇，其意可見。查註所載李之儀《次韻》詩宫字韻下，亦只手字一韻，可證本詩並無脫句。合註又謂施註原本缺佚，無從辨正，其所引鄭羽重刊施註本，此詩有無得失，何以不一辨之，而獨取秦虢之說，疑詩有誤，此又自爲矛盾之顯然者也。紀昀曰：收得滄宕，妙於不粘唐事，彌見千古一轍之慨。又曰：直以莊語作收，而說來唱歎有神，此爲詩人之言，異乎道學之史論。

卷二十七校勘記

〔一〕正月八日招王子高飲　外集「高」字後有「晚」字。

〔二〕屋雪　外集作「雪屋」。

〔三〕合註謂玉堂云云　原註文字有難明處，而又無從核校。今參考合註，略作變動，以疏文意。

〔四〕并引　集本、類本作「并敍」。

〔五〕駙馬都尉王詵晉卿功臣全斌之後也　集甲「斌」作「彬」。類本、查註、合註無此十五字。「駙」原作「附」，誤刊。

〔六〕黄岡　類本作「黄州」。

〔七〕而晉卿亦坐累遠謫　類本作「而駙馬都尉王詵亦坐累遠謫」。

〔八〕晉卿　類本作「誂」。

〔九〕託物　「託」上類本有「詞雖不甚工然」六字。

〔一〇〕憐其　集甲作「佳其」，施本作「嘉其」。

〔一一〕和其韻　集甲、施本作「次其韻」。「韻」後類本尚有下列文字：「欲使誂姓名附見予詩集中，然亦不以示誂也。誂字晉卿，功臣全彬之後云。」

〔一二〕悵然　集甲、施本作「悵焉」。

〔一三〕却對　原作「對此」。今從集甲、施本。

〔一四〕袁天綱謂竇軌云云　施本此註文，無「東坡云」字樣。註文略同自註及邵註。集甲「謂」作「語」。

〔一五〕次韻王覿正言喜雪　西樓帖作「和王明叟喜雪一首」。「雪」原作「雨」。各本皆作「雪」，集成目録亦作「雪」，「雨」，誤刊。

〔一六〕故上　查註、合註：「上」一作「入」。

〔一七〕執筆侍　集甲、施乙、西樓帖作「執筆待」。

〔一八〕神龍久潛伏一怒勢必倍　西樓帖無此二句。

〔一九〕元祐元年二月八日朝退獨在起居院讀漢書儒林傳感申公故事作小詩一絶　外集題作「讀《儒林傳》」，以此詩題爲引。施乙「感申公故事作小詩一絶」作「感申公事故作」。

〔二〇〕穆生機　施乙、七集作「穆生幾」。

〔二一〕風鑾　施乙、類本作「風鸞」。

〔二二〕用前韻答西掖諸公見和　三希堂石刻有此詩，題作「錢穆父借韻見贈復以元韻答之」，末書「元祐元年二月廿三日醉書」，「書」字後書「趙郡蘇氏」四字。
〔二三〕蟠礎　三希堂石刻作「踞礎」。
〔二四〕白玉鉤　施乙作「碧玉鉤」，原校：「碧」一作「白」。三希堂石刻作「碧玉鉤」。
〔二五〕朱絲　施乙作「青絲」。
〔二六〕日日　類甲作「日月」，疑誤。
〔二七〕木瓜　三希堂石刻作「木桃」。
〔二八〕瑶瓊　施乙作「瓊瑶」。
〔二九〕苦追攀　集甲、施乙、類本、三希堂石刻作「困追攀」。
〔三〇〕水入　集甲、施乙、類本、三希堂石刻作「雨入」。
〔三一〕發春容　集甲、施乙作「發春容」。三希堂石刻作「寫春容」。沈欽韓《蘇詩查註補正》：《學記》：善待問者如撞鐘，待其從容，然後盡其聲。《正義》：「春」，謂擊也，以爲聲之形。「容」言鐘之爲體，必待其擊，每一春而爲一容，然後盡其聲。此詩正以鐘聲比西掖和詩，而以風琴自況，作「春容」者大謬。按，「春容」亦可通。此詩寫于元祐元年二月，乃春季。此句上，有「春還宫柳腰支活」之句，乃「春容」。
〔三二〕顧我　三希堂石刻作「自顧」。
〔三三〕再次韻答完夫穆父　類本無「再」字。

〔三四〕老吏　施乙作「老史」。

〔三五〕狂歌　類本作「强歌」。

〔三六〕一言　施乙作「一年」。

〔三七〕恨事　「恨事」之「恨」，施註嘉泰原刊本原殘，底本補以「怨」，今據施乙校改。刪去誥案中「此條施註前段缺兒字怨字今已補」十四字，改誥案「怨事見於」之「怨」爲「恨」。

〔三八〕千憂集　集甲、類本作「千憂積」。

〔三九〕生風　類本作「風生」。

〔四〇〕造物　合註：「物」一作「化」。

〔四一〕西征　合註：一作「征西」。

〔四二〕綠水　集甲、施乙作「淥水」。

〔四三〕青衫　清施本作「青山」。施乙作「青衫」。

〔四四〕仄席　類本作「側席」。「側」同「仄」。

〔四五〕并敍　施乙作「并引」。

〔四六〕生死　集甲、類本作「死生」。

〔四七〕蛇去　類丙作「蛇氣」。

〔四八〕千痾　集甲、施乙、類本作「千痾」。按，《集韻》：「痾」，《說文》，病也，或從「阿」。以後不重出。

〔四九〕或驚奔　合註：「或」一作「忽」。

〔五〇〕傾瀉　集本、施乙作「傾寫」。
〔五一〕用王鞏韻贈其姪震　七集續集題作「用定國韻贈二十姪震」。紀校：此非東坡詩，續採者誤採耳。
〔五二〕竹柏　七集作「行柏」。查註、合註亦作「行柏」。何校：「竹柏」。
〔五三〕比來伏青蒲坐捉白獸樽　何校：「伏青蒲」，「捉白獸」，亦非坡公作。
〔五四〕朝屯　盧校：「期屯」。
〔五五〕子美詩云權門多噂沓且復尋諸孫　施乙此註文，無「東坡云」字樣。集甲「沓」作「喈」。
〔五六〕用舊韻送魯元翰知洛州　類丙題下原註：「魯少卿也」。
〔五七〕雀羅　施乙作「羅雀」。
〔五八〕對宣室　類本作「到宣室」。
〔五九〕後昆　類丙作「從昆」。
〔六〇〕閉閤　合註：「閤」一作「闕」。
〔六一〕筏　集甲、施乙作「栰」。
〔六二〕一枕　類甲、類乙作「一醉」。
〔六三〕初除　集甲、施乙作「新除」。
〔六四〕夜半　集甲、施乙、類本作「半夜」。
〔六五〕百寶　集本、類本作「百賓」。施本作「百實」；原校：「實」，一本作「寶」。
〔六六〕嗔喜　集甲、施乙、類本作「瞋喜」。

〔六七〕送賈訥倅眉二首　西樓帖收有後一首。施註云：此詩第二首墨迹，刻于成都府治。西樓帖當卽施註所云之墨迹。

〔六八〕太守　集甲無「太」字。

〔六九〕小軒臨水　施本作「蓬蒿親手」。施註：墨迹作「蓬蒿親手」，集本作「小軒臨水」。西樓帖作「蓬蒿親手」，集甲作「小軒臨水」。

〔七〇〕爲君　類本作「爲誰」。

〔七一〕龍蛇活　施本作「龍蛇舞」。施註：墨迹作「龍蛇舞」，集本作「龍蛇活」。西樓帖作「龍蛇舞」，集甲作「龍蛇活」。

〔七二〕蒼髯云云　西樓帖此句下有自註，云：「先人葬□（按：似爲『於』字）眉之老翁泉上。眉倅賈訥來別，欲親至其處，故作此詩送之。」

〔七三〕故及之　集甲無「之」字。

〔七四〕蒿蓬　類本作「蓬蒿」。

〔七五〕孺　查註作「儒」。

〔七六〕當時　集甲、類本作「當年」。

〔七七〕次韻黄魯直赤目　七集續集重收此詩，題同。

〔七八〕百千　施本作「百年」，查註云「年」訛。施註引《維摩經》：「譬如一燈燃千百燈，冥者皆明，明終無盡。」「年」，蓋誤刊。

〔七九〕武昌西山　三希堂石刻收有此詩，詩後書：「右武昌西山贈鄧聖求一首。」
〔八〇〕渌漲　類丙作「緑漲」。
〔八一〕尚在　類本作「安在」。
〔八二〕抔飲　施本、類甲作「杯飲」。
〔八三〕公有　三希堂石刻作「君有」。
〔八四〕銅環　施本、類本作「銅鐶」。
〔八五〕玉鎖　三希堂石刻作「玉瑣」。
〔八六〕請公　三希堂石刻作「請君」。
〔八七〕西山詩和者三十餘人再用前韻爲謝　集甲、施本、類本題作「再用前韻」。七集續集重收此詩，「用前韻」作「次前韻」。
〔八八〕金像　原作「金瑞」。今從集甲、施本、類本、七集續集。
〔八九〕韋應物詩云云　施本此註文，無「東坡云」字樣。七集續集無此條自註。
〔九〇〕此語　七集續集作「此句」。
〔九一〕雪林硯屏率魯直同賦　紀校：即用《狄詠石屏》詩韻，似前首（按：即指《狄詠石屏》）乃改定之本。
〔九二〕倚天壁　外集作「倚天璧」，疑誤。
〔九三〕詩句　外集作「得句」。
〔九四〕争道　章校：《鑑》作「淨道」。

〔九五〕亦笑　章校：《鑑》作「一笑」。

〔九六〕張麗華　集甲作「潘麗華」。合註謂「潘」訛。

〔九七〕韓擒虎　施乙作「韓禽虎」。

蘇軾詩集卷二十八

古今體詩四十五首

【誥案】起元祐二年丁卯正月，在翰林學士知制誥任，至六月作。

和周正孺〔一〕墜馬傷手

〔王註堯卿曰〕名尹，嘗爲御史，成都新繁人。〔施註〕神宗擢爲侍御史，使蜀，極論李杞、劉佐榷茶害民事，見《送周朝議守漢州送正孺守東川》詩註。正孺此時爲考功郎。〔合註〕《續通鑑長編》載於元祐元年五月。

平生學道已神完，豈復兒童私自憐。〔王註〕陸機詩：顧影淒自憐。江文通《擬詩》：躑躅還自憐。醉墜何曾傷内守，色憂當爲念先傳。〔施註〕《禮記·文王世子》：世子色憂不滿容。《祭義》：樂正子春下堂，而傷其足，數月不出，猶有憂色。曰：父母全而生之，子全而歸之，可謂孝矣。今予忘孝之道，予是以有憂色也。是故道而不徑，舟而不游，不敢以父母之遺體行殆。書空漸覺新詩健，把蟹行看樂事全。賣却老騘爲酒直，大呼鄉友作新年。

戲周正孺二絶

其一

折臂三公未可知，〔王註〕《晉・羊祜傳》：有善相墓者，言祜祖墓所，有帝王氣，若鑿之則無後。祜遂鑿之，相者曰，「猶出折臂三公。」祜竟墜馬折臂，位至三公而無子。會當千鎰訪權奇。〔施註〕《太公六韜》：商王拘周伯昌於羑里，太公以金千鎰，求天下珍物，以免君之罪，於是得犬戎氏文馬名雞斯之乘，以獻商王。勸君覊駱猶閑事，腸斷閨中楊柳枝。【誥案】紀昀曰：戲筆却有思致。

其二

天廐新頒玉鼻騂，〔施註〕《毛詩・魯頌・駉》：有騂有騏。註云：馬赤蒼色曰騂。〔查註〕石刻云：元祐元年，予初入玉堂，蒙恩賜玉鼻騂。故人共敝亦常情。相如雖老猶能賦，〔王註〕《揚雄傳・贊》：辭莫麗於相如，作四賦。《法言》：如孔氏之門用賦，則相如入室矣。换馬還應繼一生。

潘推官母李氏挽詞

〔合註〕先生至登州《與潘彦明書》云：太夫人尊候如昨，昌言令兄，亦蒙惠書。【誥案】昌言，名鯁。登進士第。即推官也。彦明，名丙。舉進士，不調，乃鯁之弟也。

南浦淒涼老逐臣，〔王註次公曰〕《楚辭·九歌》曰：子交手兮東行，送美人兮南浦。江文通《恨賦註》云：南浦，送別之處。而《寰宇記》謂南浦在武昌縣，其註正引《楚辭》之語。黄州正對武昌，則南浦逐臣，先生自云耳。東坡還往盡幽人。杯盤〔二〕慣作陶家客，〔王註〕《晉·陶侃傳》：侃早孤貧，爲縣吏。鄱陽孝廉范逵嘗過侃，時倉卒無以待賓，其母乃截髮得雙髲以易酒肴。樂飲極歡，雖僕從亦過所望。絃誦嘗叨〔三〕孟母鄰。〔施註〕《列女傳》：孟軻之母號孟母。其舍近墓。孟子之少，嬉戲爲墓間之事，踴躍築埋。孟母曰：「此非吾所以居處子也。」乃去，舍市旁。其戲嬉，爲賈衒買之事。孟母又曰：「此非吾所以居處子也。」後徙，乃舍學宮之旁。其戲嬉，乃設俎豆揖讓進退。孟母曰：「此真可以居矣。」及孟子長學六藝，卒成大儒之名，君子謂孟母善以漸化。尚有升堂他日約，〔王註〕《後漢書》：范式，字巨卿。少游太學，與汝南張劭爲友。劭，字元伯。二人並告歸鄉里。式謂元伯曰：「後二年當還，將過拜尊親，見孺子焉。」乃共尅期日。後期方至，元伯具以白母，請設饌以候之。母曰：「二年之別，千里結言，爾何相信之深耶？」對曰：「巨卿信士，必不乖違。」至其日，巨卿果到，升堂拜飲，盡歡而別。豈知負土一阡新。〔王註〕《晉·許孜傳》：親没柴毁，負土成墳，不受鄉人之助。〔施註〕《後漢·祭遵傳》：喪母，負土起墳。《孝子傳》：宗承，字世林。母葬，負土作墳，不役童僕。一夕之間，土壤自高五尺，松竹生焉。今年我欲江湖去，暮雨連山宰樹春。〔王註〕劉夢得詩云：千行宰樹荆州道，暮雨蕭蕭聞子規。

玉堂栽花，周正孺有詩，次韻〔四〕

〔施註〕欽宗在東宮藏公帖，以賜吳少宰，有與王晉卿都尉一帖云：花栽，乞兩茶蘪、兩林檎、兩杏，仍乞令栽花人來，種之玉堂前後，亦異時一段嘉事也。此詩之作，正爲是也。宿刻此帖餘姚縣齋，汪端明刻此詩成都府治。〔查註〕周麟之《學士院記》畧云：國朝太宗皇帝，嘗以飛白書「玉堂之署」四字，賜翰林學士承旨蘇易簡。字徑二尺餘。玉堂，本漢別殿，在未央宫，與清涼、宜温、金華、白虎列峙，史不詳著，而畧見於《李尋翼奉傳》。玉堂，蓋殿名也，待詔者有直廬在焉，故尋自謂久汚玉堂之直，太宗所賜，實取諸此。

故山桃李半荒榛，粗報君恩便乞身。竹簟暑風招我老，〔王註〕歐陽文忠公《内制集序》：涼竹簟之暑風，曝茅簷之冬日。玉堂花蕊爲誰春。纖纖翠蔓詩催發，〔合註〕皮日休詩：翠蔓飄飄欲挂人。皎皎霜葩髮鬬新。〔合註〕韓退之詩：不見玉枝攢霜葩。只有《來禽青李帖》，他年留與學書人。

杜介送魚

新年已賜黄封酒，舊友〔五〕仍分頳尾魚。陋巷闕門負朝日，小園除雪得春蔬。病妻起斫銀絲鱠，〔施註〕杜子美《何將軍山林》詩：鮮鯽銀絲膾，香芹碧澗羹。稚子讙尋〔六〕尺素書。醉眼矇矓〔七〕覓歸路，〔合註〕李嶠詩：矇矓烟霧曉。松江烟雨晚疎疎。〔施註〕杜子美《懷西郭茅舍》詩：澹烟疎雨過江城。

送杜介歸揚州

〔合註〕上卷《贈杜介》詩稱杜叟，此詩用帷幄，當是官近臣，惜無可考。【誥案】《欒城集》稱杜介供奉，信近臣也。公守湖時，杜介已罷官，歸隱平山堂下，其老已可知矣。

再入都門萬事空〔八〕，〔王註次公曰〕先生守密、守徐、守湖而謫黄，自徙汝、居常、守登，召入爲起居舍人，爲翰林學士，此爲再入都門矣。〔施註〕《漢·疏廣傳》：供帳東都門外。【誥案】此句，公指杜介重來也，細玩下聯自知。王註專以屬公，讀者若看註，則胸中如有成見，即偏在一邊，而詩旨晦眼界塞矣。故此類註，適足以誤讀者也。閑看清洛漾東風〔九〕。當年帷幄幾人在，〔王註厚曰〕近臣出奉車輦，入侍帷幄。〔施註〕《漢·高祖紀》：運籌帷幄之中，決勝千里之外，吾不如子房。回首觚稜一夢中。〔王註縯曰〕班固《西都賦》：設璧門之鳳闕，上觚稜而栖金爵。觚稜，闕角也。〔任曰〕杜牧之詩：觚稜拂斗極，回首尚遲遲。四朝三七載，似夢復非宜。〔倬曰〕蘇鶚《演義》曰：觚者，學書之牘，或以記事，削木爲之，或六面，或八面，皆可書，以有圭角，故謂之觚。《文選》：操觚進牘。或以觚爲筆，非也。【誥案】此聯，杜介乃治平中同值館閣者也。由此推之，「萬事空」與「一夢」勾勒，皆指杜介罷官而入京，故又曰「閑看」。若公，則再入之後，不一載，三遷至翰林學士，不得云「萬事空」也。三聯從久不作官後尋出路數，乃杜介「一夢」後之一定層次，亦「萬事空」領起也。采藥會須逢薊子，〔王註〕《後漢·薊子訓傳》：有百歲翁，自説兒童時，時見子訓賣藥於會稽市，顔色不異於今。問禪何處識龐翁。〔王註次公曰〕龐居士也，乃與江西道一禪學相契者，《傳燈録》有傳。〔施註〕《傳燈録》：江湖緇白，謂禪門龐居士，即毗耶淨名。歸來鄰里應迎笑，新長〔一〇〕淮南舊桂叢。〔王註〕《文選》劉安《招隱士》：淮南小山之所作也。其辭：桂樹叢生兮山之幽，偃蹇連卷兮枝相繚。

和黄魯直燒香二首

〔查註〕《黄山谷集》《有惠江南帳中香者戲贈二首》，詩云：百煉香螺沉水，寶熏近出江南。一穟黄雲繞几，深禪相對同參。其二云：螺甲割崑崙耳，香材屑鷓鴣斑。欲雨鳴鳩日永，下帷睡鴨春閑。

其一

四句燒香偈子，〔王註次公曰〕《金剛經》：偈，謂之四句偈。〔合註〕《法苑珠林》引《善恭敬經》云：若聞一四句偈，或抄或寫。隨香遍滿東南。不是聞思所及，〔王註〕《楞嚴經》：觀音由聞思修入三摩地。〔施註〕《楞嚴經》疏云：聞思修爲三觀，惟觀世音三觀俱全。〔査註〕《洪氏香譜》有聞思香。又，佛書稱觀世音爲聞思大士。且令鼻觀先參。〔王註次公曰〕佛有觀想法，觀鼻端白，謂之鼻觀。〔施註〕《楞嚴經》：孫陀羅難陀而白佛，言世尊教我及拘絺羅觀鼻端白，我初諦觀，經三七日，見鼻中氣出入如煙，煙相漸消，鼻息成白。

其二

萬卷明窗小字，眼花只有斕斑。一炷烟消火冷，〔査註〕《楞嚴經》：香嚴童子白佛言：見諸比丘燒沉水香，香氣寂然，來入鼻中，非本非空，非烟非火，去無所著，來無所從，由是意銷，得香嚴號。半生身老〔二〕心閑。

再和二首〔三〕

來詩言飲酒、畫竹石、草書〔三〕。

其一

置酒未逢休沐，便同越北燕南。〔王註次公曰〕休沐，漢制也。蓋言唯得休沐假而後相聚；不然，則如越之北而燕之南也。〔施註〕《後漢·种拂傳》：南陽郡吏，好因休沐游戲市里。〔合註〕《莊子·天下篇》：燕之北，越之南。謝靈運《辨宗問答》：南向可以造越，背北可以適燕，信燕北越南矣。先生詩，反用其意。且復歌呼相和，隔牆知是曹參。

其二

丹青已是〔一四〕前世，竹石時窺一斑。五字當還〔一五〕靖節，數行誰似高閑。〔施註〕韓退之《高閑上人序》：往時張旭善草書，變動猶鬼神，不可端倪，今閑之於草書，有旭之心哉。

送楊孟容〔一六〕

〔施註〕墨迹刻石成都府治，題云：送楊禮先知廣安軍。〔合註〕《一統志》：楊孟容，眉山人。累官知懷安軍。在治平時，與濮議，不合。在熙寧間，議新法，又不合。元祐中乞致仕，哲宗書「清節」二字賜之。據此，與施註作廣安不同。〔王註次公曰〕先生自謂效黃魯直體。魯直云：子瞻詩句妙一世，乃收斂光芒，入此窘步以見效，蓋退之戲效孟郊、樊宗師之比，以文滑稽耳。恐後生不解，故追韻道之。〔張栻曰〕黃魯直詩云：我詩如曹鄶，淺陋不成邦。公如大國楚，吞五湖三江。赤壁風月笛，玉堂雲霧窗。句法提一律，堅城受我降。枯松倒澗壑，波濤所舂撞。萬牛挽不前，公乃獨力扛。諸人方嗤點，渠非鼂張雙。袒懷相識察，牀下拜老龐。小兒未可知，客或許敦龐。誠堪壻阿巽，買紅纏酒缸。

我家峨眉陰，〔王註次公曰〕峨眉山，在嘉州之峨眉縣，而眉州則面其陰也，故州以此而得名。〔合註〕山北曰陰，蓋眉州在峨眉之北也。與子同一邦。相望六十里，共飲玻璃江。〔查註〕范成大《吳船録》：眉州城外，即玻璃江也，冬時水色如此。江山不違人，遍滿千家窗。但苦窗中人，寸心不自降。子歸〔一七〕治小國，洪鐘噎微撞。我留侍玉座，〔施註〕《文選》謝玄暉《銅雀臺》詩：玉座猶寂寞。弱步攲豐扛。〔施註〕《漢・項籍傳》：力扛鼎。顔師古曰：扛，舉也。《說文》：兩人對舉曰扛。〔合註〕梁簡文帝詩：弱步逐風吹。後生多高才〔一八〕，名與黄童雙。〔合註〕何焯曰：即指魯直也。不肯入州府，故人〔一九〕餘老龐。殷勤〔二〇〕與問訊，〔施註〕《晉・郗超傳》：王獻之兄弟見超父愔，常躡履問訊。愛惜霜眉〔二一〕龐。〔施註〕杜子美《雙松圖歌》：龐眉皓首無住著。何以待我歸，寒醅發春缸。【誥案】紀昀曰：以窄韻見長。

見子由與孔常父唱和詩，輒次其韻。余昔在館中，同舍出入，輒相聚飲酒賦詩。近歲不復講，故終篇及之，庶幾諸公稍復其舊，亦太平盛事也

〔施註〕孔常父，名武仲。元祐初入館，歷校讎著作，遷司業，進左史，西掖直玉堂，擢夕扉，貳春官。以待制守洪，徙宣，坐黨籍，奪職居池。元符末，追復之。常父與兄經父，弟毅父皆以文聲起，江右鼎立，元祐時號三孔。〔查註〕《東都事畧》：孔武仲，經父之弟，字常父。幼力學，舉進士爲禮

部第一。元祐初爲祕書省正字，遷著作郎，論科舉之弊，詆《三經新義》。頃之，除起居舍人，拜中書舍人，直學士院。

君先魯東家，門户照千古。〔王註師曰〕魯縣，闕里，孔子所居。又有五父之衢。文章固應爾，鬚鬣餘似處。〔合註〕《孔叢子》：無此鬚鬣，非伋所病也。杜荀鶴詩：巢穴幾多相似處。雖非蒙倛狀，〔王註厚曰〕《荀子·非相》云：仲尼之狀，面如蒙倛。註：倛，方相也，其首蒙茸然，故曰蒙倛。倛，音欺。尚肖〔二〕歷國苦。〔王註〕《莊子·天運篇》：孔子曰：以奸者七十二君。〔施註〕杜子美《遠遊》詩：歷國未知還。誦書口瀾翻，布穀雜杜宇。〔王註〕《後漢·馮衍傳註》：《書》云：詞如循環，口如布穀。〔次公曰〕布穀、杜宇，二鳥名，皆鳴聲不停之禽。十年困奔走，櫛沐飽風雨。〔施註〕《莊子·天下篇》：禹堙洪水，沐甚雨，櫛疾風。吾道其非邪，野處豈兕虎。〔施註〕《史記·孔子世家》：楚使人聘孔子，陳蔡大夫發徒役圍孔子於野，不得行。孔子知弟子有愠心，乃召子路而問曰：「《詩》云，匪兕匪虎，率彼曠野。吾道非邪，吾何爲於此？」灞陵〔三〕閑老將，柏直口尚乳。〔王註〕《漢書》：魏王豹反，漢王問魏將誰也？對曰：「柏直。」王曰：「是口尚乳臭，不能當韓信。」自君兄弟還，鼎立知有補。〔王註次公曰〕此言三孔之在館閣也。黄魯直亦云：二蘇正連璧，三孔立分鼎。蓬山耆舊散，〔施註〕杜子美《壯遊》詩：杜曲晚耆舊。故事誰刪去。來迎馮翊傳，〔王註厚曰〕西漢蕭望之、薛宣、朱博皆以馮翊遷。出餞會稽組。〔王註〕《前漢·朱買臣傳》：拜爲會稽太守。衣故衣，懷其印綬，步歸郡邸。入室中，守邸與共食，食且飽，少見其綬。守邸怪之，前引其綬，視其印，會稽太守章也。守邸驚，列中庭拜謁。有頃，長安廐吏乘駟馬來迎買臣，遂乘傳去。吾猶及前輩，詩酒盛册府。〔王註次公曰〕三館皆謂之册府，以東壁圖書之府故也。〔施註〕《穆天子傳》：羣玉之山，先王所謂册府。註云：先王以爲藏書册之府。顧君倡此風〔二四〕，〔施註〕《漢·司馬相如傳》：千人倡，萬人和。揚觶斯杜舉。〔王註〕《禮記·檀弓》：杜蕢洗而揚觶。公謂侍者曰：如我死，則必毋廢斯爵也。至於今既畢獻，斯揚觶謂之杜舉。

黄魯直以詩饋雙井茶，次韻爲謝〔二五〕

〔查註〕《茶事雜録》：雙井在寧州西三十里，黄山谷所居也。其南溪心有二井，土人汲以造茶，爲草茶第一。《清波雜志》：雙井因山谷乃重。《山谷集·雙井茶送子瞻》詩云：人間風月不到處，天上玉堂森寶書。想見東坡舊居士，揮毫百斛寫明珠。我家江南摘雲腴，落磑霏霏雪不如。爲公唤起黄州夢，獨載扁舟向五湖。【誥案】此詩施編不載，查註從邵本補編上卷元年十一月詩前。今改編於此，餘詳案中。〔案〕總案云：合註謂《山谷集·送雙井茶》詩，編於二年，則次韻詩亦爲二年所作。今考雙井茶，乃其家間所産，則所饋者必新茶也。因改編二年春，則兩地皆合矣。

江夏無雙種奇茗，汝陰六一誇新書。〔合註〕指歐陽永叔也。見詩末自註。磨成不敢付僮僕〔二六〕，自看雪湯〔二七〕生璣珠〔二八〕。列仙之儒瘠不腴，只有病渴同相如。〔馮註〕《史記》：相如口吃而善著書，常有消渴疾。明年我欲東南去，畫舫〔二九〕何妨宿太湖。〔公自註〕《歸田録》：草茶以雙井爲第一。畫舫宿太湖〔三〇〕，顧渚貢茶故事。〔查註〕白樂天詩：十隻畫船何處泊？洞庭山脚太湖心。

趙令晏崔白大圖幅徑三丈

〔王註堯卿曰〕崔白，字子西，濠梁人。〔施註〕《圖畫見聞志》：崔白，工畫花竹翎毛。熙寧初，命與艾宣畫垂拱殿御扆竹鶴各一扇，白爲首出。〔合註〕《詩人玉屑》引《藝苑雌黄》云：東坡觀崔白《冬景圖》，作「扶桑大繭」詩，語豪而甚工也。《續通鑑長編》：熙寧四年六月，左騏驥使邵州團練使許州兵馬都監令晏言，今後每有差遣辭見并因事到闕，並乞上殿，或遇大禮，亦乞陪位，從之。又：十年十二月，以皇城使登州防禦使趙令晏提舉在京諸司庫務。又：元豐八年三月，令晏等一十八員，皆以宗室換授外官。

扶桑大繭如甕盎，〔施註〕《女仙傳》：園客妻神女，助客養蠶，得繭百十二枚，大如甕。《列仙傳》、《述異記》並云，第小異耳。〔翁方綱註〕宋袁質甫《甕牖閑評》：東坡詩「扶桑大繭如甕盎」，「甕」字，人多作去聲讀。註云：甕，於龍切，然則此詩「甕」字作平聲讀爲是。天女織綃雲漢上。〔王註〕《史記·天官書》：織女，天女孫也。左太沖《吴都賦》：泉室潛織而卷綃。〔施註〕《博物志》：有居海島上者，每年八月，見浮槎過，因齎糧而登。忽至一處，城郭甚壯，舍中多織婦，俄一丈夫牽牛水次飲之，後乃知天河也。往來不遣鳳銜梭，〔合註〕戴叔倫《織女辭》：鳳梭停織鵲無音。誰能鼓臂投三丈。〔合註〕鼓臂出《莊子》。【誥案】紀昀曰：起極奇偉。人間刀尺不敢裁，丹青付與濠梁崔。【誥案】紀昀曰：斗然折入，節奏天然。風蒲半折寒雁起，竹間的皪〔二〕横江〔三〕梅。畫堂粉壁翻雲幕，〔王註次公曰〕雲幕，漢武帝所造宫名。杜詩《麗人行》：就中雲幕椒房親。〔施註〕《西京雜記》：成帝設雲帳、雲幄、雲幕於甘泉紫殿，世謂之三雲殿。十里江天無處著。好卧元龍百尺樓，笑看江水拍天流。〔王註〕韓退之詩：海氣昏昏水拍天。〔施註〕劉禹錫《竹枝辭》：蜀江春水拍天流。

次韻張昌言給事省宿

〔施註〕張昌言，名問。兩爲河北轉運，知滄州。新法之行，獨不阿時好。因歲飢，爲神宗言，民苟免常平、助役之苦，反以得流亡爲幸。語切直驚人。元祐初，爲祕書監，使河北相度水事。過永靜軍，奏乞減價糶本軍寄糴斛斗四十餘萬石，救卹民飢，朝廷從之。還爲給事中。故有「朔塞按行猶雀躍」之句。未幾，致仕而卒，年七十五。按，昌言，本襄陽人。种世衡遺以汝州田十頃，辭弗受，當是徙居於汝。東坡亦欲居汝，故云「待向崧陽求水竹，一犂煙雨伴公歸」。〔合註〕《續通鑑長編》：元祐二年二月，張問爲給事中，八月致仕，十一月卒。〔查註〕《宋史·職官志》：給事中四人，分治六房事，掌讀中外出納及後省事。《職官分紀》：給事中，屬門下省，官正四品。

馮顛久已皷殘雪，〔王註續曰〕馮顛，言馮唐也，唐白首爲郎故爾。〔合註〕《續通鑑長編》：元豐六年八月，知河陽張問言，齒髮遲暮，徙知潞州。可爲詩句之證。戎眼何曾眩落暉。〔王註〕《晉·王戎傳》：戎視日不眩，裴楷見而目之，曰：「戎眼爛爛如巖下電。」朔野〔三三〕按行猶爵躍〔三四〕，〔施註〕《尚書·堯典》：宅朔方，曰幽都。註云：北稱朔。《莊子·在宥篇》：鴻蒙方將拊髀爵躍而遊。〔合註〕《續通鑑長編》：元豐二年二月，知滄州張問請以州倉豆賜活飢民。詩意兼指此事。東臺瞑坐覺烏飛。〔公自註〕道家有烏飛入兔宮之説。〔王註次公曰〕東臺，給事中書，唐龍朔二年，給事中改爲東臺舍人。〔施註〕《唐·百官志》：龍朔二年，改門下省爲東臺。漫誇年少容吾在，〔公自註〕樂天詩云：猶有誇張少年處，笑呼張丈喚殷兄〔三五〕。若爾尊前舉世稀。待向嵩陽〔三六〕求水竹，〔王註堯卿曰〕昌言，崧陽人也。一犂烟雨伴公歸。

次韻三舍人省上〔三七〕

〔公自註〕三月二十九日作。明日，駕幸景靈宮。〔查註〕洪邁《中書省題名記》：兩省之官十有二，唐制也。今散騎常侍缺，由諫大夫而下，別爲諫院，同門而異户，惟給事中、中書舍人、左右起居實同省，其員亦十有二。又據《宋史》：劉攽，哲宗初入爲祕書少監，出知蔡州。數月，召拜中書舍人。〔合註〕《續通鑑長編》：元祐元年十一月，曾肇爲中書舍人。十二月，劉攽爲中書舍人。

【誥案】《東都事畧》：孔武仲，字常父。元祐初爲祕書省正字，侍講邇英，除起居舍人，拜中書舍人。據詩中公自註，孔經父乃孔常父之譌刊，公斷不誤至是也。查註既引載孔武仲及子由和武仲詩，并云《清江集》無孔經父詩，合註亦云，劉貢父《彭城集》亦有次孔常父詩，皆無能指證公自註之譌刊，何也？合註又云：《續通鑑長編》二年十一月，孔文仲爲中書舍人，此詩當作於二年冬季。其説乃專主《長編》之偏見，欲改公是年三月二十九日之詩以遷就之，尤爲亂集。考孔文仲，字經父，時爲左諫議大夫。《道命録》載：元祐二年八月，左諫議大夫孔文仲劾奏程頤。《宋史·本紀》：元祐二年八月辛巳，程頤罷經筵。與《東都事畧》皆符。是二年八月，尚在左諫議大夫任，則二年三月十九日，必不爲中書舍人也。其是年十一月爲中書舍人，《長編》亦不誤，至明年與公同知貢舉，而文仲已病，卽終於中書舍人矣。然是時，文仲方爲左諫議大夫，焉得題其名於後省，共唱和《三舍人省上》詩？此由今之察院與内閣全不同也。合註不知考此，而查註惟知尋撦《清江三孔集》，宜其無孔經父原作也，均應駁正。〔查註〕孔武仲《三舍人題名於後省皆賦詩因寄呈劉貢父丈》詩云：西垣寂寞今已久，三賢文章鳳池手。朋來不復山中戀，後至倘誰居客右。華堂刻石映今古，秀句連章動星斗。鶺原棣蕚俱相望，龍吟虎嘯生輝光。就中貢父歸故鄉，況有小阮争翺翔，翩翩亦試中書堂。《欒城集・次韻孔武仲三舍人省上》詩云：君不見西都校書宗室叟，東魯高談鼓瑟手。偶然同我西掖垣，並立曉班分左右。龍文百斛世無價，瓦釜枵然但升斗。諸兄落落不可望，兩季幸肯分餘光。大孔奮飛自南鄉，聯翩羣雁相追翔，渠家冠蓋尤堂堂。紛紛榮瘁何能久，雲雨從來翻覆手。〔王註〕杜子美《貧交行》詩：翻手作雲覆手雨，紛紛輕薄何須數。悅如〔三八〕一夢墮枕中，却見三賢起江右。〔公自註〕曾子開、劉貢父、孔常父〔三九〕，皆江西人。【誥案】此註原作孔經父，譌，今改正。嗟君妙質皆瑚璉，〔施註〕《文選》禰正平《鸚鵡賦》：體金精之妙質。顧我虚名但箕斗。〔王註〕《古詩》云：南箕北有斗，牽牛不負軛。良無磐石固，虚名復何益。明朝冠蓋蔚相望，共扈翠輦朝宣光。〔施註〕《漢・司馬相如傳・上林賦》：扈從横行，出乎四校之中。〔查註〕《宋史・禮志》：景靈宮創於祥符五年，聖祖臨降，爲宫奉之。自此至仁宗，凡七十年間，太祖以下神御，在宫者四，寓寺觀者十有一。元豐五年，就宫作十一殿，悉遷在京寺觀神御奉安。紹聖二年，又奉安神宗焉。歲四孟皇帝親享。遇郊祀、明堂，先二日，詣宫行禮，謂之朝獻，次太廟，謂之朝饗。按王明清《揮麈録》云：英宗御容殿，舊名英德，元豐中改曰治隆。元祐初，即治隆之後，建宣光殿，以奉神宗。武皇已老白雲鄉，正與羣帝驂龍翔，〔王註〕杜子美《觀公孫大娘弟子舞劍器行》詩：矯如羣帝驂龍翔。獨留杞梓扶明堂。

送錢承制赴廣西路分都監

〔查註〕《職官分紀》：横行東西班内，有内殿承制官，秩正八品，乃武職也。《九域志》：廣南西路，轄州二十三，轄軍一。《燕翼貽謀録》：自江南既平，諸州直隸京師，無復藩府，諸路責任監司，按察而已。嘉祐五年，各路復置兵馬都監。《淮海集》云：鮮于侁爲利州路轉運判官。初，利州以兼益利路兵馬都監故事，武臣爲守。至是，侁上言乞堂選文臣知州事，別置路分都監，遂爲定例。【誥案】本集《奏修表忠觀及墳廟狀》内載錢暉狀云：元豐五年三月十八日，皇城使慶州防禦使錢暉，奏先臣祠廟在杭、越二州，有田園房廊，歲收寄納軍資庫，日後不曾請領，今乞將臨安縣舊田園房廊撥還臣家，庶收歲課，漸次完補墳廟，謹録奏聞。今以此詩參考，其錢承制亦屬武職，當即錢暉也。次聯用天目山、舞鳳黄鶴山、渥洼池，皆杭州事，其義見矣。

當年我作《表忠碑》，〔施註〕東坡作《表忠觀碑》，有持以視王荆公。讀之，沉吟曰：「此何語耶？」時客有在旁者，遽指摘而詆訾之。荆公不答，讀之再三，又擕之而起，行且讀，忽歎曰：「此《三王世家》也，可謂奇文矣。」客大慚，或云：「客乃其壻蔡卞也。」坐覺江山氣未衰。舞鳳尚從天目下，〔施註〕《杭州圖經》：吴越王錢氏，世葬臨安。先是有題詩於上者云：天目山前兩乳旁，鸞飛鳳舞下錢塘。兩山空缺横爲案，數百年中出五王。或云：乃晉郭璞詩。其後二句云：海門山氣横爲案，五百年間異姓王。今兩存之。收駒〔四〇〕時有渥洼姿。〔王註次公曰〕牧應作收。《周禮·夏官》：教駣，攻駒。註作收駒。踞牀〔四一〕到處堪吹笛，〔王註〕《晉書·桓尹傳》：尹有蔡邕柯亭管，常自吹之。王徽之赴召京師，泊舟青溪側，素不相識，伊於岸上過，徽之令人謂曰：「聞君善吹笛，試爲我一奏。」尹已顯貴，素聞徽之名，便下車，踞胡牀，爲作三調，弄畢，便上車去。客主不交一言。横槊何人解賦詩。〔施註〕按《舊唐書·杜甫傳·元稹論》曰：建安之後，曹氏父子，鞍馬間爲文，往往横槊賦詩，故其狀抑揚冤哀悲離之作，尤極於古。知是〔四二〕丹霞燒佛手〔四三〕，〔王註〕《傳燈録》：丹霞天然禪師，於慧林寺，遇天大寒，師取木佛焚之。人或譏之，師曰：「吾燒取舍利。」人曰：「木頭何有？」師曰：「若爾者，何責我乎？」先聲應已懾羣夷。〔公自註〕廣西僧寺，頃有佛動之異，錢君碎而投之江中。〔施註〕《漢·韓信傳》：兵固有先聲而後實者。〔合註〕何焯曰：二句亦暗用韓退之故事。【誥案】紀昀曰：應酬之筆，而有點綴、有關合，便覺情致不同。

次韻曾子開從駕二首

〔施註〕曾子開，名肇，子固幼弟。舉進士，入館閣，編修國史。哲宗立，由吏部郎中爲右司，擢右史，未幾入掌西掖。論事鯁切，不爲勢力回奪。宣仁簾聽，凡議禮必據正以言，皆從之。蔡確坐詩遠竄，子開與彭器資汝礪約，極論，會除夕扉，不果上。言者謂器資爲子開所使，遂以待制出守五州，入貳儀曹，又歷二郡。哲宗親政，數稱其有守，趣入對。又坐神宗史事，降知滁州。徽宗召歸掖垣，遷翰苑，崇寧初奪職居岳陽，貶官置臨汀，還潤而卒，年六十一。自熙寧以來四十年，大臣更用事，邪正相軋，黨論屢起，子開身更其間，數不合。兄布與韓儀公忠彦並相，祐陵初政，日謀所以傾危之。子開詒書，警戒甚切，曰：「比來主意已移，小人道長，進則必論元祐人於帝前，退則盡引排元祐者於要路，異時恐爲惇、卞死黨。左揆持心向正，古觀、稷易皆可與謀，但使正人聚於本朝，自然小人道消矣。一京足以兼二人，可不深慮。」其兄不能用。蔡京得政，兄弟俱不免。古觀、稷易，謂二王豐賈也。紹興初，謚文昭。子統，事高宗爲諫大夫。曾孫炎，字南仲；晙，字茂昭。皆登法從。〔查註〕《長公外紀》：元祐間，東坡與曾子開肇同居兩省，扈從車駕赴宣光殿，子開有詩，其畧云：鼎湖弓劍仙遊遠，渭水衣冠輦路新。又云：堦除翠色迷宮草，殿閣清陰老禁槐。詩語亦佳，即此二首韻也。《欒城集·次韻曾子開舍人四月一二日扈從》詩，第一首云：萬人齊仗足聲匀，翠輦徐行不動塵。夾道讙呼通老稚，從官雜遝數徐陳。旌旗稍放龍蛇卷，旒冕初看日月新。天遣雨師先灑道，農夫不復誤占辛。第二首云：衣冠雙日款蓬萊，簾脱重鈎扇不開。清曉連驚三殿啓，翠華遥自九天來。晨光稍稍侵黄蓋，瑞霧霏霏著禁槐。千兩翟車觀禮罷，歸時滿載德風回。蘇子容《次韻子瞻諸公從駕景靈宮》詩，第一首云：青鵷如跂萬椽匀，地接璇流隔世塵。三后在天歌下武，一人膺福見君陳。珠旒滚滚懷濡露，玉案年年待薦新。廡下丹青從臣列，左趨蕭丙右甘辛。第二首云：太清宮廟近蓬萊，連日天門六扇開。萬乘旌旗衝曉過，兩宮輿輦詰朝來。城中三水河通漢，庭下千官棘映槐。老稚扶攜同祝聖，年年常此望昭回。范純父《和曾子開從駕朝謁景靈宮次韻》詩一首云：雨師汎灑霽光匀，華蓋香風不起塵。億兆歡呼真帝啓，謀猷左右盡君陳。雲隨仙仗三山遠，日出咸池六合新。一别都門變桑海，來瞻原廟只悲辛。

其一

槐街〔四〕緑暗雨初匀，〔施註〕韓退之詩：緑槐十二街。瑞霧香風滿後塵。〔施註〕杜子美《寄李十二白二十韻》詩：青雲滿後塵。《文選》張景陽《七命》：余雖不敏，請從後塵。清廟幸同觀濟濟，〔王註〕《詩·周頌·清廟》：濟濟多士，秉文之德。〔施註〕《毛詩·大雅·文王》：濟濟多士，文王以寧。豐年喜復接陳陳。〔王註厚曰〕《豐年》，亦

《詩》名。而《前漢書》有云：太倉之粟，陳陳相因。雍容已饜天庖賜，〔施註〕白樂天《渭村退居》詩：天廚味始嘗。俯伏〔四五〕初嘗貢茗新。輦路歸來聞好語，〔施註〕《文選》班固《西都賦》：輦路經營，修除飛閣。共驚堯顙類高辛。〔王註次公曰〕高辛帝嚳，乃堯之父也。堯以言哲宗，高辛以言神宗。用堯顙字，則《孔子世家》載：孔子立於鄭之東門，鄭人謂子貢曰：「東門有人，其顙似堯。」今借此以言哲宗之類神宗也。〔施註〕《史記·五帝本紀》：帝嚳高辛崩，放勳立，是爲帝堯。【誥案】紀昀曰：此種却非東坡所長，凡詩人亦多不長於此，而長於此種者，又往往非詩人。其說非是，此曉嵐以今所作應制體繩前人也。今所用逐字堆砌，雕琢堂皇，華贍恭謹之派，詩賦相同，當日無此風也。唐人《日五色賦》起二句云：德動天鑑，祥開日華。此八字壓卷，即占巍峨，其後即隨手終篇，並不加意鍛煉，而詩亦相類，不能逐句逐字皆如之也。若本集《帖子詞》，曉嵐亦不謂然，使以《欒城集》者相較，則本集已極工麗，可見當日應制體，不過如此止也。且無論古，即康熙間館閣詞賦，皆名人鉅公所爲，若取而施用於今，直須折改修削，蓋已嫌其空陋矣。殊不知彼時風氣如此，仍欲行流走之筆，寓自見之意，雖其蓄學甚富，已不肯逐字般演入之，而況以繩之古乎。

其二

入仗魂驚愧草萊，〔施註〕《唐·儀衞志》：凡朝會之仗，三衞番上，分爲五仗。朝日，宰相兩省官再拜，升殿。內謁者承旨喚仗。凡仗入，則左右廂加一人監捉。杜子美《寄賈至》詩：侍臣諳入仗。《文選》鮑明遠樂府：一言分珪爵，片善辭草萊。一聲清蹕九門開。〔施註〕《周禮·天官》：宮正，凡邦之事蹕。鄭氏云：蹕，止行者。〔合註〕沈約詩：清蹕朝萬寓。」暉暉日傍金輿轉，〔王註〕杜子美《寒食》詩：竹日靜暉暉。〔施註〕《文選》江淹《恨賦》：喪金輿及玉乘。〔合註〕江總詩：二月春暉暉。習習風從玉宇來。流落生還真一芥，〔合註〕《傳燈錄》：一塵飛而翳天，一芥墮而覆地。周章危立近三槐。〔公自註〕學士班近執政。〔王註〕左思《吳都賦》：輕禽狡獸，周章夷猶。註：周章夷猶，恐懼不知所之也。〔施註〕《楚辭》屈原《九歌》：聊翱遊兮周章。〔查註〕《文選註》云：周章，往來迅疾也。王觀國《學林》云：《文選註》非也；周章者，周旋緩舒之意。道旁倘有山中舊，問我收身早晚回。【誥案】紀昀曰：如此說來，又不合廊廟之體。此又不然，公凡應制體，必要閣進曾經流落老病當歸兩層，此其情性所發，亦當日風氣使然，並不以爲忌諱也。今之所謂應制體者，皆跪說終篇也。古之所謂應制體者，一篇之中，其跪說固有之，而立說、坐說甚至跳舞而說，並有之也。或不謂然，只有不看之一法，未能一律論之也。

再和二首〔四六〕

〔查註〕《欒城集·再次韻》第一首云：病起江南力未勻，强將冠劍拂埃塵。木雞自笑真無用，芻狗何勞收已陳。行從鑾輿風日細，側聽廟樂管絃新。誰知四載勤勞後，併舉成功祚泣辛。第二首云：宸心惻惻念汙萊，南籞西池閉不開。長樂鳴鞘千乘出，顧成薦鬯萬方來。從臣暗泣新宮柳，父老行依輦路槐。雙闕影斜朱户啓，都人留看屬車回。

其一

眼花錯莫鬢霜勻，〔王註〕鮑照《行路難》：今日見我顏色衰，意中索莫與先異。〔施註〕杜子美《瘦馬行》：失主錯莫無晶光。白樂天《老成》詩：兩鬢已成霜。病馬羸驂〔四七〕只自塵。〔施註〕《毛詩·小雅·無將大車》：無將大車，祇自塵兮。奉引拾遺叨侍從，〔王註〕杜子美《奉酬嚴公寄野亭之作》詩：拾遺曾奏數行書，嬾性從來水竹居。奉引濫騎沙苑馬，幽棲真釣錦江魚。〔查註〕蔡邕《獨斷》：天子出，車駕次第，謂之鹵簿。大駕則公卿奉引，大將軍參乘，太僕御法駕。

公卿不在鹵簿中。惟河南尹執金吾洛陽令奉引，侍中參乘，奉車郎御。思歸少傅羨朱陳。〔王註厚曰〕白樂天以太子少傅致仕，有詩云：憶昨旅遊初，迨今五十春。孤舟三適楚，羸馬四經秦。一生苦如此，長羨朱陳民。衰年壯觀空驚目，險韻〔四八〕清詩苦鬭新。最後數篇君莫厭，擣殘椒桂〔四九〕有餘辛。〔查註〕《庚溪詩話》：東坡兩和辛字，皆工。其云「最後數篇君莫厭，擣殘椒桂有餘辛」。按《楚辭》「昔三后之純粹兮，固衆芳之所在」；「雜申椒與菌桂兮，豈惟紉夫蕙茝」。蓋以椒、桂、蕙、茝，皆草木之香者，喻賢人也。而《西清詩話》改其句云「讀罷君詩何所似，擣殘薑桂有餘辛」，以爲坡讖首唱多辣氣，此何理也？坡爲人慷慨疾惡，亦時見於詩，有古人規諷體，然亦詎肯效閭閻以鄙語相詈哉。〔合註〕《韓詩外傳》：薑桂不因地而辛。

其二

憶觀滄海〔五〇〕過東萊，日照三山迤邐開。〔王註次公曰〕《寰宇記》載：三山在萊州掖縣。註云：在海之南岸。先生赴登州時，有詩。〔施註〕《揚子》：觀書者，譬諸觀山，及水升東嶽，而知衆山之迤邐也。白樂天詩：朱箔銀屏迤邐開。桂觀飛樓凌霧起，〔施註〕《史記・封禪書》：公孫卿言：仙人好樓居，於是上令長安作蜚廉桂觀。《吳越春秋》：范蠡爲句踐立飛翼樓，以象天門。〔合註〕韋應物有《凌霧行》。仙幢寶蓋拂天來。〔施註〕《維摩經》：起七寶塔，以一切纓絡幢幡而供養之。杜子美《韋諷録事宅觀曹將軍霸畫馬圖》詩：翠華拂天來向東。不聞宮漏催晨箭，〔施註〕《周禮・夏官》：挈壺氏縣壺以序聚欜。鄭氏云：縣壺以爲漏，漏之箭，晝夜共百刻，冬夏之間，有長短焉。太史立成法，有四十八箭。但覺簷陰轉古槐。供奉清班非老處，〔施註〕王安石《懷鍾山詩》〔五一〕：投老歸來供奉班。杜子美《至日遺興》詩：憶昨逍遙供奉班，去年今日侍龍顏。會稽何日乞方回。〔公自註〕時方闕會稽守。〔施註〕《晉・郗愔傳》。

字方回。除太常，固讓，不拜。樂補遠郡，從之。出爲會稽内史，久之，乞骸骨，因居會稽。

次韻劉貢父省上〔三〕

〔合註〕蘇子容《和西字韻》詩，共十三首，見本集。《彭城集》缺原作。

密雲今日破郊西，〔王註〕《易·小畜》又《小過》：密雲不雨，自我西郊。疎雨脩脩〔三〕未作泥。〔王註〕唐韓偓詩：輕寒著背雨淒淒，九陌無塵未有泥。〔施註〕韓退之《南内朝賀歸》詩：薄雲蔽秋曦，清雨不成泥。〔合註〕杜子美《雨》詩：山雨不成泥。要及清閑同笑語〔四〕，行看衰病費扶攜。花前白酒傾雲液，户外青驄響月題。〔合註〕《古樂府·焦仲卿妻詩》：躑躅青驄馬。不用臨風苦揮淚，〔施註〕杜子美《劍門》詩：臨風默惆悵。君家自與竹林齊。〔公自註〕貢父詩中，有不及與其兄原甫同時之歎；然其兄子仲馮，今爲起居舍人〔五〕。〔查註〕《容齋隨筆》：少游《與鮮于子駿書》云，今中書舍人，皆以伯仲繼直西垣，前世以來未有其事，誠國家之美，非特衣冠之盛也。以其時考之，蓋元祐二年，謂蘇子由、曾子開、劉貢父也。子由之兄子瞻，子開之兄子固、子宣，貢父之兄原父，皆經是職。故少游有此語云。歐陽公《劉原父墓誌》：原父以熙寧元年卒，年五十。《宋史》：劉敞，字原父。弟攽。子奉世，字仲馮。中進士第，累官直史館，國史編修。蔡確文致奉世罪，謫降。後歷簽書樞密院事。章惇當國，奉世乞去。《清江三孔集》：常父云：吾鄉劉原父，雄文博學，爲天下師表，而余不及識。今識其子仲馮，居省中，治事精密，吏不能欺，天下稱爲賢吏部。其文學議論，能世其家。

再和

當年曹守我膠西，〔王註次公曰〕曹守，言劉貢父也。膠西，則先生自言其爲密州也。〔查註〕《宋史·劉攽傳》：熙寧中，罷太常禮院，通判泰州，又知曹州。曹爲盜區，重法不能禁，放治尚寬平，盜亦衰息。共厭餔糟與汨泥。自古赤丸成習俗，〔合註〕《史記·秦始皇本紀》：宜省習俗。因公黃犢免提攜。生還各有青山興，病起猶能小字題。莫怪歌呼數相和，曾將獄市寄全齊。〔公自註〕貢父爲曹州，盜賊皆奔鄰境，嘗有詩云：「〔五六〕從教晉盜稍奔秦。

送顧子敦奉使河朔

〔王註子仁曰〕子敦，顧臨也。元祐二年，自給事中除天章閣待制，出爲河北都轉運使。〔施註〕子敦，會稽人。舉說書科，入館閣，喜論兵。熙寧初，神宗命編修《經武要略》，且召問兵。對曰：「兵以仁義爲本，動静之機，安危所係，不可輕也。」擢轉運河南，提舉常平倉事，忤執政意，罷歸；更歷中外。元祐二年，擢給事中，朝廷議回河，拜待制，爲河北都漕。東坡與李常、孫覺、胡宗愈、梁燾等言，臨資性方正，學有根本，慷慨中立，凜然有古人之風，宜留置左右，別選深知河事者使往，不報。子敦至部，請因河勢，回使東流。復召歸班，爲翰林學士。紹聖初，以龍圖閣學士守定，徙應天河南。時論既變，奪職守新安，斥居番陽，年七十二，卒。徽宗立，追復之。子敦，體肥偉，諸公多以屠戲之，故詩云「磨刀向猪羊」、「平生批敕手」。子敦頗慍見，故後詩又云「善保千金軀，前言戲之耳」。〔合註〕《續通鑑長編》：元祐二年四月，顧臨爲河北都轉運使，鄧温伯、蘇軾、李常、王存、孫覺、胡宗愈、梁燾，請臨留朝廷，皆不報。石刻紹聖四年十一月《施縝墓誌》，管勾洪州玉隆觀顧臨篆蓋，當卽斥居番陽時。而管勾宫觀，《宋史》與施註皆不載。【誥案】顧臨爲給事中，論奏崇政延和殿不當講讀，爲程伊川所攻，罷爲河北轉運，以伊川原奏邇英暑熱，請於崇政延和殿及他寬涼處講讀故也。公同乞留顧臨狀，以四月二十日上，不報。其中鄧温伯，乃小人之尤者，餘如李常諸人，皆非蜀黨，胡宗愈無黨，梁燾乃朔黨也。然因此一奏，而後之論者，卽以顧臨爲蜀黨攻洛黨之一名，誣也。施註徒繁其詞，於顧臨之出無一字之及，惟不了了，故於後《韓康公挽詞》註載其與門生故吏燕集事，又夾入顧臨也。

我友顧子敦，軀膽兩俊偉。〔王註次公曰〕韓退之詩：身大不及膽。便便十圍腹，不但貯書史。容君數百人，一笑萬事已。十年卧江海，了不見愠喜。磨刀向豬羊，釃酒會鄰里。〔王註〕《後漢書·馬援傳》：擊牛釃酒。釃，音所宜反。〔施註〕《毛詩·小雅·伐木》：釃酒有衍，籩豆有踐。歸來如一夢，豐頰愈茂美。〔施註〕韓退之《盤谷序》：曲眉豐頰。〔合註〕《獨醒雜志》：子敦肥碩，當暑袒裼，據案而寐，東坡書四大字於其側，曰「顧屠肉案」。平生批勅手，〔王註〕《舊唐書》：李藩遷給事中，制勅有不可，遂於黄勅後批之。吏曰：「宜別連白紙。」藩曰：「別以白紙，是文狀，豈曰批勅耶！」〔施註〕《唐·李藩傳》：遷給事中，制有不便，就勅尾批却之。吏驚，請聯他紙，藩曰：「聯紙是牒，豈曰勅耶！」濃墨寫黄紙。會當勒燕然，〔王註〕《後漢·竇憲傳》：擊匈奴，大破之，遂登燕然山，刻名勒功，紀漢威德，令班固作銘。〔合註〕《東軒筆録》：顧子敦好談兵，劉攽目爲顧將軍，故先生詩亦用勒燕然事也。廊廟登劍履。〔王註〕《漢書》：蕭何功第一，上於是賜何帶劍上殿，入朝不趨。〔施註〕《晉·王導傳》：劍履上殿，入朝不趨，翻然向河朔，〔查註〕孔武仲《送顧子敦赴河北序》云：上之二年，子敦自河東轉運使召給事中，在門下，事有不便，輒争還之，議論堅決，不少迎合。時河北數有水災，澶魏故道，久湮未復。子敦拜天章閣待制使河北。士大夫以爲河爲數州患，雖急，一方事也，子敦以侍從之官，撤而使一方，忽所大而治所小，非計也。舉朝之人，睥睨前却，不敢徑往，以蹈後悔。

子敦獨日夜計畫，以爲己任。非確然不易，其肯爲之乎？坐念東郡水。河來屹不去〔五七〕，【誥案】此句雖用王遵事，仍寓戲意，筆力之恣到者如此。如尊乃勇耳。〔王註〕《漢·王尊傳》：爲東平相。是時東平以至親，驕奢不奉法，傅相連坐。尊視事，謂王曰：「尊來爲相，人皆弔尊也，以尊不容朝廷，責使相王耳。天下皆言王勇，顧但負貴，安能勇，如尊乃勇耳。」

次韻子由送家退翁知懷安軍〔五八〕

〔施註〕家退翁，名定國；弟復禮，名安國。東坡、子由及退翁兄弟，少時皆嘗從眉州劉微之，見子由《送家安國》詩。〔合註〕子由又有《送家定國同年赴永康掾》詩，尚在熙寧初也。《一統志》：家定國，永康司法參軍。韓絳欲治山西道，定國謂蜀近寇，暫爲坦途，將有後憂，絳爲之罷役。【誥案】兩公與家勤國、定國、安國，並爲西社同門友。安國薦舉定國，與兩公同登第。勤國既不售，其子愿復登第上書，元符間錚然有聲。其後，家大酉爲淳祐講官，家鉉翁簽書樞密院。時檄告天下守令，並以城降，鉉翁獨不肯署名。吴堅惡之，命鉉翁爲祈請使，遂爲元所羈，而宋亡。家氏終兩宋之世，代有顯者，自家愿以後，皆能以風節立於朝，是尤所難也。〔查註〕《輿地廣記》：梓州路懷安軍，屬廣漢郡，西魏立金淵郡，唐屬簡州，宋乾德五年，立懷安軍。《太平寰宇記》：劍南西道懷安軍，領金水、金堂二縣。東至梓州一百七十里。

吾州同年友，粲若琴上星。〔王註次公曰〕琴上星，言十三徽也。當時功名意，豈止拾紫青。〔查註〕《石林避暑録》：唐以金紫銀青光禄大夫，皆爲階官，此沿漢制金印紫綬、銀印青綬之稱也。丞相太尉金紫，御史大夫銀青，皆以印綬言。《夏侯勝傳》「取青紫如拾芥」，蓋謂此也。顔師古以青紫爲卿大夫服，不知漢時蓋未服青紫也。事既喜違願〔五九〕，天或不假齡。〔施註〕《左傳·僖公二十八年》：楚子曰：「晉侯天假之年，而除其害。」今如圖中鶴，俯仰在一庭。〔公自註〕吾州同年友十三人〔六〇〕，今存者六人而已，故有「琴上星」、「圖中鶴」之語。〔查註〕先生自註琴上星，以比十三人，則圖中鶴當是六數。〔合註〕唐張彦遠《名畫記》：薛稷畫鶴知名，屏風六扇鶴樣，自稷始。《圖畫見聞誌》：孟蜀後主廣政甲辰，淮南馳聘，副以六鶴。蜀主遂命黄筌寫六鶴於便坐之壁，名曰六鶴殿。六鶴，一曰唳天，二曰警露，三曰啄苔，四曰舞風，五曰梳翎，六曰顧步。程凝善畫竹，兼長遠水，有《六鶴圖》傳於世。《宣和畫譜》等書所載《六鶴圖》甚多，當是唐、宋畫家體格如此。退翁守清約，霜菊有餘馨。鼓笛方入破，〔查註〕《唐書·五行志》：天寶後，詩人多爲流寓之思，樂曲亦多以邊地爲名，至其曲遍繁聲，謂之入破。破者，蓋破碎云。朱絃微莫聽〔六一〕。西南正春旱，廢沼黏枯萍。翩然一麾去，想見靈雨零。〔施註〕《毛詩·鄘風·定之方中》：靈雨既零，命彼倌人。星言夙駕，税于桑田。我無謫仙句，待詔沉香亭。空騎内厩馬，〔王註次公曰〕翰林學士初入院，例賜名馬。〔合註〕即前詩「天厩新頒玉鼻騂」也。〔施註〕杜子美《瘦馬行》詩：士卒多騎内厩馬。天仗隨雲軿。〔施註〕岑參《寄杜拾遺》詩：曉隨天仗入，暮惹御香歸。竟無絲毫補，眷焉誰汝令〔六二〕。永愧〔六三〕舊山叟，憑君寄丁寧。【誥案】劉巨，字微之。公幼所從學者。此云「舊山叟」，正指劉也。據此二句，公甚念之，而集中他無一字之及，今補載。

諸公餞子敦，軾以病不往，復次前韻

君爲江南英，面作河朔偉。人間一好漢，誰似張長史。〔施註〕《舊唐書·狄仁傑傳》：武后問曰：「朕要一好漢任使，有乎？」仁傑曰：「荆州長史張柬之，其人雖老，宰相材也；若用之，必能盡節於國家。」上書苦留君，言拙輒報已。〔王註〕韓退之《孔戣墓誌》：愈《留孔戣奏疏》曰：「如戣輩在朝，不過三數人，陛下不宜苟順其求，不留自助也。」不報。先生《乞留顧臨狀》云：方今二聖臨御，如臨等輩，正當置之左右，以補闕遺。〔施註〕《漢·東方朔傳》：四方士上書言得失，其不足采者，輒報聞罷。置之勿復道，出處俱可喜。攀輿共六尺，〔施註〕《漢·袁盎傳》：天子所與共六尺輿者，皆天下英豪。食肉飛萬里。誰言遠近殊，等是朝廷美。遥知送別處，醉墨争淋紙。我以病杜門，〔施註〕《史記·張良世家》：性多病，導引不食穀，杜門不出。商頌〔四〕空振履。〔王註〕《莊子·讓王篇》：曾子居衞，三日不舉火，十年不製衣，曳屣而歌商頌，聲滿天地，若出金石。〔施註〕《新序》：原憲曳杖拖履，行歌商頌而反，聲滿天地，如出金石。天子不得而臣，諸侯不得而友也。後會知何日，一歡如覆水。善保千金軀，〔施註〕杜子美《哀王孫》詩：王孫善保千金軀。前言戲之耳。〔王註〕《王立之詩話》載：元祐中，顧子敦有顧屠之號，以其極肥偉也。其後奉使河朔，居士有詩送之，子敦讀之，頗不樂。所以居士復和前篇云：「善保千金軀，前言戲之耳。」〔合註〕何焯曰：末句得無取「割雞焉用牛刀」之意耶？

走筆謝呂行甫惠子魚〔六五〕

〔合註〕白樂天詩：走筆小詩能和否？【誥案】呂行甫，詳後題註。此詩施編不載，查註據邵本補編。

卧沙細肋吾方厭，〔馮註〕《埤雅》：肋魚，似鯡魚而小，身薄骨細。〔合註〕《本草》云：勒魚，狀如鯡魚，小首細鱗，腹下有硬刺，頭上有骨乾者，謂之勒鮝。〔馮註〕《詩義疏》：鯊魚，吹沙也。似鯽魚而小，常張口吹沙，背上有刺螫人。通印長魚誰肯分。〔馮註〕公《送牛尾貍》詩云：通印子魚猶帶骨。此云：通印長魚誰肯分。解與荆公同。好事〔六六〕東平貴公子，貴人不與與蘇君。〔馮註〕《類説》：宋顯仁后謂秦檜妻曰：「子魚大者絶少。」對曰：「妾家有之。」檜咎其失言，乃以青魚百尾進。太后笑曰：「我道這婆子村。」可見子魚大者，非權貴不多得也。

送吕行甫司門倅河陽〔六七〕

〔查註〕吕希彦，字行甫。本集《雜記》：吕希彦行甫，相門子，行義有過人者，不幸短命。生平藏墨，士大夫戲之爲墨顛。案，吕公著二子希哲、希純，行甫當是夷簡諸孫，公著之姪。《職官分紀》：刑部所屬有司門郎中，從六品，員外郎，正七品。《輿地廣記》：京西北路孟州，自漢至隋，皆屬河南郡。唐割屬河南。建中二年，以河陽、河清、濟源、温四縣入河南三城節度使，會昌三年，以爲孟州。【誥案】此詩施編不載，查註據邵本補編。

結交不在久，傾蓋如平生。識子今幾日，送别亦有情。子生公相家，高義久峥嶸。天才〔六八〕既超詣，〔合註〕《魏志·管輅傳註》：天才既少。《世説》：殷淵源語不超詣簡至。世故亦屢更。譬如追風驥，豈免羈與纓。念我山中人，久與麋鹿并。誤出挂世網，〔合註〕嵇康《答難養生論》：不絓世網。舉動俗所驚。【誥案】時朔、洛黨方熾，尚無川黨之目，其詩已有去志，可見無立黨之意矣。歸田雖未果，已覺去就輕。〔合註〕《史記·屈原賈誼傳·贊》：輕去就。河陽豈云〔六九〕遠，出處恐異程。便當從此别，有酒無徒〔七〇〕傾。

和張昌言喜雨

〔合註〕黄子耕《山谷年譜》云：欒城詩云「已收蠶麥無多日」，蓋四月間也。〔查註〕黄庭堅《次韻》詩云：三雨全清六合塵，詩翁喜雨句淩雲。垤漂戰蟻餘追北，柱擊乖龍有裂紋。滅去鮮肥憂玉食，徧宗河嶽起爐薰。聖功惠我豐年食，未有涓埃可報君。子由《和張問喜雨詩》云：已收蠶麥無多日，旋喜山川同一雲。禾黍趁時青覆隴，池塘流潤緑生紋。兩宫尚廢清晨樂，中禁初消永夜薰。倉粟半空民望足，深耕疾耨肯忘君。

二聖憂勤忘寢食，〔王註次公曰〕二聖，哲宗與太后也。百神奔走會風雲。禁林夜直鳴江瀨，清洛朝回〔七一〕起縠紋。〔施註〕劉禹錫《竹枝詞》：瀼西春水縠紋生。杜牧之《江上偶見》詩：水紋如縠燕差池。【誥案】「清洛朝回」，謂張昌言奉使往告西京原廟及歸途而雨已作也。三句「夜直」，乃公自謂，故五句又言夢覺而詩已至也。必如是觀，則昌言喜雨之作，不同泛泛，而起二句之意皆出。前註於「朝」字之下註云：一作潮。若作潮回起縠紋解，則全詩之旨皆失，且清洛無潮也。夢覺酒醒聞好句〔七二〕，帳空簟冷發餘薰。秋來定有豐年喜，剩作新詩準備君。

次韻劉貢父西省種竹

〔合註〕《彭城集》有《西省種竹偶書呈同省諸公并寄鄧蘇二翰林》詩。〔查註〕孔文仲《次韻》詩云：西垣種竹滿庭隅，正直天街小雨初。漸引涼風侵夢覺，已留清露滴吟餘。卜鄰近喜蒼苔滿，托跡方驚上苑疎。昨夜青藜光照席，綠陰相對草除書。孔武仲《次韻》詩云：此君安可一朝無，請看西園種竹初。嶰谷正當吹鳳後，葛陂猶是化龍餘。風搖夢枕秋聲碎，月漏吟窗夜影疎。他日如封管城子，莫緣老禿不中書。《欒城集·次韻》詩云：竹迷誰定知迷否？趁取滂沱好雨初。栽向鳳池吹律處，斸從芸閣殺青餘。迎風一嘯朝回早，弄月相差直宿疎。應怪籍、咸林下客，相看不飲作除書。自註云：仲馮方作左史，必與貢父並直於此。

要知西掖承平事，〔施註〕《漢·食貨志》：今累葉承平。《文選》潘安仁《關中》詩：戎士承平。〔查註〕《雍錄》：唐門下北省，在日華門，名左掖，亦名東省。中書北省在月華門，名右掖，亦名西省。記取劉郎種竹初。舊德終呼名字外，後生誰續笑談餘。〔公自註〕昔李公擇種竹館中，戲語同舍，後人指此竹，必云李文正手植。貢父笑曰：「文正不獨繫筆，亦知種竹耶？」時有筆工李文正〔七三〕。成陰障日行當見，取筍供庖計已疎。白首林間望天上，平安時報〔七四〕故人書。〔公自註〕李衛公北都童子寺竹，寺僧日報平安〔七五〕。〔施註〕《酉陽雜俎》：李衛公言：北都惟童子寺，有竹一窠，才長數尺。公令其寺綱維，每日報竹平安。

偶與客飲，孔常父見訪，方設席〔七六〕延請，忽上馬馳去，已而有詩，戲用其韻答之

〔查註〕孔武仲原作詩云：華嚴長者貌古奇，紫瞳奕奕垂雙眉。顏如桃花兩侍兒，問其姓名不自知。囁嚅欲吐新奇辭，豈亦有虎來護持。維摩高臥盡〇機，蓬山藏史策馬馳。二豪兀坐渾如

癡，錯認醍醐是酒卮，誰將此景付畫師？

揚雄他文不皆〔七七〕奇，〔施註〕魏文帝《典論》：如王粲之《初征》、《登樓》、《槐賦》、《征思》，徐幹之《玄猿》、《漏卮》、《員扇》、《橘賦》，雖張、蔡不過也。然於他文，未能稱是。獨稱觀瓶居井眉〔七八〕。酒客法士兩小兒，陳遵、張竦何曾〔七九〕知。〔施註〕《漢·陳遵傳》：遵與張竦，俱以列侯歸長安。竦居貧無賓客，時時好事者從之論道經書，而遵晝夜號呼，車騎滿門。先是揚雄作《酒箴》，爲酒客難法度士，譬之於物，曰：「子猶瓶矣，觀瓶之居，居井之眉，自用如此，不如鴟夷。」遵大喜之，謂竦曰：「吾與爾猶是。」主人有酒君獨辭，蟹螯何不左手持。豈復見吾衡氣機〔八〇〕，〔王註〕《莊子·應帝王篇》：列子與季咸見壺子。壺子曰：「吾向示之以太沖莫勝，是殆見吾衡氣機也。」明日，又與之見壺子，立未定，自失而走。壺子曰：「追之。」列子追之，不及，返，以報壺子曰：「已滅矣，已失矣，吾弗及已。」遣人追君君絶馳。【誥案】紀昀曰：寫馳去，雅切。盡力去花君自癡，醍醐與酒同一卮，〔王註任曰〕醍醐，蓋酥酪之美者。佛言人闡正法，如食醍醐，然其與酒自是兩般。然如禪師，亦有飲米汁子者，惟文殊能知其同異，蓋文殊最爲智慧故也。〔施註〕白樂天《卯時酒》詩：佛法贊醍醐，仙方傳沆瀣。未如卯時酒，神速功力倍。請君更問文殊師。

次韻子由書李伯時所藏韓幹馬〔八一〕

〔施註〕李伯時，名公麟，舒城人。南唐先主昪諸孫。舉進士。畫特精絶，意造天成，顧、陸、張、吳殆不能過。留意三代鼎彝，博學精鑒。性嗜玉，見輒以善價求之。晚作洗玉池，東坡銘之。其仕監奏邸、勅令刪定官、御史檢法官，後病痺，不能運筆，反以厚貲收己所作云。〔查註〕《宋史》：

李公麟好古博學，長於詩，致仕歸，肆意於龍眠山巖壑間。雅善畫，黄庭堅謂其風流不減古人，然因畫爲累，故世但以藝傳。子由《韓幹三馬》詩云：老馬側立鬉尾垂，御者高拱持青絲。心知後馬有争意，兩耳微起如立錐。中馬直視翹右足，眼光已動心先馳。僕夫旋作奔佚想，右手正控黄金羈。雄姿駿發最後馬，回身奮鬣真權奇。圉人頓轡屹山立，未聽決驟争雄雌。物生先後亦偶爾，有心何者能忘之。畫師韓幹豈知道，畫馬不獨畫馬皮。畫出三馬腹中事，似欲譏世人莫知。伯時一見笑不語，告我韓幹非畫師。蘇子容《次韻》詩云：霜紈横卷書韜垂，軸以璿瑁囊青絲。披圖二妙駭人目，筆畫勁利如刀錐。龍媒迥出丹青手，勢若飛動將奔馳。韉銜如在赤墀立，僕御猶縱紅纓羈。子虔六轡銜沃若，長康駿骨稱天奇。雖傳畫譜入神品，未有墨客評黄雌。六詩形似到作者，三馬意象能言之。奇縱莫辨霸或幹，高韻壓倒陸與皮。從來神物不常有，未遇真賞何人知。君不見開元廐馬四十萬，作頌要須張帝師。黄魯直《次韻》詩云：于闐花驄龍八尺，看雲不受絡頭絲。西河驄作葡萄錦，雙瞳夾鏡耳卓錐。長楸落日試天步，知有四極無由馳。電行山立氣深穩，可耐珠韉白玉羈。李侯一顧歎絶足，領略古法生新奇。一日真龍入圖畫，在坰羣雄望風雌。曹霸弟子沙苑丞，喜作肥馬人笑之。李侯論幹獨不爾，妙盡骨相遺毛皮。翰林評書乃如此，賤肥貴瘦渠未知。況我平生賞神駿，僧中云是道林師。〔合註〕劉貢父《次韻》詩云：韓幹畫馬名獨垂，冰紈數幅横素絲。諸公賦詩邀我和，我如鈍椎逢利錐。區中纔容三萬里，正可腰裹一日馳。朝燕暮吴亦其亞，幸得夷路無縶羈。此間三馬皆國馬，瑰資逸態成崛奇。有如秋空見霜鶻，下睨衆禽俱伏雌。良工苦心爲遠到，天機要眇潛得之。區區駑駘浪自負，豈可醜骨包姸皮。李侯洒筆定超詣，尚有天驥君未知。宛王母寡今授首，汗血不敢藏貳師。王仲至《次韻》詩云：天閑不遇頭亦垂，真性本不求青絲。由來奇骨類奇士，立見俱似囊中錐。鳳頭初踏葱嶺至，繡膊東由青海馳。春風宛轉白玉鐙，晚日照耀黃金羈。李侯對此意匠發，造物真比豪端奇。方甄之相豈可擬，顛倒未免雄稱雌。翰林相繼寫高韻，何止羊和共和之。玉花照夜古稱美，顏色乃是論其皮。固知神駿不易寫，心與道合方能知。文章書畫固一理，不見摩詰前身應畫師。

潭潭古屋雲幕垂，〔王註〕《歸藏啓筮》云：昔者女媧坐張雲幕。〔施註〕韓退之《符讀書城南》詩：一爲公輿相，潭潭府中居。〔合註〕《史記》：涉之爲王沈沈者。應劭曰：沈沈，宮室深邃之貌，音長含反。《字典》通作潭。省中文書如亂絲。忽見伯時畫天馬，朔風胡沙生落錐。〔王註縯曰〕錐，謂筆鋒也。《五代史·史弘肇傳》：弘肇曰：「安朝廷，定禍亂，直須長槍大戟，若毛錐子，安足用哉。」天馬西來從西極，〔施註〕《史記·樂書》：武帝伐大宛，得千里馬，作歌曰：天馬來兮從西極，經萬里兮歸有德。勢與落日争分馳。龍膺豹股頭八尺，奮迅不受人間羈。元狩虎脊聊可友，〔施註〕《漢·禮樂志》：元狩三年，馬生渥窪水中，作《天馬歌》。又，太初四年，誅宛王，獲宛馬，作《天馬歌》曰：天馬徠，出泉水。虎脊兩，化若鬼〔八二〕。開元玉花何足奇。〔王註〕杜子美《丹青引》詩：先帝天馬玉花驄，畫工如山貌不同。伯時有道真吏隱，飲啄不羨山梁雌。丹青弄筆聊爾耳，意在萬里誰知之。〔王註〕范傳正《李太白新墓碑序》云：騏驥筋力成，意在萬里外。幹惟畫肉不畫骨，【誥案】紀昀曰：纔入韓幹，用筆之妙，前無古人。而況失實〔八三〕空留皮〔八四〕。煩君巧説腹中事，〔邵註〕《後漢·禰衡傳》：衡爲作書記，輕重疎密，各得體宜。黄祖持其手，曰：「處士，此正得祖意，如祖腹中之所欲言也。」【誥案】紀昀曰：此君字，指子由也，亦必見原唱乃知者。妙語欲遣黄泉知。〔施註〕《左傳·隱公元年》：不及黄泉，無相見也。君不見韓生自言無所學，廐馬萬匹皆吾師。〔施註〕《名畫記》：上令韓幹師陳閎，怪其不同。幹曰：「臣自有師，陛下内廐馬，皆臣師也。」

【誥案】紀昀曰：只就伯時生情，韓幹只於筆端縈繞，運意運筆，俱極奇弄。

次韻劉貢父獨直省中

明窗畏日〔八五〕曉先暾，高柳鳴蜩午更喧。〔施註〕《文選》陸士衡《擬古詩》：寒蟬鳴高柳。筆老詩新〔八六〕疑有物，心空客疾本無根。隔牆我亦眠風榻，上馬君先鎖月軒〔八七〕。共喜早歸三伏近，〔王註〕《東方朔傳》：武帝詔賜從官肉，大官丞日晏不來。東方朔曰：「伏日當早歸，請受賜。」遂拔劍割肉懷去。〔查註〕本集《謝三伏早出院表》云：伏當早歸，下遂疎愚之性。解衣盤礴亦君恩。〔施註〕《莊子·田子方篇》：宋元君將圖畫。有一史後至，因之舍。公使人視之，則解衣盤礴，臝。君曰：「可矣，是真畫者也。」

軾以去歲春夏，侍立邇英，而秋冬之交，子由相繼入侍，次韻絶句四首，各述所懷

【誥案】張邦基《墨莊漫録》：邇英閣前槐後竹，雙槐極高，而柯葉拂地，狀如龍蛇，或謂之鳳凰槐。曾肇詩云：鳳尾扶踈槐影寒，龍吟蕭瑟竹聲乾。漢皇恭默尊儒學，不似公孫見不冠。查註前論《子開集》不傳，而曹倦圃家所藏者多缺，僅於《外紀》拾其殘句。若此題附載子由、魯直、无咎、文

潛次韻各四首，而獨失此詩，何也？〔查註〕《汴京宮室考》：邇英閣，在崇政殿西南，蓋侍臣讀講之所也。〔合註〕任淵《山谷集註》：國朝春二月至端午，秋八月至冬至，遇隻日，邇英閣輪官講讀。【誥案】《欒城集》原題云：去冬，轍以起居郎入侍邇英，講不逾時，遷中書舍人，雖忝冒愈深，而瞻望清光，與日俱遠，追記當時所見，作四絕句，呈同省諸公。

其一

曈曈日脚曉猶清，〔王註〕《韻書》：曈曈，日初出也。〔施註〕白樂天《東樓南望》詩：日脚黄金碎。〔合註〕梁簡文帝詩：柳路日曈曈。細細槐花暖欲零〔八八〕。〔合註〕杜子美《宣政殿退朝晚出左掖》詩：爐烟細細駐游絲。坐閱諸公半廊廟，〔公自註〕僕射吕公、門下韓公、右丞〔八九〕劉公，皆自講席大用。〔合註〕指吕公著、韓維、劉摯也。時看黄色起天庭。〔施註〕《玉管照神書》：黄色喜徵。〔查註〕《黄庭經》：天庭地關列斧斤。註云：兩眉間爲天庭也。《欒城集》原作詩云：邇英肅肅曉霜清，玉宇時聞槁葉零。風過都城吹廣内，萬人笑語落中庭。

其二

上尊〔九〇〕初破早朝寒，〔查註〕《漢書註》云：稻米一斗，得酒一斗，爲上尊。茗盌仍霑講舌乾。〔合註〕《石林燕語》：經筵講讀官，初入皆坐，賜茶。唯當講官起案立講，畢復就坐，賜湯而退。侍讀亦如之。蓋乾興之制也。陛楯諸郎空雨立，故應慚悔不儒冠。〔王註〕《史記》：沛公諸客，冠儒冠來者，輒解其冠，溲溺其中。〔施註〕韓退之《元日朝回》詩：儒冠列侍映東曹。〔合註〕何焯曰：言看人騰化，僅比衛士爲優耳。〔查註〕《欒城集》原作詩云：銅瓶灑遍不勝寒，雨點勻圓凍未乾。回首曈曨朝日上，槐龍對舞覆衣冠。

其三

兩鶴摧頹病不言，年來相繼亦乘軒。〔王註〕《左傳·閔公二年》：衛懿公好鶴，鶴有乘軒者。誤聞九奏聊飛舞，〔施註〕《史記·扁鵲傳》：百神遊於鈞天，廣樂九奏萬舞。又《樂書》：師曠鼓琴，一奏有玄鶴二八，集乎廊門，再奏之，延頸而鳴，舒翼而舞。可得徘徊爲啄吞。〔施註〕《藝文類聚·白鶴古詩》云：五里一反顧，六里一徘徊。吾欲銜汝去，口噤不能開。《文選》鮑照《升天行》：啄腐共吞腥。〔查註〕《欒城集》原作詩云：早歲西廂跪直言，起迎天步晚臨軒。何知老侍曾孫聖，欲泣龍髯吐復吞。自註：轍昔舉制策，坐於崇政殿西廊，蓋邇英之北也。是日晚，仁皇自延和步入崇政，過所試幄前，瞻望天表，最爲親近。

其四

微生偶脫風波地，晚歲猶存鐵石心。〔王註〕皮日休《桃花賦序》：余嘗慕宋廣平之爲相，疑其鐵腸石心，不解吐婉媚之辭。然其《梅花賦》，清便富艷，得南朝徐、庾體，殊不類其爲人也。定似香山老居士，〔王註師曰〕香山寺，在洛都龍門。白樂天晚年，自稱香山居士，以儒教飾其身，佛教治其心，道教養其壽。世緣終淺道根深。〔公自註〕樂天自江州司馬，除忠州刺史，旋以主客郎中知制誥，遂拜中書舍人。軾雖不敢自比，然謫居黄州，起知文登，召爲儀曹，遂忝侍從，出處老少，大略相似，庶幾復享此翁晚節閑適之樂焉。〔查註〕白樂天詩：始知不才者，可以探道根。【誥案】公此詩雖佳，終是語識。〔查註〕《欒城集》原作詩云：講罷淵然似不勝，詩書默已契天心。高宗問答終垂世，未信諸儒測淺深。

送宋構朝散知彭州迎侍二親〔九二〕

〔王註堯卿曰〕構字承之，成都人。〔施註〕宋彭州名構。紹聖間，爲金部員外郎。是時，都大提舉川茶事陸師閔移漕陝西，謀代之者，曾子宣、李邦直僉曰：「宋某可。」遂使權都大管勾。〔合註〕《金石粹編》載《闕山雪月》詩石刻云：成都宋構承之，紹聖丙子歲，按部過隴山，偶題。當即施註權都大管勾時也。又，宋構先曾爲夔州路轉運判官，見《續通鑑長編》元豐七年十二月。〔查註〕《梁溪漫志》：六曹郎中，前行爲朝請大夫，中行爲朝散大夫，員外郎中行及起居舍人爲朝散郎。《華陽國志》：兩山對如闕，因號天彭，今成都府彭縣也。《太平寰宇記》：劍南西道彭州濛陽郡，秦蜀郡地，唐垂拱二年，置彭州，領縣三。

東來誰迎使君車，知是丈人屋上烏。〔王註〕杜子美《奉贈射洪李四丈》詩：丈人屋上烏，烏好人亦好。劉向《說苑》：太公謂武王曰：「愛其人者，兼屋上烏。」丈人今年二毛初，〔施註〕《左傳·僖公二十二年》：君子不禽二毛。杜預曰：頭白有二色也。登樓上馬不用扶。〔王註〕杜子美《寄薛三郎中》詩：上馬不用扶，每扶必怒嗔。使君負弩爲前驅，蜀人不復談相如。〔王註〕《漢書》：司馬相如爲中郎將，使西南夷，至蜀，太守以下郊迎，縣令負弩先驅，蜀人以爲寵。〔次公曰〕言宋朝散迎其親，爲之負弩前驅，所以甚言其爲父之榮也。老幼化服一事無，有鞭不施安用蒲。〔王註〕《後漢書》：劉寬爲南陽太守，吏人有過，但蒲鞭罰之，示辱而已。《北史》：崔祖思叔父景真，位平昌太守，有惠政，常懸一蒲鞭，而未嘗用。去任之日，士人思之，爲立祠。春波如天漲平湖，〔王註次公曰〕此亦柳子厚「江南春盡水如天」之變也。鞓紅照坐香生膚。〔查註〕陸游《入蜀記》：天彭號小西京，其俗好植牡丹，有京、洛之遺風。《古今雜記》：孟氏以牡丹名苑。於時，彭門爲輔郡，典州者多，戚里得之上苑，此彭門花之始也。天彭亦謂之花州，而牛心山下，謂之花村云。　帣韝上壽白玉壺，〔王註次公曰〕《史記・淳于髡傳》：帣韝鞠腃，侍酒於前。徐廣云：帣，收衣褎也；韝，臂捍也，音溝。帣字，《音義》與《索隱》並音紀免切。〔施註〕《唐韻》：帣，囊也，音與眷同。〔合註〕白樂天詩：絲管行隨白玉壺。　公堂登歌《鳳將雛》。〔施註〕《毛詩・豳風・七月》：躋彼公堂。《周禮・春官》：太師，帥瞽登歌。　諸孫歡笑〔九二〕争挽鬚，〔施註〕杜子美《北征》詩：生還對童稚，似欲忘飢渴。問事競挽鬚，誰能即嗔喝。　蜀人畫作西湖圖。〔查註〕《名勝志》：彭州治内有東湖，宋元符中，袁隲有記。又有西湖，唐元和中太守王潛、蕭祐創。進士鄧衮記，略云：二公陶奇撰幽，不乏心匠，於西湖臺島花竹布置，罔不宛妙。

郭熙畫秋山平遠

〔公自註〕文潞公〔九三〕爲跋尾。〔施註〕《圖畫見聞志》：郭熙，河陽人。工畫山水寒林。

玉堂晝掩〔九四〕春日閑，中有郭熙畫春山。〔查註〕《蔡寛夫詩史》：學士院，舊與宣徽院相鄰，今門下後省，乃其故地。玉堂兩壁，有巨然畫山，董羽畫水，燕穆之復寫六幅山水，置於中間。宋宣獻有詩。元豐末，既修兩省，後遂移院於樞密院之後，兩壁既毁，屏亦莫知所在。今玉堂中屏，乃待詔郭熙所作《春江曉景》。禁中官局，多熙筆迹，而此屏獨深妙，意若欲追配前人者。蘇子瞻賦詩云：玉堂晝掩春日閑，中有郭熙畫春山。而今遂以爲玉堂一佳物也。〔合註〕《石林燕語》亦云：學士院郭熙畫《春江曉景》，尤工。　鳴鳩乳燕初睡起，白波青嶂非人間。〔王註〕杜子美《奉觀嚴鄭公廳事岷山沱江畫圖》詩：白波吹粉壁，青嶂插雕梁。　離離短幅開平遠，〔施註〕《唐・王維傳》：畫思入神，至山水平遠，雲勢石色，繪工以爲天機所到，學者不及也。　漠漠疏林寄秋晚。恰似〔九五〕江南送客時，中流回頭望雲巘。伊川佚老鬢如霜，〔王註次公曰〕伊川佚老，指言文潞公也。〔查註〕《太平寰宇記》：河南府，秦三川郡。《名勝志》：三川，謂河、洛、伊也。伊水出南陽縣西蔓渠山，東北過伊闕入洛。臥看秋山思洛陽。爲君紙尾作行草，炯如嵩洛浮秋光。〔王註次公曰〕嵩洛，嵩山、洛水也。我從公遊如一日，不覺青山映黃髮。爲畫龍門八節灘，〔王註援曰〕龍門八節灘，在伊川。白樂天致仕香山石樓，鑿龍門八節灘，爲游賞之樂。〔施註〕白樂天《開八節灘詩序》云：東都龍門潭之南，有八節灘、九峭石。〔查註〕《太平寰宇記》：闕塞山，《左傳註》謂南山、伊闕是也。杜預云，洛陽西南伊闕口也。《名勝志》：龍門山，卽伊闕也，下有八節灘，今屬洛陽縣。待向伊川買泉石。〔王註次公曰〕先生蓋欲卜居伊川，以從潞公也。〔施註〕《唐・田游巖傳》：泉石膏肓，烟霞痼疾。【誥案】紀昀曰：用古格，亦是宛轉。

次韻張昌言喜雨

千里黃流失故居，〔王註次公曰〕言水所衝蕩，而民居不見也。年來赤地到青徐。〔施註〕《後漢・滅宮傳》：人畜疫死，旱蝗赤地。遥聞争誦十行詔，〔施註〕《後漢・循吏傳》：光武以手迹賜方國者，皆一札十行，細書成文。〔合註〕考《宋史・本紀》：二年四月辛卯詔，冬夏旱暵，海内被災者廣，避殿減膳，責躬思過。癸卯雨，戊申，御殿復膳。此先生和詩所以作也。無異親巡六尺輿。〔施註〕《史記・秦始皇紀》：刻石泰山，辭曰：親巡遠方。精貫天人一言足，〔施註〕《文選・馬汧督誄》云：精貫白日，猛烈秋霜。雲興嶽瀆萬靈趨。愛君誰似元和老，賀雨詩成卽諫書。〔王註〕白樂天嘗《與元稹書》云：凡聞僕賀雨詩，衆口籍籍，以爲非宜。〔施註〕《漢・王式傳》：臣以《三百五篇》諫，是以無諫書。【誥案】紀昀曰：亦是應酬，而結句自有斤兩。

金門寺中見李西臺〔六〕與二錢〔公自註〕惟演、易唱和四絶句，戲用其韻跋之

〔查註〕《宋史·文苑傳》：李建中，字得中，蜀人。進士甲科。景德中，以久次進金部員外郎，求掌西京留司御史臺。尤愛洛中風土，就構園池。善書札，行筆尤工，多構新體，草、隸、篆、籀，八分亦妙。王明清《揮麈録》：本朝李建中爲分司西京留司御史臺，世遂以西臺目之。《東都事略》：錢惟演，字希聖。吳越王俶之子。仁宗朝，仕至樞密使。卒，贈侍中。初謚文穆，改謚思，又改文僖。曾鞏《隆平集》稱惟演少富貴，能志於學，其家聚書，侔於祕府，預修《册府元龜》，凡千篇，詔與楊億分爲之序。錢易，字希白，吳越王倧之子。舉進士甲科。景德初，累擢知制誥。易善行、草書。【誥案】此四詩，施編倅杭卷中，《紀年録》謂帥杭作，而題云過金門寺。查註謂詩言二錢初入朝事，疑當在開封作，今以第一首合第三首考之，詩當作於洛中。無可疑者。但公他詩雖屢有過洛之迹，而事無由知，西京差事旁午，旬餘往復，京僚常事，不可考也。據詩意，確似元祐中作，若置熙寧三四年間，即又無此筆路，合倅杭諸絶讀之，亦甚不類也。吾杭自晉、唐以來，招提之盛，甲於天下，幾以千論，斷無宋時之寺，且入公詩，至於毫無蹤影者。王、施註聚於南宋，而南宋不知杭有金門寺，其非杭州作審矣。此四詩，似當作於元祐二三年中而不能定，今附載此卷之末，仍俟詳考。

其一

帝城春日帽簷斜，〔施註〕白樂天詩：何處春深好，春深學士家。相逢不敢揖，彼此帽低斜。李商隱《代官妓贈兩從事》詩：新人橋上著春衫，舊主江邊側帽簷。二陸初來尚憶家。〔王註次公曰〕《晉·陸機傳》：太康末，與弟雲自吳入洛。張華曰：「伐吳之役，利獲二俊。」二錢，吳人也，故以二陸比之。〔施註〕《晉·陸雲傳》：少與兄機齊名，時號二陸。《語林》：陸機夏在洛，忽思東頭竹篠飲，語劉實曰：「吾鄉思轉深矣。」未肯將鹽下蓴菜，〔王註〕《晉書》：陸機嘗詣王濟，濟指羊酪謂機曰：「卿吳中何以敵此？」答曰：「千里蓴羹，未有鹽豉。」時人以爲名對。已應知雪似楊花。〔王註續曰〕世傳錢昭度詩：南人如問雪，向道似楊花。昭度，二錢之族也。〔合註〕《捫蝨新語》云：語曰：「南人不識雪，向道似楊花。」然南方楊實無花也。

其二

平生〔九七〕賀老慣乘舟，騎馬風前怕打頭。〔王註〕杜子美《飲中八仙歌》詩：知章騎馬似乘船。〔施註〕白樂天《小舫》詩：白蘋香起打頭風。《五代史補》：吳越王初入朝，上賜以寶馬，馬出禁門，驕行却退，王謂左右曰：「豈遇打頭風耶？」欲問君王乞符竹，〔施註〕《漢·武帝紀》：二年初，與郡守爲銅虎符、竹使符。但憂無蠏有監州。〔公自註〕皆世所傳錢氏故事。〔王註〕歐陽文忠公《歸田録》：國朝始置諸州通判，既非副貳，又非屬官，故常與知州争權，每云我是監郡，朝廷使我監汝舉動，爲其所制。有錢昆少卿者，家世餘杭人也，嗜蠏，嘗求補外郡，人間所欲何州？曰：「但得有螃蠏無通判處則可矣。」〔施註〕《南史·吳平侯蕭景傳》：監揚州，有田舍老姥，訴得符，縣吏未卽發。姥曰：「蕭監州符如火，汝手何敢留之。」

其三

西臺妙迹繼楊風，〔公自註〕凝式。〔施註〕《法書苑》：李建中，直集賢院，爲西臺御史。善古文八分行書，嘗得古文《孝經》，研翫臨學，遂盡其勢。楊凝式善行草，西洛寺觀二百餘處，題寫幾遍，時人以楊風呼之。〔查註〕《蔡寬夫詩話》：楊凝式不任檢束，自號爲楊風子，終能以智自完。書法高妙，今洛中僧寺，尚多遺迹。《題華嚴院》一首云：院似禪心靜，花如覺性圓。自然知了義，争肯學神仙。無限龍蛇洛寺中。一紙清詩弔興廢，塵埃零落梵王宫。〔施註〕《楚辭·離騷》：惟草木之零落兮，恐美人之遲暮。《金光明經》：其香微妙，金色晃耀，照我等宫，大梵王天釋提相，因爲聽法，故悉自隱蔽，不現其身。【誥案】以題論之，公至金門寺中，始見李、錢題句，合觀此詩，即金門寺爲洛寺之一也。

其四

五季文章墮劫灰，〔王註厚曰〕《太平御覽》引曹毗《志怪》：漢武帝鑿昆明池，極深，悉是灰墨，無復土。舉朝不解，以問東方朔。朔曰：「臣愚不足以知之，可試問西域胡。」至明帝時，外國梵人竺法蘭入洛陽，時有憶東方朔言者，乃試以問之。梵人云：「天地大劫將盡，則劫燒，此劫燒之餘。」乃知朔言有旨也。〔施註〕《左傳·昭公三年》：叔向曰：「齊其何如？」晏子曰：「此季世也。」升平格力未全回。〔施註〕《漢·梅福傳》：聽用其計，升平可致。〔合註〕元稹《杜甫墓誌》：宋、齊之間，文章意義，格力無取焉。故知前輩宗徐、庾，〔施註〕《北史·庾信傳》：父肩吾，爲梁太子中庶子，徐摛爲右衛率，摛子陵及信，并爲鈔撰學士。文並綺艷，故世號爲徐、庾體。當時後進，競相模範。數首風流似玉臺。〔王註次公曰〕徐有《玉臺新詠》十卷，蓋言錢、李文辭綺艷，學江左之體也。〔查註〕按詩至唐末，格調已極卑弱，降而五代，干戈擾攘，士生其際，救死扶傷之不暇，豈復知有文章，所以有「五季文章墮劫灰」之歎也。宋興，轉禍亂爲昇平，人才輩出，宜其有挽回風氣，力追正始者。而一時如楊大年、宋子京輩，務爲艱澁隱僻，以誇其能，其間風流自命者，不過俎豆徐、庾，學爲纖艷之體而已。竊意李、錢倡和之什，猶染唐末之雲霧，故先生此詩云然。觀其命題，曰「戲用韻跋之」，雖嘲謔爲文，隱寓譏諷之義也。

卷二十八校勘記

〔一〕周正孺　類丙「孺」作「儒」。本卷《和周正孺墜馬傷手》詩，類丙「孺」作「孺」，「儒」蓋誤刊。

〔二〕杯盤　「盤」原作「柈」。集甲、類本作「杯盤」，今從。按，《正字通》：「柈」、「盤」、「槃」，通。

〔三〕嘗叨　集甲、類丙作「常叨」。

〔四〕玉堂栽花周正孺有詩次韻　類本「次」字後有「其」字。查註：一本「周」前有「同」字。合註：「周」一作「同」，訛。

〔五〕舊友　集甲、施本、類本作「舊老」。查註云「老」訛。案，據下首《送杜介歸揚州》詩詰案：「公守湖時，杜介已罷官，歸隱平山堂下，其老已可知矣。」則「舊老」亦通。

〔六〕謹尋　類本作「歡尋」。

〔七〕朦朧　施乙作「矇矓」。

〔八〕萬事空　查註、合註：「萬」一作「何」，查註謂「何」訛。

〔九〕東風　類本作「春風」。

〔一〇〕新長　合註謂「長」一作「到」。

〔一一〕身老　類本作「年老」。

〔一二〕再和二首　施本無「二首」二字。

〔一三〕來詩言飲酒畫竹石草書　據集甲、施本、類本補。

〔一四〕已是　集甲、施本、類本作「已自」。

〔一五〕當還　施本作「還當」。

〔一六〕送楊孟容　西樓帖有此詩，題作「送楊禮先知廣安軍」，與施註所云之「墨迹刻石」之題同。西樓帖當即施註所云成都府治之「墨迹刻石」。

〔一七〕子歸　施註：墨迹作「君歸」。西樓帖作「君歸」。施本作「子歸」。

〔一八〕高才　施註：墨迹作「才賢」。西樓帖作「才賢」。施本作「高才」。

〔一九〕故人　施註：墨迹作「至今」。西樓帖作「至今」。施本作「故人」。

〔二〇〕殷勤　施註：墨迹作「君歸」。西樓帖作「君歸」。施本作「殷勤」。

〔二一〕霜眉　原作「雙眉」。今從集甲、施本、類本、西樓帖。

〔二二〕尚肖　類本作「尚有」。

〔二三〕灞陵　施乙作「霸陵」。按，《康熙字典》：「灞」通作「霸」。

〔二四〕倡此風　集甲「倡」作「唱」。查註、合註：「風」一作「物」；查註謂「物」訛。

〔二五〕黄魯直以詩饋雙井茶次韻爲謝　七集、外集無「黄」字。外集無「爲」字。外集題下原註：前集十六卷止收《赤目》詩，即此韻（按，即卷二十七《次韻黄魯直赤目》詩）。

〔二六〕僮僕　外集作「童僕」。

〔二七〕雪湯　外集作「雪浪」。

〔二八〕璣珠　七集作「幾珠」。

〔二九〕畫舫　外集作「畫舸」。

〔三〇〕畫舫宿太湖　外集「舫」作「舸」。

〔三一〕的皪　類本作「的皪」。按：《集韻》：「皪」或從歷。

〔三二〕横江　施本作「寒江」。查註謂「寒」訛。

〔三三〕朔野　查註、合註：「野」一作「塞」。

〔三四〕爵躍　集甲、類本作「雀躍」。

〔三五〕樂天詩云云　施本此註文，無「東坡云」字樣。

〔三六〕嵩陽　集甲、施本、類本作「崧陽」。

〔三七〕次韻三舍人省上　集甲、類本「次韻」作「和」。西樓帖有此詩，「上」後有「一首」二字。

〔三八〕悦如　施本、西樓帖作「慌如」。按，《集韻》：「慌」，昏也，或作「悦」。

〔三九〕孔常父　集甲、施乙、類本作「孔經父」。

〔四〇〕收駒　類本作「牧駒」。類本次公註引《周禮註》作「收駒」。按，沈欽韓《蘇詩查註補正》謂鄭註作「攻駒」。《四部叢刊》影印明翻宋岳氏相臺本《周禮註》作「攻駒」。

〔四一〕踞牀　集甲、類本作「據牀」。

〔四二〕知是　類甲作「如是」，疑誤。

〔四三〕燒佛手　集甲、類本作「破佛手」。

〔四四〕槐街　集甲、類本作「街槐」。

〔四五〕俯伏　盧校：「俯仰」，又校：宋刻本作「伏」，「伏」字是。

〔四六〕再和二首　集甲、施本、類本無「二首」二字。

〔四七〕羸驂　集甲、施本、類本作「羸騶」。

〔四八〕險韻　集甲、類本作「嶮韻」。

〔四九〕椒桂　查註：「椒」一作「薑」。

〔五〇〕滄海　類本作「蒼海」，查註、合註謂作「蒼」訛。

〔五一〕王安石懷鍾山詩　原作「杜子美」詩，誤，今校改。

〔五二〕次韻劉貢父省上　施本無「劉」字。此詩，七集續集重收，題作「和喜雨」。

〔五三〕疎雨脩脩　七集續集作「小雨蕭蕭」。

〔五四〕要及清閑同笑語　七集續集作「且及清閑同笑樂」。

〔五五〕貢父詩中云云　七集續集無此條自註。

〔五六〕嘗有詩云　集甲、類甲、類丙「嘗」字上有「蓋」字。

〔五七〕屹不去　類本作「訖不去」。

〔五八〕次韻子由送家退翁知懷安軍　西樓帖有此詩，佚題。詩後另行書：「元祐二年三月十日。」

〔五九〕事既喜違願　原作「事既與願違」。今從集甲、施本、類本、西樓帖。邵註謂「喜」字疑誤，當作「與」。按：「喜違願」較「與願違」意更深。且「事既喜違願」與下句「天或不假齡」，爲對偶句。

〔六〇〕十三人　西樓帖「十」字前有「凡」字。

〔六一〕退翁守清約霜菊有餘馨鼓笛方入破朱絃微莫聽　集甲無此四句。施本、類本有此四句。西樓帖有此四句。

〔六二〕誰汝令　集甲作「誰語令」。

〔六三〕永愧　原作「永懷」。今從集甲、施本、類本。西樓帖作「永媿」，「媿」、「愧」通。

〔六四〕商頌　合註：「頌」一作「歌」。

〔六五〕走筆謝吕行甫惠子魚　外集無「走筆」二字。

〔六六〕好事　外集作「多謝」。

〔六七〕送吕行甫司門倅河陽　外集「門」作「封」。

〔六八〕天才　外集作「子才」。

〔六九〕豈云　外集作「雖不」。

〔七〇〕無徒　外集作「無從」。

〔七一〕朝回　類本作「潮回」。

〔七二〕好句　施本作「好語」。

〔七三〕筆工李文正　類本「正」作「政」。

〔七四〕時報　查註、合註：「時」一作「待」。何校：「待報」。

〔七五〕李衞公云云　施本無此條自註。

〔七六〕方設席　合註：一本無「方」字。清施本無「方」字。

〔七七〕不皆　原作「皆不」。今從集甲、施本。

〔七八〕井眉　類本作「井湄」。

〔七九〕何曾　集甲作「曾何」。查註：宋刻本作「曾何」。

〔八〇〕衡氣機　施本、類本作「横氣機」。

〔八一〕次韻子由書李伯時所藏韓幹馬　盧校：諸詩皆指伯時摹韓馬，恐「藏」字誤。

〔八二〕漢禮樂志……天馬歌曰天馬徠出泉水云云　按，施註原謂此《天馬歌》爲元狩三年作，誤，今校改。元狩三年《天馬歌》與此《天馬歌》不同。

〔八三〕失實　盧校：「實」疑「質」。

〔八四〕空留皮　集甲、施本、類本作「空餘皮」。

〔八五〕昃日　盧校：「杲日」。

〔八六〕筆老詩新　原作「筆老新詩」。今從類本。「筆老詩新」，與下句「心空客疾」對。

〔八七〕鎖月軒　施本、類本作「瑣月軒」。

〔八八〕暖欲零　集甲、施本作「暖自零」。施本原校：「自」一作「欲」。

〔八九〕右丞　集甲、類丙作「左丞」。
〔九〇〕上尊　原作「上樽」，各本皆作「上尊」，今從。
〔九一〕送宋構朝散知彭州迎侍二親　集甲、施本無「構」字。查註：《欒城集》詩題「朝散」作「朝請」。
〔九二〕歡笑　集甲、施乙作「讙笑」。
〔九三〕文潞公　集甲、類本無「文」字。
〔九四〕晝掩　集甲、類甲作「晝掩」。
〔九五〕恰似　類本作「却似」。
〔九六〕李西臺　集甲、類丙作「李留臺」。
〔九七〕平生　集甲、類本作「生平」。

蘇軾詩集卷二十九

古今體詩四十一首

【誥案】起元祐二年丁卯七月，在翰林學士知制誥兼侍讀任，至十二月作。

和穆父新涼〔一〕

〔合註〕《續通鑑長編》：元祐元年十二月，錢勰爲龍圖待制權知開封府，獄空，轉一官。至穆父再任開封，在元祐八年，亦與先生同朝，見後卷三十六。但此詩自是初次權尹時所和，故從查編。

【誥案】此詩施編不載，查註從邵本補編。

家居妻兒號，出仕猿鶴怨。未能逐什一，〔王註〕《漢書·楊惲傳·與孫會宗書》：糴賤販貴，逐什一之利。〔馮註〕《南史》：宋劉伯龍，少貧薄。及歷位尚書左丞，少府，武陵太守，貧窶尤甚。常在家，慨然召左右，將營什一之方。忽見一鬼在旁，撫掌大笑，伯龍歎曰：「貧窮固有命，乃復爲鬼所笑也。」遂止。安敢搏〔二〕九萬。常恐樗櫟身，〔馮註〕《莊子·逍遥遊篇》：惠子謂莊子曰：「吾有大樹，人謂之樗，其大本擁腫而不中繩墨，其小枝卷曲而不中規矩。」又《人間世篇》：匠石之齊，至乎曲轅，見櫟社樹，其大蔽牛，匠伯不顧，曰：「散木也。」坐纏冠蓋蔓。受知〔三〕如負債〔四〕，粗報乃焚券，〔馮註〕《史記・孟嘗君傳》：問左右，何人可使收債於薛者？又：馮瓘乃持券如前合之，能與息者，與爲期，貧不能與息者，取其券而燒之。《後漢・樊弘傳》：其素所假貸人間數百萬，遺令焚削文契。債家聞者皆慚，爭往償之。諸子從勅，竟不肯受。但知眠牛衣，寧免〔五〕刺虎圈。〔合註〕當用《漢書・李廣傳》「上召李禹刺虎，縣下圈中」事也。清風來既雨，新稻香可飯。紫蟹〔六〕應已肥，白酒誰能勸。君今崔、蔡手，〔王註續曰〕《唐書・柳宗元傳》：韓愈評其文曰：「雄深雅健，似司馬子長，崔、蔡不足多也。」言崔瑗、蔡邕也。〔馮註〕《後漢・崔瑗傳》：瑗，字子玉。高於文詞，尤善爲書、記、箴、銘。諸能爲文者，皆自以爲弗及。《蔡邕傳》：邕字伯喈。博學，好詞章、數術、天文，妙操音律。政比趙、張〔七〕健。〔王註續曰〕張敞、趙廣漢，俱尹京兆，有能名。〔馮註〕《漢・趙、尹、韓、張、兩王傳》班固《贊》曰：自孝武置左馮翊、右扶風、京兆尹，吏民爲之語曰：「前有趙、張，後有三王。」〔查註〕穆父時權開封尹，故以相況。三公行可致，一語先自〔八〕獻。幸推江湖心，適我魚鳥願。

書晁補之所藏與可〔九〕畫竹三首

〔合註〕《續通鑑長編》：元祐元年十二月，晁補之爲正字，仍令後除校理。

其一

與可畫竹時，見竹不見人。〔王註師曰〕謂其用意之專也。豈獨不見人，嗒然遺其身。其身與竹化，無窮出清新。〔合註〕杜子美《寄彭州高三十五君適》詩：更得清新否。莊周世無有，誰知此疑神〔一〇〕。〔翁方綱註〕宋張清源《雲谷雜記》：東坡云：古書日就譌舛。蜀本《莊子》云「用志不分，乃疑於神」，此與《易》「陰疑於陽」、

《禮》「使人疑汝於夫子」同。今四方本皆作「凝」。予案：「用志不分，乃疑於神，」本出《列子》。今《列子》皆作疑，則《莊子》之誤可證矣。元李敬齋《古今黈》：東坡《跋文與可畫竹》云「莊周世無有，誰知此疑神」。四註本載東坡説云：孔子曰，吾猶及史之闕文也。又《濁醪有妙理賦》云：失憂心於昨夢，信妙理之疑神。四註本據此説，一斷以爲疑神。方綱案，乃疑於神者，謂直與神一般耳，非見疑之疑也。坡公所引《易》、《禮》二語，其釋疑字最精。因此條，知有蘇集四註之本，亦他書所未見也。〔合註〕五註本内，新添者爲林子仁註，其趙、李、宋、程四家，當即四註本也，惜不得《前集》耳。

其二

若人今已無，此竹寧復有。那將春蚓筆，畫作風中柳。君看斷崖上，瘦節蛟蛇走。〔邵註〕白樂天《畫竹歌》：蕭畫莖瘦節節疏。何時此霜竿，復入江湖手。【誥案】紀昀曰：忽爾宕開，正以不規規收斂爲妙。

其三

晁子拙生事，舉家聞食粥。朝來又絶倒，〔王註〕《晉書·衛玠傳》：時人語曰：「衛玠談道，平子絶倒。」諛墓得霜竹。〔王註〕《唐書》：劉又持韓愈金數斤去，曰：「此諛墓中所得耳，不若與劉君爲壽。」可憐先生盤，朝日照苜蓿。吾詩固云爾，可使食無肉。〔公自註〕吾舊詩云：可使食無肉，不可使居無竹〔一〕。

戲用晁補之韻

昔我嘗陪醉翁醉，今君但吟詩老詩。〔王註次公曰〕醉翁，歐陽永叔也。詩老，梅聖俞也。清詩咀嚼那得飽，瘦竹瀟灑〔二〕令人飢。試問鳳凰飢食竹，〔王註縯曰〕《莊子·秋水篇》：鵷雛非梧桐不止，非練實不食。練實，乃竹實也。何如鴽馬肥苜蓿。〔王註次公曰〕苜蓿，草名，本出西域。《史記》：大宛馬嗜苜蓿。蓋草之美者。張騫得其種，來中原。亦可以爲葅，薛令之所謂「苜蓿之盤」者是已。〔邵註〕《史記·大宛列傳》：馬嗜苜蓿，漢使取其實來，於是天子始種苜蓿。杜子美《贈田九判官》詩：宛馬總肥春苜蓿。知君忍飢空誦詩，口頰瀾翻如布穀。

書皇親畫扇〔三〕

十年江海寄浮沉，夢繞江南黄葦林。〔合註〕杜荀鶴詩：夜逐漁翁宿葦林。誰謂風流貴公子，筆端還有五湖心。〔王註〕唐人《題韓信廟》曰：隆準早知同鳥喙，將軍應有五湖心。

書李世南所畫秋景二首〔四〕

〔査註〕《畫繼》：李世南，字唐臣，安肅人。明經及第，終大理寺丞。長於山水。東坡題其《秋景平遠》。余嘗見其孫皓，云：此圖本寒林障，分作兩軸。前三幅盡寒林，東坡所以有「龍蛇姿」之句。後三幅盡平遠，所以有「家在江南黄葉村」之句。其實一景而坡作兩意。〔合註〕《續通鑑長編》：元祐三年二月，宣德郎李世南遷一官，以詳定《元祐勅令式》成書推恩也。先生作詩，正世南在京修書時。〔査註〕李端叔《姑溪集·故人李世南畫秋山林木平遠和韻》第一首云：晚烟拂拂聚無痕，瘦骨稜稜已徹根。細路縈紆飢馬疾，舉頭新月是前村。第二首云：曾經歲月幾華夷，雨貌風顔茂晚姿。自是雪霜心共老，筆頭聊復戲孫枝。第三首云：霜清木落見沙洲，洲上人家半在舟。射雁歸來魚滿笥，甕中先與問扶頭。又《再觀畫次韻》第一首云：掃除不盡自無痕，底事狂緣尚有根。幾日低回圖畫裏，只因歸思在江村。第二首云：何時船上載鴟夷，海道聊尋一問姿。不爲丹青生著相，從來卷曲是吾枝。第三首云：欲問船師覓寶洲，須將大瓠作腰舟。掀天白浪蛟龍吼，纔得隨流一點頭。又案，先生原作當有《洲字韻》一首，今缺。

其一

野水參差落漲痕，疎林攲倒〔一五〕出霜根。〔合註〕杜子美《上巳日徐司録林園宴集》詩：攲倒衰年廢。扁舟〔一六〕一櫂〔一七〕歸何處，〔查註〕《畫繼》：扁舟作浩歌。愼按《畫繼》云：「浩歌」字，雕本皆以爲扁舟，其實畫一舟子，張頤鼓枻，作浩歌之態，今作扁舟，甚無謂也。家在江南黄葉村。

其二

人間斤斧日創夷，〔邵註〕創夷、瘡痍同。《後漢書》：命軍吏察夷傷。注：金瘡曰夷。〔合註〕《左傳·成公十六年》：子反命軍吏察夷傷。誰見龍蛇百尺姿。不是溪山成獨往〔一八〕，何人解作挂猿枝。〔王註〕李太白《遊秋浦白笴陂》詩：山光摇積雪，猿影挂寒枝。

書鄢陵王主簿所畫折枝二首

其一

論畫以形似，〔王註〕劉勰《文心雕龍》：文貴形似。見與兒童鄰。賦詩必此詩，定非知詩人。詩畫本一律，天工與清新。邊鸞雀寫生，〔邵註〕《畫鑑》：唐人花鳥，邊鸞最爲馳譽。段成式詩：活禽生卉推邊鸞。〔查註〕《唐朝名畫録》：邊鸞，京兆人。長於花鳥折枝。《歷代名畫記》：邊鸞善花鳥，精妙之極。官右衛長史。趙昌花傳神。〔查註〕《事實類苑》：趙昌，漢州人。善畫花。每晨朝露下時，繞欄檻諦玩，手中調采色寫之，自號寫生趙昌。人謂昌畫染成，不布綵色，驗之者以手捫摸，不爲綵色所隱，乃真昌畫也。何如〔一九〕此兩幅，疎淡〔二〇〕含精匀。誰言一點紅，解寄無邊春。【誥案】紀昀曰：識人深妙，不嫌涉理。

其二

瘦竹如幽人，幽花如處女。低昂枝上雀，搖蕩花間雨。〔合註〕司馬相如《上林賦》：與波搖蕩。雙翎決將起，〔邵氏王註正譌云〕次公註「《莊子》言蜩鷽鳩云我決起而飛也」句，以意竄改，拖沓不成句，今已删。衆葉紛自舉。可憐採花蜂，清蜜寄兩股。若人富天巧，春色入毫楮。懸知君能詩，寄聲求妙語。

【誥案】紀昀曰：生趣可掬。

和張耒高麗松扇

〔查註〕《東都事略》：張耒，楚州淮陰人。從蘇轍學，軾亦深知之。弱冠第進士。元祐初，爲正字，改著作郎，兼史院檢討，擢起居舍人。後坐黨籍，落職，崇寧中得自便，居陳州。《宋史》稱其筆力絶健，於騷詞尤長，作詩晚務平淡，效白居易體，樂府效張文昌。所著名《宛丘集》。〔合註〕《續通鑑長編》：元祐元年十二月，張耒爲正字，仍令後除校理。五年六月，爲著作佐郎。十二月，爲集賢校理。六年六月，爲祕書丞。十一月，以左奉議郎爲國史院檢討官，尋爲著作郎。先生和詩，正其官正字時也。【誥案】陸游《老學菴筆記》云：張文潛生而有文在其手，曰「耒」，故以爲名，而字文潛。其爲正字，乃公考試館職拔取者也。〔查註〕徐兢《高麗圖經》云：松扇，取松之柔條，細削成縷，搥壓成綫，而後織成。上有花紋，不減穿藤之巧，惟王府所貽使者最工。王雲《雞林志》云：高麗松扇，揭松膚柔軟者緝成，文如椶，心亦染紅間之，或言水柳皮也。張文潛原作云：三韓使者文章公，東夷守臣親掃宮。清廉不受橐中獻，萬里歸來兩松扇。六月長安汗如洗，豈意落我懷袖裏。中州剪就霜雪紈，千年淳風古箕子。

可憐堂堂〔二〕十八公，〔王註〕《吳志註》：丁固夢松樹生其腹上，謂人曰：「松字，十八公也，後十八歲，吾其爲公乎？」卒如夢焉。老死不入明光〔三〕宮。〔查註〕王楙《野客叢書》云：東坡詩「老死不入明光宮」。趙註曰：武帝大初四年所起，乃成都侯商所借以避暑也。嘗考漢有兩明光宮。案《三輔黃圖》，一屬北宮，一屬甘泉。屬北宮者，正成都侯商避暑之處；屬甘泉者，乃武帝所造以求仙者。〔合註〕程大昌云：漢明光宮有三，一在北宮，一在甘泉宮中，一爲尚書奏事之地也。萬牛不來難自獻，裁作團團手中扇。屈身蒙垢君一洗，挂名君家詩集裏。猶勝漢宮悲婕妤，網蟲不見乘鸞子。〔王註次公曰〕《漢書》云：孝成帝班婕妤，帝初大幸，後趙飛燕寵盛，婕妤失寵，遂作《秋扇》詩。詩云：新製齊紈素，鮮潔如霜雪。裁成合歡扇，團團似明月。出入君懷袖，動揺微風發。常恐秋節至，涼飆奪炎熱。棄捐篋笥中，恩情中道絶。後江文通《擬班婕妤》詩：紈扇如圓月，出自機中素。畫作秦王女，乘鸞向烟霧。劉禹錫《團扇歌》則曰：秋風入庭樹，從此不相見。上有乘鸞女，蒼蒼網蟲徧。先生使事，曲折如此。〔邵註〕案《秋扇》詩即樂府《怨歌行·新製齊紈素》一首是也。詩不載《漢書》。【誥案】紀昀曰：起得奇崛，通篇短而不促，意境甚闊。

故李誠之〔三〕待制六丈挽詞

〔查註〕《東都事略》：李師中，字誠之，應天府楚丘人。舉進士，龐籍薦其才，屢遷直史館。知鳳翔府种諤取綏州。師中言：「西夏方入貢，叛狀未明，恐彼藉口，徒起釁端。」拜天章閣待制，河東轉運使。西人入寇，以師中知秦州。時王韶乞築渭源上下兩城，撫納洮河諸部。師中言：「唐於西域，每得地則建爲州，後皆陷失，大抵根本之計未實，而勤遠略，貪土地，未有不如此者。」詔師中罷帥事。韶又請置市易，募人耕緣邊曠土。師中奏：「韶指占極邊見招弓箭手地，置市易於古渭砦，恐自此秦州多事，所得不補所失。」又言：「韶所奏田頃不實。」詔遣使案視，謂師中稽留朝旨，落天章閣待制，知瀛州。遂貶和州團練副使安置，復分司南京。卒年六十六。爲人落落有氣節，然好爲大言，故不容於時。〔合註〕《宋史》本傳：師中年十五，上封事。故云「少小稱偉奇」。又本傳：夏人以歲賜綏移邊，曰願勿逾歲暮。詔吏報許師中更牒，曰如故事。樞密院劾爲擅改制書，師中曰：「所改者郡牒耳，非制也。」朝廷是之。故曰「笑談無羌夷」。又本傳：邕州蕭注謀啓邊釁，師中劾注邀功生事，掊斂失衆心，卒致將率敗覆，案法當斬。於是注責泰州安置。故曰「願斬横行將，請烹乾没兒」。《續通鑑長編》：熙寧七年五月，天章閣待制李師中言：「望詔求如司馬光、蘇軾、蘇轍輩置左右。」又言：「臣亦未忘舊學，有臣如此，陛下其捨諸。」王安石甚惡師中，欲奪其待制，上未許。及是，吕惠卿摘其語激上怒，遂廢斥。註云：罷瀛洲不罷待制。【誥案】瀛州亦是節鎮，由秦移瀛，必不落待制。師中降徙登州，登乃偏郡，其落待制必矣。自後歷齊知瀛，必又加貼職，再後貶團副，則前歷官，盡削去矣。誥先已考定李師中事於子由至齊條下，後檢閱《宋史》，與所論相符，其所載歷守諸郡事尤詳。合註雖引本傳，並未檢閱全文，故主《長編》。其《事略》之譌，《長編》之誤，審矣。〔查註〕《容齋三筆》：國朝官稱，謂大學士至待制，爲侍從。《雍録》：《閣本圖》有待制院，倣漢世待詔，立此官也。武后名曌，音照。故凡詔皆改爲制，而待詔亦爲待制。《職官分紀》：龍圖、天章、寶文三閣，皆有待制，位次直學士下。

青青一寸松，中有梁棟姿。天驥墮地走，萬里端可期。世無阿房宮，下建〔二四〕五丈旂。〔王註〕《史記》：秦始皇營作朝宮渭南上林苑中，先作前殿阿房，東西五百步，南北五十丈，上可以坐萬人，下可以建五丈旂，以其作宮阿房，故天下謂之阿房宮。又無穆天子，西征燕瑤池。〔王註〕《列子·周穆王篇》：穆王肆意遠遊，命駕八駿之乘。別日，升昆崙之丘，以觀黄帝之宮，而封之以詔後世。遂賓於西王母，觴於瑤池之上；一日行萬里。才大〔二五〕古難用，老死亦其宜。丈夫恐不免，豈患莫己知〔二六〕。公如松與驥，少小〔二七〕稱偉奇。〔王註〕韓退之詩：少小尚奇偉，平生足悲吒。俯仰自廊廟，笑談無羌夷。清朝竟不用，白首仍憂時。願斬横行將，〔王註〕《前漢》：樊噲言：「願得十萬衆，横行匈奴中。」季布曰：「噲可斬也。夫以高帝兵三十萬餘，困於平城，噲時亦在其中，今噲奈何以十萬衆横行匈奴中哉！」〔二八〕請烹乾没兒。〔王註〕《漢·卜式傳》：武帝時，歲旱，上令百官求雨。卜式曰：「縣官當食租衣税而已。今弘羊令吏坐市列肆，販物求利，烹弘羊，天乃雨。」《漢·張湯傳》：始爲小吏，乾没，與長安富賈田甲、魚翁叔之屬交私。【誥案】上指蕭注，此因久旱而發。言雖不見省，〔合註〕《後漢書·虞詡傳》：寧陽主簿上書曰：「臣章百上，終不見省。」坐折姦雄窺。【誥案】此處不入溪洞蠻神事、李師中事，可見郭祥正猶未告知也，特記於此。嗟我去公久，江湖生白髭。歸來耆舊盡，【誥案】此句乃元祐中始作挽詞確據。故題云：故李誠之待制。合註疑編詩者皆列此詩元祐，此毋庸辯。其題下註，已删。零落存者誰。〔王註〕魏文帝《與吴質書》：徐、陳、應、劉，一時俱逝，何圖數年之間，零落略盡，言之傷心。比公〔二九〕嵇中散，龍性不可羈。〔王註續曰〕顔延年作《五君詠》，言嵇康云：鸞翮有時鎩，龍性誰能馴。疑公李北海，慷慨多雄詞。〔王註厚曰〕唐李邕爲北海太守。杜子美《八哀詩·邕》云：憶昔李公存，詞林有根柢。聲華富健筆，灑落富清製。淒涼《五君詠》，〔王註續曰〕顔延年《五君詠序》云：延年領步兵，嗜酒疎誕，出爲永嘉太守，乃作《五君詠》，述竹林七賢以自喻。山濤、王戎貴盛，被黜而不取。五君謂阮籍、嵇康、劉伶、阮咸、向秀也。沉痛《八哀詩》。〔王註厚曰〕杜子美《八哀詩序》云：傷時盜賊未息，興起王公、李公，歎舊懷賢，終於張相國。八哀謂王思禮、李光弼、嚴武、汝陽王璡、李邕、蘇源明、鄭虔、張九齡也。〔合註〕謝靈運詩：沉痛切中腸。邪正久乃明，人今屬公思。〔合註〕《宋史》本傳：師中曰：「王安石眼多白，甚似王敦，他日亂天下，必斯人也。」後二十年言乃信。此二句詩意，豈暗兼安石言之耶？【誥案】意不止此，且兼及追復之事也。詩有「江湖生白髭，歸來耆舊盡」等句爲界，句前爲熙豐，句後爲元祐，知其故，則全章詩旨出矣。九原不可作〔三〇〕，千古有餘悲〔三一〕。〔王註〕杜子美《幽人》詩：歲暮有餘悲。

次韻孔常父送張天覺河東提刑

〔查註〕《東都事略》：張商英，字天覺，蜀州新津人。中進士第。章惇薦其才，召對，除御史裏行。元豐中，館閣校勘。哲宗即位，除開封推官。時朝廷稍更新法之不便者。商英上言：「先帝陵土未乾，卽議更變，可謂孝乎？」除河東路提點刑獄。其進本熙豐，蔡京强置黨籍中，天下既共惡京，而商英與之異論，以故翕然推重云。《宋史・張商英傳》：商英爲開封推官，屢詣執政求進，且移書蘇軾求入臺，其詆詞有「老僧欲住烏寺呵佛祖」之語。呂公著不悦，出爲河東提刑。王明清《揮麈録》：紹聖初，章子厚秉鈞，天覺再登言路，攻擊元祐諸賢，不遺餘力，致欲發温公、呂正獻之墓，賴曾文肅力啓於泰陵，始免。晚既免官，以校讐道藏，復職。又有二蘇狂率、三孔闒疎之表。靖康初，追復司馬温公、范文正公爲太師，適何文縝在中書，以鄉曲之故，乃以天覺廁名其間，亦贈太保。後來閩中書坊間《骨鯁集》，輒刊靖康詔書於首，由此翕然推尊之，事有僥倖如此者，可發一歎。《黄山谷年譜》引《實録》：商英由開封出爲河東提刑，在元祐二年七月。《九域志》：河東路，府二，州十五，軍六，縣七十五。《職官分紀》：諸路提點刑獄公事，以朝臣及閤門祗候以上充。孔常父原作云：張郎肥馬衣輕裘，俊氣軒軒不解愁。曾立玉墀聯近侍，新持金節領諸侯。屠龍伎倆終須用，探虎功名未肯休。去矣范滂聊緩轡，太行雲路戒摧輈。

送君應典鷫鸘裘，〔王註〕李白《玉真公主別館苦雨贈衛尉張卿》詩：投筯解鷫鸘，换酒醉北堂。憑仗千鍾洗別愁。脱帽風流餘長史，〔公自註〕君喜草書而不工，故以此爲戲。〔王註續曰〕長史，張旭也。杜子美《飲中八仙歌》詩：張旭三杯草聖傳，脱帽露頂王公前。埋輪家世本留侯。〔公自註〕張綱，子房七世孫也，犍爲武陽人〔三二〕。墓在今彭山，君豈其後耶？子河駿馬方争出，〔公自註〕麟府馬，出子河汊。〔查註〕《武經總要序》：西蕃地理云：隋築長城，起於此河，今謂之紫河。地産良馬。《宋史・折御卿傳》：淳化五年，敗契丹於子河汊。昭義疲兵得少休〔三三〕。〔公自註〕唐稱昭義步兵，蓋澤潞弓箭手〔三四〕。〔查註〕《九域志》：河東龍德府潞州上黨郡，唐昭義軍節度，太平興國元年，改昭德軍。定向秋山得佳句〔三五〕，故關黃葉滿行輈〔三六〕。〔王註次公曰〕故關，即河東之古關也。〔查註〕《河東記》：雁門有東陘、西陘二關。〔合註〕韓退之詩：冰凍絶行輈。

送張天覺得山字〔三七〕

西登太行嶺，北望清涼山。〔王註次公曰〕太行山，在澤州晉中縣，而代州五臺山，即清涼山也。〔查註〕《華嚴疏》：清涼山，歲久冰堅，夏仍飛雪，曾無炎暑，故曰清涼。《元和郡縣志》：五臺山，在代州五臺縣東北百四十里。晴空浮五髻，〔查註〕《華嚴疏》：五臺聳出，頂無林木。《水經注》：此山五巒巍然，故名。《清涼山志》：觀國師云：「五臺者，表我大聖五智已圓，五眼已浄，總五部之真祕，洞五陰之性源，故首戴五佛之冠，頂分五方之髻，運五乘之要，清五濁之災。」晻靄卿雲間。〔王註〕《史記·天官書》：若烟非烟，若雲非雲，郁郁紛紛，蕭索輪囷，是謂卿雲。〔合註〕《離騷》：揚雲霓之晻靄。餘光入巖石，〔查註〕《水經注》：五臺山，《仙經》以爲紫府，仙人居之。《内經》以爲文殊師利所居，五色光彩，常從内出。神草出茅菅。〔王註績曰〕五臺山，有草藥，名長松，亦名仙茅。〔次公曰〕此篇專言長松事，詳見《簡天覺》詩中。〔邵註〕《詩·小雅·白華》：露彼菅茅。〔查註〕《張天覺文集》云：僧普明居五臺，患大風，眉髮俱墮。忽遇異人，教服長松，示其形狀。明采服之，旬餘，毛髮俱生。今并、代間，多以長松雜甘草山藥爲湯煎，甚佳。《本草》：長松，一名仙茅，生關内山谷中。葉似松根，色如薺苨，味甘微苦，類人參。【誥案】今大庾嶺亦出此物，性温。何人相指似，稍稍落人寰。能令墮指兒〔三八〕，〔合註〕《漢書·高帝紀》：至樓煩，會大寒，士卒墮指者十二三。虬髯茁冰顔。〔合註〕庾闡《採藥》詩：鮮景染冰顔。祝君如此草，爲民已痌瘝〔三九〕。我亦老且病〔四〇〕，眼花腰脚頑。

念當勤致此，莫作河東慳。〔王註師曰〕河東，古晉地，其俗儉嗇。

贈李道士并敍〔四一〕

【誥案】因寫真贈詩。

駕部員外郎李君宗〔四二〕固，景祐中良吏也。守漢州。有道士尹可元，精練善畫，以遺火得罪，當死。君緩其獄，會赦，獲免。時可元年八十一〔四三〕，自誓且死，必爲李氏子以報。可元既死二十餘年，而君子世昌之婦，夢可元入其室，生子曰得柔〔四四〕，小名蜀孫。幼而善畫，既長，讀莊、老，喜之，遂爲道士，賜號妙應。事母以孝謹聞。其寫真，蓋妙絕一時云。

世人只數曹將軍，〔王註厚曰〕曹將軍，曹霸也。杜子美有《丹青引贈曹將軍》。〔韓曰〕《名畫記》云：曹霸，魏曹髦之後，髦畫稱於後代。霸在開元中，已得名。天寶末，每詔寫御馬及功臣。官至左武衛將軍。誰知虎頭非癡人。〔王註縯曰〕虎頭，顧愷之也。常爲虎頭將軍，時人號之爲顧虎頭。〔韓曰〕按唐張彥遠《名畫記》云：顧愷之，字長康，小字虎頭，晉陵無錫人。丹青傳寫，莫不妙絕。有《畫論》一篇。義熙初，爲散騎常侍。腰間大羽何足道，頰上三毛自有神。〔王註〕《世說》：顧長康畫裴叔則，頰上益三毛。人問其故。顧曰：裴楷儁朗有識具，正此是其識具。看畫者尋之，定覺益三毛如有神明。平生狎侮諸公子，〔合註〕《漢書·高帝紀》：廷中吏無所不狎侮。戲著幼輿巖石裏。〔王註〕《世說》云：顧長康畫謝幼輿在巖石裏，人問其所以。顧曰：「謝云一丘一壑，自謂過之，此子宜置丘壑中。」故教世世作黃冠，〔王註緩曰〕韓退之《送張道士》詩：詣闕三上書，臣非黃冠師。〔邵註〕《唐書·李淳風傳》：父播，棄隋爲道士，號黄冠子。布襪青鞋弄雲水。〔王註〕杜子美《劉少府山水障歌》：青鞋布襪從此始。李太白《送魏山人》詩：浩蕩弄雲海。又云：一弄耶溪水。千年鼻祖守關門，一念還爲李耳孫。〔王註子仁曰〕鼻祖，指尹喜也。李耳，指老聃也。案《史記·老子傳》：姓李氏，名耳。爲周守藏室史，周衰，遂去。至關，關令尹喜，彊令著書。今李道士前生姓尹，後爲李氏子，而皆爲道士，故用尹喜、老聃事。〔用中曰〕劉德註《漢書》曰：鼻，始也。〔邵註〕《漢書》揚雄《反騷》：或鼻祖於汾隅。香火舊緣何日盡，丹青餘習至今存。五十之年初過二，衰顔記我今如此。〔王註〕孔融書云：五十之年，融又過二。他時要指集賢人，知是香山老居士。〔公自註〕樂天爲翰林學士，奉詔寫真集賢院〔四五〕。〔王註〕樂天詩云：昔作少學士，圖形入集賢。今爲老居士，寫貌寄香山。

次韻張舜民自御史出倅虢州留别

〔查註〕《東都事略》：張舜民，字芸叟，邠州人。舉進士。王安石行新法，舜民上書，謂不當與民争利。元豐中，環慶帥高遵裕辟掌機宜文字。遵裕敗，謫監郴州酒税。元祐初，司馬光舉舜民才氣秀異，剛直敢言，召試祕閣校理，除監察御史。上書論西夏强臣争權，戎心桀驁，豈宜加以爵命，因及太師文彦博，遂左遷判登聞鼓院。臺諫交章，乞還舜民職任，不報。逾年，通判虢州。後入黨籍。〔合註〕《續通鑑長編》：元祐二年六月，承議郎張舜民，通判虢州。〔查註〕《元和郡縣志》：虢有三，東虢，今滎陽縣；西虢，今鳳翔府扶風縣；北虢，今陝州平陸縣。漢置弘農郡，隋廢郡，唐武德元年，改爲虢州。《太平寰宇記》：鴻臚川，即今郡理治也。

玉堂給札氣如雲，初喜〔四六〕湘纍復佩銀。〔王註次公曰〕舜民，字芸叟。元豐辛酉，爲環慶帥屬，明年責監郴州酒税。郴屬湖湘，故以湘纍稱之也。尋以年勞，賜五品服。元祐初，還朝，赴試玉堂，有《卽事》詩上主文二内翰云：晚陪策試玉堂深。是時先生爲内相，見其起廢，服緋佩銀，試於玉堂而喜也。〔師曰〕揚雄《反騷》：因江潭而淮記兮，欽弔楚之湘纍。註：鄧展曰：淮，往也。李奇曰：諸不以罪死曰纍。屈原赴湘死，故曰湘纍。〔合註〕岳珂《愧郯録》：魚袋，内外陞朝文武皆帶，服紫者，飾以金，服緋者，飾以銀。樊口淒涼已陳迹，〔公自註〕昔與張同游武昌樊口，來詩中及之。班心突兀見長身。〔公自註〕臺吏〔四七〕謂御史立處爲班心。〔王註〕韓退之《孔戣墓銘》：白而長身。江湖前日眞成夢，鄠杜他年恐卜鄰。〔王註次公曰〕鄠杜屬長安，舜民鄉里也。〔查註〕《太平寰宇記》：雍州京兆郡鄠縣，在府西南，本有扈國，秦改爲鄠。杜陵，漢縣也，今在萬年縣東十五里，古杜伯國。漢宣帝以杜東原上爲初陵，更名杜縣爲杜陵。此去若容陪坐嘯，〔查註〕時王伯敭守虢，故云。故應客主〔四八〕盡詩人。

次韻王定國倅揚州〔四九〕

〔查註〕《欒城集》中有《王鞏通判揚州告詞》。任淵《黄山谷集註》云：東坡以十科薦定國，其後言者，謂定國謟事東坡，遂自宗正丞出倅揚州。〔合註〕《續通鑑長編》註：蘇軾舉鞏十科，在元祐元年七月。至何時倅揚，《長編》不載也。【誥案】《長編》載：元年三月，承議郎王鞏爲宗正丞，十一月通判西京。倅揚乃二年事，任淵誤。

此身江海寄天遊，一落紅塵不易收。未許相如還蜀道，空教何遜在揚州。〔王註任曰〕何遜作揚州法曹，廨舍有梅花盛開，吟詠其下。後居洛，思梅花，再請其任，從之。抵揚州，花方盛，遜對花彷徨終日。〔查註〕考《何遜傳》：「天監中，起家奉朝請，遷建安王水曹行參軍，兼記室。」所云建安王者，南平元襄王偉初封也。偉於天監六年，使持節都督右軍將軍，揚州刺史，遜爲建安王記室，正在揚州。又驚白酒催黃菊，尚喜朱顔映黑頭。火急著書千古事，虞卿應未厭窮愁。〔王註〕《史記》：虞卿不得意，乃著書，上採春秋，下觀近世，曰《節義》、《稱號》、《揣摩》、《政謀》，凡八篇，以刺譏國家得失。世傳之，曰《虞氏春秋》。太史公曰：虞卿非窮愁，亦不能著書以自見於後世云。

次韻米黻二王書跋尾二首

〔査註〕《畫繼》：襄陽漫士米黻，字元章。嘗自述云：黻，卽芾也。世居太康，後徙於吳。《東都事略》：米芾善書畫，好古鐘鼎、器皿、法書。初補校書郎，出知無爲軍，踰年，召爲書畫博士，擢禮部員外郎。米元章原作詩第一首云：貞觀草書丈二紙，不許兒奇專父美。何爲寥寥寶是似，遭亂歸真火兼水。千年誰人能繼趾，不能名家殊未智。嗟爾方來眼須洗，玉躞金題半歸米。第二首云：雲物龍蛇森動紙，父子王家真濟美。張翼小兒寧近似，滄溟浩對涔蹄水。騰蛇無足賾多趾，以假易真洵用智。龜澼雖多手屢洗，卷不生毛誰似米。第三首云：直裂紋勻真古紙，跋印多時俗眼美。誠懸尚復誤疑似，有渭方能辨涇水。真僞頭面拳趺趾，久假中分辨愚智。寶軸時開心一洗，百氏何人傳至米。又黃魯直《次韻》詩云：王令遺墨方尺紙，尾題倩仲實子美。百家藏本略相似，如日行天見諸水。拙者竊鈎輒斬趾，田恒取齊并聖智。錦囊昏花百過洗，湖海濯纓人姓米。案米元章《書史》云：余收子敬《范新婦唐摹帖》，獲於蘇激家，後有倩仲跋，余題詩，黃庭堅和，蓋皆題子敬帖也。右《紙字韻》詩三首，載《書史》中。其第一首原作，當是跋右軍帖者，俟再考。

其一

三館曝書防蠹毁，〔王註厚曰〕三館，謂昭文、集賢、史館，總名崇文院也。〔查註〕《春明退朝録》：唐兩京皆有三館，而各爲之所，所以逐館命修撰文字。本朝三館合爲一，並在崇文院中。《續通鑑長編》：梁都汴，貞明中始以今右長慶門東北小屋數十間爲三館，湫隘纔蔽風雨。太平興國三年，詔有司度左升龍門東北舊車輅院地，别建三館，壯麗甲於内廷，賜名崇文院，盡遷舊館之書以實之。東廊爲昭文書，南廊爲集賢書，西廊有四庫，分經、史、子、集四部，爲史館書。六庫書籍，正副本凡八萬卷。《文獻通考》：元豐三年，廢館職，以崇文院爲祕書省。歲於仲夏曝書，諫官御史及待制以上官畢赴。梅堯臣有《二十四日觀三館書畫》詩，起句云：五月祕府始曝書。其時日可考而知也。得見《來禽》與《青李》。秋蛇春蚓久相雜，野鶩家雞定誰美。〔王註次公曰〕庾征西翼曰：兒輩憎家雞，愛野雉。見《法帖新載》。《晉書·庾傳》無之，而《南史·王僧虔傳》止有「厭家雞」三字耳。玉函金籥天上〔五〇〕來，〔邵註〕《漢武内傳》：封以白玉之涵。《黄庭内經》：玉笈金籥常完堅。紫衣勅使親臨啓。紛綸過眼未易識，〔邵註〕《後漢·逸民傳》：井丹通《五經》，善談論，京師語曰：《五經》紛綸井大春。磊落挂壁空雲委。〔王註〕雲委，言其多也。《宋書·謝靈運傳》：比響聯辭，波屬雲委。《舊唐書》：杜遜能判度支，黄巢犯京師，奔赴行在，拜禮部郎中、史館修撰，尋召充集賢學士。六飛在蜀，關東用兵，徵發招懷，書詔雲委。遜能詞，才敏速，筆無點竄，動中事機，僖宗嘉之。歸來妙意獨追求，坐想蓬山二十秋。〔王註〕王子年《拾遺記》：海中三神山，二曰蓬壺，即蓬萊山也。〔合註〕先生以治平乙巳直史館，至元祐乙丑還朝，故云二十秋。怪君何處得此本，上有桓玄寒具油。〔王註〕《續晉陽秋》：桓玄好蓄法書名畫，客至，常出而觀，客食寒具，油污其畫，後遂不設寒具。《集韻》云：寒具，饊餅也。巧偷豪奪古來有，一笑誰似〔五二〕癡虎頭。〔王註〕《晉·顧愷之傳》：嘗以一廚畫糊題其前，寄桓玄。玄發其廚後竊取。愷之見封題如初，但失其畫，直云妙畫通靈，變化而去，亦猶人之登仙，了無怪色。君不見長安永寧里，王家破垣誰復修。〔王註〕《唐書·王涯傳》：李訓敗，涯就誅。涯居永寧里，前世名書畫，鑿垣納之，重複祕固。至是爲人破垣，剔取奩軸金玉，而棄其書畫於道。

其二

元章作書日千紙，平生自苦誰與美。畫地爲餅未必似，〔王註〕《三國·魏志·盧毓傳》：文帝舉中書郎，詔曰：選舉莫取有名，名如畫地作餅，不可啖也。要令癡兒出饞水。錦囊玉軸來無趾，〔王註〕《文選》孔文舉《論盛孝章書》曰：珠玉無脛而自至者，以人好之也。〔邵註〕歐陽永叔詩：盛以錦囊裝玉軸。粲然奪真疑聖智。〔查註〕《韻語陽秋》：米元章書畫奇絶，從人借古本，自臨搨。臨竟，并與臨本真本還其家，令自擇其一，而其家不能辨也。以此，得人古書畫甚多。東坡屢有詩譏之：錦囊玉軸來無趾，粲然奪真疑聖智。又云：巧偷豪奪古來有，一笑何似癡虎頭。人之嗜好耽著，乃至於此。元章欲以九物換劉季孫子敬帖，不獲，其意歉然。張芸叟作詩云：倩君出奇帖，與此九物併。今日投汴水，明日到滄溟。可以警膏肓於書畫者。忍飢看書淚如洗，至今魯公餘《乞米》。

次韻宋肇惠澄心紙二首

〔王註〕《詩文發源》云：澄心堂紙，乃江南李後主所製。劉貢父詩云：當時百金售一幅，澄心堂中千萬軸。後人聞此那復得，就使得之當不識。〔査註〕宋肇，字懋宗。見《黄山谷集註》中。爵里未詳。《類説》：澄心堂，南唐後主讀書撰述之所。後主有巧思，製澄心堂紙，其時甚珍之，踰於蜀箋。《王直方詩話》：澄心堂紙，初不甚貴，自劉貢父始爲詩，然後世以爲重。【誥案】《淳化閣帖》真本，皆澄心堂紙，李廷珪墨所搨。其時得南唐楮墨甚多，不知貴重也。殆至仁宗以後，此二物日見珍祕，而閣帖例賜宰執一部，亦停止不賜，直方之説非也。

其一

詩老囊空一不留，〔王註子仁曰〕詩老，指梅聖俞也。百番曾作百金收。〔公自註〕永叔以澄心百幅遺聖俞，聖俞有詩〔五二〕。〔査註〕梅聖俞《宛陵集》有《永叔寄澄心堂紙二幅》詩云：江南李氏有國日，百金不許市一枚。又《答宋次道寄澄心堂紙百幅》詩云：五六年前吾永叔，贈余兩軸令寶之。我不善書心每愧，君又何此百幅遺。〔合註〕古人以紙一幅爲一番，如《通雅》所引張華《博物志》「賜側理紙萬番」是也。知君也厭〔五三〕雕肝腎，分我江南數斛愁。〔王註厚曰〕庾亮賦云：且將一寸心，能容萬斛愁。澄心紙，江南李後主所製也。故曰「江南數斛愁」。〔合註〕庾亮，當是庾信之誤。

其二

君家家學陋相如，〔王註次公曰〕宋肇，蓋子京家，子京好險澀之語，故言其「家學陋相如」也。宜與諸儒論石渠。〔邵註〕《漢・儒林列傳》：施讎日露中，與《五經》諸儒，雜論同異於石渠閣。古紙無多更分我〔五四〕，自應給札奏新書。

郭熙秋山平遠二首〔五五〕

〔合註〕畢仲游《西臺集》有《和子瞻題文周翰郭熙平遠圖》詩，即此二首韻也。

其一

目盡孤鴻落照邊，遥知風雨不同川。此間有句無人識〔五六〕，送與襄陽孟浩然。

其二

木落騷人已怨秋，〔王註〕李太白《魯郡堯祠送竇明府薄華還西京》詩：昨夜秋聲閶闔來，洞庭木落騷人哀。不堪平遠發詩愁。要看萬壑争流處，他日終煩顧虎頭。〔王註〕《晉·顧愷之傳》：人問會稽山水之狀。愷之云：「千巖競秀，萬壑争流。」

送歐陽辯監澶州酒

〔查註〕歐陽辯，字季默，文忠公少子。《元和郡縣志》：《春秋·襄公二十年》，會諸侯於澶淵。唐改澶州。《九域志》：河北東路澶州鎮寧軍，去東京二百五十里。

汗血駕鼓車，何從致千里。〔王註〕《後漢書·循吏傳》：光武建武十三年，異國有獻名馬者，日行千里，詔以馬駕鼓車。紛紛糟麴間，欲試賢公子。君家江南英，濯足滄浪水。却渡〔五七〕舊黃河，〔合註〕《元和郡縣志》：黃河在頓丘縣南三十五里。《太平寰宇記》：澶州所領濮陽縣，有瓠子口。漲沙埋馬耳。由來付造物，倚伏何窮已。當念楚子文，三仕無慍喜。

九月十五日，邇英講《論語》，終篇，賜執政講讀史官燕於東宮。又遣中使就賜御書詩各一首，臣軾得《紫薇花〔五八〕絶句》，其詞云：絲綸閣下文書〔五九〕靜，鐘鼓樓中刻漏長。獨坐黃昏誰是伴？紫薇花對紫微郎。翼日〔六〇〕，各以表謝〔六一〕，又進詩一篇，臣軾詩云

〔查註〕《春明退朝録》：邇英閣，講諷之所也，閣後有隆儒殿。《宋史·職官志》：崇政殿說書，掌進讀書史，講釋經義，備顧問應對。學士侍從有學術者，爲侍講、侍讀，秩卑資淺者爲說書。舊制，經筵賜坐，而就案立講，則自仁宗始。熙寧初，王安石欲復坐講，劉攽等不可，且疏朝廷班制皆侍講居侍讀下。元祐間，程頤爲說書，請復坐講，亦不報。程大昌《演繁露》云：自天聖以前，講讀官皆坐侍；自皇祐以前，皆立侍；自乾興以後，講者立而侍者皆坐聽。熙寧元年，呂公著、王安石言，侍者可使立，而講者當賜坐。詔付禮官，韓維等以爲宜如舊制，判太常寺龔鼎臣等以立講爲宜。劉克莊《後村詩話》：故事，經筵徹章宸翰賜講讀官詩，率取前人絶句，其賜御製詩，則

自淳祐丙午年始。〔合註〕《續通鑑長編》：元祐二年九月甲子，賜宰臣執政經筵官宴於東宮，上親書唐人詩分賜之，以講《論語》終篇故也。乙丑，吕公著以下，謝賜宴及御書。太皇太后曰：「皇帝天資聰敏，宮中惟好學字，學則易成，昨日所賜，欲卿等知耳。」〔王註次公曰〕紫薇花，花小而叢，其色紫，今所謂木槿花也。唐制，中書舍人六人，其內一人知制誥。姚崇爲紫微令，奏大事舍人爲商量，狀與本狀，皆下紫微令判其狀之是否，然後乃奏，故有紫微之號。〔查註〕《韻語陽秋》：白居易作中書舍人，入直西省，對紫薇花而有詠，此花之珍豔可知矣。爪其本，則枝葉俱動，俗謂之不耐癢花。自五月開，至九月，尚爛漫，又謂之百日紅。省吏相傳，咸平中，李昌武自別墅，移植於此。晏元獻嘗作賦，所云：得自羊墅，來從召國，有昔日之絳老，無當時之文仲。是也。

繡裳畫衮雲垂地，〔邵註〕《詩·豳風·九罭》：衮衣繡裳。不作成王剪桐戲。〔王註〕《吕氏春秋》：成王與叔虞燕居，援桐葉以剪珪，曰：「以此封汝。」周公曰：「天子無戲言。」遂封叔虞於唐焉。〔邵註〕《史記·晉世家》：成王削桐葉爲圭，與叔虞曰：「以此封若。」史佚請擇日立叔虞。日高黄繖下西清，〔王註師曰〕西清，西廂清閑之處也。揚雄賦：攪樛流於高光兮，溶方皇於西清。風動槐龍舞交翠。〔公自註〕邇英閣前有雙槐，樛枝〔六二〕屬地，如龍形。壁中蠹簡今千年，〔王註〕《漢書》：魯恭王壞孔子舊宅，於其壁中，得古文經傳。漆書科斗〔六三〕光射天。諸儒不復憂吻燥，〔王註〕陸機《文賦》：始躑躅於燥吻。東宮賜酒如流泉。〔王註〕《歷代寶牘記》：酒泉郡，其地有泉，味如酒。〔邵註〕杜子美《城西陂泛舟》詩：不有小舟能盪槳，百壺那送酒如泉。酒酣復拜千金賜，一紙驚鸞回鳳字。〔王註〕索靖《草書狀》：婉若銀鉤，漂若驚鸞。〔邵註〕王羲之草書，勢婆娑而同鳳舞。蒼顏白髮便生光，袖有驪珠三十四。〔公自註〕臣所賜詩并題目及臣姓名，凡三十四字。〔王註〕韓退之詩：遺我明珠九十六，寒光照骨映驪目。歸來車馬已喧闐，爭看銀鈎墨色鮮。人間一日傳萬口，喜見雲章第一篇。〔公自註〕上前此，未嘗以御書賜羣臣。玉堂晝掩文書靜，鈴索不搖鐘漏永。〔王註次公曰〕鈴索，翰林院文院中所設，掣之以告事。〔師曰〕唐長慶中，河北用兵，翰林院鈴索，夜輒自鳴，與軍中息耗相應，聲急則軍事急，聲緩則軍事緩。〔孫曰〕韓偓《玉堂夜坐》詩：夜久忽聞鈴索動，玉堂西畔響丁東。莫言弄筆數行書，須信時平由主聖。犬羊散盡沙漠空，捷烽夜到甘泉宮。〔王註次公曰〕文帝時，匈奴入代郡，烽火通於甘泉宮。〔無己曰〕《三輔黃圖》云：甘泉宮，在今池陽縣，西去長安二百里。似聞指揮築上郡，〔王註〕《史記·蒙恬列傳》：北逐夷狄，收河南，築長城，居上郡。已覺談笑無西戎。〔公自註〕時熙河新獲鬼章〔六四〕。是日，涇原復奏，夏賊數十萬人皆遁去〔六五〕。〔合註〕《續通鑑長編》：元祐二年九月乙丑，涇原路經略言，夏人夜遁。〔查註〕詩中「似聞指揮築上郡」二句，本集凡再見。《續前定録》云：子瞻詩有「似聞指揮」云云，嘗問之，當是用少陵《觀安西兵過關中待命》「談笑無西河」之語。子瞻笑曰：固是，但少陵亦自用左太沖「長嘯激清風，志若無東吳」也。文思天子師文母，〔王註〕杜牧之詩：文思天子復河湟。〔子仁曰〕「文母」見《周頌》，指言太皇太后也。〔邵註〕《書·堯典》：欽明文思，安安。終閉玉關辭馬武。〔王註〕《後漢》范曄論光武：閉玉關以謝西域之質。又云：山西既定，威臨天下，臧宮、馬武之徒，撫鳴劍而指掌，志馳於伊吾之北矣。〔邵註〕《後漢·臧宮傳》：時匈奴飢疫，宮與揚虛侯馬武上書，願得五千騎以立功，詔辭不許。〔查註〕《元和郡縣志》：隴右道瓜州晉昌縣，有玉門關，在縣東二十步。按，瓜州，漢酒泉郡。沙州，漢燉煌郡地。相距三百餘里。〔合註〕何焯曰：時議棄靈州。小臣願對紫薇花，試草尺書招贊普。〔公自註〕謹案，唐制：翰林學士帶知制誥，許綴中書舍人班。今臣以知制誥待罪禁林，故得以紫薇爲故事。〔王註次公曰〕贊普，吐蕃君號。魏收詩：尺書徵建鄴。杜子美《送楊六判官使西蕃》

詩：勑書憐贊普。〔查註〕李肇《翰林志》：凡吐蕃贊普書及別録，用金花五色綾紙。王溥《五代會要》：吐蕃在長安西八千里，南涼禿髮之後，國人號其王爲贊普。《文苑英華》，張說有《勑吐蕃贊普書》。

昨見韓丞相言王定國，今日玉堂獨坐，有懷其人

〔查註〕此詩云「置之江淮交」，山谷詩亦云「后土花藥麗，海門天水寬」，當是定國倅揚州後所作。

【誥案】此詩，查註尚仍施編在《和王定國倅揚》詩前，今改編於此。

晝卧玉堂上，微風舉輕紈。銅瓶下碧井，〔合註〕何遜《七召》：銅瓶玉井。杜子美《橋陵詩三十韻》詩：陰井鼓銅瓶。百尺鳴飛瀾。俯仰清夢餘，愛此〔六六〕一掬寒。似予〔六七〕平生友，苦語涼肺肝。秀眉玉兩頰，〔合註〕《後漢書·鄭玄傳》：秀眉明目。嬌嬌如翔鸞。置之江淮交，清詩洗江湍。紅鱗〔六八〕對白酒，〔合註〕白樂天詩：膾縷落紅鱗。信美非所安。丞相功業成，【誥案】韓絳出王氏，鞏乃絳之嫡表弟也。鞏屢爲言者所排，而絳不能薦，故前者《和鞏謝絳過飲》詩以寄意，此則鞏之見排日益甚，而絳終不能有以安之，故云「置之江淮交，信美非所安」。蓋謂絳已爲自了漢，雖當我而念鞏，亦無非杯酒餘歡之所及，故云「丞相功業成，還家酒杯寬」，其爲鞏痛惜之也甚至，特其言隱耳。還家酒杯寬。人間有此客，折簡呼不難。相將扣東閣，起舞盡餘歡。【誥案】此詩有意不着迹象。紀昀曰：入得別致，却極自然。

謝王澤州寄長松兼簡張天覺二首

〔查註〕《九域志》：河東路澤州高平郡軍事治晉城縣。

其一

莫道長松浪得名，能教覆額兩眉青。〔王註次公曰〕近世有患大風疾者，自分必死。入五臺山，遇一異僧，以長松草令服，而兩眉再生。蓋觀世音所化也。便將徑寸同千尺，知有奇功似茯苓。〔邵註〕《神仙傳》：秀眉公餌茯苓得仙。〔查註〕《本草》：長松産古松下，服之長年，功同松脂及仙茅。

其二

憑君説與埋輪使，速寄長松作解嘲。〔公自註〕送張天覺詩，有「埋輪」及「河東慳」之語〔六九〕。〔王註〕《漢·揚雄傳》：雄草《太玄》。或嘲以玄尚白，而雄解之，作《解嘲》。無復青黏和漆葉，〔王註〕《三國·華陀傳》：樊阿從陀求可服食益於人者，陀授以漆葉青黏散。〔邵註〕《傳註》云：青黏，一名地尸，一名黄芝。黏，女廉反。〔查註〕《本草》：青黏，一名女萎，即萎蕤也。枉將鍾乳敵仙茅。〔王註〕《本草》云：千斤鍾乳，不若一斤仙茅。〔查註〕《桂海虞衡志》：鍾乳，桂林接宜融山中，洞穴至多。石脈涌處，即有乳牀，白如玉雪，石液融結所爲也。乳牀下垂，如倒數峯，小山峯端漸鋭，如冰柱，柱端輕薄中空，如鵝管，乳水且滴且凝，此最精者。又云：廣西英州多仙茅。《許真君書》：仙茅，久服長生。又按《能改齋漫録》云：明皇服鍾乳不效。開元，婆羅門僧進仙茅服之，有效。故東坡《謝寄長松》詩云云。

次韻劉貢父所和韓康公憶持國二首

〔施註〕韓忠憲公八子，多爲聞人。康公名絳，字子華，縝字玉汝，皆至宰相。持國名維，門下侍郎。爲本朝衣冠之盛。故云：援毫欲作衣冠表，盛事終當繼八蕭。元祐二年，宣仁垂簾，持國在東省，有忌之者，密爲讒愬。一日詔分司南京，吕正獻率執政争之。八月，以資政殿大學士知鄧州，未行，而康公爲言其病悴，乞汝州以便醫，遂改命之。此時持國在汝也。三年正月，康公得謝，歸許有日，蘇文定已賦長篇送行，有「茲行迫寒食，歸及掃先壟」之句。不及歸，薨于京師。持國乞歸營葬事，乃得請奉祠〔七〇〕。〔查註〕韓康公，名絳，字子華。《宋史》：韓維，字持國。以進士奏名禮部。熙寧中，爲御史中丞，以兄絳在樞府爲辭，出知許州。未幾兼侍讀，拜門下侍郎，後以太子少傅致仕。子華之弟也。〔合註〕《續通鑑長編》：元祐二年七月，集禧觀使鎮江軍節度使開府儀同三司康國公韓絳，加守司空致仕。是月，韓維知鄧州，八月知汝州，以其兄絳言其病悴，請汝州以便醫，故有是命。先生詩首章「脱屣」句，當指致仕言；次章「燎鬢」一聯，即指請汝事也。【誥案】是年七月，韓維罷門下侍郎。先是子由攻韓縝罷相，維始入政府，至是范百禄、吕陶復攻維，去之，韓黨遂以公爲川黨領袖。公與維素厚，又出絳門下，其和此題，及後之上維一首，皆於無聊賴中爲之，故詞多慰藉。而自述則云「吾儕小人但飽飯」，有不辯而自解之意在，其用意甚深。使施註猶存，當必有述，若查註引維熙寧中事，殊無謂也。〔合註〕劉貢父原詩第一首云：疊石疎篁淺蘗苗，淡雲清雨意寥寥。鄭侯僻地規摹別，荀令西豪步武遥。繞砌芝蘭歡内集，滿蹊桃李慰佳招。原情獨恨飛鴻遠，悵望三秋詠采蕭。第二首云：清汝泱泱紫邏深，緑車紅旆付重臨。聖朝不逆原鴒意，達士俱存塞馬心。日赤報銜容晏枕，夜闌留宴縱清斟。鳳池何必全勝此，薄暮歸休客萬簪。

其一

夢覺真同鹿覆蕉，〔王註〕《列子・周穆王篇》：鄭人有薪於野者，遇駭鹿，御而擊之，斃之。恐人見之也，藏諸隍中，覆之以蕉。俄而遺其所藏之處，遂以爲夢焉，順途而咏其事。旁人有聞者，用其言而取之。薪者歸，其夜真夢藏之之處，又夢得之之主，案所夢而尋得之，遂訟而争之，歸之士師。士師請二分之，以聞鄭君。鄭君曰：「嘻，士師，將復夢分人鹿乎？」訪之國相，國相曰：「夢與不夢，臣所不辨也，欲辨覺、夢，惟黄帝、孔丘。」相君脱屣〔七一〕自參寥。〔王註次公曰〕「相君」字出《史記・范睢傳》。〔邵註〕《莊子・大宗師篇》：玄冥聞之參寥。顏紅底事髮先白，室邇何妨人自遥。〔王註〕《詩・鄭風・東門之墠》：其室則邇，其人甚遠。狂似次公應未怪，醉推東閣不須招。援毫欲作衣冠表，盛事終當繼八蕭。〔公自註〕唐蕭氏，自瑀及遘，八宰相〔七二〕。〔查註〕《唐書・蕭瑀傳・贊》：蕭氏與江左，有功在民，餘祉及其後裔。自瑀逮遘，凡八葉宰相。錢希白《南部新書》：蕭氏登三事者，多於他族，首於瑀，嵩、華、俛、倣、寘、遘、頎次之。案，蕭遘與其子三兒生日詩云：吾家九葉相，盡繼明時出。《宰相世系表》：梁貞陽侯之後有名鄴者，相宣宗，與遘詩「九葉」正合。先生用《唐史》，故但稱八蕭。

其二

閉户端居念獨深，〔王註〕《前漢・陸賈傳》：呂太后時，王諸呂，陳平患之，力不能争，恐禍及己。平常燕居深念，賈往，不請直入座。陳平方念不見賈，賈曰：「何念深也？」平曰：「生揣我何念？」賈曰：「足下位爲上相，食三萬户侯，可謂極富貴無欲矣，然有憂念，不過患諸呂、少主耳。」小軒朱檻憶同臨。燎鬚誰識英公意，〔公自註〕英公爲其姊作粥，燎鬚。曰：「吾與姊皆老矣，能幾進之。」〔七三〕〔邵註〕《唐・李勣傳》：其姊病，嘗自爲粥，而燎其鬚，姊戒止。答曰：「姊多疾，而勤且老，雖欲數進粥，尚幾何。」勤封英國公。黄髮聊知子建心。〔公自註〕子建《與楚王彪別》詩云：王其愛玉體，共享黄髮期〔七四〕。已托西風傳絶唱，〔合註〕梁元帝詩：南風且絶唱。且邀明月伴孤斟。他時内集應呼我，下客先判〔七五〕醉墮簪。〔王註〕《晉書》：謝安嘗内集，雪驟下。

上韓持國〔七六〕

〔查註〕蘇子美《滄浪集·韓少保行狀》：男八人，綱、綜、絳、繹、維、縝、緯、緬。絳、維、縝，俱入相。《宋史·韓億傳》：子絳，字子華。熙寧中，仕中書門下侍郎，封康國公。維，字持國。元祐中，官門下侍郎。縝，字玉汝。元豐中，知樞密院，元祐中，拜尚書左僕射。《東都事略》：王偁曰：韓億不喜捃人小過，君子知其後必大。三子位公府，而行各有適。絳適於同，維適於正，縝適於嚴。孫宗鑑《東皐雜録》：韓子華、玉汝兄弟，相繼命相，持國又歷門下侍郎，其家將作三相堂，未幾持國去位，乃止。【誥案】此詩施編不載，查註從邵本補編。

韓氏三虎秉樞極，中有一虎似偉節。〔馮註〕《宋史·韓維傳》：與兄絳、弟縝，先後同在樞府。維屢有諫諍，孔文仲以對策切直罷歸。維言臣恐賢俊解體，忠良結舌，安石惡之。《後漢·賈彪傳》：字偉節，潁川定陵人。彪兄弟三人，並有高名，而彪最優，故天下稱曰：賈氏三虎，偉節最怒。《漢·天文志》：中宫天極星，其一明者，泰一之常居也。旁三星三公。又：元鳳四年九月，客星在紫宫中斗樞極間，占曰：爲兵。《春秋運斗樞》：北斗七星，第一曰天樞。端居隱几學無心，〔馮註〕《莊子·天地篇》：凡有首有趾，無心無耳者衆。夙駕入朝常正色。〔馮註〕《詩·鄘風·定之方中》：星言夙駕。《公羊傳·桓公三年》：孔父正色而立於朝，則人莫敢過而致難於其君者，孔父可謂義形於色矣。《晉書》：熊遠，字孝文。累遷散騎常侍。帝每嘆其公忠，謂曰：「卿在朝正色，可謂王臣。」犯時獨行太嵔嶇，〔馮註〕《後漢書》有《獨行傳》。韓退之文：特立而獨行。《史記》相如賦云：崴磈嵔瘣，隱轔鬱嶇。回天不忌真藥石。〔馮註〕《唐書》：貞觀四年詔，發卒治洛陽宮，且東幸。張玄素上書諫，卽詔罷役。魏徵嘆曰：「張公論事有回天之力。」《戰國策》：苦言，藥也。《南史》：王僧孺曰：「古人嘗以石爲針，必不用鐵。」《說文》有此砭字。許愼云：以石刺病也。《山海經·東山經》：高氏之山多針石。郭璞云：可以爲砭針。《春秋》：美疢不如惡石服。子愼註云：石，砭石也。季世無復佳石，故以鐵代之耳。輦致歸來荷二聖，推排使至有衆力。〔馮註〕《晉書·董京傳》：或見推排罵辱，曾無怒色。《南史·王僧虔傳》：嘗有書教子曰：「吾在世雖乏德素，要復推排人間十許年，故是一舊物。」吾儕小人但飽飯〔七七〕，〔馮註〕杜子美《病後遇王倚飲贈歌》詩：但使殘年飽喫飯。〔合註〕《左傳·昭公元年》：吾儕偷食，朝不謀夕。不有君子何能國。〔馮註〕《左傳·文公十二年》：不有君子，其能國乎。西湖醉卧春水船，〔馮註〕杜子美《小寒食舟中作》詩：春水船如天上坐。〔合註〕《名勝志》：汝陽縣城西有湖，曰西湖。舊傳潁、許、陳、蔡接壤之地，皆有西湖。則先生詩中之西湖，當指汝州也。如何爲人作豐年。〔馮註〕《世說》：世稱庾文康爲豐年玉，穉恭爲荒年穀。庾家論云：是文康稱恭爲荒年穀，庾長仁爲豐年玉。又，蔡洪曰：凡此諸君，以義理爲豐年。

次韻劉貢父叔姪扈駕

【誥案】劉貢父之姪，乃原父之子奉世，字仲馮。

玉堂孤坐不勝清，長羨鄒、枚〔七八〕接長卿。〔王註〕《前漢書》：梁孝王來朝，從鄒陽、枚乘、嚴忌之徒。相如見而說之，因病免，客梁，從之游。只許隔牆聞置酒，〔查註〕本集《記白樂天詩後》：余爲中書舍人，執政患本省事多泄漏，欲於舍人廳後作露籬，禁同省往來。余白執政，應須簡要清通，何必樹籬插棘，諸公笑而止。明年竟作之。唐時作西掖小窗以通東省，而今日本省不得往來，可歎也。時因議事得聯名。機、雲似我多遺俗，〔合註〕用二陸，蓋自喻及子由也。蔡邕《釋誨》：踔宇宙而遺俗兮。廣、受如君不治生。〔王註〕《前漢·疏廣傳》：廣爲太傅，兄子受爲少傅，俱移病歸鄉里。日令家共具設酒食，請族人故舊賓客。數問其家金餘尚有幾所，趣賣以共具。子孫竊謂其昆弟老人，勸説君買田宅。廣曰：「賢而多財，則損其智；愚而多財，則益其過。」共託屬車塵土後，〔王註〕《漢·司馬相如傳》：犯屬車之清塵。應劭曰：大駕屬車八十一乘。鈞天一餉夢中榮。

次韻韓康公置酒見留

〔劉須溪曰〕〔七九〕其豪氣頗侵，但覺子華有富貴態，坡之落落，往往如此。

庭下黄花一醉同，重來雪巘已穹窿。不應屢費〔八〇〕譏安石，〔王註〕《晉·謝安傳》：於土山營墅樓館，林竹甚盛。每攜中外子姪往來游集，肴饌亦屢費百金，世頗以此譏焉，而安殊不以屑意。但使無多酌次公。鍾乳金釵人似玉，〔王註厚曰〕牛僧孺自誇服鍾乳三千兩，甚得力，而歌舞之伎頗多。白樂天有《戲贈》云：鍾乳三千兩，金釵十二行。〔合註〕牛僧孺事，見《白集》自註。鵾絃鐵撥坐生風。少卿尚有車茵在，頗覺寬容勝弱翁。〔王註〕《漢書》：丙吉，字少卿。吉曰：「第忍之，不過污丞相車茵耳。」《漢書》：魏相，字弱翁。爲人嚴毅，不如吉寬。

次韻王都尉偶得耳疾

君知六鑿皆爲贅，我有一言能決疣。〔王註〕《莊子·大宗師篇》：以生爲附贅懸疣，以死爲決疣潰癰。〔合註〕

《莊子》註：疣，胡虬反。《廣韻》：疣，胡玩切。癰，疽屬。先生詩以《莊子》決疣爲決疣，必別有本。病客巧聞牀下蟻，癡人强覷棘端猴。〔王註〕《韓非子》：燕王好微巧，衛人曰：「能於棘刺之端爲母猴。」聰明不在根塵裏，〔查註〕《楞嚴經》：我今觀此浮根四塵，只在我面。又云：佛言汝心若在根塵之中。藥餌空爲婢僕憂。但試周郎看聾否，曲音小誤已回頭。〔王註〕《三國・吴志》：周瑜，字公瑾。精意於音樂，雖三爵之後，其有闕誤，瑜必知之，知之必顧。故時謡曰：「曲有誤，周郎顧。」

送喬仝寄賀君六首并敍〔一〕

舊聞靖長官、賀水部，〔查註〕《陳後山集》有《賀水部傳》云：世莫詳其年，仕石晉爲郎。與公《詩引》大略相同。皆唐末五代人，得道不死。章聖皇帝〔二〕東封，〔查註〕《宋史》：真宗大中祥符元年，王欽若言：得天書於泰山，遂東封泰山禪社首。有謁於道左者，其謁云：晉水部員外郎賀亢。再拜而去，上不知也。已而閱謁，見之，大驚，物色求之不可得。天聖初，又使其弟子喻澄者詣闕進佛道像，直數千萬。張公安道與澄游，具得其事。〔合註〕《後山集・賀水部傳》：熙寧中，東坡居士爲密州，請雨常山。既而雨，居士却蓋以行，賀從道旁見之，以爲可授道也。又有喬仝者，〔合註〕《後山集・賀水部傳》：仝，沂人。少得大風疾，幾死。賀使學道，今年八十，益壯盛。人無復見賀者，而仝數見之。元祐二年十二月，仝來京師十許日。〔合註〕《後山集・賀水部傳》：後元祐二年，仝年八十餘矣，見居士於東都，曰：「賀不忘君語，數及之。」居士因仝以詩寄之。余留之，不可，曰：賀以上元期我於蒙山；又曰：吾師嘗游密州，識君於常山道上，意若喜君者。作是詩以送之，且作五絶句以寄賀。【誥案】《後山集·賀水部傳》：後仝復來，出賀書曰：「將使若人通言於君。」是賀已見公詩矣。

其一

君年二十美且都，〔王註〕《詩·鄭風·有女同車》：洵美且都。初得惡疾墮眉鬚。紅顏白髮驚妻孥，覽鏡自嫌欲棄軀。結茅窮山啖松腴，〔王註〕《抱朴子》曰：上黨有趙瞿者，病癩歷年，垂死。或云：不如及活，流棄之。乃齎糧送置山穴中。瞿涕泣經月，有仙人見而哀之，以囊藥教其服法。百許日，瘡愈，肌膚玉澤。仙人又過視之，告曰：「此松脂耳，山中多此物，汝鍊服之，可以長生。」瞿乃歸家，後服松脂不輟，身體轉輕。在人間三百許年，入抱犢山去。路逢逃秦博士盧。〔王註〕《列仙傳》：盧敖，秦始皇召以爲博士，使求神仙，一去而不返。方瞳照野清而癯〔八三〕，〔王註次公曰〕《拾遺記》：老聃居山，有老叟五人，方瞳玉面，握青筇杖，共譚天地及五行之精。〔希聲曰〕《紫陽真人周君內傳》：黃泰在陳留市，君嘗見之，泰乃方目。〔邵註〕《列仙傳》：偓佺兩瞳皆方。再拜未起煩一呼。覺知此身了非吾，烱然蓮花出泥塗。隨師東游渡濰邦，〔公自註〕濰、邦，密州二水名。山頭見我兩輪朱。豈知仙人混屠沽，〔邵註〕《後漢·禰衡傳》：欲使我從屠沽兒輩也。爾來八十胸垂胡。〔王註次公曰〕胡，胸前毛也。《詩·周頌·載芟》所謂「胡考之寧」。〔邵註〕《詩·豳風·狼跋》：狼跋其胡。註：頷下懸肉也。上山如飛嗔人扶〔八四〕，東歸有約不敢渝。新年當參老仙儒，秋風西來下雙鳧，得棗如瓜分我無？〔王註〕《史記·封禪書》：李少君曰：「嘗游海上，見安期生，食臣棗，大如瓜。」

其二

生長兵間早脱身，〔邵註〕《後漢·光武紀》：生長兵間，久厭武事。晚爲元祐太平人。〔王註〕柳子厚《與蕭俛書》曰：朝夕歌謡，使成文章，庶木鐸者，采取獻之法宫，增聖唐大雅之什，雖不得位，亦不虚爲太平之人矣。不驚渤海〔六三〕桑田變，來看龜蒙漏澤春。〔王註厚曰〕龜山，在兖州泗水縣；蒙山，在沂州費縣。大抵皆魯地相連，東封之所歷也。〔查註〕《齊乘》：龜山西南，十餘里有漏澤，澤有五穴，春夏積水，秋冬漏竭。將漏之時，先有聲，居人扈穴取魚，隨種麥，比水至，麥已收矣。《元和郡縣志》：漏澤，在泗水縣。唐校書郎李潛《漏澤賦碑》，今在費縣廨内。〔合註〕李潛碑見《名勝志》。

其三

曾謁東封玉輅塵，〔邵註〕《周禮·春官》：王之五輅，一曰玉輅。幅巾短褐亦逡巡。行宫夜奏空名姓，〔邵註〕《周禮·天官》：車宫軒門，帷宫旌門。註：天子行宫也。悵望雲霞縹緲人。

其四

垂老區區豈爲身，微言一發重千鈞。〔合註〕《漢書·枚乘傳》：以一縷之任，係千鈞之重。始知不見高皇帝，正似商山四老人。〔王註縯曰〕一發，謂四皓對高祖有太子仁孝之語也。〔查註〕案真宗東封時，尚未有嗣，劉修儀寵擅六宫。踰年，李氏生子，修儀擁爲己出，後立爲太子。賀之伏謁道左，疑有先幾之兆。故仁宗即位，復使弟子詣闕，公詩「微言一發重千鈞」，又用商山四老事，必有所爲，非泛引也。

其五

舊聞父老晉郎官，已作飛騰變化看。聞道東蒙有居處，願供薪水看燒丹〔六〕。〔王註〕《南史·陶潛傳》：爲彭澤令，不以家累自隨。送一力給其子，書曰：「汝旦夕之費，自給爲難，今遣此力，助汝薪水之勞，此亦人子也，可善遇之。」〔邵註〕《抱朴子·內篇》：金丹燒之，愈久，變化愈妙。

其六

千古風流賀季真，最憐嗜酒謫仙人。〔王註〕李白《對酒憶賀監》詩：四明有狂客，風流賀季真。長安一相見，呼我謫仙人。狂吟醉舞知無益，粟飯藜羹問養神。

送家安國教授歸成都

〔王註次公曰〕家安國，字復禮，眉山人。博學，舉進士。後隨韓存寶征乞第得官。既而諸公舉之，得成都教授，故先生有「說劍」、「橫經」之句。〔查註〕《黃山谷詩註》：安國初以武進，後入左選，故其《謝改官啓》云：三陪籌幄，笑談當十萬戎行；兩席師筵，排闥應三千門第。《太平寰宇記》：劍南西道益州蜀郡，唐明皇幸蜀，改爲成都府。《江源記》：梁山首跨劍閣，尾入江。秦置縣曰成都，後爲郡。

別君二十載，坐失兩鬢青。吾道雖艱難，〔王註〕杜子美《空囊》詩：世人共鹵莽，吾道屬艱難。斯文終典刑。屢作退飛鷁，羞看乾死螢。〔王註〕杜子美《題鄭十八著作丈》詩：案頭乾死讀書螢。一落戎馬間，五見霜葉零。夜談空說劍，春夢猶橫經。〔合註〕劉孝綽詩：橫經參上庠。新科復舊貫，〔邵註〕《續通鑑長編》：元祐二年詔，毋用王氏經義，從吕公著請，復制科。詩中「新科復舊貫」，指此。〔查註〕《宋史·選舉志》：熙寧改法，進士科罷詩賦、帖經、墨義，元祐初立經義、詩賦兩科。自復詩賦，士多鄉習，而專經者十無二三。童子方乞靈。〔王註〕《左傳·哀公二十四年》云：寡君欲徼福於周公，願乞靈於臧氏。須煩淩雲手，去作入蜀星。〔王註〕《後漢·李郃傳》：和帝分遣使者，微服單行，觀採風謠。使者二人，當到益部投郃候舍時，夏夕露坐，郃指星示云：「有二使星，向益州分野。」蒼苔高眹〔七〕室，古柏文翁庭。〔王註縯曰〕高眹室，今府學石室是也。文翁庭，今有古柏處是也。初聞編簡香，稍覺〔八〕鋒鏑腥。岷峨有雛鳳，梧竹養修翎。〔合註〕張平子《周天大象賦》：闕岷峨之沃壤。李義山詩：雛鳳清於老鳳聲。嗚呼應嶰律，飛舞集虞廷。〔王註〕《吕氏春秋》：黄帝令伶倫取竹於嶰溪之谷，制十二筩，聽鳳凰之鳴，以別十二律。吾儕便歸老，亦足慰餘齡。

卷二十九校勘記

〔一〕和穆父新涼　七集無「和」字，外集「和」字後有「錢」字。按，《三孔先生清江文集》卷一有孔文仲《次錢穆父新涼可喜》詩，與此詩韻同。

〔二〕安敢搏　類本作「安能搏」。七集作「安敢搏」。查註謂「能」譌。

〔三〕受知　七集作「受恩」。

〔四〕負債　類丙作「債負」。
〔五〕寧免　外集作「定免」。
〔六〕紫蟹　七集作「紫螯」。
〔七〕趙張　七集作「張趙」。
〔八〕先自　七集作「自先」。
〔九〕與可　施本「與」字上有「文」字。
〔一〇〕疑神　類本作「凝神」。查註：宋刻本「凝」作「疑」。集甲、施本作「疑神」。
〔一一〕吾舊詩云云　施本此註文，無「東坡云」字樣。施註云：東坡《於潛僧綠筠軒》詩云（下同自註）。
〔一二〕瀟灑　集甲、施乙作「蕭灑」。
〔一三〕畫扇　類本無「畫」字。
〔一四〕書李世南所畫秋景二首　集甲無「二首」二字。
〔一五〕攲倒　查註、合註：「倒」一作「側」。
〔一六〕扁舟　查註：《畫繼》作「浩歌」。紀校：如不出「扁舟」字，則「浩歌」一曲茫然無着，不見定是鼓枻。此必後來改定，不得執墨迹駁之。
〔一七〕一櫂　查註、合註：「櫂」一作「笑」。
〔一八〕成獨往　集甲、施本、類本作「曾獨往」。查註：宋刻本「成」作「曾」。
〔一九〕何如　類本作「如何」。查註：宋刻本作「何如」。集甲作「何如」。

〔二〇〕疎淡　集甲、類丙作「疎澹」。

〔二一〕堂堂　查註、合註作「堂上」。查註：宋刻本作「堂堂」。集甲作「堂堂」。

〔二二〕明光　類本作「光明」。

〔二三〕故李誠之　施本無「故」字。集甲、類本「誠之」作「承之」，合註謂「承之」訛。按，《函海》本《烏臺詩案》作「承之」。

〔二四〕下建　集甲、施本作「可建」。

〔二五〕才大　集甲、施本作「材大」。

〔二六〕莫己知　類本作「莫已知」。

〔二七〕少小　類甲作「少子」，疑誤。

〔二八〕前漢樊噲言願得十萬衆云云　「言」原作「傳」，誤。「願得十萬衆」云云，在《漢書・季布傳》。類註不誤，合註改「言」爲「傳」，反誤。今校正。

〔二九〕比公　類本作「此公」。

〔三〇〕不可作　七集作「不可傳」。合註謂「傳」訛。

〔三一〕餘悲　繆刻七集作「餘怨」。

〔三二〕張綱子房七世孫也犍爲武陽人　施本無「張」字，無「子房七世孫也犍爲」等字。

〔三三〕得少休　集甲作「亦少休」。

〔三四〕唐稱昭義步兵云云　施本此註文，無「東坡云」字樣。施註引《唐書・李抱真傳》：「昭義步兵爲諸軍冠。唐稱昭義步兵，蓋澤潞弓箭手。」「稱」原作「福」，據集甲改。

〔三五〕佳句　集甲、類本作「嘉句」。

〔三六〕行輈　類丙作「行舟」，查註：諸本作「舟」者訛。合註：別本皆作「舟」，查云譌。

〔三七〕送張天覺得山字　合註：一本無「張」字。

〔三八〕墮指兒　集甲、施本、類本作「墜指兒」。

〔三九〕痌瘝　集甲、施本、類本作「痌瘝」。按，《字彙》：「瘝」，同「瘝」。

〔四〇〕老且病　類丙作「老日病」，疑誤。

〔四一〕并敍　施本作「并引」。

〔四二〕李君宗　合註：一作「李宗君」。查註作「李宗君」。

〔四三〕年八十一　類本無「年」字。查註亦無「年」字。

〔四四〕得柔　合註：補施註本（按，即清施本）引《紀年録》作「得素」，未知孰是？

〔四五〕樂天爲翰林學士云云　施本此註文，無「東坡云」字樣。施註云：「白樂天《寫真詩序》：元和中，予爲翰林學士，詔寫真于集賢殿御書院。樂天自號香山居士。」

〔四六〕初喜　原作「初起」。今從集甲、施本。

〔四七〕臺吏　原作「羣吏」，各本作「臺吏」，今從。

〔四八〕客主　施本作「主客」。

〔四九〕倅揚州　集甲、施本作「揚州倅」。

〔五〇〕天上　類本作「上天」。

〔五一〕誰似　原作「何似」，合註作「何似」。今從集甲、施本、類本、查註。合註不知所本。

〔五二〕永叔以澄心百幅云云　施本此註文，無「東坡云」字樣。施註云：「歐陽永叔以澄心堂紙百幅遺聖俞，聖俞有詩云：焙乾堅滑若鋪玉，一幅百金曾不疑。」

〔五三〕也厭　類本作「也要」。

〔五四〕更分我　類本作「日分我」，類丁作「且分我」。

〔五五〕郭熙秋山平遠二首　西樓帖有此二詩，詩後書：「書郭熙秋山平遠二首」，有引，引云：「此紙頗有楊風子也。」陸游《渭南文集》卷二十八《跋東坡帖》，有「成都西樓十卷中所書郭熙山水詩」之語，「郭熙山水詩」，當卽此二詩。

〔五六〕無人識　集甲、施本、西樓帖作「無人見」。

〔五七〕却渡　集甲、施本、類丙作「朅渡」。

〔五八〕紫薇花　原作「紫微花」，據集甲改。集甲於本詩「紫微郎」之「微」，仍作「微」，是「薇」、「微」有別。施本「紫微花」、「紫微郎」，皆作「薇」。又本詩「小臣願對紫微花」之「微」，集甲亦作「薇」，亦據集甲改。

〔五九〕文書　合註：「書」一作「章」。

〔六〇〕翼日　集甲、施乙作「翌日」。

〔六一〕各以表謝　施本無「各」字。

〔六二〕樛枝　類丙作「樛然」。

〔六三〕科斗　集甲作「蝌蚪」。

〔六四〕時熙河新獲鬼章　據集甲、施本、類本補。施本「熙河」作「西河」。

〔六五〕皆遁去　類本無「皆」字。

〔六六〕愛此　集甲、施乙作「受此」。

〔六七〕似予　類丙作「似子」。

〔六八〕紅鱗　類本作「江鱗」。

〔六九〕送張天覺詩有埋輪及河東慳之語　施本無此條自註。「語」原作「註」，據集甲、類本改。類本無「送」、「輪」字。類丙「慳」作「堅」，誤。

〔七〇〕施註云云　原缺，據施乙補。以題下詰案有「使施註猶存，當必有述」之語，補之以見其詳。

〔七一〕脱屣　類本作「脱屐」。

〔七二〕唐蕭氏云云　施本此註文，無「東坡云」字樣。施註註文與查註略同。

〔七三〕英公云云　施本此註文，無「東坡云」字樣。集甲、類本「能幾見之」之「之」作「粥」。

〔七四〕子建云云　施本此註文，無「東坡云」字樣。施註註文引《魏武春秋》，餘同自註。

〔七五〕先判　施本作「先拚」。集甲原註：「判」，平。類本原註：「判」，平聲。

〔七六〕上韓持國　紀校：詞意淺近，未必出自東坡。

〔七七〕飽飯　查註、合註：「飯」一作「食」。

〔七八〕鄒枚　集甲、施本、類本作「枚鄒」。

〔七九〕劉須溪曰　「須」上原有「王註」二字，無「劉」字，今據類丁校改。

〔八〇〕屢費　查註作「屢被」。

〔八一〕并敍　施乙作「并引」。

〔八二〕章聖皇帝　類丙「章」上有「宋」字。類甲無「宋」字，空一字。

〔八三〕清而癯　集甲、施本作「清而臞」。按，《廣韻》：「癯」、「臞」通。以後不重出。

〔八四〕嗔人扶　集甲、施本作「瞋人扶」。

〔八五〕渤海　集甲、施本、類本作「渤澥」。

〔八六〕看燒丹　查註、合註謂「看」一作「事」。

〔八七〕高眹　原作「高朕」，據施本改。施註引任豫《益州記》：「文翁學堂在城，經火災，蜀守高眹修復，畫古聖賢像，及禮器瑞物。後遂祠眹。」

〔八八〕稍覺　集甲、施本作「始覺」。

蘇軾詩集卷三十

古今體詩六十三首

【誥案】起元祐三年戊辰正月，在翰林學士知制誥兼侍讀任，是月，詔權知禮部貢舉，二十一日，領貢舉事入南省，三月一日，奏號，至閏十二月作。

和子由除夜元日省宿致齋三首〔一〕

〔查註〕《唐書·禮樂志》：齋戒，其别有三，曰散齋、曰致齋、曰清齋。大祀，散齋四日，致齋三日；中祀，散齋三日，致齋二日；小祀，散齋二日，致齋一日。《欒城集·三日上辛祈穀，除日宿齋户部右曹，元日賦三絶句寄呈子瞻兄》詩云：七度江南自作年，去年初喜奉椒盤。冬來誤入文昌省，連日齋居未許還。其二：今歲初辛日正三，明朝風氣漸東南。還家强作銀幡會，雪底蒿芹欲滿籃。其三：北客南來歲欲除，燈山火急萬人扶。欲觀翠輦巡游盛，深怯南宫鎖鑰拘。【誥案】子由詩正月三日，乃辛亥也，考見後註。

其一

江湖〔二〕流落豈關天，禁省相望〔三〕亦偶然。〔合註〕《後漢書·袁紹傳》：決事禁省。等是新年未相見，此身應坐不歸田。【誥案】紀昀曰：意曲折而語自然。

其二

白髮蒼顏〔四〕五十三，〔王註子仁曰〕《年譜》：元祐三年戊辰，先生年五十三。家人强遣〔五〕試春衫。朝回兩袖〔六〕天香滿，頭上銀幡〔七〕笑阿咸〔八〕。〔王註師曰〕阮籍呼兄子咸爲阿咸。〔查註〕用阿咸，當指子由諸郎，觀末章有「新句調兒童」語。〔合註〕元日賜銀幡，見《事文類聚》引《夢華録》。

其三

當年踏月走東風，〔合註〕李洞《送人赴舉》詩：踏月趨金闕。坐看春闈鎖醉翁。〔王註師曰〕歐陽永叔自號醉翁。〔查註〕歐陽修《歸田録》：嘉祐二年，余與韓子華、王禹玉、范景仁、梅公儀同知禮部貢舉，辟梅聖俞爲小試官，凡鎖院五十日。《蔡寬夫詩史》：故事，春試進士，皆在南省中。東廂刑部，有樓甚宏壯，旁視宣德門，直抵州橋。鎖院每以正月五日至元夕，例，未引試，考官往往竊登樓，以望御路燈火之盛。宋宣獻詩，有「還勝南宫假宗伯，重扉深鎖暗登樓」之句，蓋謂此。白髮門生幾人在，却將新句調兒童。〔查註〕元祐三年正月，先生亦領貢舉，故末章及之。〔合註〕《續通鑑長編》：元祐三年正月己丑，命蘇軾權知禮部貢舉。【誥案】《宋史》：元祐二年十二月丙戌，與龍節，是月大盡，除夕戊申。二年正月，己酉朔，故子由此題云三日上辛，乃正月三日逢辛亥也。由是推之，則己丑在上年十二月十一日，如再遇，亦在是年二月中旬，正月無己丑也。凡史家似此舛謬及互異者，不可勝計。故凡遇朔無事不書，是徒以紀日爲具文也。此與《詩》「吉日庚午」、《禮》「六月丁亥」及《書》、《春秋傳》所載三代事，不必考其在月之某日者不同。富彦國嘗云：《春秋》惟聖人可作，其知言乎。餘詳後《畫馬試院》題下。

韓康公坐上侍兒求書扇上二首〔九〕

【誥案】此二詩施編不載，王本、外集本有之，七集本以第一詩合別見之《昔日雙鴉》一詩，共作《雜詩》二首，但以第二詩爲本題《書扇》詩一首。邵本據七集本收入續補遺中，查註從邵本補編二十九卷内。合註據《侯鯖録》以爲七集本誤，因從王本、外集本作《書扇》詩二首，其《昔日雙鴉》詩，作《雜詩》一首，並編二十九卷内。今考《侯鯖録》，乃三年正月十六日事，合註既從其説，復如查編上年冬杪，自爲矛盾。今改編於此，其《雜詩》之《昔日雙鴉》一首，已定爲起知文登過密州所作，改編卷二十六矣。

其一

窗摇細浪魚吹日〔一〇〕，手弄黄花蝶透衣〔一一〕。〔查註〕按《侯鯖録》：韓子華謝事後，自潁入京看上元，至十六日，私第會從官九人，皆門生故吏。方坐，出家妓十餘人，中宴後，子華新寵者曰魯生，當舞，爲遊蜂所螫，子華意甚不懌。久之，呼出，持白團扇從東坡乞詩。坡書首二句云云。上句記姓，下句書蜂事。子華大喜。坡云：「惟恐他姬厮賴。」故云耳。〔合註〕上句既云記姓，下句既云書蜂事，則當從王本作「魚吹日」、「蝶透衣」也。不覺春風吹酒醒，空教明月照人歸。

其二

一一窗扉面水開，更於何處覓蓬萊。天香滿袖〔三〕人知否，曾到旃檀小殿來。〔馮註〕《楞嚴經》：佛告阿難，汝嗅此旃檀，此香然於一銖，四十里内同時聞香。

次韻答張天覺二首

其一

車輕馬穩轡銜堅，〔王註〕《列子·湯問篇》：齊輯乎轡銜之際。〔合註〕《淮南子》：車輕馬良。白樂天詩：馬穩人攏轡。但有蚊蝱喜撲緣。截斷口前君莫問〔三〕，人間差樂勝巢仙。〔王註〕韓退之《記夢》詩云：口前截斷第二句，綽虐顧我顏不歡。乃知神仙未賢聖，護短憑愚邀我敬。我寧屈曲身世間，安能從汝巢神仙。〔邵註〕李商隱《李賀小傳》：天上差樂不苦。

其二

馭風騎氣我何勞，〔王註〕《莊子·逍遥遊篇》：列子馭風而行。又：乘雲氣，御飛龍，騎日月。〔合註〕騎氣即御炁之意。且要長松作土毛。亦如訶佛丹霞老，〔邵註〕《傳燈録》：丹霞禪師於慧林寺，遇天大寒，師取木佛燒之，向院主訶之，師以杖子撥灰曰：「吾燒取舍利。」主曰：「木佛何有舍利？」師曰：「既無舍利，更取兩尊燒。」却向清涼禮曰毫。〔查註〕《清涼志》：無盡居士張商英，除河東提點刑獄，至清涼山，止清輝閣，文殊所化宅也。良久，北山雲起，於白雲中，現大寶燈，白雲既收，復現大白圓相，如明月輪。明日至東臺，五色祥雲見，白圓光從地湧起，如車輪，百旋。商英以偈讚之。

次韻黄魯直畫馬試院中作

〔查註〕本集《書試院詩後》云：元祐三年正月二十一日，領貢舉事，辟李伯時爲考校官。三月初，考校既畢，待諸廳參會，伯時苦水悸，欲作騘馬以排悶，魯直詩先成，余次韻，蔡天啓、晁无咎、舒堯文、廖明畧皆繼，此不能盡録云。【誥案】前題「春闈」句下已詳論《長編》正月己丑知舉之誤矣，兹以公所記正月二十一日領貢舉事合前考以推之，似係正月十七日乙丑之命。公於二十一日己巳受命，黄魯直題名記三月戊申，奏號當在三月初一日，既不書戊申朔，乃連月小盡，至初二日爲戊申，前後截清，則《長編》之誤定矣。是年，賜進士及第出身，載在三月己巳，乃三月二十三日也。

少年鞍馬勤遠行，卧聞齕草風雨聲，〔王註〕石林曰：黄魯直嘗得句云：馬齕枯萁喧午枕，誤驚風雨浪翻江。自以爲工，以語舅氏无咎，舅氏不解風雨翻江之意。一日，憩於逆旅，聞有聲如風浪之歷船者，起視，乃馬食於槽，水與草齟齬而爲此聲，乃悟。〔邵註〕杜子美《韋偃畫馬歌》：一匹齕草一匹嘶。見此忽思短策横。十年髀肉磨欲透，那更陪君作詩瘦，〔王註倬曰〕崔浩愛吟咏，一日病起，友人戲之曰：「非子病如此，乃子苦吟詩瘦也。」後遂爲口實。不如芋魁歸飯豆。門前欲嘶御史騘，〔查註〕歐陽永叔《出省》詩自註云：國朝之制，禮部考定卷子，奏上字號，差臺官一人拆封出榜。黄山谷《試院題名記》云：是日，侍御史日晏不來。蓋奏號之後，必待御史至，然後拆卷，故云。詔恩三日休老翁，〔王註倬曰〕故事：省試官出院，給假三日。〔查註〕《漢書·馮野王傳》：三最予告，令也；病滿三月賜告，詔恩也。《咸淳臨安志》：本朝考試官出院，給歇泊假三日。故周必大有詩云：會待詔恩三日沐，湖山尋勝任舟輿。羡君懷中雙橘紅。〔公自註〕黄有老母。〔王註〕《吴志》：陸績年六歲，見袁術。術出橘，績懷三枚去。拜辭墮地。術謂曰：「陸郎作賓客而懷橘乎？」答曰：「欲歸遺母。」術大奇之。〔查註〕《山谷集·考試局戲作竹枝詞》云：我家白髮問烏鵲。又云：屋山啼烏兒當歸。任淵註云：山谷太夫人於時尚無恙，東坡和詩，亦云：「羡君懷中雙橘紅。」又按《苕溪漁隱叢話》：此格謂之促句换韻，其法三句一换韻，三疊而止。【誥案】紀昀曰：此法本之嘉州《走馬川》詩，嘉州又本之《嶧山碑》，但碑是四言耳。

余與李廌方叔相知久矣，領貢舉事，而李不得第，愧甚，作詩送之

〔查註〕《宋史》：李廌，字方叔。謁蘇軾於黄，贄文求知，軾謂其筆墨瀾翻，有飛沙走石之勢。鄉舉試禮部，軾典貢舉，遺之，賦詩以自責。與范祖禹書，將同薦諸朝，未幾去國，不果。中年絶進取意，居潁之長社，卒年五十一。元祐中，上《忠諫書》、《忠厚論》并《兵鑑》二萬言。周紫芝《太倉稊米集》云：《月巖集》，太華逸民所作，李廌方叔之自號也，李端叔之儀序。惜其集今不傳。〔合註〕《文獻通考》載李廌《濟南集》二十卷，明初尚完存，是以《永樂大典》頗收録之，今止存八卷，乃從《大典》中裒輯者。内有此詩次韻一首，附録於後，題云：某頃元祐三年春，禮部不第，蒙東坡先生送之以詩，黄魯直諸公皆有和詩，今年秋復下第，將歸耕潁川，輒次前韻，上呈編史内翰

先生，及乞諸公一篇，以榮林泉，不勝幸甚。詩云：半生虛老太平日，一日不知人不識。鬢毛斑斑墨無幾，漸與布衣爲一色。平時功名衆所料，數奇辜負師友責。世爲長物窮且愁，静看諸公樹勛德。欲持牛衣歸潁川，結廬抱耒箕隗前。祇將殘齡學農圃，試問瀛州紫府仙。【誥案】李廌，陽翟人。據詩，則家於許，何以云《濟南集》也。查註謬者已删，詳總案中。〔案〕總案引本集《與李方叔書》。書中謂：「足下之文，過人處不少，……筆勢翩翩，有可以追古作者之道。」又謂：「冀足下積學不倦，落其華而成其實，深願足下爲禮義君子，不願足下豐於才而廉於德也。」總案又引魏了翁《跋蘇文忠墨迹》，云：「蘇公司貢，則不惟遺其門人，雖故人之子，亦例在所遺。觀其與李方叔詩及今蒲氏所藏之帖，若將愧之者。然終不以一時之愧，易萬世之所甚愧，此先生行己之大方也。使士大夫常負蘇公之愧，古道其庶幾乎！」總案引二文後，有誥案，云：「公屢奏，未出榜時，黨人先有失士之論。蓋自知舉命下，董敦逸已論奏取士必不當。其餘造作不一，而流傳小説，多有章援、章持竊得李廌策題之説，此不足道也。乃查註全載趙溍説（按：查註引趙溍《養痾漫筆》云：「東坡知貢舉，將鎖院，緘封一簡，令叔黨持與方叔。值方叔出，其僕受簡置几上。有頃，章子厚二子曰持、曰援者來，取簡竊觀，乃《揚雄優于劉向論》一篇，二章驚喜，攜之以去。……及拆號，……魁……乃章援，第十名……乃章持。」），而摘公《與李廌書》三數語，自詡辨正。其辨云：「此必章惇父子造爲此語以誣公。」惇父子大姦深險，非癡騃者流，何肯以此自誣。此種辨正，實出情理之外。……今……録公原書，觀書中意，方叔之文似未到岸，即再知舉，未見其必售也。讀魏了翁語，辨者尤可愧矣。

余與李廌方叔相知久矣李不得第作詩送之

與君相從非一日，筆勢翩翩疑可識。〔王註厚曰〕魏文帝《與吴質書》，有「筆勢翩翩」之語。又言阮瑀曰：「元瑜書記翩翩，致足樂也。」〔合註〕《南史·蕭引傳》：善書。宣帝嘗指引署名曰：「此字筆趣翩翩。」平生〔一四〕謾説〔一五〕古戰場，過眼終迷日五色。〔王註〕《唐摭言》：李繆公貞元中試《日有五色賦》，其破題曰：德動天鑑，祥開日華。翼日，無名。楊於陵深不平，擕之以詣主文，曰：「當今場中，若有此賦，侍郎何以待之？」主文曰：「非狀元不可也。」於陵曰：「苟如此，侍郎已遺賢矣。」主文因致謝，於陵請擢爲狀元。我慚不出君大笑，行止皆天子何責。青袍白紵五千人，〔查註〕按黄山谷《試院題名記》：元祐三年正月，試禮部進士四千七百三十二人。今先生云五千人，蓋舉成數而言。知子無怨亦無德。〔邵註〕《左傳·成公三年》：知罃對楚王曰：「無怨無德，不知所報。」買羊酤酒〔一六〕謝玉川，爲我醉倒春風前。〔王註〕韓退之《紅芍藥歌》云：花前醉倒歌者誰，楚狂小子韓退之。歸家但草凌雲賦，我相夫子非癯仙。

和宋肇遊西池次韻〔一〕

〔合註〕《宋詩紀事》：宋肇官巫山令。〔查註〕《春明退朝録》：太宗於西郊，鑿金明池，中有臺榭，以閲水戲。《東京夢華録》：三月一日，州西順天門外，開金明池，士庶許縱賞。池周九里三十步。《汴京遺跡志》：金明池，在城西郭門外。《石林燕語》：金明池在瓊林苑，北導金水河水注之。歲以二月，命士庶縱觀，謂之開池。至上巳車駕臨幸畢，即閉。歲賜二府從官宴及進士聞喜宴，皆在其間。按，西池，即金明池，以在城西，故名。【誥案】張擇端作《清明上河圖》，追摹汴京景物，即此事也。〔查註〕黄庭堅《次韻宋楙宗三月十四日到西池，都人盛觀翰林公出遨》詩：金戎繫馬曉鶯邊，不比春江上水船。人語車聲喧法曲，花光樓影倒晴天。人間化鶴三千歲，海上看羊十九年。還作遨頭驚俗眼，風流文物屬蘇仙。

漢皇慈儉不開邊，〔王註〕杜子美《兵車行》詩：武皇開邊意未已。尚教千艘下瀨船。〔王註次公曰〕《漢·食貨志》曰：時粤欲與漢用船戰，遂乃大修昆明池，列館環之，治樓船，高十餘丈，旂幟加其上。《西京雜記》：昆明池中，有戈船、樓船各數百艘。又，《漢·武帝紀》有「下瀨船將軍」。註：瀨，湍也；《伍子胥書》有「下瀨船」字。〔合註〕張説《蒲津橋贊》：連檻千艘。貪看艨艟飛鬬艦，〔邵註〕《吴志》：周瑜取蒙衝鬬艦數十艘，實以薪草，同時舉火。《釋名》：狹而長曰艨艟，上下重牀曰艦。按，艨艟、蒙衝，通。〔查註〕《石林燕語》：太平興國中，鑿金明池，以教神衛虎翼水軍習舟楫，因爲水嬉。不知贔屭〔一八〕舞鈞天。〔王註次公曰〕《西京雜記》：昆明池，刻玉石爲魚，每至雷雨，魚嘗鳴吼，鬐尾皆動。漢世祭之以祈雨，往往有驗。〔邵註〕《吴都賦》：巨鼇贔屭。音備戲。故山西望三千里，往事回思二十年。自笑區區足官府，不如公子散神仙。【誥案】公以熙寧己酉出蜀，時已二十年，自笑貪禄忘歸也。

僕領貢舉未出，錢穆父雪中作詩見及，三月二十日，同游金明池，始見其詩，次韻爲答

〔查註〕《雍録》：今世淡墨書進士榜，首曰禮部貢院者，唐世遺則也。尚書省六部皆在北省之南，故禮部郎爲南宫舍人。唐初試進士皆屬考功。後以考功權輕，改用禮部侍郎，其結銜曰知貢舉。或委他官爲之，則曰權知貢舉。

雪知我出已全消，〔施註〕杜子美《臘日》詩：今年臘日凍全消。 花待君來未敢飄。 行避門生時小飲，〔施註〕唐傳記中有「行行避門生」之語，記憶未詳。〔查註〕梅聖俞《出省書事和永叔》詩：已是瓊林芳卉晚，不須遊處避門生。時永叔領貢舉，梅詩故云。 宋時金明池宴會，乃出鎖院後故事也。 忽逢騎吏有嘉招。〔施註〕《漢·韓延壽傳》：騎吏一人後至。 《文選》潘安仁《河陽》詩云：弱冠忝佳招。 魚龍絶技來千里，〔王註師曰〕昆明池設水戲，作魚龍㲋雁之戲，設機於內，皆如真焉。〔施註〕《漢·西域傳·贊》：作漫衍、魚龍、角抵之戲，以觀視之。〔查註〕《石林燕語》：金明池，水戲後不復習，而諸軍猶爲鬼神戲，謂之旱教。 斑白〔一九〕遺民數四朝。〔施註〕引《孟子》又引註云：頒，斑也。〔合註〕先生自仁宗朝出仕，至哲宗已四朝。 知有黄公酒壚在，〔合註〕是月初七日，韓絳卒。 豈以自領貢舉而追悼座主耶？【誥案】是。 蒼顏〔二〇〕華髮〔二一〕自相遥。【誥案】紀昀曰：清適。

韓康公挽詞〔二二〕三首

〔王註子仁曰〕范純仁《韓康公墓志》：哲宗即位恩，封康國公。〔施註〕韓康公名絳，字子華。其先真定人，後徙開封。 父億，字宗魏。 事仁宗爲參知政事，謚忠憲。 居京師，號桐樹韓家。 子華爲翰林學士，御史中丞，知慶州。 熟羌據堡爲亂，即日討平之。 韓忠獻諫其忠直有公輔器。 神宗用爲昭文相，出居潁昌。 元祐二年以司空檢校太尉致仕。 既謝事，是冬，自潁昌入京觀燈。 東坡乃省闔門生，謁公，置酒見留，賦隆字韻詩。 正月十六日，會從官九人，皆門生故吏，多一時名德，如傅欽之堯俞、胡完夫宗愈、錢穆父勰、劉貢父攽。 出家妓佐酒，故詩云：笙歌邀白髮，燈火樂青春。 欲還潁昌，未行而薨，年七十七，謚獻肅。 三詩墨迹精絶，宿嘗刻石餘姚縣齋。【誥案】二十八卷《顧臨出使河朔》，施註已有引載，時相距僅八月餘，顧臨並未還也。此處又以會門生故吏牽入顧臨，誤甚。今在「劉貢父攽」四字後，刪去「顧子敦臨」四字〔三三〕。又所載置酒見留賦《隆字韻》詩，考本集無此詩，或即上卷窿字韻詩之譌。查註、合註皆失考。

其　一

故國非喬木，興王有世臣。嗟余後死者，猶及老成人。德業經文武，〔施註〕《周易·繫辭上》：可久則賢人之德，可大則賢人之業。風流表搢紳。〔施註〕《史記·五帝紀》：薦紳先生難言之。徐廣曰：薦紳，即搢紳也。古字假借。空餘行樂地，處處泣遺民。

其　二

再世忠清德，三朝翊贊勳〔三四〕。【誥案】三朝者，謂絳歷事仁宗、英宗、神宗也。王註非是，已刪。功成不歸國，〔施註〕《老子》云：功名成遂身退，天之道。〔王註子仁曰〕范純仁《韓康公墓志》：公爲陝西、河東時，攻討防守，既有成策，而慶州卒有叛亡者。言事者因指宣撫司數出師，煩勞致怨，遂罷相，知鄧州。故先生有「功成不歸國」之語，意蓋有恨焉。就訪敢忘君。〔王註〕《前漢書》：成帝車駕至張禹第，親問以天變。〔施註〕《漢·劉向傳》：雖在畎畝，猶不忘君。《史記·魯世家》：武王封周公於曲阜，是爲魯公。周公不就封，留佐武王。武王崩，周公相成王，使其子伯禽代，就封於魯。周公將没，曰：「必葬我成周，以明吾不敢離成王。」舊學嚴詩律，〔施註〕《尚書·説命下》：予小子，舊學於甘盤。餘威靖塞氛。〔施註〕漢賈誼《過秦論》：餘威振於殊俗。何當繼《韓奕》，〔王註師曰〕《韓奕》：宣王錫命韓侯之詩。〔施註〕《毛詩·韓奕》，尹吉甫美宣王也，能錫命諸侯。故吏總能文。〔王註〕杜子美《陪鄭廣文遊何將軍山林》詩：將軍不好武，稚子總能文。〔合註〕《漢書·尹翁歸傳》：田延年悉召故吏五六十人。

其　三

西第〔三〕開東閣，〔施註〕《後漢·馬融傳》：爲竇憲作《西第頌》。初筵點後塵。〔王註次公曰〕自言簉迹康公東閣之筵也。〔施註〕《毛詩·小雅·賓之初筵》：賓之初筵，左右秩秩。笙歌邀白髮，燈火樂青春。〔施註〕白樂天《宴散》詩：笙歌歸院落，燈火下樓臺。扶路三更罷，回頭一夢新。〔施註〕白樂天《自詠》詩：萬事轉頭空。賦詩猶墨溼，〔施註〕白樂天《游悟真寺》詩：素屏有褚書，墨色如新乾。把卷獨沾巾。〔施註〕杜子美《達行在所》詩：嗚咽淚沾巾。〔查註〕《苕溪叢話》：子華以辰年辰月辰日辰時甍，故陸農師挽詩云：非關庚子曾占鵩，自是辰年並值龍。

書艾宣畫四首

〔王註駒父曰〕《圖畫見聞志》：艾宣工畫花竹翎毛，孤標高致，別見風規。〔查註〕郭若虛《紀藝》：宋建隆至熙寧，善畫花木者，艾宣與崔白、崔慤齊名。本集《跋艾宣畫》云：金陵艾宣畫翎毛花竹，爲近歲之冠，既老，筆迹尤奇，雖不精勻，而氣格不凡。

竹　鶴

〔查註〕李端叔《次韻竹鶴》詩云：瘦玉蕭疏觸處宜，仙風一霎散霜威。未應舞罷排雲去，更看丹砂理雪衣。

此君何處不相宜，〔王註〕劉禹錫《竹》詩：依依似君子，無地不相宜。況有能言老令威。誰識長身古君子，猶將緇布緣深衣。〔王註〕杜子美《薛少保畫鶴》詩：薛公十一鶴，皆寫青田真。低昂各有意，磊落如長人。〔次公曰〕《禮記·深衣》：具父母、大父母衣，純以繢，具父母衣，純以青，如孤子衣，純以素。純袂緣純邊廣各寸半。註：純，緣之也。今云緇布，則以鶴之狀，其身白而黑緣於外也，故有「緇布緣深衣」之比。〔施註〕《禮記·深衣》：古者深衣，蓋有制度，以應規矩繩權衡，故先王貴之。

黄精鹿

〔查註〕雷斆《炮炙論》：凡取鹿茸，以黄精自然汁浸兩晝夜，免渴人也。李端叔《次韻黄精鹿》詩云：緑遍前峰到後峰，靈苗壓地幾千重。匀斑養就無人見，多少狂心欲采茸。

太華西南第幾峯，落花流水自重重。幽人只采黄精去，〔王註〕《本草》：黄精一名鹿竹，華山爲多。【誥案】即戊己芝〔二六〕。不見春山〔二七〕鹿養茸。〔二八〕〔施註〕《本草》：黄精久服，輕身延年，不飢，二月採。又，鹿茸，益氣强志。【誥案】紀昀曰：跳出題外作烘染，用筆靈妙，畫意於言外見之。

杏花白鷴

〔查註〕《爾雅》：鵫，雉，鵫雉。註：白鵫也。江東呼白鵫，亦名白雉。鷴字卽鵫音之轉。張華《博物志》：行止閑暇，故曰鷴。李端叔《次韻杏花白鷴》詩云：朝來雨過發妖妍，向日枝頭雪作團。

縞練長拖輕灑墨，不須將作兩般看。天工〔二九〕剪刻爲誰妍，抱蕊游蜂自作團。〔合註〕李郢詩：蜂喧抱蕊回。把酒惜春都是夢，不如閑客此閑看。〔王註次公曰〕李昉以國相致仕，所居畜五禽，皆以客爲名。白鷴曰閑客，鷺鷥曰雪客，鶴曰仙客，孔雀曰南客，鸚鵡曰隴客。昉畫《五客圖》，各爲詩。〔施註〕杜牧之詩：願爲閑客此閑行。

蓮龜

〔查註〕張世南《炙龜論》：龜老則神，年至八百，反大如錢。夏則游於香荷，冬則藏於藕節。李端叔《次韻蓮龜》詩云：翠蓋相扶兩不攲，多情獨許見陽龜。千年自有逃形處，聊與清香約暫時。

半脱蓮房露壓攲，〔王註〕杜子美《秋興》詩：露冷蓮房墜粉紅。綠荷深處有游龜。只應翡翠蘭苕上，〔王註〕郭璞《遊仙》詩：翡翠戲蘭苕。〔施註〕杜子美《漫興》詩：争看翡翠蘭苕上，未掣鯨魚碧海中。獨見玄夫曝日時。〔王註〕韓退之詩：再拜謝玄夫，收悲以歡欣。〔師曰〕《史記》：神龜夢宋元君一丈夫，延頸而長頭，衣玄繡之衣。〔施註〕沈懷遠《南越志》：宋元君夢玄元大夫，神之龜也。

次韻子由五月一日同轉對

〔施註〕元祐三年五月一日，公以翰林學士兼侍讀、文定以户部侍郎同對。先是公發策試廖正一館職，問王莽、曹操事，侍御史王明叟覿奏論以爲非是，韓川、趙挺之亦攻之。公屢疏丐去。宣仁面諭曰：「豈以臺諫有言故耶？卿兄弟孤立，不因他人，今但安心，不用更入文字。」三月，又求去，不許。此詩云：憂患半生聯出處，歸休上策早招要。後生可畏吾衰矣，刀筆從來錯料堯。其用趙堯事，言事官中必有所指也。〔合註〕用趙堯事，當指趙挺之。考《長編》，元祐三年二月，趙挺之言：貢舉以《三經新義》取人，今蘇軾主文，意在矯革，若見引用《新義》，決欲黜落云云。按軾初無此意，挺之用浮議獻言，用情誣實也。蓋攻先生者非一人，而此事惟趙挺之誣奏，且係本年近事，故詩中以刀筆爲言。且先生嘗奏挺之險毒甚於李定、舒亶、何正臣，尤可互證。又考元年發策事，攻者朱光庭、傅堯俞、王巖叟、孫升。二年試廖正一發策事，攻者趙挺之、王覿，而無韓川。再考。【誥案】本集三年三月劄子云：「臣蒙擢爲學士，後便爲朱光庭、王巖叟、賈易、韓川、趙挺之等攻擊不已，以至羅織語言，巧加醞釀，謂之誹謗。未入試院，先言任意取人。」時正羣小交攻吃緊時也。〔查註〕《宋史》：百官轉對，限以二人，其封章於閤門通進，蓋襲唐制。故祖宗以來，每遇轉對，侍從之臣皆與焉。岳珂《愧郯録》：建隆三年，御札曰：在朝文班朝臣及翰林學士等，每遇内殿起居，依舊例次第，差官轉對。並須指陳時政闕失，凡關利病，得以極言。按元祐三年五月一日，文德殿視朝，東坡爲侍讀，次當轉對，條上三事。以歲月考之，正合。【誥案】條上三事，已詳案中。〔案〕總案元祐三年有「五月一日同轉對條上三事并和子由詩」條。

跪奉新書笏在腰，〔施註〕賈誼所著名《新書》。談王正欲伴耕樵〔三〇〕。〔王註〕揚雄《長楊賦》：士有不談王道者，則樵夫笑之。晉陽豈爲一門事，〔公自註〕唐高祖謂温大雅兄弟云：我起義晉陽，止爲卿一門耳〔三一〕。〔施註〕《唐·温大雅傳》：高祖初，大雅與弟彦博對掌華近，帝曰云云。與自註同。宣政聊同五月朝〔三二〕。〔公自註〕貞元中，詔曰：自今後五月一日，御宣政殿，與文武百僚相見〔三三〕。〔查註〕《長安志》：唐龍朔三年，造宣政、紫宸、蓬萊三殿。宣政門内有宣政殿，殿東有東上閤門，殿西有西上閤門。《五代史》：唐故事，天子日御前殿見羣臣，曰常參，宣政前殿也，謂之衙，衙有仗。《宋史·禮志》：常朝之儀，唐以宣政爲前殿，謂之正衙，卽古之内朝也。以紫宸爲便殿，謂之入閤，卽古之燕朝也。正衙則日見，羣臣百官皆在，謂之常參。其後此禮漸廢。後唐明宗始詔羣臣五日一隨宰相入見，謂之起居。宋因其制，皇帝日御垂拱殿，文武官日赴文德殿正衙，曰常參，宰相一人押班。其朝朔望，亦於此殿。五日起居，則於崇德殿或長春殿，中書、門下爲班首。長春卽垂拱也。元豐官制行，始詔侍從官而上，日朝垂拱，謂之常參官。百司朝官以上，每五日一朝紫宸，爲六參官。在京朝官以上，朔望一朝紫宸，爲朔參官、望參官。憂患半生聯出處，〔施註〕杜子美《贈侍御四舅》詩：人今出處同。歸休上策早招要。後生可畏吾衰矣，刀筆從來錯料堯。〔王註〕《前漢書》：趙堯爲符璽御史。趙人方與公謂御史大夫周昌曰：「君之史趙堯，年雖少，然奇士，君必異之，是且代君之位。」昌笑曰：「堯年少刀筆吏耳，何至是乎？」居頃之，昌爲趙相，既行久之，高祖持御史大夫印弄之曰：「誰可爲御史大夫者？」熟視堯曰：「無以易。」堯遂拜焉。〔查註〕《碧溪詩話》：周昌謂趙堯爲刀筆吏，後果無能爲，所料信不錯；而云「錯料堯」，亦以涉譏謗倒用耳。【誥案】公嘗當衆指趙挺之爲傾險小人，登之奏狀，其後趙挺之、蔡京更代爲相，而宋亡矣。

柏石圖詩〔三四〕并敘〔三五〕

陳公弼家藏《柏石圖》，其子慥季常傳寶之，東坡居士作詩，以爲之銘。〔王註子功曰〕陳希亮，字公弼，眉之青神人。天聖八年及第，年六十四，仕至太常少卿，贈工部侍郎。四子忱、恪、恂、慥。【誥案】是時，陳慥自黄來京見公，寓於興國浴室，因題此詩。施註原編此詩並不誤，查註改置黄州卷中，其意以爲公去黄後，若不復與陳慥相聞問者。今復舊編。

柏生兩石間，天命本如此。雖云生之艱，與石相終始。韓子俯仰人，〔施註〕《莊子·天運篇》：桔槔者，引之則俯，舍之則仰，彼人之所引，非引人者也，故俯仰而不得罪於人。但愛平地美。〔王註〕韓退之詩：柏生兩石間，百歲終不大。又云：柏移就平地，柏有傷根容。傷根柏不死，千丈不難至。土膏雜糞壤，成壞幾何耳。君看此槎牙，豈有可移理。蒼龍轉玉骨，黑虎抱金梶。畫師亦可人，〔施註〕《三國·蜀·費褘傳》：來敏曰：「君信可人，必能辦賊。」使我毛髮起。當年落筆意，〔施註〕杜子美《莫相疑行》詩：觀我落筆中書堂。正欲譏韓子。

謝宋漢傑惠李承晏墨〔三六〕

〔合註〕鄧椿《畫繼》：宋子房，字漢傑，鄭州滎陽人。選之子，復古之猶子也。官止正郎。坡公跋其畫，謂其真士人畫也。所著《畫法六論》，極其精到。【誥案】宋漢傑，即鳳翔守宋選之子也。此詩邵本列補編中，查註於《鳳翔集》既抹殺其父，特落去此詩，并抹殺其子。合註仍收入補編中。今據本集題跋，改編入集，餘詳案中。〔案〕總案云：此詩施註原編不載，外集載《試院觀伯時畫馬》詩後。……外集編知貢舉時，與公畫跋年月相符，是漢傑之在京審矣。今據此，改編入集。

老松燒盡結輕花，妙法來從北李家。〔馮註〕《見聞録》：唐李超，易水人。與子庭珪亡至歙州，其地多松，因留居，以墨名家。其堅如玉，其紋如犀。曹植詩：墨出青松煙，筆出狡兔翰。李賀《石硯歌》：紗帷晝煖墨花春，輕漚漂沫松麝薰。翠色冷光何所似，牆東鬢髮墮寒鴉。〔王註援曰〕宋玉言牆東之女子。《詩·鄘風·君子偕老》：鬒髮如雲。言烏黑也。〔馮註〕古墨法云：色不染手，光可射人。此云「鬒髮寒鴉」，亦取有仍氏女髮光可鑑意。

慶源宣義王丈〔三七〕，以累舉得官，爲洪雅主簿，雅州戶掾。遇吏民〔三八〕如家人，人安樂之。既謝事，居眉之青神瑞草橋，放懷自得。有書來求紅帶，既以遺之，且作詩爲戲，請黄魯直、〔合註〕一本有學士二字。〔查註〕時魯直在秘書省，爲實録院檢討官。秦少游〔合註〕一本有賢良二字。【誥案】查註謂少游官秘書省正字，誤。少游未登第，公始以賢良薦之，何由至正字乎？凡前此查註所附同省同館倡和詩，獨無少游者，正以此故。而查註不悟本年公知舉諸門人中，如黄庭堅、張耒、晁補之、李昭玘、廖正一皆與，而獨無少游者，亦此故也。各爲賦一首〔三九〕，爲老人光華〔四〇〕

〔查註〕黄山谷《題子瞻與王宣義書後》云：慶源，初名羣，字子衆，後改名淮奇，又易今字。其馭吏威愛，如家人法。任淵《山谷詩註》：慶源，東坡之叔丈人也。晚以累舉恩得官。〔合註〕先生《與王慶源書》云：向要紅帶，今寄一條去，勾當釘造，不知稱尊意否？拙詩一首，并黄、秦二君，皆當今以詩文名世者，各賦一首。寫作《黄素經》一卷，並託孫子發宣德寄上。〔查註〕《宋史·職官志》：文散官有通直郎，舊名宣義郎。元豐官制，著作佐郎、大理寺丞，皆宣義郎。《元和郡縣志》：眉州管縣五，其一洪雅，自晉迄宋，皆夷獠之地。周武帝於此立洪雅鎮，隋改丹稜縣，更立洪雅縣。西有洪雅川，故名。《元和郡縣志》：雅州，秦嚴道縣，後魏置蒙山郡於此，隋仁壽四年，改置雅州。《輿地廣記》：青神，漢南安縣地，後周置青神縣。昔蠶叢氏衣青衣以勸農桑，縣蓋取此爲名。《益州記》：青衣，神名。雷塠廟，班固以爲離塠也。蜀江至此，始有峽之稱。瑞草橋，在青神縣西。〔合註〕《益都方物畧記》：瑞草，蜀人多種之庭檻，蔓延長三四尺。按，橋當以此名也。

青衫半作霜葉〔四一〕枯，遇民如兒吏如奴。吏民莫作官長看，我是識字耕田夫。妻啼兒號刺史怒，時有野人來挽鬚。拂衣自注下下考，〔王註師曰〕《唐·陽城傳》：爲道州刺史。觀察使數加誚讓。上考功第，城自署曰：「撫字心勞，徵科政拙，考下下。」〔施註〕《左傳·襄公二十六年》：叔向拂衣從之。《後漢·楊彪傳》：孔融曰：「明日便當拂衣而去。」芋魁飯豆吾豈無。【誥案】紀昀曰：數語寫出循吏，正如「邊將無功吏不能」句，只七字寫出神宗。歸來瑞草橋邊路，獨遊還佩平生壺。慈姥巖前自喚渡，〔施註〕杜牧之《秋娘》詩：却喚吴江渡。青衣江畔〔四二〕人爭扶。〔查註〕《吴船録》：發眉山，至中巖，號西川林泉最佳處，爲老慈姥龍所居。凡五里，至慈姥巖，巖前即寺。《名勝志》：青神縣之勝，在三巖，今惟稱中巖。由芙蓉溪經五渡，過慈姥磯，有石刻。沿溪數折，有喚魚潭，潭上即慈姥巖，篆刻中巖二大字，徑可四尺。《水經》：青衣水，出青衣縣西蒙山，東與沬水合。注云：縣故青衣羌國。《輿地廣記》：青衣水，出盧山徼外，東南流逕嚴道、洪雅、夾江，至龍游，與岷江合。今年蠶市數州集，中有遺民懷袴襦。邑中之黔相指似，〔施註〕《左傳·襄公十七年》：宋皇國父爲平公築臺，子罕請俟農功之畢，公弗許。築者謳曰：「澤門之皙，實興我役，邑中之黔，實慰我心。」杜預曰：子罕，黑色而居邑中。白髯紅帶老不癯。我欲西歸卜鄰舍，〔施註〕《左傳·昭公三年》：晏子辭宅，曰：「先卜隣矣。」隔牆拊掌容歌呼。〔施註〕韓退之《寄崔少府》詩：賃屋住連牆，往來欣莫閒。隔牆聞讙呼，衆口極鵝鴈。不學山、王〔四三〕乘駟馬，回頭空指黄公壚。〔施註〕《南史・顏延年傳》：作《五君詠》，以述竹林七賢，山濤、王戎，以貴顯被黜。《世説》：王戎爲尚書令，著公服，乘軺車，經黄公酒壚。

次韻許沖元〔四四〕送成都高士敦鈐轄

〔王註堯卿曰〕高士敦，字仲穆。〔施註〕許沖元，名將。元祐三年，再入翰林爲學士。客省副使高士敦，宣仁后從弟也，真宗朝名將瓊之諸孫。故云「高才本不緣勳閥」。紹聖初，哲宗親政，時事一更。殿中侍御史來之邵言：東坡制詞，譏斥先朝。遂落職知和州。又言：士敦在成都有不法事。右相范忠宣進言曰：「之邵爲御史日久，當軾、轍勢盛時，無所論。士敦官蜀之日，之邵爲監司，未嘗按謫，一旦乃爾，其情可見。」東坡兄弟平日與忠宣論異，至是，人服其公平云〔四五〕。〔合註〕《宋史・許將傳》：福州閩人，舉進士第一。四年拜尚書左丞。〔查註〕《職官分紀》：都鈐轄，國朝以朝官及諸司使以上充，或一州，或一路，或兩路、三路，亦有無都字止稱鈐轄者，在邊防之地，即不別置知州。

移中老監本虚名，〔施註〕《漢・蘇武傳》：以父任爲郎，稍遷至移中廄監。懶作燕山萬里行。〔公自註〕余昔與高君，同奉使〔四六〕契丹，辭免，不行。〔合註〕《續通鑑長編》：元祐元年八月，中書舍人蘇軾爲皇帝賀遼國生辰使，西京左藏庫副使兼閤門通事舍人高士敦副之。軾辭行。坐看飛鴻迎使節，歸來駿馬換傾城。高才本不緣勳閥，〔施註〕《漢・車千秋傳》：無伐閱功勞。顏師古曰：伐，績功也。餘力還思治蜀兵。西望雪山烽火盡，〔王註次公曰〕雪山，在蜀之西，近吐蕃。杜子美《哀嚴武》詩：公來雪山重，公去雪山輕。〔施註〕《後漢·明帝紀》：竇固破呼衍王於天山。註云：天山，一名雪山。〔查註〕《華陽國志》：岷山，一曰汶焦山，岷嶺之最高者。遇大雪開泮，望見成都。又按《元和郡縣志》：岷山，即汶山也。山嶺停雪，常深百丈，夏月融泮，江川爲之洪溢，即隴之南首也。**不妨樽酒寄平生。**〔施註〕《文選》謝玄暉《銅雀臺》詩：樽酒若平生。白樂天《喜陳兄至》詩：勿輕一杯酒，可以話前生。

次前韻〔四七〕送程六表弟

〔施註〕程六表弟，名之元，字德孺。事見《送表弟程六知楚州》詩。此詩送漕江西也。〔查註〕此首即次《送知楚州》韻。【誥案】嗣後德孺即廣東提點刑獄矣。

君家兄弟真連璧，門十朱輪家萬石。〔王註厚曰〕《漢·楊惲傳》云：乘朱輪者十人。**竹使猶分刺史符，**〔施註〕《漢·文帝紀》：初與郡守，爲銅虎符、竹使符。顔師古曰：與郡守爲符，謂各分其半。**上方〔四八〕行賜尚書舄。前年持節發倉廩，**〔王註〕《漢·汲黯傳》：河内失火，燒千餘家，上使黯往視之。還報曰：「家人失火，比屋延燒，不足憂。臣過河内，河内貧人傷水旱萬餘家，或父子相食，臣謹以便宜，持節發河内倉粟以振貧民，請歸節伏矯制罪。」上賢而釋之。【誥案】此句謂德孺於元年知楚州也。**到處賣刀收繭栗。**〔王註〕《禮記·王制》：祭天地之牲角繭栗。〔合註〕《敬齋古今黈》云：用繭栗，不得便爲牛。考牛宏《感帝歌》，繭栗惟誠。亦言牛也。**歸來閉口不論功，**〔施註〕《漢·丙吉傳》：絶口不道前恩，故朝廷莫能明其功。**却走渡江誰復惜。君才不用如澗松，**〔施註〕杜子美《古柏行》詩：古來才大難爲用。《文選》左太沖《詠史》詩：鬱鬱澗底松，離離山上苗。以彼徑寸莖，蔭此百尺條。世胄躡高位，英俊沉下僚。地勢使之然，由來非一朝。**我老得全猶社櫟〔四九〕。**〔施註〕《莊子·人間世篇》：匠石之齊，至於曲轅，見櫟社樹。其大蔽牛，絜之百圍，匠石不顧，曰：「是不材之木也，無所可用，故能若是之壽。」匠石歸，櫟社見夢曰：「予求無所可用久矣，使予也而有用，且得有此大也耶？」青衫莫厭百僚底，〔王註〕杜子美《狄明府》詩：有才無命百僚底。白首上有千薪積。〔施註〕《漢·汲黯傳》：陛下用羣臣，如積薪耳，後來者居上。憶昔江湖一釣舟，無數雲山供點筆〔三〇〕。〔施註〕杜子美《重遊何氏》詩：石欄斜點筆。未應便障西風扇，只恐先移北山檄。憑君寄謝江南叟，念我空見長安日。浮江泝蜀有成言，〔施註〕《左傳·襄公二十七年》：宋向戌如陳，從子木成言於楚。江水在此吾不食。〔王註〕《晉書》：桓玄曰：「江水在此，朕不食言。」〔施註〕《後漢·岑彭傳》：光武曰：「河水在此，吾不食言。」

送周正孺知東川

〔施註〕周正孺，名尹。任御史，坐言茶事外補。後因呂微仲丞相典領實録，見正孺爲御史日所奏言事，歎曰：「君子哉，斯人也。」因言於上，除直秘閣。在東川，人安其政，願復借留，詔許之。〔合註〕《續通鑑長編》：元祐三年七月，考功郎中周尹知梓州。《欒城集》有《送周正孺自考功郎中歸守梓潼兼簡呂元鈞》詩。

得郡書生榮，〔施註〕韓退之《贈崔復州序》：大丈夫官至刺史亦榮矣。還家昔人重。〔王註〕《漢書》：武帝謂朱買臣曰：「富貴不歸故鄉，如衣繡夜行。」乃以買臣爲會稽太守。而況東西川，〔查註〕《輿地廣記》：梓州路，梁末置新州，隋改爲梓州，唐乾元後升爲劍南東川節度，皇朝乾德四年改静戎軍。《九域志》：成都府路，爲劍南西川；梓州路，爲劍南東川。梓潼郡治郪州。千騎許上冢。〔王註〕《前漢書·敍傳》：班伯爲定襄太守，上書願過故郡雁門，上父祖冢。有詔太守都尉以下會此州，人以爲榮。〔施註〕《古樂府·羅敷行》：東方千餘騎，夫婿居上頭。里門下車入，父老自驚聳〔五一〕。〔王註〕皇甫謐《高士傳》：商容嘗謂李耳曰：「過故鄉而下車，子知之乎？」〔施註〕《漢·石奮傳》：號萬石君。少子内史慶醉歸，入外門，不下車。萬石君聞之，不食。慶肉袒謝請罪。萬石君曰：「内史貴人，入閭里中，長老皆走匿，而内史坐車中自如，固當？」迺謝罷慶。後，慶及諸子入里門，趨至家。端如〔五二〕何武賢，〔施註〕《漢·何武傳》：蜀郡郫縣人也。弟顯，家有市籍，租常不入縣課。嗇夫求商捕辱顯家，武曰：「以吾家租賦繇役，不爲衆先，奉公吏不亦宜乎。」卒白太守，召商爲吏，州里皆服焉。不事長卿寵。清時養材傑，杞梓方培擁。〔王註〕杜子美《毒熱寄簡評事》詩：楚材擇杞梓。陸韓卿詩：離宫收杞梓。未應遺合抱，取用及把拱。〔王註〕《莊子·人間世篇》：宋有荆氏者，宜楸、柏、桑，其拱把而上者，求狙猴之杙者斬之。如君尚出麾，顧我宜耕壟。〔施註〕《漢·陳勝傳》：輟耕之壟上。告歸謝先手，〔施註〕《尚書·咸有一德》：伊尹既復政，厥辟將告歸。孔氏云：告老歸邑。求去悔不勇。豈云慕廉退，實自知衰冗。爲君掃棠陰，畫像或相踵。〔公自註〕蜀中太守，無不畫像者。〔王註子仁曰〕按先生集中《書諸公送周梓州詩後序》引此詩有「方上章請郡代正孺」之語。

次前韻再送周正孺

東川得望郎，〔王註〕唐李義山《酬令狐郎中》詩：望郎臨古郡。〔施註〕孫樵《康公墓銘》：鵷行望郎，錦川星使。〔查註〕引孫樵《高郎中墓誌》同。坐與西争重。高風傾石室，舊學鄙文冢。〔公自註〕劉蜕《文冢銘》，在梓州〔五三〕。〔王註次公曰〕趙抃《成都記》載顔師古註《文翁傳》云：文翁學堂，於今在益州城内。按舊記，文翁造講堂及石室。講堂，一名明堂宮；石室，一名玉堂。《唐文粹》載劉蛻《梓州兜率寺文冢銘》，其序云：文冢者，長沙劉蛻復愚爲文，不忍棄其草，聚而封之也。其銘曰：文乎文乎，有鬼神乎，風水惟貞，將利其子孫乎？〔查註〕《名勝志》：劉蛻文冢，在兜率寺内。蛻，唐懿宗朝，爲左拾遺，上書言令狐綯之子不宜爲言官，貶山陽令，寓居潼川。蜀人安使君，所至野不聳。〔王註次公曰〕《左傳·襄公四年》：邊鄙不聳。竹馬迎細侯，〔王註〕《後漢·郭伋傳》：字細侯。王莽時爲并州牧。世祖十一年，又爲并州牧。前在并州，素結恩德，及後始至，行部到西河美稷，有童兒數百，各騎竹馬，道次迎拜。伋問兒曹何自遠來？對曰：「聞使君到，喜，故來奉迎。」大錢送劉寵。〔王註〕《後漢書》：劉寵拜會稽太守，郡中大化，徵爲將作大匠。山陰有五六老叟，龐眉皓髮，自若邪山谷間，出人齎百錢以送寵，寵爲人選一大錢受之。遥知句溪路，老稚相扶擁。〔王註次公曰〕今有句溪神廟，貌甚雄，乃此路也。〔師曰〕句溪，在中江縣西。〔查註〕《方輿勝覽》：句溪廟，即天齊王祠，在中江縣治西，祀隋凱州守李直之。按，直之字正叟，長安人。守凱州，化行俗美，後乞骸歸，隱銅官山。看畫古叢祠，〔施註〕《史記·陳涉世家》：令吴廣之次所旁叢祠中。百怪朝幽拱。牛頭與兜率，〔王註厚曰〕牛頭、兜率，梓州二寺，老杜皆有詩。〔施註〕《九域志》：梓州東川節度，古蹟有牛頭山，形似牛頭，葛仙翁多游於此。〔查註〕《太平寰宇記》：牛頭山在潼川州西南，上有長樂寺，爲一方勝概〔五四〕。《方輿勝覽》：兜率寺在南山，一名長壽寺。隋開皇時建，林泉糾合，山川表裏。見王勃本寺碑。雲木蔚堆巃。醉鄉追舊遊，〔施註〕《唐文粹》王績《醉鄉記》：昔黄帝氏常獲遊其都，阮嗣宗、陶淵明十數人，並遊於醉鄉，没身不返。筆陣賈餘勇。〔王註〕《左傳·成公二年》：齊高固入晉師，桀石以投人。曰：「欲勇者，賈余餘勇。」〔駒父曰〕晉王右軍嘗有《題衛夫人筆陣圖後》一篇。聊將詩酒樂，一掃簿書冗。西風吹好句，珠玉本無踵。〔施註〕《會稽典録》：孔融《與曹公書》云：珠玉無脛而自至者，以人好之也，況賢者之有足乎。《韓詩外傳》：蓋胥謂平公曰：「珠出於海，玉出於山，無足而至者，君好之也。士有足而不至者，君不好也。」

虚飄飄

〔查註〕周紫芝《太倉稊米集》和此題詩序云：元祐間，山谷作《虚飄飄》，蓋樂府之餘，當時諸公皆有和篇。黄魯直原作詩云：虚飄飄，花飛不到地，虹起漫成橋。入夢雲千疊，游空絲萬條。蜃樓百尺横滄海，雁字一行書絳霄。虚飄飄，比人身世猶堅牢。秦少游次韻詩云：虚飄飄，風寒吹絮浪，春水暖冰橋。勢緩鬟垂綫，聲乾葉下條。雨中漚點隨流水，風裏彩雲横碧霄。虚飄飄，比時富貴猶堅牢。【誥案】此詩施編在遺詩中，王本三首皆公作。焦竑《外集敍》云：《虚飄飄》三首，公與黄、秦倡和，見《淮海集》。查註據《淮海集》分別倡和，補編於此。

虚飄飄，畫檐〔五五〕蛛結網，銀漢鵲成橋。〔李註〕《淮南子》：烏鵲填河，成橋而渡織女。塵漬〔五六〕雨桐葉〔五七〕，霜飛風柳條。露凝殘點〔五八〕見紅日，星曳餘光横碧霄。〔合註〕李太白《酬岑勛見尋就元丹丘對酒相待，以詩見招》詩：登嶺宴碧霄。虚飄飄，比浮名利猶堅牢。【誥案】短篇以三五七相間，李太白有此體，此但變末句耳。三詩行筆，皆用李法，其意自見，周紫芝以爲樂府之餘者，非也。

碣石菴戲贈湛菴主〔五九〕

〔公自註〕湛，相國寺僧也〔六〇〕。〔查註〕《汴京遺跡志》：相國寺在祥符縣治東，本北齊建國寺，後廢，唐爲鄭審宅。景雲初，僧慧雲覩審後園池中有梵宫影，遂募緣易宅，賜額相國寺。《東京夢華録》：大内前州橋之東，臨汴河大街，曰相國寺。《東軒筆録》云：相國寺，舊傳公子無忌之宅，今其地屬信陵坊，寺前舊有公子亭。【誥案】此詩施編不載，查註從邵本補編元祐元年春中，合註據「夏飲冰」以苟查註，且謂凡在京各年皆可編。今玩此詩前二句，乃兼論春夏事，雖秋冬亦可編也。元祐三年八月五日，公嘗遊相國寺，今據此改編，餘詳案中。〔案〕總案云：據石刻題名類編。

保康橋上夜觀燈，〔查註〕《東京夢華録》：汴京穿城河道有四，南壁曰蔡河，自西南戴樓門入城，繚繞自東南陳州門出。河上有橋十一，第六曰西保康門橋。喝石〔六〕巖前夏飲冰。莫把山林笑朝市，老夫手裏有烏藤。

和王晉卿題李伯時畫馬

〔查註〕周密《雲烟過眼録》：王子慶家藏伯時《天馬圖》，生意飛動，有王、蘇二公和詩在後，惜不載晉卿詩。

督郵有良馬，不爲君所奇。顧收紙上影，駿骨何由歸。〔王註師曰〕燕昭王以千金市駿骨，故駿馬不遠千里而至。〔施註〕《會稽典録》：孔融《與曹公書》云：燕君市駿馬之骨，非欲以騁道里，乃當以招絶足也。一朝見縈策，蟻封鶩肉飛。〔施註〕《後漢·莋都夷傳》：《遠夷樂德詩》曰：昌樂肉飛，屈伸悉備。〔合註〕《吴越春秋》：慶忌之勇，骨騰肉飛。豈惟馬不遇，人已半生癡。〔王註次公曰〕《晉書》：王湛，字處沖。少有識度，少言語，兄弟宗族皆以爲癡，兄子濟輕之。濟嘗詣湛，濟有從馬，絶難乘。濟問湛曰：「叔頗好騎不？」湛曰：「亦好之。」因騎此馬，姿容既妙，迴策如縈，善騎者無以過之。又濟所乘馬，甚愛之。湛曰：「此馬雖快，然力薄不堪苦行。近見督郵馬當勝，但芻秣不至耳。」濟試養之，而與己馬等。」湛又曰：「此馬任重方知之，平路無以别也。」於是當蟻封内試之，濟馬果躓，而督郵馬如常。濟益歎異，還白其父曰：「濟始得一叔。」武帝亦以湛爲癡，每見濟，輒調之曰：「卿家癡叔死未？」濟曰：「臣叔不癡。」因稱其美。此篇全以王渾、王濟比王晉卿而戲之也。〔施註〕《晉·魏詠之傳》：生而兔缺。醫視之曰：「可割而補之，須百日不笑語。」詠之曰：「半生不語，而有半生，亦當療之，況百日邪。」

送錢穆父出守越州絶句〔六三〕二首

〔施註〕錢穆父以龍圖閣待制權知開封府，坐奏獄空不實，出知越州，時元祐三年九月也。〔查註〕《東都事畧·錢勰傳》：元祐初，權知開封，坐繫囚別所遷就圄空，出知越州。施宿《會稽志》：錢勰，元祐三年十一月，以龍圖閣待制知越州。與施註小異，蓋九月得旨，十一月到官也。

其一

簿書常苦百憂集，〔王註〕王筠《行路難》云：百憂俱集斷人腸。樽酒〔六三〕今應一笑開。京兆從教思廣漢，〔王註〕《漢書》：趙廣漢以蕭望之劾，下廷尉獄，吏民守闕號泣者數萬人，或願代趙京兆死，使得牧養小民。廣漢竟坐要斬。廣漢爲京兆尹廉明，威制豪强，小民得職，百姓追思，歌之至今。會稽聊喜得方回。〔王註〕《晉書·郗超傳》：郗愔在北府，徐州人多勁悍，桓温恒云，京口酒可飲，兵可用。深不欲愔居之。而愔暗於事機，遣箋詣温，欲共獎王室。超取視，寸寸毁裂，乃更作箋，自陳老病，甚不堪人間，乞閑地自養。温得箋大喜，即轉愔爲會稽太守。

其二

若耶溪水雲門寺，賀監荷花空自開。〔施註〕《會稽掇英集》：宋之問《宿雲門寺》詩：雲門邪溪裏，泛舟路才通。

又僧靈一《雲門贈別》詩：欲識雲門路，千峯到若耶。李太白《對酒憶賀監》詩：勅賜鏡湖水，爲君臺沼榮。人亡餘故宅，空有荷花生。念此杳如夢，悽然傷我情。〔查註〕《太平寰宇記》：若耶溪，在會稽縣東南二十八里，歐治子鑄劍處。《越絶書》云：若耶之溪涸而出銅。唐徐浩改名爲五雲溪。《會稽志》：雲門寺，晉中書令王子敬所居。義熙三年，有五色祥雲見，安帝詔建雲門寺。淳化五年十一月，改名淳化寺，在會稽南三十里。唐時雲門止有此寺。今裂而爲四：雍熙者，懺堂也；顯聖者，看經院也；壽聖者，老宿所棲庵也。我恨今猶在泥滓，勸君莫棹酒船回。〔王註〕杜子美《奉先劉少府新畫山水障歌》云：若耶溪，雲門寺，吾獨胡爲在泥滓，青鞋布韈從此始。

戲書李伯時〔六四〕畫御馬好頭赤

〔查註〕周密《雲烟過眼録》：李伯時《天馬跋》：右一匹，元祐二年十二月二十三日，於左天駟監，揀中秦馬好頭赤，九歲，四尺五寸。黄庭堅《次韻》詩云：李侯畫骨亦畫肉，筆下馬生如破竹。秦駒雖入天仗圖，猶恐真龍在空谷。精神權奇汗溝赤，自有赤烏能逐日。安得身爲漢都護，三十六城看歷歷。晁補之《次韻》詩云：崑崙龍種非凡肉，不但蹄高耳批竹。區區吴蜀有二駿，跳過斷橋飛出谷。萬蹄縱牧原野赤，汧隴收駒日復日。未須天廄驚好頭，冀北未空聊一歷。張耒《次韻》詩云：世無將軍飛食肉，宛馬不來鞭黄竹。赤驥當御亦偶然，冀北此曹量計谷。慚愧蒲梢汗流赤，翻鬣胡風嘶漢日。麒麟不合地上行，誰道風雲未經歷。《欒城集·次韻》詩云：沿邊壯士生食肉，小來騎馬不騎竹。翩然赤手挑青絲，捷下顛崖試深谷。牽人故關榆葉赤，未慣中原暖風日。黄金絡頭依圉人，俯聽北風懷所歷。

山西戰馬飢無肉，夜嚼長稭如嚼竹。〔合註〕《説文》：稭，禾藁。蹄間三丈是徐行，不信天山有坑谷。〔王註援曰〕天山在匈奴，卽《漢書》祁連山也。豈如廐馬好頭赤，立仗歸來卧斜日。莫教優孟卜葬地，厚衣薪槱入銅歷。〔施註〕《史記·滑稽傳》：楚莊王有愛馬，病肥死，欲以大夫禮葬之，左右争之，以爲不可。王下令曰：「敢以馬諫者，罪至死。」優孟聞之，入殿門大哭。王驚問其故。優孟曰：「以大夫禮葬之薄，請以人君禮葬之。」王曰：「寡人之過，一至此乎，爲之奈何？」優孟曰：「請爲大王六畜葬之，以壠竈爲椁，銅歷爲棺，齎以薑棗，薦以木蘭，祭以粳稻，衣以火光，葬之於人腹腸。」於是王乃使以馬屬大官。《毛詩·大雅·棫樸》：薪之槱之。

送程七表弟知泗州

〔施註〕程之邵，字懿叔。以父蔭爲新繁主簿。熙寧役法初更，使者使治成都路役，書最詳。察訪熊本歸言之，詔召見。趙清獻奏留之，入爲三司驅磨（《宋史》「驅磨」作「磨勘」）官。從副使蹇周輔計度江嶺鹽，還，除漕廣東。元祐初，提舉利、梓常平，周輔得罪，亦罷。起知祥符縣，守泗州，漕夔路，一再主管秦蜀茶馬，爲熙河路轉運使，餉童貫熙、岷之師，擢顯謨閣待制。卒年六十六，贈龍圖閣直學士。子唐，仕至寶文閣學士。先生守錢塘時，又和此詩韻《送赴夔州運判》。二詩並刻石成都府治。〔查註〕《輿地廣記》：淮南東路泗州，秦泗水郡，漢屬臨淮。晉置角城鎮，在淮泗之會，後魏置盱眙郡，宋徙泗州治於此。《欒城集》有《表弟程之邵奉議知泗州》詩。〔合註〕《金石粹編》載程懿叔石刻云：「程懿叔自福唐守就移提舉川陝茶馬，至此遇雪，偶書。『三伏登途徹盛寒，客程猶未解征鞍。明時用捨皆公道，自是非才進路難。』元符三年十月二十八日。」懿叔詩世少見，因附採於此。

江湖不在眼，塵土坐滿顏。〔合註〕二句言在京師也。繫舟清洛尾，初見淮南山。淮山相媚好，曉鏡開烟鬟。持此娛使君，〔施註〕《三國志・魏・鍾會傳》：持此將安歸乎？一笑簿領間。〔施註〕《文選》劉公幹《雜詩》：沉迷簿領書。使君如天馬，〔施註〕《史記・樂書》應劭註：大宛舊有天馬種，蹋石汗血，一日千里。朝燕暮荆蠻。時無王良手，空老十二閑。聊當出毫末，化服狡與頑。勿謂無人〔六五〕知，〔施註〕《後漢・楊震傳》：天知、地知、人知、我知，何謂無知？古佛臨清灣〔六六〕。赤子視萬類，〔施註〕《尚書・康誥》：若保赤子。流萍閱人寰。【誥案】紀昀曰：忽從泗州生情，善於搗虛，然是借發實理，不比小巧弄筆。但使可此〔六七〕人，〔王註師曰〕泗州大聖塔，臨泗水，舟人往來與居人祈禱，立應。餘事真茅菅。詩謂郡政能可此人，則餘事等茅菅矣。【誥案】紀昀曰：「可此人」者，猶曰得當此人之意。

送曹輔赴閩漕

〔施註〕曹輔，字子方，海陵人。元祐三年九月，自太僕丞爲福建轉運判官。東坡繼出守錢塘，同過吴興，作《後六客詞》，子方其一也。子方以詩寄壑源新芽，當是閩中所寄，子方自閩歸道錢塘，有《真覺院瑞香花雪中同游西湖》二詩。元豐七年間，爲鄜延路經畧司勾當公事，故詩云：往來戎馬間，邊風裂儒冠。詩成横槊裏，楯墨何曾乾。後提點廣西刑獄，先生在惠，數有往來書帖。元祐黨禍，諸賢多在巡内，子方不阿時好，周恤備至，士論與之。紹聖二年，移守衢州。〔合

註〕今山東沂州府費縣，有元祐七年四月秦觀書《唐魯郡顏文忠公新廟記》石刻，係左承議郎尚書職方員外郎雲騎尉賜緋魚袋曹輔撰，當卽子方也。厲鶚《宋詩紀事》云：輔，字子方，華州人。登嘉祐八年乙科，官提點廣南西路刑獄，福建轉運使，朝奉郎守司勳郎中，號静常先生。〔查註〕《苕溪叢話》：北苑茶，始於太宗朝，其後大小龍茶，又起於丁謂，而成於蔡君謨。名爲漕閩，實董茶事。黄魯直有《送曹子方福建路運判兼簡運使張仲謀》詩。

曹子本儒俠，〔合註〕《韓非子》：國平則養儒俠。筆勢翻濤瀾。〔施註〕《南史·范曄傳》：筆勢縱放，實天下之奇作。李賀《巫山高》詩：大江翻瀾神曳煙。往來戎馬間，〔施註〕杜子美《夜宿贊公土室》詩：何知戎馬間，復接塵事屏。邊風裂儒冠。〔施註〕杜子美《義鶻行》：飄蕭覺素髮，凜烈衝儒冠。詩成横槊裏，楯墨何曾乾。〔施註〕《北史》：荀濟，潁川人。與梁武帝爲布衣交，而負氣不服，謂人曰：「會楯鼻上磨墨作檄文。」一旦事遠遊，紅塵隔巖灘〔六八〕。〔合註〕嚴灘，當卽指七里瀨。又，建溪亦多灘，不必專屬一處也。平生羊炙〔六九〕口，並海搜鹹酸。〔施註〕《史記·秦始皇紀》：並海南至會稽。一從荔支食〔七〇〕，〔查註〕蔡襄《荔支譜》：閩中惟四郡有之，福州最多，而興化軍尤爲奇特，漳、泉時亦知名。又，荔支食之，有益於人。《列仙傳》稱：有食其花實，爲荔支仙人。豈念苜蓿盤。我亦江海人，〔王註〕謝靈運詩：韓亡子房奮，秦帝魯連恥。本自江海人，忠義感君子。又杜子美《秋日寄題鄭監湖上亭》詩：終爲江海人。市朝非所安。常恐青霞志，〔施註〕江文通《恨賦》：鬱青霞之奇意，入修夜之不暘。坐隨白髮闌。淵明賦歸去，談笑便解官。我今〔七一〕何爲者，索身良獨難。〔施註〕白樂天《除賓客》詩：不病何由索，得身良獨難。憑君問清淮，秋水今幾竿。我舟何時發，霜露日已寒。【誥案】羣小方擠排，而求退不許，自此且託病不出矣。

次韻王郎子立風雨有感〔七二〕

〔施註〕王子立，名適，趙郡臨城人。祖忠穆公鬷，知樞密院。父正路知濮州。東坡守徐，子立爲州學生，喜怒不見，得喪若一，曰：「是有類子由。」故以其子妻之。從子由謫官，同其有無，講道著書。元祐四年卒，年三十五。其學長于禮服。子由謂其文朱絃疏越，一唱而三歎者。既卒，坡哭之，次追韻三詩，志其墓。

百年一俯仰，〔王註〕《莊子·在宥篇》：其疾俯仰之間，再拊四海之外。寒暑相主客。稍增裘褐氣，〔施註〕《後漢·梁鴻傳》：吾欲裘褐之人，可與俱隱深山者耳。已覺團扇厄。不煩〔七三〕計榮辱，此喪彼有獲。我琴終不敗，無攖亦無醳〔七四〕。後生不自牧，〔施註〕《周易·謙》：謙謙君子，卑以自牧也。呻吟空挾策。〔施註〕《莊子·列御寇篇》：鄭人緩也，呻吟裘氏之地，秖三年，而緩爲儒。揠苗不待長，賣菜苦求益。〔王註〕《後漢·嚴光傳註》：侯霸使西曹蜀侯子道奉書嚴光。子道求報，光曰：「我手不能書。」乃口授之。使者嫌少，可更足。光曰：「買菜乎？求益也？」此郎獨靜退，〔施註〕《唐·房元齡傳》：高孝基曰：「僕觀人多矣，未有見如此郎者。」《晉·謝安傳》：安妻見安獨靜退，乃曰：「丈夫不如此也。」門外無行迹。〔王註〕《古詩》：蘭徑少行迹。杜子美《奉酬薛十二丈判官見贈》詩：君王薄行迹。但恐陶淵明，每爲飢所迫。〔施註〕陶淵明《歸去來引》：余家貧，耕植不足以自給，幼稚盈室，瓶無儲粟，家叔以余貧苦，遂見用於小邑。少日，眷然有歸歟之情。何則？飢凍雖切，違己交病。〔王註〕《陶淵明集》中有《乞食》詩云：飢來驅我出，不知竟何之。行行至斯里，扣門拙言辭。又《貧士》詩：量力守故轍，豈不寒與飢。凄風弄衣結，〔合註〕《荀子》：子夏貧衣若懸鶉。小雪穿門席。〔施註〕《漢·陳平傳》：家貧，負郭窮巷，以席爲門，然多長者車轍。願君付一笑，造物亦戲劇。朝來賦雲夢，筆落風雨疾。〔施註〕杜子美《寄李白》詩：筆落驚風雨，詩成泣鬼神。爲君裁春衫，〔施註〕庾信《蕩子賦》：春衫急手裁。高會開桂籍。〔施註〕《摭言》：進士既捷，大燕於曲江亭子，謂之曲江會。籍而入選，謂之春闈。

次韻黃魯直〔七三〕嘲小德。小德，魯直子，其母微，故其詩云：解著《潛夫論》，不妨無外家

〔施註〕《後漢·王符傳》：符無外家，隱居著書，譏當時失得，號《潛夫論》。黃魯直原作云：中年舉兒子，漫種老生涯。學語春蟲聒，塗窗秋雁斜。欲嗔王母惜，稍慧女兄誇。解著《潛夫論》，不妨無外家。

進饌客争起，小兒那可涯。〔合註〕張謂詩：彼行安可涯。莫欺東方星，三五自横斜。〔王註厚曰〕《召南·小星》，惠及下也，夫人無妒忌之行，惠及賤妾，進御於君，知其命有貴賤，能盡其心矣。其詩曰：嘒彼小星，三五在東。註云：嘒，微貌。小星，衆無名者，三心五噣，四時更見。名駒已汗血，老蚌空泥沙。〔施註〕蔡邕《青衣賦》：金生砂礫，珠出蚌泥。歎兹窈窕，産於卑微。但使伯仁長，還與絡秀家。〔王註〕《晉·列女傳》：周顗母李絡秀，少時在室。顗父浚爲安東將軍，嘗出獵遇雨，止絡秀家。會其父兄不在，絡秀聞浚至，與一婢於内宰猪羊，具數十人之饌，甚精辦，而不聞人聲。浚因求爲妾，父兄不許。絡秀曰：「門户殄悴，何惜一女，若連姻貴族，將來庶有大益矣。」父兄許之，遂生顗及嵩、謨。而顗等既長，絡秀謂之曰：「我屈節爲汝家作妾，門户計耳。汝不與我家爲親親者，吾亦何惜餘年。」

頤等從命，由此李氏遂得爲方雅之族。頤，字伯仁。

書《黄庭内景經》尾〔七六〕并敍

〔查註〕《欒城集》有《次韻子瞻書〈黄庭内景經〉卷後贈蹇道士拱辰》一首，編在《送葆光蹇師遊廬山》之前，今從全集採出，編此。〔合註〕七集本載前集銘贊類内，然山谷、子由皆有次韻，則固可入詩也。【誥案】王、施本不載。全集銘贊碑記内，四五七言如此類者甚多，今姑仍之。

余既書《黄庭内景經〔七七〕》，以贈葆光道師，而龍眠居士復爲作經相其前，而畫余二人像其後。筆勢雋妙，遂爲希世之寶，嗟歎不足，故復贊之。

太上虛皇出靈篇，〔查註〕《黄庭内景經》：上清紫霞虛皇前。務成子《黄庭内景經》註云：此經以虛無爲主，故以黄庭標之。黄庭真人舞胎仙。〔查註〕《黄庭内景經敍》云：一名《太上琴心文》，一名《東華玉篇》。註云：胎仙卽胎靈，大神以其心和則神悦，故舞胎仙也。琴心三疊舞胎仙。髯者兩卿相後前〔七八〕，〔合註〕子由、山谷詩，皆有前字韻。子由詩云：夜晾片月隨我前。山谷詩云：高真接手玉宸前。並無先字韻，查氏作先字誤。丱妙夾〔七九〕侍〔八〇〕清且妍。十有二神服鋭堅，〔查註〕務成子《内景經》註云：景者，神也，其經有十三神，皆身中之内景名字，謂髮神、腦神、眼神、鼻神、耳神、舌神、齒神、心神、肺神、肝神、腎神、脾神、膽神也。詩中十二，當作十三。巍巍堂堂人中天。問我〔八一〕何修果此緣，是心朝空夕了然，恐非其人世莫傳。殿以二士蒼鵠騫〔八二〕，〔查註〕石刻先生自題云：初李伯時畫予，且自畫其像。故云殿以二士。南隨道師歷山淵。山人迎笑喜我還，〔合註〕先生曾游廬山，故云喜我還。問誰遣化老龍眠。

送蹇道士歸廬山〔二〕

〔查註〕名拱辰，字翊之。張天覺《無盡集·送羽士蹇拱辰往廬山序》，畧云：成都道士蹇翊之來言於余曰：「吾鄉羽衣之族，娶婦生子，與俗無異。拱辰因覩神仙傳記，翻然覺悟，房闥之戀莫如婦，血肉之思莫如女。拱辰於是悉囊中所有與之，紿以他事，出游百里，遂泛涪江，下濮水，將浮九江入廬山，結茅於錦繡之谷，長嘯乎香爐之頂。竊聞先生窮心跡之歸，駕鐵牛之機，故不遠千里而來見也。」余曰：「壯哉，子之志乎，難行而行，難棄而棄，吾弗及子矣。」〔合註〕《龍川畧志》云：蹇拱辰善持戒行，天心正法，符水多驗，居京城爲人治病，所獲不貲。

物之有知蓋恃息，〔王註〕《莊子·外物篇》：物之有知者恃息，其不殷，非天之罪。孰居無事使出入？〔王註〕《莊子·天運篇》：孰居無事推而行是？孰居無事淫樂而勸是？孰居無事而披拂是？《養生論》：世人任自然而息至近，但其所利者，惟化食而已矣。若神能御氣，則口鼻不失息。心無天游室不空，六鑿相攘婦爭席。〔施註〕《莊子·寓言篇》：其往也，舍者避席；其反也，舍者與之爭席矣。法師逃人入廬山，山中無人自往還。往者一空還者失，此身正在無還間。綿綿不絕微風裏，〔王註〕《老子》云：綿綿若存，用之不勤。〔施註〕《史記·蘇秦傳》：《周書》曰：綿綿不絕，蔓蔓奈何。内外丹成一彈指。〔王註師曰〕道家以烹鍊金石爲外丹，龍虎胎息，吐故納新爲内丹。〔施註〕《修真祕訣》載《谷神論》：老君曰：陽龍陰虛，木液金精，二氣交會鍊而成者，謂之外丹。含和鍊藏，吐故納新，上入泥丸，下注丹田，修運不息，朝於絳宮，採於玉石，以哺百神，此内丹也。〔查註〕《悟真篇》：外藥者，金丹也；内藥者，金液還丹也。人間俯仰三千秋，騎鶴歸來與子游。

次韻黃魯直〔八四〕戲贈

〔合註〕《續通鑑長編》：元祐三年五月，詔新除著作郎黃庭堅，仍舊著作佐郎，以趙挺之論其操行邪穢，罪惡尤大，故有是命。右正言劉安世言：挺之歷數其惡，以爲先帝遏密之初，庭堅在德州外邑，恣行淫穢，若果得實，則名教不齒，若或無有，則虛蒙惡聲。望委監司依公體量以聞。【誥案】元豐間，黃庭堅監德平鎮，與趙挺之有隙，挺之所奏，皆詆誣也。此詩施編不載，查註從邵本補編。

昨夜試微涼，汗衾初退紅。〔馮註〕《楊妃外傳》：楊貴妃每夏月，常衣輕綃，汗出紅膩而多香，拭於巾帕，其色桃紅。〔合註〕薛昭蘊《醉公子詞》：韶州新退紅。我願偕秋風〔八五〕，隨身入房櫳。君王不好事，只作好驚鴻。〔合註〕唐曹鄴《梅妃傳》云：明皇嘗與妃鬬茶，顧諸王，戲曰：此梅精也。賜白玉笛，作《驚鴻舞》，一座光輝。鬬茶今又勝我矣。細看卷蠆尾，〔馮註〕《詩·小雅·都人士》：彼君子女，卷髮如蠆。註：蠆，螫蟲尾末，揵然似髮之曲上者。我家真栗蓬。〔合註〕《西溪叢語》：杜甫《野望因過常少仙》詩，嘗果栗皺開。貫休云：新蟬避栗皺。又云：栗不和皺落。即栗蓬也。《通雅》引《東觀書》曰：駭栗蓬轉栗房破也。

書林次中所得李伯時《歸去來》、《陽關》二圖後〔八六〕

〔王註〕《林氏家譜》：太師嘉國公槩，第三子名旦，字次仲，章衡榜登第。終朝請郎直秘閣河東道提刑兼運使，管軍糧。〔施註〕林次中時爲右司郎中。〔查註〕張芸叟《畫墁集》云：京兆安汾叟，赴辟臨洮幕府，南舒李伯時，自畫《陽關圖》并詩以送行，浮休居士爲繼其後。《志雅堂雜抄》云：伯時《陽關圖》，備盡別離悲泣之態，在薛元彭家，後有題詩及書王右丞一詩，及河東三鳳後人印。鄧公壽《畫繼》所載：伯時畫有《歸去來》、《陽關》、《琴鶴憩寂》、《嚴陵釣灘》諸圖。李伯時有小詩并畫卷，奉送汾叟同年機宜奉議赴熙河幕府。原作絶句一首。

其一

不見何戡唱《渭城》，舊人空數米嘉榮。龍眠獨識殷勤處，〔王註師曰〕伯時自號龍眠居士。畫出陽關意外聲。〔王註次公曰〕二十餘年別帝京，重聞天樂不勝情。舊人唯有何戡在，更與殷勤唱渭城。又：唱得涼州意外聲，舊人唯數米嘉榮。近來時世輕前輩，好染髭須事後生。此皆劉禹錫詩也。

其二

兩本新圖寶墨〔八七〕香，樽前獨唱《小秦王》。爲君翻作《歸來引》，不學《陽關》空斷腸。〔王註次公曰〕《小秦王曲》，即《陽關》遺聲，世傳先生《哨遍》，即此《歸去來引》也。〔施註〕《曲譜》：《小秦王》入腔，即《陽關》也。東坡《陽關詞》云：還作陽關腸斷聲。〔查註〕《苕溪叢話》：唐初歌詞，多是五言或七言，初無長短句，及今時則盡作此體。所存者止《瑞鷓鴣》、《小秦王》二曲是七言詩。《瑞鷓鴣》猶依字易歌，若《小秦王》，必須雜以虛聲，乃可歌耳。【誥案】紀昀曰：二詩皆有風韻，入之《漁洋集》中，殆不可別。乃知東坡非不能爲此種，特不以此種爲安身立命處耳。

臥病逾月，請郡不許，復直玉堂。十一月一日鎖院，是日苦寒，詔賜宫燭〔八八〕法酒，書呈同院

〔查註〕《夢溪筆談》：學士院玉堂，太宗曾親幸，至今惟學士上日許正坐，他日皆不敢獨坐。《東京夢華録》云：内諸司皆在禁中，學士院爲第一，深嚴宥密，又謂之北扉。《文獻通考》：開寶二年，以李昉、盧多遜並直學士院。直院之名始此。蘇易簡《續翰林志》：晉天福中，詔舍人晝直者當中書，夜直者當内制。《文獻通考》：天聖元年，詔學士遇隻日，至晚出宿。故事以雙日鎖院，隻日降麻也。【誥案】《宋史》：凡遇國家大事及拜相，翰林學士鎖宿禁中，是晚，御内東門小殿，召對取旨，次日宣麻，此定制也。至公草吕公著、大防、范純仁三人麻制，乃本年四月初四日事，與此題無涉。查註引載此處，牽混，已删。

微霰疎疎〔八九〕點玉堂，〔王註〕謝惠連《雪賦》：微霰集，密雪下。詞頭夜下攬衣忙。〔施註〕白樂天《書寓直》詩：病對詞頭慚綵筆。又《自勸》詩：念此攬衣中夜起。〔查註〕程大昌《演繁露》：舊制，凡有除授格當命詞者，皆即日命詞，詞出便給告。故唐制五禁，稽緩居其一。《容齋三筆》：中書舍人所承受詞頭，自唐至本朝，皆只就省中起草付吏，迨於告命之成，皆未嘗越日，故其職爲難，必欲速成故也。《夢溪筆談》：故事，堂中設視草臺，每草制，則具衣冠據臺而坐。周必大《玉堂雜記》：内制名色不一，儤直者或未詳其體式，故凡詞頭之下者，院吏必以片紙録舊作於前，陶穀所謂「一生依本畫葫蘆」，殆謂是歟？分光御燭〔九〇〕星辰爛，〔施註〕《毛詩·鄭風·女曰鷄鳴》：子興視夜，明星有爛。拜賜宫壺〔九一〕雨露香。〔王註〕歐陽公詩：宫壺日賜新撥醅。〔施註〕《禮記·玉藻》：大夫拜賜而退。醉眼有花書字大，

〔合註〕張籍詩：眼昏書字大。老人無睡漏聲長。〔王註〕劉禹錫詩：老人無睡到天明。何時却逐〔九二〕桑榆暖〔九三〕，社酒寒燈樂未央。〔施註〕李義山詩：旂高社酒香。王昌齡《寄崔員外》詩：恩榮日月後天長，萬舞常春樂未央。

送周朝議守漢州

〔施註〕昔五代之際，孟氏竊據蜀土，國用褊狹，始有榷茶之法。藝祖平蜀，罷去一切横斂，茶遂無禁。淳化間，牟利之臣，始議掊取。大盜王小波、李順等，因販茶失職，窮爲剽刦，凶焰一扇，兩蜀之民肝腦塗地。自熙寧初王安石、吕惠卿相繼秉政，邊事寖興，以財用爲急。七年，李杞以三司判官提舉成都等路茶事，初立茶法，一切禁止民間私買。後一歲，杞以疾奉祠，都官郎中劉佐繼杞爲提舉，蒲宗閔同提舉，而益病矣。是時，知彭州吕陶奏曰：國家山澤之利，多與民共，仁宗深知東南數路之害，一切弛放，天下茶法既通，而蜀中獨行禁榷，此蓋言利之臣，不知本末而妄爲之，非所以綏静遠方也。伏緣此茶，本非官地所産，乃是百姓己物，一旦立法，便成犯禁，恭惟仁聖卹物之心，必不如此，乞更張以便遠民。陶由此得罪衝替，劉佐以措置乖方，亦罷。以國子博士李稷提舉，而蒲宗閔同提舉如故。稷行箚子，督綿州，彰明縣知縣宋大章繳奏，以爲非所當用，稷詆其賣直釣奇，坐衝替。八月，上批，川茶一司李稷，風力强果可仗，可依李杞例，兼三司判官。侍御史周尹言：成都府路置場榷買，諸州茶盡以入官，最爲公私之害。初，李杞倡行敝法，劉佐攘代其任，無他方術，惟割剥於下，而人不聊生矣。臣受命入蜀，乃知爲害甚鉅。有知彭州呂陶、知蜀州吴師孟等奏，可以參驗。往者杞、佐繼陳苛法，即信用其言，今議者條其刓蠹，悉皆明白，未即悉聽，乞罷榷茶之法，許通商買賣，以安遠方。尹還未至都，坐是，除提點湖北路刑獄。元豐二年四月，李稷言：自榷茶法行，至元年秋凡一年，通計課利，已支見在凡七十六萬緡。上批：稷能推原法意，日就事功，宜速遷擢，以勸在位。稷自蜀擢陝西轉運使，助成伐夏之役，督餉出境，從給事中徐禧城永樂，爲夏人所圍，遂與將士俱没。元祐初，蘇子由在諫省及西掖，極論之，稍去其害。詩云「茶爲西南病，岷俗記二李」者，謂此。又云：何人折其鋒，矯矯六君子。君家尤出力，流落初坐此。六人者，東坡只注其姓字。周思道即漢州，名表臣，成都人。姪正孺，名尹，即侍御史。吴醇翁，即蜀州，名師孟。呂元鈞，即彭州，名陶，後爲給事中。張永徽乃二張之一。宋文輔，名大章，即彰明知縣也。蜀之官榷繫斯民之休戚，可謂重矣。故因公詩，俱載本末，而六君子之名，亦以表現於後世焉〔九四〕。〔查註〕《容齋三筆》：利路漕臣張宗諤、張升卿建議廢茶場司，依舊通商。稷劾其疎謬，皆坐貶秩。《職官分紀》：寄禄文散官有朝議大夫。《九域志》：成都府路漢州德陽郡軍事，治雒縣。《太平寰宇記》：漢州屬劍南西道，漢廣漢郡，唐垂拱三年，分益州立漢州。《蜀記》云：益州謂之三蜀，廣漢其一也。《欒城集》有《送周思道朝議歸守漢州》詩〔九五〕。

茶爲西南病，岷俗〔九六〕記二李。〔公自註〕謂杞與稷也〔九七〕。〔王註倬曰〕熙寧三年，朝廷依李杞等申請，榷川茶。元豐五年十月，《李稷傳》云，初蜀茶額歲三十萬，至稷加爲五十萬。〔查註〕《欒城集·論蜀茶五害狀》云：近歲李杞，初立茶法，禁民間私買，然所收之息，止四十萬貫。至劉佐、蒲宗閔提舉茶事，取息太重，遠人始病。李稷等又益以販鹽布，增額可及六十萬貫。及引陸師閔等共事，又增額至一百萬貫。師閔又乞於額外以百萬貫爲獻，於成都府置都茶場，其害過於市易茶法。何人折其鋒，〔施註〕《後漢·桓帝紀·論》：屢折奸鋒。《漢·匈奴傳》：儒生欲說折其辭辨，少年欲刺折其氣。矯矯六君子。〔公自註〕謂思道〔九八〕與姪正孺、張永徽、吴醇翁、吕元鈞、宋文輔也。君家尤出力，流落初坐此。〔施註〕杜子美《王明府》詩：流落意無窮。謂當收桑榆，〔施註〕《淮南子》：日經於東隅，是謂高舂。日西垂，景在桑端，謂之桑榆。《後漢·馮異傳》：異破赤眉。光武賜璽書曰：始雖垂翅回溪，終能奮翼黽池，可謂失之東隅，收之桑榆。華髮看劍履。胡爲犯風雪〔九九〕，歲晚行未已。念歸誠得計，顧自爲謀耳。〔王註次公曰〕周氏，蜀人也。〔任曰〕《莊子·達生篇》：爲彘謀則去之，自爲謀則取之。〔施註〕《左傳·桓公六年》：齊侯欲以文姜妻太子忽，忽辭。君子曰：「善自爲謀。」吾聞江漢間，瘡痏有未起。〔王註次公曰〕張平子《西京賦》：所好生毛羽，所惡成瘡痏。而句意則瘡痍未平之意也。〔子仁曰〕《前漢·婁敬傳》：傷夷者未起。言民困傷也。莫輕龔遂老，君王付尺箠〔一〇〇〕。〔施註〕《漢·龔遂傳》：宣帝即位久之，渤海歲飢，盗賊並起，二千石不能禽制。上選能治者，丞相御史舉遂爲渤海太守。時遂年七十餘，召見，形貌短小。宣帝望見，不副所聞，心内輕焉。謂遂曰：「君欲何以息其盗賊？」遂對曰：「欲使臣勝之邪，將安之也？」上答曰：「選用賢良，固欲安之。」遂曰：「治亂民，猶治亂繩，不可急也。願無拘臣以文法，得一切便宜從事。」上許焉。至渤海，盗賊悉平。召還當有詔，挽袖謝鄰里。猶堪作水衡，供張園林美。〔施註〕《文選》張景陽《詠史》詩：朱軒曜金城，供張臨長衢。

木山并敍〔一〇一〕

吾先君子嘗蓄木山三峯，且爲之記與詩。詩人梅二丈聖俞，見而賦之。今三十年矣，而猶子千乘，又得五峯，益奇。因次聖俞韻，使并刻之其側。〔王註〕梅聖俞詩云：空山枯楠大蔽牛，霹靂夜落魚鳧洲。魚鳧水射幾千秋，蠹肌爛髓沙蕩流。惟存堅骨蛟龍鎪，形侔三山中雄酋。左右兩峯相挾翼，尊奉君長無慢尤。蘇夫子見之驚且喜，買於溪叟憑貂裘。因嗟大不爲梁棟，又歎殘不爲薪槱。雨浸蘚澀得石瘦，宜與夫子歸隱丘〔一〇二〕。

木生不願回萬牛，願終天年仆沙洲。〔王註〕《莊子·人間世篇》：未終天年，而中道夭於斤斧，此材之患也。時來幸逢河伯秋，掀然見怪推不流。蓬婆雪嶺〔一〇三〕巧雕鎪，〔王註次公曰〕蓬婆、雪嶺，蜀所近吐蕃之山名。〔施註〕杜子美《軍城早秋》詩：已收滴博雲間戍，更奪蓬婆雪外城。蟄蟲行蟻爲豪酋。〔王註次公曰〕行蟻，音行列之行。杜子美《獨酌》詩：行蟻上枯梨。〔合註〕孟襄陽詩：天地生豪酋。阿咸大膽忽持去，〔施註〕《三國·蜀志·姜維傳》引《世語》：姜維死，膽如斗大。〔王註〕韓退之詩：無本於爲文，身大不及膽。河伯好事不汝尤。城中古沼浸坤軸，一林瘦竹吾菟裘。〔施註〕白樂天《大林寺序》：環寺多清流蒼石，短松瘦竹。二頃良田不難買，三年榿木行可槱。〔施註〕《毛詩·大雅·棫樸》：芃芃棫樸，薪之槱之。會將白髮對蒼巘，〔合註〕劉禹錫詩：高殿呀然壓蒼巘。魯人不厭東家丘。

送千乘、千能兩姪還鄉

治生不求富，讀書不求官。譬如飲不醉，陶然有餘歡。【誥案】起四句該通篇之意。君看龐德公〔一〇四〕，白首終泥蟠。豈無子孫念，顧獨貽以安〔一〇五〕。鹿門上冢回，牀下拜龍鸞。躬耕竟不起，〔合註〕《後漢·龐公傳》：釋耕於壟上，而妻子耘於前。耆舊節獨完。〔王註次公曰〕此四韻，皆龐德公事。或曰：「鹿門上冢回，牀下拜龍鸞」兩句，其用事可疑。「鹿門」自是與妻子采藥處，「上冢」自是渡沔上而上冢，「回相見」自是司馬德操，非諸葛孔明也。以俟明識。〔施註〕杜子美《遣興》詩：昔者龐德公，未嘗入州府。襄陽耆舊間，處士節獨苦。

念汝少多難，冰雪落綺紈。五子如一人，〔王註子仁曰〕五子卽千乘、千之、千能、千秋、千鈞也。〔查註〕《欒城集·伯父墓表》云：公諱渙，始字公羣，晚字文父。子三人，不欺、不疑、不危。孫男十二人，千乘、千運、千之、千能、千里、千秋、千經、千傑、千鈞、千尋、千億、時暉。本集所載千之兄弟十二人，未嘗指某某爲不欺之子，王註「我兄」卽不欺，豈別有所據耶？【誥案】不欺字子正，娶蒲氏。千乘、千之，皆蒲所出。王註能具數千乘、千之、千能、千秋、千鈞皆爲不欺子，當有所本。但《欒城集·墓表》，只載十千，並無千鈞。其一曰時，其一曰暉，乃不危字子安之子也。時乃史氏所出，後登第。王註千鈞本誤，查註妄以千鈞竄入《墓表》千傑之下，以附和王註，而以時暉爲一人，符《墓表》孫男十二人之數，應駁正。但王註有此譌謬，而不欺、不疑之子，終不可分析矣。奉養真色難〔一〇六〕。烹雞獨饋母〔一〇七〕，自饗苜蓿盤。〔王註〕《後漢書·郭太傳》：茅容，字季偉，陳留人也。時避雨樹下，危坐愈恭，林宗見之，而奇其異，遂與共言。因請寓宿。旦日，容殺雞爲饌，林宗謂爲己設，旣而以供其母，自以草蔬與客同飯。林宗起，拜之曰：「卿賢乎哉。」因勸令學，卒以成德。口腹恐累人，寧我食無肝。〔王註〕《後漢書》：太原閔仲叔，客居安邑，老病家貧，不能得肉，日買猪肝一片。屠者或不肯與，安邑令聞，敕吏常給焉。仲叔怪而問之，知，乃歎曰：「閔仲叔豈以口腹累安邑邪？」遂去客沛，以壽終。註：閔貢，字仲叔。西來四千里，敝袍不言寒。秀眉似我〔一〇八〕兄，〔王註子仁曰〕我兄卽太子中舍不欺，而提刑渙之子也。亦復心閑寬。忽然舍我去，〔施註〕韓退之《贈張籍》詩：子又捨我去，我懷將焉窮。

歲晚留餘酸。我豈軒冕人，〔施註〕《莊子·胠篋篇》：雖有軒冕之貴不爲勸。青雲意先闌〔一〇九〕。汝歸蒔松菊，環以青琅玕。榿陰三年成，〔查註〕本集《題少陵》詩云：蜀中多榿木。讀如敧仄之「敧」，散材也，樹中薪耳，然易長，三年乃拱。可以挂我冠〔二〇〕。清江入城郭，〔施註〕杜子美《射洪縣》詩：清江轉山急。小圃生微瀾。相從結茅舍，曝背談金鑾。〔王註〕《舊唐書》：陸扆，字祥文。充翰林學士，拜中書舍人。嘗金鑾作賦，命學士和，扆先成，帝覽而嗟挹之。〔施註〕《三國志·蜀·秦宓傳·答王商書》云：僕得曝背乎隴畝之中，誦顏氏之簞瓢，詠原憲之蓬户。盧仝《歎昨日》詩：何時出得禁酒國，滿甕釀酒曝背眠。〔合註〕何焯曰：韓渥有《金鑾密記》。

題李伯時畫《趙景仁琴鶴圖》二首

〔王註〕石林先生云：趙清獻公以清德服一世，平生蓄雷氏琴一張，鶴與白龜各一，所向與之俱。始除帥成都，公單車就道，以琴、鶴、龜自隨。元豐間，再移蜀。前已放鶴，至是以龜投淮中。故其詩曰：馬尋舊路知歸去，龜放長淮不復來。〔查註〕《清獻公墓志》：二子長曰岏，終於潛令。次曰屼，官尚書考功員外郎。景仁，屼字也。〔合註〕《續通鑑長編》：元祐三年四月，趙屼爲都官員外郎，尋改考功。先生題詩，正同在京師也。姚亢宗曰：雷氏琴有二，自元季相傳至明，爲朱文懿相國所有，王穉登作記，至今猶在。

其一

清獻先生無一錢，故應琴鶴是家傳。誰知默鼓無絃曲，時向珠宮舞幻仙〔二一〕。〔王註次公曰〕《黃庭内景經》：太上大道玉宸君，閑居蕊珠作七言，琴心三疊舞胎仙。變胎爲幻未詳。【誥案】琴心猶言和心，以琴字作和字用也。三疊乃和心之節度，非謂琴聲分三疊也。道家以坐去爲騎鶴化，而鶴爲胎禽，舞胎仙亦借喻之詞，舞幻仙即此意也。李太白《廬山謠寄盧侍御虛舟》有「琴心三疊道初成」句，可證。此詩因清獻好道，而發意謂景仁必有所傳，蓋借琴鶴爲言也，後詩方詠本事。

其二

醜石寒松未易親，聊將短曲調長人。乘軒故自非明眼，〔王註師曰〕禪家以見識不昧，爲明眼人。終日僛僛舞爨薪。〔施註〕《後漢·蔡邕傳》：吳人有燒桐以爨者。邕聞火烈之聲，知其良木。因請裁爲琴，果有美音，而其尾猶焦，故時人名曰焦尾琴。

書王定國所藏《烟江疊嶂圖》

〔公自註〕王晉卿畫。〔查註〕《式古堂書畫考》：王晉卿《和詩》云：帝子相從玉斗邊，洞簫忽斷散非烟。平生未省山水窟，一朝身到心茫然。長安日遠那復見，掘地寧知能及泉。幾年漂泊漢江上，東流不舍悲長川。山重水遠景無盡，翠幙金屏開目前。晴雲漠漠曉籠岫，碧嶂溶溶春接天。四時爲我供畫本，巧自增損嫱與妍。心匠構盡遠江意，筆鋒耕出西山田。蒼顏華髮何所遣，聊將戲墨忘餘年。將軍色山自金碧，蕭郎翠竹誇嬋娟。風流千載無虎頭，於今妙絕推龍眠。豈圖俗筆挂高詠，從此得名似謫仙。愛詩好畫本天性，輞川先生疑夙緣。會當別寫一匹煙霞境，更應消得玉堂醉筆揮長篇。

江上愁心千疊山〔一二〕，浮空積翠如雲烟。〔王註〕顏延年《應詔》詩：攢素既森靄，積翠亦葱芊。〔施註〕《唐文粹》張説《江上愁心賦》：江上之峻山兮，巑崎巇而不極。雲爲峯兮烟爲色，欻變態兮心不識。山耶雲耶遠莫知，烟空雲散山依然。【誥案】紀昀曰：奇情幻景，筆足達之。但見兩崖蒼蒼暗絶谷，中有百道飛來泉。縈林絡石隱復見，下赴谷口爲奔川。川平山開林麓斷，小橋野店依山前。行人稍度喬木〔一三〕外，漁舟一葉江吞天。【誥案】《孟子》長篇多兩扇法，老蘇有《孟子》批本，而歐陽永叔亦極推《孟子》一書。當時孟子未列從祀，作語孟、論孟諸説以疑之者，不一而足，故其所尚爲足貴也。至公則并以取之入詩。如此詩即用兩扇法，以上自首句憑空突起，至此爲一扇，道圖中之景也。使君何從得此本，點綴毫末分清妍。不知人間何處有此境〔一四〕，徑欲往買〔一五〕二頃田。【誥案】紀昀曰：節奏之妙，純乎化境。君不見武昌樊口幽絶處，東坡先生留五年。春風摇江天漠漠，暮雲卷雨山娟娟。丹楓翻鴉伴水宿，〔王註〕杜子美《倦夜》詩：水宿鳥相呼。《禽經》云：凡鳥林曰栖，水曰宿。〔施註〕《甘澤謡》陶峴詩：鴉翻楓葉夕陽動，鷺立荷花秋水明。《文選》謝靈運《彭蠡》詩：客遊倦水宿。長松落雪驚醉眠〔一六〕。〔施註〕杜子美《謁真諦寺》詩：凍泉依細石，晴雪落長松。桃花流水在人世，武陵豈必皆神仙。〔王註〕李太白《山中答俗人》詩：桃花流水窅然去，别有天地非人間。〔施註〕韓退之《桃花源圖歌》：神仙有無何渺茫，桃源之説誠荒唐，世俗那知僞與真，至今傳者武陵人。江山清空我塵土，雖有去路尋無緣。〔施註〕陶淵明《桃花源記》：武陵人既出，詣太守説如此，太守即遣人隨其往尋，遂迷不復得路。【誥案】自「使君」句起至此爲一扇，道觀圖之人也。後僅以二句作結。還君〔一七〕此畫三歎息，【誥案】此句結圖中之景。山中故人應有招我歸來篇。〔王註〕師曰：陶潛有《歸去來辭》，左太沖有《招隱》詩。〔合註〕何焯曰：

用《招隱士》「王孫兮歸來，山中兮不可以久留」語也。〔查註〕墨迹後有「元祐三年十二月十五日子瞻書」十三字。【誥案】此句結覩圖之人。

王晉卿作《烟江疊嶂圖》，僕賦詩十四韻〔二八〕，晉卿和之，語特奇麗〔二九〕。因復次韻，不獨紀其詩畫之美，亦爲道其出處契闊之故，而終之以不忘在莒之戒，亦朋友忠愛之義也

〔查註〕按墨迹此詩，末有「閏十二月晦日醉後寫此」十字。王晉卿《再次韻》詩題云：子瞻再和前篇，非惟格韻高絶，而語意鄭重，相與甚厚，因復用韻答謝之。詩云：憶從南澗北山邊，慣見嶺雲和野烟。山深路僻空弔影，夢驚松竹風蕭然。杖藜芒屩謝塵境，已甘老去棲林泉。春籃采朮問康伯，夜竈養丹陪稚川。漁樵每笑坐争席，鷗鷺無機馴我前。一朝忽作長安夢，此生猶欲更問天。歸來未央拜天子，枯荄敢自期春妍。造物潛移真幻影，感時未用驚桑田。醉來却畫山中景，水墨想像追當年。玉堂故人相與厚，意使嫫母齊聯娟。豈知憂患耗心力，讀書懶去但欲眠。屠龍學就本無用，只堪投老依金仙。更得新詩寫珠玉，勸我不作區中緣。佩服忠言非論報，短章重次《木瓜篇》。

山中舉頭望日邊，長安不見空雲烟。〔王註〕李太白《登鳳凰臺》詩：總爲浮雲能蔽日，長安不見使人愁。【誥案】以上二句連下二句，從舉頭見日不見長安翻作對照用，王註引李詩非是。歸來長安望山上，時移事改應潸然。〔施註〕陳鴻《白樂天長恨歌傳》：時移事去，樂盡悲來。管絃去盡賓客散，惟有馬埒編金泉。〔施註〕《晉・

王濟傳》：性豪侈，洛京地貴，濟買地爲馬埒，編錢滿之，時謂金埒。渥洼故自千里足，要飽風雪輕山川。屈居華屋啗棗脯，〔施註〕《史記・滑稽傳》：楚莊王有愛馬，衣以文繡，置之華屋之下，席以露牀，啗以棗脯。十年俯仰龍旂前。〔施註〕《周禮・冬官考工記》：龍旂九斿，以象大火。却因瘦病〔一〇〕出奇骨，〔施註〕《莊子・盜跖篇》：除病瘦死喪憂患，其中開口而笑者，一月之中，不過四五日而已矣。《晉・桓温傳》：生未期，而温嶠見之，曰：「此兒有奇骨。」鹽車之厄寧非天。【誥案】自首句「山中望日」起，至此爲一扇，於叙遷謫中，暗串詩畫作和贈主壻。詩從「山中望日」入手，乃遷謫一扇之確據也。風流文采磨不盡，〔施註〕杜子美《丹青引》：英雄割據雖已矣，文采風流今尚存。水墨自與詩爭妍。畫山何必山中人，田歌自古非知田。〔王註〕《漢書》：劉章請言耕田，高后笑曰：「顧乃父知田耳。」鄭虔三絶君有二，〔施註〕《唐・鄭虔傳》：嘗自寫其詩畫，以獻玄宗，大署其尾，曰：鄭虔三絶。筆勢挽回三百年。欲將巖谷亂窈窕，眉峰修嫮誇連娟。〔王註〕漢武帝《李夫人賦》：美連娟以修嫮。註：嫮，美也。連娟，纖弱也。人間何有春一夢，〔王註〕歐陽永叔詩：來如春夢不多時。此身將老蠶三眠。〔施註〕李太白《寄二稚子》詩：吴地桑樹緑，吴蠶已三眠。〔合註〕《荀子・賦篇蠶》曰：三俯三起，事乃大已。註云：俯爲卧而不食。山中幽絶不可久，〔施註〕《楚辭》劉安《招隱士》：山中兮不可以久留。要作平地家居仙。〔施註〕白樂天《酬微之》詩：我往東京作地仙。能令〔一一〕水石長在眼，非君好我當誰緣。【誥案】自「風流文采」句起，至此爲一扇，於叙詩畫中暗串遷謫。此詩五色炫目，不易分別段落。曉嵐謂與前詩有仙凡之隔，正以通篇無處着手故耳。願君終不忘在莒，〔施註〕劉向《新序》：齊桓公與管仲飲，管仲上壽曰：「願君無忘出奔於莒也，臣亦無忘縛束於魯也。」【誥案】此題所謂「終之以不忘在莒之戒」也。樂時更賦《囚山篇》。〔公自註〕柳子厚有《囚山賦》〔一二〕。〔施

註〕柳子厚《囚山賦》：聖日以理兮，賢日以進。誰使吾山之囚吾兮滔滔。【誥案】此句「囚山」，結前一扇柱意，「樂時」結後一扇柱意，以「更賦」二字分清。

和吴安持使者〔三〕迎駕

〔查註〕吴安持，名在元祐黨籍，時爲司農少卿。《苕溪漁隱叢話》：安持，王荆公壻也。〔合註〕《續通鑑長編》：元祐三年十一月，吴安持爲都水使者，六年十二月再任。題中有「使者」二字，必三年仲冬以後作。【誥案】此詩施編不載，查註從邵本補編上卷，今據合註改編。

小雪疎烟雜瑞光，〔馮註〕唐浩虚舟《日五色賦》：破題云：麗日焜煌，中含瑞光。清波寒引御溝長。曈曈日色籠丹禁，〔馮註〕《漢·百官志註》：天子凡塗飾以丹，丞相以黄。《禮》：天子赤墀。張衡《西京賦》：青瑣丹墀。註：天子庭以丹朱塗地，故曰丹墀，又名丹陛，又名彤庭。《漢宫闕疏》：天子所居曰禁中，凡人不得出入。杳杳鞭聲出建章。〔馮註〕《史記·封禪書》：作建章宫，度爲千門萬户。《一統志》：建章宫，在西安府城西北。鵷鷺偶叨陪下列，〔馮註〕《漢·司馬遷傳》：鄕者，僕亦嘗廁下大夫之列。〔合註〕鮑明遠《爲柳令讓驃騎表》：功半下列。李乂詩：小臣叨下列。天閶〔三四〕聊啓望中央。〔合註〕《史記·天官書》：斗爲帝車，運於中央。歸來喜氣傾新句，滿座疑聞錦繡香。

次韻王定國會飲清虚堂

〔施註〕王定國嘗通守揚州，《次定國韻》，已用何遜揚州事。此詩首章云云，又以何遜喻定國也。

是時定國始得宿州，宿隸淮東，故云：卜築君方淮上郡。然未幾以言者論罷，未嘗到任也。何遜揚州又幾年，官梅詩興故依然。〔王註〕梁何遜有《詠早梅》詩云：枝橫却月觀，花繞淩風臺。應知早飄落，故逐上春來。〔施註〕杜子美《和裴迪登蜀州東亭送客逢早梅相憶見寄》詩：東閣官梅動詩興，還如何遜在揚州。註云：何遜作揚州法曹，廨舍有梅花盛開，遜吟詠其下。後居洛思梅花，再請其任，從之。抵揚州，花方盛，遜對花彷徨終日。何人可復問季孟，〔施註〕引《論語》。又《晉・王湛傳》：武帝問王濟曰：「湛誰比？」濟曰：「山濤以下，魏舒以上。」湛聞，笑曰：「欲處我以季孟之間乎？」與子不妨中聖賢。〔查註〕俞德鄰《佩韋齋輯聞》：鄱陽賦云：「清者爲酒，濁者爲醴。清者聖明，濁者愚騃。」故魏人廋語云：「清者聖，濁者賢。」皇甫嵩《醉鄉日月》：「酒以色清味重而飴者爲聖，色濁而味苦者爲賢。」卜築君方淮上郡，歸心我已劍南川。此身正似蠶將老，更盡春光一再眠。

興龍節侍宴前一日，微雪，與子由同訪王定國，小飲清虚堂。定國出數詩，皆佳，而五言尤奇。子由又言昔與孫巨源同過定國，感念存没，悲歎久之。夜歸，稍醒，各賦一篇，明日朝中以示定國也〔一三五〕

〔查註〕《宋史・哲宗本紀》：十二月初七日，帝生日也。避僖祖忌辰，以次日爲興龍節。

天風淅淅飛玉沙〔一三六〕，〔王註〕《文選・古詩》：枯桑知天風。杜子美《薄遊》詩：淅淅風生砌。〔合註〕沈約《彌陀佛銘》：瀢沱玉沙。詔恩歸沐休早衙。〔施註〕《漢・張安世傳》：精力於職，休沐未嘗出。遥知清虚堂裏雪，正似薝蔔村中花。出門自笑無所詣，〔王註〕李白《南陵別兒童入京》詩：仰天大笑出門去。韓退之《出門》詩：長安百萬家，出門無所之。〔施註〕白樂天《效陶潛》詩：出門無所往，入室還獨處。呼酒持勸惟君家。踏冰凌兢戰疲馬，〔王註〕漢揚雄《甘泉賦》：馳閶闔而入凌兢。註云：寒涼戰栗之處。〔施註〕《毛詩·小雅·小旻》：戰戰兢兢，如臨深淵，如履薄冰。扣門剥啄驚寒鴉。羨君五字〔二七〕入詩律，欲與六出争〔二八〕天葩。〔王註〕韓退之詩：天葩吐奇芬。頭風已倩檄手愈，背癢却得仙爪爬〔二九〕。銀瓶瀉油浮蟻酒〔三〇〕，〔施註〕《文選》曹植《七啓》：浮蟻鼎沸。《釋名》：酒有汎齊浮蟻在上汎汎然。紫盌鋪粟盤龍茶。幅巾起作〔三一〕鸜鵒舞，疊鼓〔三二〕誰摻漁陽撾。〔王註〕《晉書》：謝尚善音樂，博綜衆藝。王導以其有勝會，謂曰：「聞君能作《鸜鵒舞》，一坐傾想，寧有此理不？」尚曰：「佳。」便著衣幘而舞。導令坐者撫掌擊節，尚俯仰在中，傍若無人。《後漢·禰衡傳》：曹操聞衡善擊鼓，乃召爲鼓吏，因大會賓客，閲試音節。諸吏過者，皆令脱其故衣，更著岑牟、單絞之服。次至衡，衡方爲漁陽摻撾，蹀躞而前，容態有異，聲節悲壯，聽者莫不慷慨。九衢燈火雜夢寐，〔施註〕白樂天《懷微之》詩：歸騎紛紛滿九衢。十年聚散空咨嗟。明朝握手殿門外，共看銀闕瞰朝霞。

王晉卿所藏著色山二首

其一

縹緲營丘水墨仙，〔查註〕王明清《揮麈録》：李成，字咸熙。系出長安，唐之後裔，避地徙營丘。嗜酒，善弈琴，妙畫山水。周世宗時，樞密使王朴與之友善，嘗召赴輦下。會朴亡，因放誕酣飲，遨遊搢紳間。後客家於陳，病酒卒，年四十九。浮空出没有無間。邇來一變風流盡，〔王註〕《南史·張緒傳》：從弟融，齎酒於緒靈前，酌飲慟哭，曰：「阿兄風流頓盡。」誰見將軍著色山？〔王註〕《名畫記》：李思訓畫稱一時之妙，官至左武衛大將軍。子昭道，變父之勢，妙又過之。世言山水者，稱大李將軍、小李將軍。〔查註〕《圖繪寶鑑》：李思訓，唐宗室也。畫超絶，尤工山水林泉，筆格遒勁，得湍瀨潺湲烟霞縹緲難寫之狀，用金碧輝映，爲一家法。

其二

犖确何人似退之，〔王註〕韓退之詩：山石犖确行徑微。意行無路欲從誰。〔王註〕劉禹錫《傜子歌》：腰斧上高山，意行無舊路。宿雲解駮晨光漏，獨見山紅澗碧時。〔王註〕韓退之《南海神廟碑》：雲陰解駮，日光穿漏。又《山石》詩：山紅澗碧紛爛漫，時見松櫪皆十圍。

和黄魯直效進士作二首〔一三〕

【誥案】施註原編惟載《次韻黄魯直效進士作歲寒知松柏》詩，其《款塞來享》一首不載。查註從邵本補編於此，别列總題，作《次韻黄魯直效進士二首》，但《款塞來享》一首，並未次韻，合註已言其誤。今改爲《和黄魯直效進士作二首》。

歲寒知松柏

〔查註〕《黄山谷集·擬省題歲寒知松柏》詩云：松柏天生獨，青青貫四時。心藏後凋節，歲有大寒知。慘淡冰霜晚，輪囷凋蠹姿。或容螻蟻穴，未見斧斤遲。摇落千里静，婆娑萬籟悲。鄭公扶正觀，已不見封彝。

龍蟄雖高卧，〔施註〕杜子美《遣興》詩：蟄龍三冬卧，老鶴萬里心。雞鳴不廢時。〔施註〕杜子美《樹雞栅》詩：不昧風雨晨。〔合註〕何焯曰：《詩·鄭風·風雨》：風雨淒淒，雞鳴喈喈。傳云：興也。風且雨，淒淒然，雞猶守時，而鳴喈喈然。箋云：興者，喻君子雖居亂世，不變改其節度。炎涼〔一三四〕徒自變，〔施註〕白樂天《寓意》詩：分飛來幾時，秋夏炎涼變。茂悦兩相知。〔施註〕《文選》陸士衡《歎逝賦》：信松茂而柏悦，嗟芝焚而蕙嘆。已負棟梁〔一三五〕質，〔王註〕《世説》：孫興公齋前種松一株，高世遠時，隣居謂之曰：「松樹子非不楚楚可憐，但永無梁棟用耳。」肯爲兒女姿。那憂霜貿貿〔一三六〕，〔施註〕韓退之《琴操》：雪霜貿貿，薺麥之茂。未喜日遲遲。〔施註〕《毛詩·豳風·七月》：春日遲遲，采蘩祁祁。難與夏蟲語，〔施註〕《莊子·秋水篇》：夏蟲不可以語於冰者，篤於時也。永無秋實悲。〔施註〕《三國志·魏·邢顒傳》：採庶子之春華，忘家丞之秋實。《吴·諸葛恪傳註》引虞喜《志林》曰：樂春藻之繁華，忘秋實之甘口。誰知此植物，〔施註〕《周禮·地官》：大司徒，以土會之法，辨五地之物生。一曰山林，其動物宜毛物，其植物宜皁物。亦解秉天彝。〔施註〕《毛詩·大雅·烝民》：民之秉彝，好是懿德。

款塞來享〔一三七〕

〔查註〕本集《雜記》云：元祐三年十二月二十八日，上御延和殿，奏范鎮新樂時，西夏方遣使款延州塞，故進士作《延和殿奏新樂賦款塞來享》詩。〔合註〕「款塞來享」，見《漢書·宣帝紀》。〔查註〕《黄山谷集·擬省題款塞來享》詩云：前朝夏州守，來款塞門西。聖主敷文德，降書付狄鞮。

氈裘瞻日月，剺面帶金犀。殿陛閒干羽，邊亭息鼓鼙。永輸量谷馬，不作觸藩羝。聲勢常相倚，今聞定五溪。

蠢爾氐羌國，〔馮註〕《詩·小雅》：蠢爾蠻荆，大邦爲仇。《商頌》：自彼氐羌。天誅亦久稽。〔馮註〕《伊訓》：天誅造攻自牧宫。見《孟子·萬章上》。〔合註〕王融《勒功碑》：累代稽誅。既能知面内，〔王註〕《三國志·高堂隆傳》：使四表同風，回首面内，德教光照，九服慕義，固非俗吏之所能也。不復議征西。斥堠銷兵火〔一三八〕，〔馮註〕《説文》：堠，封土爲臺，以記里也。《李廣傳》：然亦遠斥堠。邊城息鼓鼙。輸忠修貢職，棄過爲黔黎。〔馮註〕漢文帝《遺匈奴書》：朕與單于，共棄細過，偕之大道。〔合註〕唐文宗詩：願蒙四海福黔黎。雪滿流沙静〔一三九〕，雲沉太白低。巍巍二聖治，盛德古難齊。

夜直玉堂，攜李之儀端叔詩百餘首〔一四〇〕，讀至夜半，書其後

〔查註〕《東都事畧》：李之儀，姑熟人。舉進士。元祐中，爲樞密院編修官。能詩，善屬文，工於尺牘。後坐黨籍廢斥，所著有《姑溪集》。

玉堂清冷不成眠，〔施註〕孟東野《憶蕭子真》詩：半夜不成寐。〔合註〕唐彦謙詩：使我不成眠。伴直難呼孟浩然。〔查註〕牟子才《玉堂石刻跋》云：玉堂地切禁省，諸學士皆有幞宿之直。唐人每以北廳階前花磚道，爲入直之候，古舊規交宿例，有早入、晚入、伴入之名。國朝因唐制，然學士皆早入，又單直，無復伴直矣。故太宗以來，雙日夜直，雙日下直。暫借好詩消永夜，每逢佳處輒參禪。〔施註〕韓退之《將至韶州》詩：願借圖經將入界，每逢佳處便開

看。〔查註〕按《詩眼》云：東坡「暫借好詩」二句，蓋端叔用意太過，「參禪」之句，所以傚之云。愁侵硯滴初含凍，〔王註〕《西京雜記》載：廣川王去疾，盜發晉靈公冢，獲玉蟾蜍一，大如拳，腹可盛數合水，光潤如新，王取以爲書滴。【誥案】紀昀曰：此言其詩境之苦。喜入燈花欲鬭妍。【誥案】紀昀曰：此言其賞心之樂。寄語君家小兒子，他時此句一時編。〔施註〕白樂天《劉白唱和集叙》云：命小姪龜兒，編録成兩卷，仍寫二本，一付夢得小兒崙郎，各令收藏兩家集。

次韻王定國得晉卿酒相留夜飲

【誥案】此詩施編不載，查註從邵本補編。

短衫壓手〔四二〕氣横秋，〔馮註〕《釋名》：衫，芟也，衫末無袖端也。《古今註》：秦始皇以布開袴名曰衫。《廬陵記》：成芳隱麥林山，剥苧皮爲短襴寬袖之衣，著以酤酒，自稱隱士衫。更著仙人紫綺裘。〔馮註〕李太白詩：解我紫綺裘，且换金陵酒。使我有名全是酒，〔馮註〕《晉·張翰傳》：字季鷹，吴郡人。常曰：「使我有身後名，不如卽時一杯酒。」時人貴其曠達。從他作病且忘憂。詩無定律君應將，〔馮註〕杜子美《承沈八丈東美除膳部員外》詩：詩律羣公問。醉有真鄉我可侯。〔馮註〕《宋·种放傳》：字明逸，隱終南山，自號雲溪醉侯。且倒餘樽盡今夕，睡蛇已死不須鈎。

范景仁〔四三〕和賜酒燭詩復次韻謝之

〔公自註〕時公方進新樂。〔查註〕《東都事畧·范鎮傳》：初，仁宗命李照改定大樂，下王朴樂三律，又使胡瑗等考正。范鎮與司馬光皆上疏論律尺之法。後神宗詔鎮與劉几定樂。鎮曰：「定樂當先正律。」作律尺，龠合，升斗，豆區，鬴斛，欲圖上之。而劉几卽用李照樂加用四清聲而奏樂成。詔罷局，賜賚有加。鎮謝曰：「此劉几樂也，臣何與焉。」及致仕，請太府銅爲之，逾年乃成。比李照樂下一律有奇。《宋史·樂志》：范鎮新樂成，上樂章三、鑄律十二、編鐘十二、鎛鐘一、衡一、尺一、斛一、編磬十二、特磬一、籥、笛、塤、篪、巢笙、和笙各二并及圖法。帝與太皇太后御延和殿，詔執政、侍從皆往觀。范蜀公《樂書》云：王朴始用尺定律，聲與器皆失之。太祖患其聲高，減一律，仁宗皇祐中，又減半律。然太常樂比之唐聲，猶高五律，比今燕樂高三律，失之於以尺生律也。宜訪求真黍，以定黃鐘，云云。〔合註〕《續通鑑長編》：元祐三年閏十二月癸卯，范鎮卒。甲辰，京西北路都監楊安道管押范鎮所定新樂上進，降詔嘉歎，與一子，有官人陞一任。詔下，鎮已卒。先生作詩時，鎮尚未卒也。【誥案】范鎮卒於閏十二月癸卯朔，《長編》不書朔，恐是合註落去也。

笙磬分均上下堂，〔公自註〕舊法：堂上之樂，皆受笙均；堂下之樂，皆受磬均〔一三〕。〔查註〕徐景安《樂章文譜》：變宮以均字爲譜。《困學紀聞》：凡十二律，皆有二變，一律之內，通五聲，分爲七均。游魚舞獸自奔忙。〔王註〕《荀子》：瓠巴鼓瑟，而游魚出聽。〔施註〕《列子·湯問篇》：瓠巴鼓琴，而鳥舞魚躍。《尚書·舜典》：擊石拊石，百獸率舞。杜子美《石犀行》：再平水土犀奔忙。朱絃初識孤桐韻，〔公自註〕舊樂，金石聲高而絲聲微〔一四〕；今樂，金石與絲聲皆著。〔施註〕《尚書·禹貢》云：嶧陽孤桐。按孔氏云：嶧山之陽，特生桐，中琴瑟。玉琯猶聞秬黍香。〔公自註〕舊法，以尺生律。今以黍定律，以律生尺。〔施註〕《續仙傳》：王母獻舜白玉琯，云，吹之以和八風。《尚書大傳》亦云。《漢·

律曆志》：度者，本起黄鐘之長，以子穀秬黍中者。〔王註張栻曰〕《後漢·志》：奚景於九疑山玉琯岩，得玉琯十有二。〔合註〕《後漢·律曆志註》：《前書註》曰：章帝時，零陵文學奚景於泠道縣舜祠下，得白玉琯。古以玉爲琯。又《前漢書》、《晉書》所載皆同，並不言十有二也。俟再考。萬事今方〔一四五〕咨伯始，一斑我亦愧真長。〔王註次公曰〕真長，劉惔也。《晉·王獻之傳》：年數歲，嘗觀門生樗蒱，曰：「南風不競。」門生曰：「此郎管中窺豹，時見一斑。」獻之怒曰：「遠慚荀奉倩，近愧劉真長。」拂衣而去。此生會見三雍就，〔王註援曰〕三雍者，明堂、靈臺、辟雍也。光武時事。〔施註〕《漢·河間獻王傳》：武帝時，獻雅樂，對三雍宮。《後漢·儒林傳》：建武五年，修起太學。中元元年，初建三雍。明帝即位，親行其禮。無復寥寥歎未央。

次韻劉貢父春日賜幡勝〔一四六〕

〔王註任曰〕元祐三年戊辰作。〔查註〕《東京夢華録》：立春日，宰執親王百官，皆賜金銀幡勝，入賀訖，戴歸私第。《文昌雜録》：立春日，賜三省官采勝，謝於紫宸殿門。【誥案】以下《和幡勝》四詩，施註原編是年之末，查註改編下年之首。合註謂《宋史·許沖元傳》自知成都府再入翰林，在元祐三年。今考三年閏十二月，其四年立春，在三年冬杪，故王註云三年作，與施編皆不誤，查註改編反誤。合註引《宋史》不誤，而沿查註之舊，乃誤〔一四七〕。此與熙寧九年編立春日詩不同，彼則去閏月甚遠，立春適届年頭尾兩三日之間而莫能定，故尚可編正月之首，此則立春在閏十二月無疑也。今仍復施編之舊，均應駁正。〔合註〕《彭城集·立春謝賜幡勝口號呈子瞻沖元内翰子開器資舍人》原作詩云：立春幡勝紫宸朝，正以金鐺插右貂。便覺陽和生暖律，俱承慶澤下層霄。奇零雪片依樓角，容易風威轉柳條。七十無能不歸去，强將衰白向顔韶。〔查註〕孔武仲《次韻》詩云：鏤幡剪勝喜傾朝，不問紆藍與珥貂。羣玉參差排曉日，萬花瑣碎動春霄。蕙風已轉東郊緑，柳雪猶低北苑條。從此恩波與温律，併隨歌頌入咸韶。

寛詔隨春出内朝，〔施註〕《後漢・侯霸傳》：每春下寛大之詔，奉四時之令，皆霸所建也。《周禮・夏官》：司士，王入内朝皆退。《禮記・玉藻》：朝服，以日視朝於内朝。三軍喜氣挾狐貂。〔施註〕《左傳・宣公十二年》：楚子伐蕭，蕭潰。申公巫臣曰：「師人多寒。」王巡三軍，拊而勉之。三軍之士，皆如挾纊。《摭言》：短李鎮揚州，請章孝標賦《春雪》詩云：朱門到曉難盈尺，盡是三軍喜氣消。《揚子》：貂狐不亦燠乎？鏤銀錯落翻斜月，〔施註〕《文選》班孟堅《西都賦》：隋侯明月，錯落其間。剪綵繽紛舞慶霄。〔施註〕《文選》謝宣遠《張子房》詩：慶霄薄汾陽。臘雪强飛纔到地，〔公自註〕前一日微雪。〔王註〕白樂天《江天雪》詩云：猶勝嶺南看，雰雰不到地。〔施註〕杜子美《雪》詩：南雪不到地。曉風偷轉不驚條。〔王註〕董仲舒《雨雹對》云：太平之世，風不鳴條，開甲散萌而已。〔施註〕《鹽鐵論》：周公之時，風不鳴條，雨不破塊。脱冠徑醉應歸卧，〔施註〕《文選》謝靈運《從宋公》詩：脱冠謝朝列。便腹從人笑老韶。〔公自註〕是日，幕次賜酒。

再　和

〔查註〕孔武仲《再次韻》詩云：拜賜怱怱早上朝，公卿前列盡金貂。日留愛景明雙闕，春逐恩輝下九霄。靈沼輕澌猶覆水，上林微緑已縈條。自慚羽翮非鸞鳳，亦預彤庭舞舜韶。

與君流落偶還朝，過眼紛綸七葉貂。〔王註〕《前漢書·金日磾傳·贊》：世名忠孝，七世内侍，何其盛也。左太沖詩：金張籍舊業，七葉珥漢貂。莫笑華顛羞采勝〔一四八〕，〔王註〕《荆楚歲時記》曰：立春之日，以剪綵爲燕戴之，貼宜春二字。幾人黄壤隔青霄。行吟未許窮騷雅，坐嘯猶能出教條。〔施註〕《漢·黄霸傳》：然後爲條教，置父老師帥伍長，班行之於民間。〔合註〕韓退之《許國公神道碑》：不多教條。記取明年江上郡，五更春枕夢春韶。〔施註〕梁元帝《纂要》：春景曰媚景、和景、韶景。

葉公秉、王仲至見和，次韻答之

〔施註〕葉公秉，名均。時爲秘書監。王仲至，名欽臣。爲秘書少監。〔合註〕《續通鑑長編》：元祐元年閏二月，朝請大夫太常卿葉均，直龍圖閣。三年九月，均以朝奉大夫太府卿爲秘書監，至四年七月，均已提舉洞霄宫矣。〔查註〕《宋史》：王欽臣，字仲至，宋城人。以父洙廕入官，試學士院，賜進士第。《侯鯖録》：欽臣，神宗時名臣原叔之子。大臣薦文藝，召試學士院，試罷賦詩，有「翠木陰陰白玉堂，老來方始試文章」之句，蓋被用時年已老矣。

袗絺〔一四九〕方暑亦堪朝，歲晚淒風憶皁貂。〔王註〕《戰國策》：蘇秦黑貂之裘敝。〔合註〕武元衡詩：頭戴儒冠脱皁貂。共喜鵷鸞歸禁籞，〔施註〕《漢·宣帝紀》：池籞假與貧民。蘇林曰：折竹以繩綿連禁禦，使人不得往來，律名爲籞。應劭曰：籞，禁苑也。心知日月在重霄。〔施註〕《周易·離》：日月麗乎天，百穀草木麗乎土，重明以麗乎正，乃化成天下。君如老驥初遺絡，〔施註〕《文選》鮑明遠樂府：驄馬金絡頭。我似枯桑不受條。〔施註〕《毛詩·

豳風·七月》：蠶月條桑。鄭氏云：條桑，枝落之采其葉也。强鑷霜鬢簪彩勝，蒼顏得酒尚能韶。〔施註〕白樂天《自詠》詩：夜鏡隱白髮，朝酒發紅顏。〔合註〕鮑照詩：韶顏慘驚節。

再和

衰遲何幸得同朝，温勁如君合珥貂〔一三〇〕。〔王註次公曰〕貂，侍中冠也。《漢官儀》：侍中冠武弁大冠，亦曰惠文冠，加金璫，附蟬爲文，貂尾爲飾，謂之貂蟬。註云：侍中服之則左貂，常侍服之則右貂。董巴《與服志》云：金取堅剛百鍊不耗，蟬取居高飲清，貂取内勁悍外温潤。本趙武靈王胡服之製，秦王破趙，得之，賜侍中。誰惜異才〔一三一〕蒙徑寸，自慚枯枿借淩霄。〔王註縯曰〕淩霄花也。〔施註〕柳宗元《與蕭俛書》：朽枿腐敗，不能生植。光風泛泛初浮水，紅槮離離欲綴條〔一三二〕。後日一樽何處共，奉常端冕作咸韶。〔施註〕《漢·百官表》：奉常，秦官，掌宗廟禮儀。景帝六年，更名太常，屬官有大樂等六令。《禮記·樂記》：端冕而聽古樂。又云：君子端冕，則有敬色。《樂緯》：黄帝樂曰咸池，舜曰簫韶。

卷三十校勘記

〔一〕和子由除夜元日省宿致齋三首　繆荃孫覆刊明成化《東坡七集·前集》卷十七，自此詩起，至卷十八《怡然以垂雲新茶見餉報以大龍團仍戲作小詩》止，傅增湘、章鈺用集丙校過。以下所稱集丙，即指傅、章校本。此三詩之第二詩，外集收入卷七，題作「戊辰元日」。

〔二〕江湖　集甲、集丙、施乙作「江淮」。

〔三〕相望　類甲、類乙作「相逢」。
〔四〕蒼顔　外集作「龍鍾」。
〔五〕强遣　查註作「遥遣」。
〔六〕朝回兩袖　外集作「歸來衣袖」。
〔七〕頭上銀幡　外集作「剩插金幡」。
〔八〕笑阿咸　外集作「愧阿咸」。
〔九〕韓康公坐上侍兒求書扇上二首　此二首之第一首，七集爲《雜詩二首》之第一首，其第二首，七集題作「韓康公坐上侍兒求書扇」。外集題作「上元韓康公坐上侍兒求書扇上」。
〔一〇〕魚吹日　七集作「魚吹沫」，原校：「沫」一作「日」。
〔一一〕蝶透衣　七集、外集作「蝶遶衣」。七集原校：「遶」一作「透」。
〔一二〕滿袖　類本、七集作「滿袂」。
〔一三〕莫問　集甲、施乙作「莫怪」。
〔一四〕平生　集甲作「平時」。
〔一五〕謾説　查註、合註：「説」一作「詡」。
〔一六〕酤酒　集甲、類本作「沽酒」。按，《康熙字典》：「酤」，通作「沽」。
〔一七〕和宋肇遊西池次韻　施本作「次韻宋肇遊西池」。集甲、集丙「次韻」二字爲題下自註。
〔一八〕贔屭　施本作「贔屓」。類甲、類乙作「屭屓」。

〔一九〕斑白　集甲、施乙作「班白」。

〔二〇〕蒼顔　合註謂一作「蒼頭」，誤。

〔二一〕華髮　類丙作「白髮」。合註謂「白」誤。

〔二二〕挽詞　類本作「挽詩」。

〔二三〕今在劉貢父斂四字後删去顧子敦臨四字　原無「在『劉貢父斂』四字後」八字，今據施乙註文，特爲説明。

〔二四〕翊贊勳　集甲作「翼贊勳」。

〔二五〕西第　類本作「西地」，合註謂「地」誤。

〔二六〕誥案卽戊己芝　「誥案」二字原缺，今補。「卽戊己芝」四字，非「王註」註文，乃王文誥註語。

〔二七〕春山　類本作「青山」。

〔二八〕鹿養茸　查註作「養鹿茸」。

〔二九〕天工　類本作「天公」。

〔三〇〕耕樵　類本作「漁樵」。

〔三一〕唐高祖謂温大雅兄弟云云　施乙無此條自註。集甲、集丙、類本有此條自註。

〔三二〕五月朝　類丙作「五日朝」。

〔三三〕貞元中云云　施乙此註文，無「東坡云」字樣；註文與自註略同。集甲、類本有此條自註。

〔三四〕柏石圖詩　類本無「詩」字。

〔三五〕并敍　原缺，據集甲加。施乙作「并引」

〔三六〕惠李承晏墨　類本「惠」作「送」。

〔三七〕王丈　類本作「王丈人」。

〔三八〕吏民　類本無「民」字。

〔三九〕請黄魯直秦少游各爲賦一首　集甲、集丙、類本「直」後有「學士」二字，「游」後有「賢良」二字。類本無「請」字、「爲」字。

〔四〇〕光華　集丙無「華」字。

〔四一〕霜葉　集丙作「華葉」。

〔四二〕江畔　集甲作「江上」。

〔四三〕學山王　類甲作「覺山王」，類丙作「覺王山」。

〔四四〕次韻許冲元　集甲、類本作「次許沖元韻」。查註：一本無此五字。合註：舊王本無此五字。按，類甲、類丙皆有此五字。

〔四五〕施註許冲元名將云云　原註殘缺甚多，今據施乙補足。删去合註「元祐三年再爲翰林學士」十字，又删去自「考宋史高士林傳云」以下三十一字。

〔四六〕余昔與高君同奉使　集甲、類本無「昔」、「同」字。施乙無「君」、「奉」字。

〔四七〕次前韻　類丙無「前」字。

〔四八〕上方　集甲、施乙、類本作「尚方」。

〔四九〕猶社櫟　類本作「如社櫟」。合註：王本「猶」作「似」。
〔五〇〕憶昔江湖一釣舟無數雲山供點筆　類丙無此二句，類甲有。
〔五一〕自驚聳　查註：「自」一作「且」。
〔五二〕端如　施乙作「端知」。
〔五三〕劉蜕文冢銘在梓州　施乙、類本無此條自註。集甲有此條自註。
〔五四〕太平寰宇記云云　《太平寰宇記》原作《元和郡縣志》。沈欽韓《蘇詩查註補正》謂《元和志》無此文。按，此註註文出《太平寰宇記》卷八十二。今校改。
〔五五〕畫檐　施乙作「畫簷」。按，《集韻》：「簷」，亦作「檐」。以後不重出。
〔五六〕塵漬　外集作「塵積」。
〔五七〕桐葉　外集作「梧葉」。
〔五八〕殘點　外集作「淺點」。
〔五九〕碣石菴戲贈湛菴主　類甲、類乙「戲」作「寄」。外集題作「喝石嵓寄湛菴主」。按，「碣」疑應作「喝」。參本卷〔六二〕條校記。
〔六〇〕湛相國寺僧也　七集無「湛」字。
〔六一〕喝石　原作「碣石」，今從外集。查註：「碣」疑當作「喝」。
〔六二〕越州絶句　「絶句」二字據集甲加。
〔六三〕樽酒　類本作「杯酒」。

〔六四〕李伯時　類本無「李」字。

〔六五〕無人　類甲作「庶人」。

〔六六〕清灣　集甲、集丙、施乙作「濤灣」。

〔六七〕可此　查註、合註：一作「此可」。

〔六八〕嚴灘　集甲、施乙、類本作「巖灘」。合註謂「巖」訛。合註謂「嚴灘，當卽指七里瀨」；又謂「建溪亦多灘，不必專屬一處」，則此「嚴」字已不專屬嚴光。有自相矛盾處。細味詩意，「巖灘」有山有水，較「嚴灘」專指水者似更勝。今姑仍底本之舊。

〔六九〕羊炙　施乙作「半⿱⺈肉」。按，《字彙》：「⿱⺈肉」，同「炙」。

〔七〇〕荔支食　集甲、施乙「食」作「飲」。

〔七一〕我今　集甲、施乙作「今我」。

〔七二〕風雨有感　查註、合註：「雨」字後一本有「敗書屋」三字。按，《古今事文類聚》後集卷十四引此詩，有「敗書屋」三字。

〔七三〕不煩　集甲、施乙作「不須」。

〔七四〕亦無醳　集甲作「故無釋」。施乙作「故無醳」。類本作「亦無釋」。集丙「釋」作「醳」。

〔七五〕黄魯直　類本無「黄」字。

〔七六〕書黄庭内景經尾　集甲在銘贊類，題作「黄庭經贊」。

〔七七〕内景經　合註：一本無「經」字。

〔七八〕後前　查註作「後先」，謂石刻「先」作「前」。合註：先生全集亦作「前」。
〔七九〕夾　合註：一作「俠」，訛。
〔八〇〕侍　合註：查作「持」，訛。盧校：「侍」。
〔八一〕問我　查註、合註：石刻「問」作「今」。
〔八二〕蒼鵠騫　集甲作「蒼鵠鶱」。合註：《廣韻》：「騫」字在下平聲一先部。註云：虧少，一曰馬腹縶，又姓。「鶱」字在上平聲二十二元部。註云：飛皋貌。今先生詩云「蒼鵠」，則當作「鶱」，不當作「騫」。他本有刊作「鶱」者。山谷詩亦作「飛鶱」，似皆以一先韻通入二十二元韻矣。惟子由詩云：「知我此心未虧騫」，則正作一先韻「騫」字解也。
〔八三〕廬山　集丙作「盧山」。
〔八四〕黃魯直　七集無「黃」字。
〔八五〕偕秋風　七集作「隨秋風」。
〔八六〕書林次仲所得李伯時歸去來陽關二圖後　集甲、類本「後」字後有「二首」二字。
〔八七〕寶墨　類本作「墨寶」。
〔八八〕宮燭　集甲、施乙作「官燭」。
〔八九〕疎疎　類甲、類乙作「霏霏」。
〔九〇〕御燭　查註作「玉燭」。
〔九一〕宮壺　集甲作「官壺」。

〔九二〕却逐　查註作「却遂」。

〔九三〕桑榆暖　集丙作「桑榆煖」。按，《集韻》：煗，《説文》，温也。或作煖、暖、㬉。以後不重出。

〔九四〕施註昔五代之際云云　原註有殘缺，今據施乙補足。「嬌嬌」句下施註一條，在此註註文內（其略異處爲：「張永徽名宗諤」，施乙無「名宗諤」三字；吴醇翁「知蜀州」，施乙作「卽蜀州」），今删去。

〔九五〕查註容齋三筆云云　「嬌嬌」句下，查註「張宗諤利路漕臣建議廢茶場」云云，已詳本條查註；其「惟思道無考」五字，已見題下施註及本條查註。删去「嬌嬌」句下查註一條十七字。

〔九六〕岷俗　集甲、類本作「呡俗」。合註：「岷」一作「甿」。

〔九七〕謂杞與稷也　集甲、類本無「謂」字。

〔九八〕謂思道　集甲、類本無「謂」字。

〔九九〕風雪　施乙作「雨雪」。

〔一〇〇〕吾聞江漢間……君王付尺箠　類本「漢」作「海」。合註：「付」一作「不」。

〔一〇一〕并敍　施乙作「并引」。

〔一〇二〕王註梅聖俞詩云云　集甲先列聖俞詩，次列東坡次韻詩。

〔一〇三〕雪嶺　七集作「雪領」。

〔一〇四〕龐德公　類本作「龐德翁」。

〔一〇五〕貽以安　集甲、施乙作「遺以安」。

〔一〇六〕真色難　章校：《鑑》作「其色難」。

〔一〇七〕饋母　章校：《鑑》作「食母」。
〔一〇八〕似我　類本作「我似」，查註云「我似」訛。
〔一〇九〕意先闌　章校：《鑑》作「竟生音」，疑誤。
〔一一〇〕挂我冠　查註、合註：「我」一作「吾」。
〔一一一〕舞幻仙　類甲、類乙、類丁作「作幻仙」。
〔一一二〕千疊山　類甲、類乙作「三疊山」。章校：《鑑》作「千疊煙」。
〔一一三〕喬木　類甲、類乙作「橋木」。
〔一一四〕此境　章校：《鑑》作「此景」。
〔一一五〕往買　類本作「往置」。
〔一一六〕驚醉眠　原作「驚晝眠」。今從集甲、施乙、類本。
〔一一七〕還君　類乙作「還若」。
〔一一八〕十四韻　查註：墨迹「韻」後有「而」字。
〔一一九〕語特奇麗　合註謂「語」一作「詩」。
〔一二〇〕瘦病　集甲、類本作「病瘦」。
〔一二一〕能令　類本作「但能」。
〔一二二〕柳子厚有囚山賦　施乙無此條自註。
〔一二三〕使者　外集作「使君」。

〔一二四〕天閶　七集作「天闔」。
〔一二五〕與龍節……同過定國……以示定國也　合註：石刻作「侍宴前一日，微雪，舍弟子由同訪定國清虛堂小飲。坐中，出近詩數十首，皆清絶，而五言尤奇。子由又言：與孫巨源輩同過定國，今幾年矣，死生聚散有足悲者。夜歸稍醒，作此詩。明日燕殿門外，當以示定國」。「同過定國」，查註「定」前有「王」字。「以示定國也」，施乙無「也」字。
〔一二六〕飛玉沙　合註：石刻作「吹玉沙」。
〔一二七〕羨君五字　合註：石刻作「吾儕三昧」。
〔一二八〕欲與六出争　合註：石刻作「坐看五字飛」。
〔一二九〕頭風已倩檄手愈背癢却得仙爪爬　合註：石刻此二句在「撾」字韻下。「却得」，集甲、類本作「恰得」；「仙爪」，類甲作「仙掌」。
〔一三〇〕蟻酒　原作「螘酒」，今從集甲。按，《集韻》：「螘」與「蟻」同。以後「螘」皆作「蟻」，不重出。
〔一三一〕起作　合註：石刻「起」作「自」。
〔一三二〕疊鼓　合註：石刻「疊」作「晝」。
〔一三三〕和黄魯直效進士作二首　集甲收第一首，題作「次韻黄魯直效進士作歲寒知松柏詩」；類本同集甲，題作「次韻魯直效進士作歲寒知松柏」。
〔一三四〕炎涼　集甲作「炎冷」。類甲作「炎冷」。
〔一三五〕棟梁　類本作「梁棟」。

〔一三六〕貿貿　集甲作「貿貿」。按，《字彙》：「貿」，俗「貿」字。

〔一三七〕款塞來享　外集「享」字後有「詩」字。

〔一三八〕兵火　七集作「烽火」。外集作「鋒火」。

〔一三九〕流沙靜　外集作「流沙淨」。

〔一四〇〕百餘首　類本作「百餘篇」。

〔一四一〕短衫壓手　外集作「短山壓耳」，疑誤。

〔一四二〕范景仁　集甲、類丙無「范」字。

〔一四三〕舊法云云　施乙此註文，無「東坡云」字樣。施註引《尚書疏》云：「堂上之樂，皆受笙鈞；堂下之樂，皆受磬鈞。」集甲、類本「舊法」作「舊説」。

〔一四四〕絲聲微　類本作「絃聲微」。

〔一四五〕今方　類甲作「方今」。類丙作「方令」，當爲「方今」之誤。

〔一四六〕次韻劉貢父春日賜幡勝　集甲、集丙「勝」字後有「一首」二字。

〔一四七〕合註謂宋史許沖元傳自知成都府再入翰林在元祐三年……合註引宋史不誤而沿查註之舊乃誤「在元祐三年」後，尚有「未必立春時卽在朝王註三年作誤」十四字，味上下文，似此十四字應爲合註之文。查合註無此十四字，今删去。「而沿」以下八字，原作「其説亦誤」，文意難明，今略作改動。

〔一四八〕羞采勝　集甲、施乙作「飄彩勝」。類本作「風采勝」。

〔一四九〕袗絺　類本作「紾絺」。類丙註文引《論語》作「袗絺」。則「袗」、「紾」通。

〔一五〇〕珥貂　集丙「珥」作「洱」。

〔一五一〕異才　集甲、類丙作「異材」。

〔一五二〕綴條　類甲作「經條」，疑誤。

蘇軾詩集卷三十一

古今體詩四十四首

【誥案】起元祐四年己巳正月，在翰林學士知制誥兼侍讀任，三月，除龍圖閣學士充兩浙西路兵馬鈐轄知杭州軍州事，四月出京，五月至南都，六月渡江入浙西境，七月到杭州任，至十二月作。

和王晉卿送梅花次韻〔一〕

〔查註〕石刻先生自題此詩後云：僕去黃州五周歲矣，飲食夢寐，未嘗忘之。方請江湖一郡，書此一詩，寄王文甫、子辯兄弟，亦請一示李樂道也。〔合註〕石刻詩帖，自題元祐四年三月十日。【誥案】此詩施編在元祐三年領貢舉《送李廌》詩後，本誤，查註改編於此，甚當。公不云去黃五年，而云五周歲，此從元豐甲子計，至元祐己巳，以六年扣足五周，即四年作詩之明文。合註猶謂施編似不爲誤，務以駁查，非也。

東坡先生未歸時，〔王註次公曰〕言在黃州時也。自種來禽與青李。五年不踏江頭路，〔王註次公曰〕言離黃州五年矣。夢逐東風泛蘋芷。江梅、山杏爲誰容，獨笑依依臨野水。〔合註〕此翻用「巡簷共索梅花笑」句也。此間風物君未識，花浪翻天雪相激。明年我復在江湖，【誥案】公是時尚無出守之事，其詩意謂今年必去，則明年定在江湖也。合註謂詩必作於三年屢乞郡時，始可與明年合，其意指公四年出守。是公已知四年必出守也。進退恩命，皆朝廷主之，豈人臣所可預必哉？公正以不能遽去，故且云明年也。必如是解此句，方是活句，若因苛查註而誤詩，此則必不可也。知君對花三歎息。【誥案】紀昀曰：借題映發，蹊徑甚别。

次韻王晉卿惠花栽，栽所寓張退傅第中〔二〕

〔查註〕《宋宰輔編年録》：張士遜，博州人。歷事太宗、真宗、仁宗，凡三入相。康定元年致仕，封鄧國公。就第十年，卒，謚文懿。《宋史新編》云：士遜，字順之。《東都事略》：士遜以太傅致仕歸老，自號退傅。按大觀末，蔡京以太師罷相，詔以南園賜之。蔡作詩云：八年帷幄竟何爲，更賜南園寵退師。以此例之，可知矣。〔合註〕《甕牖閑評》：張士遜年七十有八，詩云：八十光陰有二年。後四年而卒，乃八十二歲之讖。此《詩史》所載也。

坐來念念失前人，〔施註〕柳子厚《石門長老》詩：坐來念念非昔人，萬遍蓮花爲誰用。共向空中寓一塵。〔施註〕韓退之詩：下視寓九州，一塵集毫端。白樂天《逍遥詠》：此身何足厭，一聚虚空塵。若問此花誰是主？天教閑客管青春。〔施註〕白樂天《天津醉吟》詩：三川徒有主，風景屬閑人。

次韻王晉卿上元侍宴端門

〔查註〕《石林燕語》：端門在大慶殿之南。朱弁《曲洧舊聞》：本朝太宗，三元不禁夜，上元御端門，中元、下元御東華門，後罷中元、下元，而上元遊觀之盛，冠於前代矣。〔合註〕《續通鑑長編》：元祐四年正月乙酉，御宣德門，召從臣觀燈。

月上九門開，〔王註〕《楚辭》：虎豹九關。王逸曰：天門凡九重。〔合註〕沈佺期詩：九門開洛邑，雙闕對河橋。星河繞露臺。〔王註師曰〕故事：上元日，端門築露臺，高丈餘，優人妓女，皆列其上。〔施註〕《漢・文帝紀》：嘗欲作露臺。君方枕中夢，我亦化人來。〔施註〕《列子・周穆王篇》：西極之國，有化人來。居亡幾何，謁王同遊。王執化人之袪，騰而上者，中天乃止，暨及化人之宮。光動仙毬縋，香餘步輦回。〔王註師曰〕上元，端門放燈，至夜闌，綵山上縋下仙毬，則天子乘步輦還內。〔施註〕上元御樓，燈自樓而縋，則聽民縱觀。《文選》班孟堅《西都賦》：乘茵步輦，惟所息宴。相從穿萬馬，衰病若爲陪。

王鄭州挽詞〔三〕克臣〔四〕

〔施註〕王鄭州，名克臣，字子難，河南人。國初勳臣審琦之曾孫。祖承衍，尚秦賢穆公主。子難，第景祐進士。仁宗閱其父名，顧侍臣曰：「賢穆有孫登科，可嘉也。」熙寧中，爲開封度支二判官，遷鹽鐵副使，監安上門。鄭俠介夫以上書直言竄嶺表，子難嘗薦俠，且饋之白金，坐奪官。復爲户部副使，以集賢殿修撰知鄆州。河决曹村，子難亟築隄城下。或曰：「澶淵去鄆爲遠，且州徙於高，八十年不知水患，安事此？」不聽，役愈急。隄成，水大至，不没者才尺餘。復起甬道，屬之東平王陵。邦人得趨以避水，皆繪奉其像，璽書褒焉。故詩云：千里農桑歌子産。子師約，習進士。英宗求儒生爲主壻，乃以師約尚焉。故云：一時冠蓋慕蕭嵩。元祐四年，以龍圖閣直學士大中大夫卒，年七十六。〔合註〕《續通鑑長編》載：元祐三年三月，朝議大夫知鄭州王克臣爲大中大夫，以克臣訴理隔磨勘十八年，故特遷也。四年正月癸巳，卒。是先生詩用子產正以切鄭州也。

羨君華髮起琳宮，〔施註〕《空洞靈章經》：衆聖集琳宮，金母命清歌。右輔初還鼓角雄。〔王註次公曰〕右輔則右馮翊，乃喻鄭州也。馮，音憑。千里農桑歌子產，〔施註〕《左傳·襄公三十年》：子產從政，三年，輿人誦之曰：我有子弟，子產誨之；我有田疇，子產殖之。子產而死，誰其嗣之？一時冠蓋慕蕭嵩。〔王註〕《唐書》：蕭嵩以太子太師請老，修蒔園區，優游自怡。家饒財，而其子華爲工部侍郎，子衡以尚主位三品，就養，年踰八十，士艷其榮。〔合註〕《續通鑑長編》：治平三年四月，屯田員外郎王克臣之子孝莊，賜名師約，以尚德寧公主故也。那知聚散舂糧外，〔王註〕《莊子·逍遥遊篇》：適百里者宿舂糧。〔施註〕《文選》謝靈運詩：晤對無厭歇，聚散成分離。便有悲歡過隙中。〔王註〕《莊子·盜跖篇》：人壽無異騏驥之馳過隙也。〔施註〕李太白《送王屋山人魏萬還王屋》詩：目極心更遠，悲歡但長吁。京兆同僚幾人在，猶思對案筆生風。〔公自註〕予爲開封府〔五〕幕，與子難同廳。〔合註〕先生攝開封推官，乃熙寧四年正月事。〔施註〕《漢·趙廣漢傳》：爲京兆尹，見事風生，無所迴避。

書王定國所藏王晉卿畫著色山二首

〔施註〕東坡以詩謫黃州，凡五年，王定國罪亦坐累謫監賓州鹽酒税。王晉卿謫爲英宗主壻，主薨，謫徙均州。故云：三人俱是識山人。

其一

白髮四老人，何曾在商顔。〔王註〕李太白《商山四皓》詩：白髮四老人，昂藏南山側。〔施註〕《漢·張良傳》：太子侍宴，四人者從，年皆八十餘，鬚眉皓白，衣冠甚偉。顔師古曰：四人，卽商山四皓也。煩君紙上影，照我胸中山。山中亦何有，木老土石頑。正賴天日光，澗谷紛斕斑。我心空無物，斯文何足關〔六〕。〔施註〕陶淵明《連雨獨飲》詩：世間有松喬，於今定何間。君看古井水，萬象自往還。【誥案】紀昀曰：意境深微，氣亦渾雅。

其　二

君歸嶺北初逢雪，我亦江南五見春。寄語風流王武子，〔施註〕《晉·王濟傳》：字武子。少有逸才，風姿英爽，氣蓋一時。王武子尚常山公主。三人俱是識山人。〔王註堯卿曰〕公謫黄州五年，定國賓州三年，晉卿均州三年。

呈定國〔七〕

【誥案】此詩施編不載，查註從邵本補編。

舊病應逢醫口藥，〔合註〕「舊病」暗用柳子厚《報崔黯秀才論爲文書》：凡人好辭工書，皆病癖。新粧漸畫入時眉。〔合註〕朱慶餘詩：粧罷低聲問夫壻，畫眉深淺入時無。信知詩是窮人物，近覺王郎不作詩。

寄傲軒

〔查註〕李端叔《姑溪集·題韋深道寄傲軒》詩云：南窗何似北窗涼，寄傲風來各有方。千古光輝如昨日，一時收拾付新堂。已驚盞裏醅初緑，更覺籬邊菊漸黄。就使主人官卽顯，此間高興定難忘。〔合註〕深道，名許。《一統志》云：蕪湖人，從李之儀學，不事科舉，築室，榜曰獨樂。元符間，諸公遭貶逐，許遇有過江上者，必款接周急。自號湖陰居士。又據其裔孫韋謙恒云：宋時自江西避難蕪湖，顏所居曰寄傲軒，康熙年間，於蕪湖縣南半里，掘地得古碑，題曰「宋獨樂居士韋深道先生墓」，就其處建祠焉。【誥案】此詩施編不載，查註從外集補編。

先生英妙年，〔馮註〕《文選》潘岳《西征賦》：終童山東之英妙。一掃千兔禿。〔馮註〕杜子美《醉歌行》詩：詞源倒流三峽水，筆陣横掃千人軍。〔合註〕唐太宗《書王羲之傳後》云：雖禿千兔之毫。仕進固有餘，不肯踐場屋。通闤何所傲，傲名非傲俗。〔合註〕《晉書·郭璞傳》：傲俗者不得以自得。定知軒冕中，享榮不償辱。豈無自安計，得失猶轉轂。先生獨揚揚，憂患莫能瀆〔八〕。得如虎挾乙，〔王註績曰〕虎威狀如乙字，人佩之可以辟除不祥。〔馮註〕《酉陽雜俎》：虎威如乙字，長寸許，在脇兩旁，皮内尾端亦有之。佩之臨官，則能威衆。失若龜藏六。〔馮註〕《雜阿含經》：有龜被野干所包，藏六而不出，野干怒而捨去。佛告諸比丘，當如龜藏六根，魔不得便。注：野干，獸名。干，音犴。范石湖詩：六用都藏縮似龜。茅簷聊寄寓，俯仰亦自足。東坡無邊春，方寸盡藏蓄。醉哦旁若無，〔合註〕《史記·荆軻傳》：酒酣以往，高漸離擊筑，荆軻和而歌於市中，相樂也。已而相泣，旁若無人者。獨佾一樽醁〔九〕。牀頭車馬道，殘月挂踈木。朝客紛擾時，先生睡方熟。

送呂昌朝知嘉州〔一〇〕

不羨三刀夢蜀都，〔施註〕《晉·王濬傳》：轉廣漢太守，夜夢懸三刀於卧屋梁上，須臾又益一刀，驚覺，意甚惡之。主簿李毅曰：「三刀爲州字，又益一者，明府其臨益州乎？」果遷益州刺史。聊將八詠繼東吴〔二〕。〔王註次公曰〕昌朝得宋復古畫《八景圖》，來嘉州。其目曰：洞庭晚靄、廬阜秋雲、平田雁落、闊浦帆歸、雨暗江村、雪藏山麓、泉嵓古柏、石岸孤松。「八詠繼東吴」，則沈休文嘗有《東吴八詠》也。〔施註〕宋《沈約集》有《東陽八詠》。〔合註〕《一統志》：金華府，孫吴置東陽郡，隋初爲吴寧縣。則稱東吴亦可。卧看古佛淩雲閣，勑賜詩人明月湖。〔王註次公曰〕淩雲閣，卽九鼎寺，有大佛之像。明月湖在州治之東。〔查註〕《方輿勝覽》：九頂山在嘉州城左，唐會昌以前，每峰皆有寺，今惟存報恩一寺。又：淩雲寺，唐開元中，僧海通鑿山爲彌勒大像。《墨莊漫録》：《嘉州淩雲寺大像記》，韋皐文，張綽書，其碑甚豐。《名勝志》：明月樓，在嘉州城譙樓之右，下瞰明月湖。郭璞讖云：鬱姑鬱姑，將州到洛都，但看千載後，變成明月湖。後隋鬱姑將軍始開此湖也。洛都，山名，在嘉州西五里。得句會應緣竹鶴，〔合註〕《宣和畫譜》：黄筌、黄君寶、滕昌祐，均蜀人，有《竹鶴圖》。豈吕昌朝於宋復古八景之外，復有收藏名畫，故先生詩云爾耶？再考。思歸寧復爲蓴鱸。横空好在修眉色，〔施註〕韓退之《南山》詩云：天宇浮修眉，濃緑畫新就。頭白猶堪乞左符。〔施註〕《漢·文帝紀》：初與郡守爲銅虎符、竹使符。顔師古曰：與郡守爲符者，各分其半，右留京師，左以與之。〔查註〕《唐書·輿服志》：隨身魚符，左二右一，左者進内，右者隨身，皆盛以袋。三品以上飾以金，五品以上飾以銀。景雲中，詔衣紫者以金飾，衣緋者以銀飾，謂之章服。程大昌《演繁露》：漢太守之官，必得左符以出，至郡，用以爲驗。蓋右符先已留州，故令以左右合也。唐世刺史，亦執左魚至州，與右魚合契。

次韻黄魯直寄題郭明父府推潁州〔三〕西齋二首

〔查註〕《職官分紀》：惟開封及京留守，有判官、推官，其餘名節推、察推者，皆幕職官也。〔合註〕

《東坡全集》有《與明父權府提刑尺牘》，首云：到官半歲，依庇德宇。考先生於元祐六年九月到潁，明年三月去潁移揚，適半歲，當卽此人。至作詩，則在將赴杭時也。

其一

樹頭啄木常疑客，〔王註〕賈島詩：時聞啄木鳥，疑是叩門僧。客去而嗔〔一三〕定不然。脱轄已應生井沫，解衣聊復起庖煙。〔王註〕杜子美《題新津北橋樓》詩：廚煙覺遠庖。〔施註〕《漢・韓信傳》：解衣衣我，推食食我。白樂天《村居》詩：廚寒未起烟。平生詩酒真相污，此去文書恐獨賢。〔王註〕杜子美《謁文公上方》詩：久遭詩酒污，何事忝簪裾。早晚西湖映華髮，小舟翻動水中天。〔王註〕潁州之西湖也〔一四〕。〔施註〕賈島詩：棹穿波底月，船壓水中天。

其二

寂寞東京月旦州，〔施註〕《後漢・許劭傳註》：縣有月旦里。〔查註〕《太平寰宇記》：蔡州汝陽縣。唐貞元七年正月，割汝陽縣汝水之南地，置汝南縣。元和十三年，以地復歸汝陽。安城故城，在汝陽縣東南〔一五〕，北有二龍鄉、月旦里是也。德星無復綴珠旒。〔施註〕《稽神異苑》：陳實與子姪造荀爽父子討論，於時，太史奏德星聚。《後漢・天文志》：五星如連珠。莫嗟平輿空神物，〔集甲原註〕輿音預〔一六〕。〔王註〕《後漢書》：許劭兄虔，亦知名，汝南人稱平輿淵有二龍焉。〔施註〕《太平寰宇記》：平輿縣有二龍澤，許劭、許虔俱有高名，汝南稱平輿有二龍。〔查註〕《輿地廣記》：平輿縣有葛陂，水物含靈。後漢費長房投竹化龍處。尚有西齋接勝流。〔施註〕《楞嚴經》：此三勝流。《唐・張九齡傳》：

朝廷許其勝流。春夢屢尋湖十頃，家書新報橘千頭。雪堂亦有思歸曲，〔王註堯卿曰〕公嘗裁節陶淵明《歸去來》爲《思鄉曲》。〔施註〕《文選》石崇《思歸引序》云：困於人間煩黷，常思歸而永歎，尋覽樂篇，有《思歸引》，倘古人之情，有同於今，故制此曲。爲謝平生馬少游。

次韻秦少章和錢蒙仲

〔施註〕秦少章名覯，少游弟。錢蒙仲，穆父子。〔查註〕《東都事略》：秦觀弟覯，字少章，亦能文。陳後山有《送少章詩》，註云：元祐四年三月，東坡自翰苑出知杭州，少章時從東坡學。黃山谷有《送少章從蘇公餘杭》詩，張文潛有《送秦覯從蘇杭州爲學序》，少游有《送少章弟赴仁和主簿》詩。錢蒙仲，穆父之子，穆父知越州，蒙仲時亦在越。故結句云：隔江相照雪衣明。〔合註〕任淵《陳後山詩註》：秦覯，字少章。與《東都事略》及《宋史》不同。【誥案】覯、覿皆秦觀弟，覯字少章，史家皆舛誤，非任淵誤也。時覿從公於杭，其後歸，公作《太息》一篇送之。詳卷三十二案中。自此詩起以後，皆杭州作。〔案〕總案元祐五年二月，有「作《太息》一篇送秦覿」條。

碧畦黃隴稻如京，〔施註〕《毛詩·小雅·甫田》：曾孫之庾，如坻如京。鄭氏云：京，高丘也。歲美人和易得情。〔合註〕《周禮·春官》：馮相氏冬夏致日。疏引《易緯通卦驗》：歲美人和。鑑裏移舟天外思〔一七〕，〔王註程縯曰〕李太白《清溪行》詩：人行明鏡中，鳥度屏風裏。〔次公曰〕鑑裏移舟，蓋越州之景。王羲之嘗曰：「每過山陰道，如明鏡中行。」是也。〔施註〕謂鑑湖。地中鳴角古來聲。〔施註〕元微之《會稽州宅》詩：星河影向簷前落，鼓角聲從地下回。山圍故國城空在，潮打西陵意未平。〔王註次公曰〕蒙仲，豈越州之子弟乎？先生詩似正比越州也。李白《送友人尋越中山水》詩「西陵繞越臺」是也。又劉禹錫《金陵》詩：山圍故國周遭在，潮打空城寂寞回。〔合註〕《石林詩話》：蘇子瞻「山圍故國」云云，此非誤用，直是取舊句縱横役使，莫彼我爲辨耳。【誥案】錢蒙仲不但是錢越州之子，并屬錢王之後，詩乃特用「山圍故國」，而以「城空」二字易去「周遭」，其下句之「意未平」，亦有感慨。蓋錢氏歸國後，有臨安縣田園房廊歲課一千三百四十貫有奇，寄納軍資庫，爲錢塘、臨安二邑歲修祠墓之用，並未請領。計自太平興國三年戊寅，至是元祐己巳，凡一百十二年，庫貯計一十五萬貫有奇。當元豐間，祠墓蕪廢，錢暉等上言：不敢支給前項，但求撥完田園房廊收課完修。詔許杭州支五百貫，可謂豈有此理。彼納土者嫡孫已爲道士，何忍出此，宜其後康王有錢假討地之一説也。公前作《表忠觀碑》，已有父老流涕之詞，至明年竟支與四千五百貫。六年罷任，又爲奏請歲給，且以毋使小民竊議爲言。是此故國未平，即雲孫憔悴之慨，而不得更謂之劉禹錫詩矣。詩話往往癡人説夢，故詳言之。二子有如雙白鷺，〔查註〕《詩·振鷺篇》：杞、宋之君，有潔白之德，其至止亦有此容，言威儀之善如鷺然。隔江相照雪衣明。〔王註次公曰〕玉真妃，有一鸚鵡，其毛色白，名之曰雪衣女。先生與陳述古詩：記得金籠放雪衣。自註云：當生日，杭人爲之放鴿。觀此，則凡羽毛之色白者，皆可言雪衣矣。

次韻錢越州

〔施註〕先是東坡起流落中，掌二制，勇於報國，不爲顧慮，且復踈於言語，是時衆賢雖聚於朝，而已有洛黨、朔黨、蜀黨之語，言路多以謗訕誣之。二聖察其忠藎，不以爲罪，諸公無以泄其怒，凡所薦引如黄魯直、歐陽叔弼、王定國皆被彈劾，無得免者。公乃屢章乞去，歷辯謗傷。元祐四年三月，除龍圖閣學士知杭州，而穆父時以京尹坐奏獄空事守越。正言劉器之謂責之太薄。穆父與公以氣類厚善，故此詩末章云：年來齒頰生荆棘，習氣因君又一言。後又和云：欲息波瀾須引去，吾儕豈獨在多言。意皆有在也。【誥案】元祐二年，公以賢良薦秦觀。始登第，其後賈易等劾觀，乃公六年還朝後事。施註與黄魯直等一例入之，謬甚，已删。魯直乃監德平鎮，自與趙挺之結冤，致公亦爲所彈。叔弼乃五鬼之一，因程伊川牽涉者，亦器之所攻，與公何干。施註並謬。

髯尹超然定逸羣，〔王註次公曰〕髯尹，以言錢越州。〔查註〕穆父自知開封府出守越，故稱尹。南遊端爲訪雲門。謫仙歸侍玉皇案，〔王註〕越州有蓬萊閣，元微之有《越州》詩。〔查註〕程大昌《演繁露》：香案也者，正在殿上而對班案前者，乃從殿下準望言之。及其入閣，而夾侍香案，亦從左右準望，非直夾並香案也。元稹自言「我是玉皇香案吏」，其亦準望而爲言歟？老鶴來乘刺史轓〔一八〕。〔施註〕白樂天《韋山人》詩：老鶴風標不可親。〔合註〕用鶴乘軒事，蓋自謂也。已覺簿書哀老子，故知籩豆有司存。年來齒頰生荆棘，〔施註〕《真誥》：許遠遊《與王羲之書》云：君侯心中，荆棘交雜。《老子》：師之所處，荆棘生焉。習氣因君又一言。

同秦仲二子雨中遊寶山

〔施註〕黄師是龍圖諸孫直孺，以其先世此詩刻石歸宿。後題云：元祐四年八月二十六日，偶同仲天貺、秦少章來遊寶山。石刻雖已湮泐，而字極姿媚可愛也。

平明已報百吏散，半日來陪二子閑。〔施註〕李涉《題鶴林寺》詩：因過竹院逢僧話，又得浮生半日閑。立鵠〔一九〕低昂煙雨裏，〔王註〕《東方朔外傳》：武帝宴坐，朔執戟在殿階旁，屈指獨語。上從殿上見朔，呼問之。對曰：「殿後柏樹上，有鵠立枯枝上，東向而鳴。」行人出没樹林間。

去杭州〔三〇〕十五年，復遊西湖，用歐陽察判韻

〔王註鎮叔曰〕先生通判杭州，至七年甲寅秋，移守密州，至元祐四年己巳，知杭州。自甲寅至己巳爲十五年。〔查註〕《咸淳臨安志》：元祐四年正月庚午，熊本自杭徙知江寧府，蘇軾自翰林學士乞郡。三月丁亥，得旨以龍圖閣學士知杭州。按先生以七月三日到杭州任。《職官分紀》：諸州幕職，有觀察判官。

我識南屏金鯽魚，重來拊檻散齋餘。〔王註倬曰〕西湖南屏山興教寺池，有鯽魚十餘尾，皆金色。道人齋餘，争倚檻投餌爲戲。〔查註〕《西湖游覽志》：淨慈寺畔有南屏興教寺，舊名善慶，有齊雲亭、清曠樓。載先生此詩於條下。《長公外紀》：南屏萬工池，舊有金魚，魚有鯽有鯉，鯽食淤瀫，鯉食螺蜆，若餅餌之類，則皆食之。還從舊社得心印，〔施註〕白樂天《果上人》詩：本結菩提香火社。〔施註〕《高僧傳》：惠可立雪斷臂，求法於達摩。達摩曰：「我法一心不立文字。」法師以心契，故曰心印。似省前生覓手書。〔王註堯卿曰〕公遊壽星院，入門便悟。嘗有詩云：前生我已到杭州。晉羊祜自省前生李氏之子。張文定公方平爲滁州日，遊琅邪山，至藏院，云，前生寫《楞伽經》未終，願再成之。皆異人也。〔施註〕《高僧傳》：邢和璞與房琯遊廢佛堂，以杖擊地，令掘之，得一瓦瓶，中有婁師德《與永禪師書》。和璞笑謂琯曰：「省此乎？」琯彷彿記前生嘗爲僧，名智永。葑合平湖久蕪漫〔三一〕，〔查註〕本集《請開西湖狀》云：錢氏有國，置撩湖兵千人，日夜開濬。自國初以來，稍廢不治，水涸草生，漸成葑田。熙寧中，臣通判本州，湖之葑合者蓋十二三，今者十六七年間，遂塞其半。父老皆言：更二十年無西湖矣。〔合註〕《南史·梁元帝紀》：庭草蕪没。人經豐歲尚凋疎。誰憐寂寞高常侍，老去狂歌憶孟諸。〔施註〕《唐文粹》：高適爲封丘尉日，有詩云：我本漁樵孟諸野，一生自是

悠悠者。乍可狂歌草澤中，寧堪作吏風塵下。夢想舊山安在哉，爲銜君命且遲回。適，終左散騎常侍。〔查註〕《元和郡縣志》：孟諸，澤名，在宋州虞城縣西北，周圍五十里，俗號盟諸澤。

與莫同年雨中飲湖上

〔施註〕莫君陳，字和中，吴興人。官至少府監。〔合註〕《吴興備志》：莫君陳從安定先生學。熙寧中，新置六法科，首中其選，甚爲王安石器重。《續通鑑長編》：熙寧六年三月，詔試中刑法，莫君陳遷一官，爲刑法官。元祐三年五月，朝奉大夫大理少卿莫君陳知舒州，以疾自請也。四年八月，君陳罷兩浙提刑，與知州差遣，以先不受理章惇强買民田事也。先生作詩，蓋在君陳未罷之先。後，君陳又知蘄州，爲刑部員外郎，朝請大夫，荆湖北路轉運副使，提舉洞霄宫。俱見《長編》中。

到處相逢是偶然，〔施註〕杜子美《送楊監》詩：離别重相逢，偶然豈定期。夢中相對各華顛。〔施註〕《後漢·蔡邕傳》：有務世公子，誨於華顛胡老。還來一醉西湖雨，不見跳珠十五年。〔王註次公曰〕先生往爲杭倅日，有詩云：黑雲翻墨未遮山，白雨跳珠亂入船。故今詩云爾。〔堯卿曰〕杜牧詩：萬珠跳猛雨。

送子由使契丹

〔王註倬曰〕元祐四年三月十一日，子瞻出知杭州。八月十六日，詔子由爲賀遼國生辰國信使。

雲海相望寄此身，那因遠適更沾巾。〔王註〕杜子美《南征》詩：偷生長避地，遠適更沾巾。不辭馹〔三〕騎凌風雪，〔施註〕《左傳·文公十六年》：楚子乘馹，會師於臨品。杜預曰：馹，傳車也。要使天驕識鳳麟。〔施註〕《漢·匈奴傳》：單于遣使遺漢書，曰：「南有大漢，北有强胡。胡者，天之驕子也，不爲小禮以自煩。」沙漠回看清禁月，〔施註〕《漢·匈奴傳》：隔以山谷，壅以沙漠，天地所以絶内外也。〔合註〕傅咸《申懷賦》：穆穆清禁。【誥案】時子由代公爲翰林學士，故有此句。湖山應夢武林〔三〕春。〔王註次公曰〕《水經注》：錢塘縣有武林山。〔施註〕杭州舊號虎林，避唐諱，更爲武林。陸文學《錢塘記》云：武林山，隋時有白虎見其上，因以名之。單于若問君家世，〔合註〕《史記·匈奴傳》「單于」註：廣大之貌，言其象天，所謂天子。何遜詩：家世傳儒雅。莫道中朝第一人。〔王註〕《唐·李揆傳》：美風儀，善奏對。帝歎曰：「卿門地人物文學，皆當世第一，信朝廷羽儀乎？」又：德宗幸山南，揆爲盧杞所惡，用爲入蕃會盟使，拜尚書左僕射。揆至蕃，酋長曰：「聞唐有第一人李揆，公是否？」揆畏留，因紿之曰：「彼李揆安肯来耶？」

次韻答劉景文左藏

〔公自註〕有美堂燕集，景文有詩〔四〕。〔施註〕劉景文，名季孫，開封祥符人，壯閔公平之少子。初以右班殿直監饒州酒税。王荆公提點江東刑獄，行部至饒，按酒務，至廳事，見小屏間景文所題絶句云：呢喃燕子語梁間，底事來驚夢裏閑？説與旁人應不解，杖藜攜酒看支山。大稱賞之。時饒學缺教授，士人以言，荆公卽俾兼攝。後以左藏副使爲兩浙兵馬都監，駐杭州。東坡爲守，一見遇以國士，表薦之，得隰州以殁。〔王註堯卿曰〕有美堂宴集，景文詩云：雲間獵獵立旌旗，公在胥山把酒時。笑語幾番留湛輩，風流千載與吴兒。湖山日落丹青煥，樓閣風收雨露滋。誰使管蕭江上住，胸中事業九門知。自註云：是日大霈。〔查註〕按尤延之《遂初堂書目》，劉景文詩名《横槊集》，今不傳。與東坡唱和二十餘篇，予所見者十餘首耳。我老詩壇仆鼓旗，〔施註〕《漢・韓信傳》：建大將旗鼓。《唐・南蠻傳》：攻大渡河，仆旗息鼓。借君佳句發良時。但空賀監杯中物，〔王註〕李太白《憶賀監》詩：昔好杯中物，今爲松下塵。莫示孫郎帳下兒。夜燭催詩金燼落，〔王註〕劉禹錫詩：寂寂獨看金燼落。秋芳壓帽露華滋。故應好語如爬癢，有味難名只自知。〔王註〕佛書云：如人飲水，冷暖自知。

坐上復借韻送岢嵐軍通判葉朝奉

〔王註十朋曰〕此詩借劉景文韻。〔查註〕《太平寰宇記》：岢嵐軍理嵐谷縣。隋大業中，置岢嵐鎮，唐長壽中，置軍，取東北岢嵐山爲名。東至雪山六十里，與朔州分界。《九域志》：河東路岢嵐軍，太平興國五年，以嵐州嵐谷縣建軍。至東京一千八百里。《宋史・職官志》：文散官有朝奉大夫、朝奉郎，舊名通議，太平興國中改今名。

雲間踏白看纏旗，〔王註師曰〕軍中有踏白馬，遇行師，以爲先驅。〔查註〕《宋史・宋琪傳》：去官軍三五十里，踏白先行。王明清《摭青雜説》云：北人南侵，朝廷遣大軍遏其衝，主將每令小校，四出游徼，謂之踏白軍。〔合註〕《續通鑑長編》：熙寧八年二月，令王震校正李靖營陣法，分類解釋。註云：先鋒踏白，皆在陣外。莫忘西湖把酒時。夢裏吳山連越嶠，〔施註〕沈懷遠《南越志》：南越以五嶠爲限，東曰大庾，次騎田，次都龐，次癸萌渚，次越嶠。樽前羌婦雜胡兒。夕烽過後人初醉，春雁來時雪未滋。爲問從軍真樂不〔三〕？書來粗遣故人知。

始於〔三六〕文登海上，得白石數升，如芡實，可作枕。聞梅丈嗜石，故以遺其子子明學士，子明有詩，次韻〔三七〕

〔施註〕梅子明，吴郡人。自館閣求便親養，爲杭州通判。張文潛嘗有長篇送之云：吾人神仙後，厭直承明廬。借問太守誰？子雲蜀名儒。太守謂東坡也。〔合註〕《續通鑑長編》：元祐元年六月，張璪舉梅灝。註云：灝，蘇州人。十二月，灝爲祕閣校理，後元符二年正月，罷館職。而晁補之《雞肋集》有《送梅校理子明通守》詩，劉貢父《彭城集》亦有《承議郎充祕閣校理梅灝通判杭州制》，則子明當卽灝也。〔查註〕先生有《寄梅宣義園亭》詩，載後卷中。

海隅荒怪有誰珍，零落珊瑚泣季倫。〔王註次公曰〕季倫，石崇字也。季倫豪傑者。「泣」之義，以俟明識。〔伯恭曰〕此特借珊瑚之碎者以比石耳，「泣」者謂其可惜也。〔施註〕《漢班固敍傳》：得時者蕃滋，失時者零落。《晉·石崇傳》：字季倫。與王愷以奢靡相尚。武帝助愷，以珊瑚樹高二尺許以示崇，崇以鐵如意擊碎之。愷旣惋惜，聲色方厲，崇曰：「不足多恨。」乃命左右，悉取珊瑚高三四尺者六七株，條幹絶俗，光彩耀日，如愷比者甚衆。愷怳然自失。法供坐令微物重，〔公自註〕軾舊有怪石供〔三八〕。〔王註〕先生《怪石供》云：齊安江上，往往得美石，與玉無辨，多紅黄白色。其文如人指上螺，光明可愛。得二百九十八枚，佛印禪師適有使至，遂以爲供。〔施註〕《華嚴經》：諸供養中，法供養最。色難歸致孝心純。〔王註〕《左傳·隱公元年》：潁考叔，純孝也。只疑薏苡來交趾，〔施註〕《後漢·馬援傳》：交趾常餌薏苡實，軍還，載之一車，時人以爲南土珍怪。未信蠙珠出泗濱。願子聚爲江夏枕，不勞揮扇自寧親。〔王註〕《東觀漢記》：黄香，字文彊，江夏安陸人。〔合註〕《揚子法言》：孝莫大於寧親。

次韻錢越州見寄

莫將牛弩射羊羣，〔王註縯曰〕漢有八牛弩，以射楚軍，矢及十里。〔合註〕《玉海》云：唐時西蜀有八牛弩，見《唐書·傳》中。然詩句必另有所本，或即「割雞焉用牛刀」之意。臥治何妨晝掩門。〔王註〕《前漢·汲黯傳》：「拜淮陽太守。上曰：『吏民不相得，吾徒得君重臥而治之。』」稍喜使君無疾病，時因送客見車轓。搔頭白髮秋無數，〔施註〕杜子美《夢李太白》詩：出門搔白首。閉眼丹田夜自存。〔施註〕《黄庭經》：嘘吸廬外，出入丹田。註：存三丹田，使和積如一，則曰胎仙。《孟子·告子上》：梏之反覆，則其夜氣不足以存。《楚辭·遠遊》云：一氣孔神兮，於中夜存。欲息波瀾須引去，〔施註〕韓退之《剝啄行》：凡今之人，急名與官，子不引去，與爲波瀾。吾儕豈獨坐多言。〔王註次公曰〕末句蓋有所激，豈越州首篇有勸莫多言之意乎。【誥案】穆父之出，亦爲言者所攻，詩乃兼穆父言之，非穆父勸之也。

文登蓬萊閣下，石壁千丈，爲海浪所戰，時有碎裂，淘灑〔二九〕歲久，皆圓熟可愛，土人謂此彈子渦也。取數百枚，以養石菖蒲，且作詩遺垂慈堂老人

〔查註〕《元和郡縣志》：蓬萊鎮，在黄縣東北五十里。《齊乘》：宋治平中，登州郡守朱處約，於海神廟基建蓬萊閣，爲山海登臨勝槩。《名勝志》：蓬萊閣，在蓬萊縣城北丹崖山，舊傳漢武於此望海

中蓬萊山。東西二面，石壁巉巖。《齊乘》：蓬萊閣下有碎石，白者可以爲奕。《名勝志》：珠璣巖，在丹崖山下，石壁千丈，水中有小石，狀如珠璣，或如彈丸。《武林梵志》：千頃廣化院，在木子巷北。開平元年，吴越王建，舊名千頃，大中祥符九年，改今額。僧了性精於醫，善草書。趙清獻公名其堂曰垂慈，以著其療疾濟人之功。

蓬萊海上峰，玉立色不改。〔施註〕陶淵明《形贈影》詩：天地長不没，山川無改時。孤根捍滔天，雲骨有破碎。陽侯殺廉角，〔王註〕揚雄賦：淩陽侯之素波。〔施註〕《楚辭》屈原《九章》：淩陽侯之氾濫。《淮南子》：波神曰陽侯。【誥案】紀昀曰：精采艷發也。陰火發光彩。〔王註〕木元虚《海賦》：陽冰不冶，陰火潛然。劉禹錫《望賦》：送飛鴻之滅没，附陰火之光采。纍纍彈丸間，瑣細或珠琲〔三〇〕。〔施註〕《文選》左太冲《吴都賦》：金鎰磊砢，珠琲闌干。閻浮一漚耳，〔王註次公曰〕佛書：閻浮提，言中國也。〔施註〕《長阿含經》：閻浮提世界，由閻浮提樹得名。真妄果安在。我持此石歸，袖中有東海。垂慈老人眼，俯仰了大塊。置之盆盎中，日與山海對。明年菖蒲根，連絡不可解。倘有蟠桃生，旦暮猶可待。〔王註次公曰〕此詩言以小石養菖蒲，而言及待「蟠桃生」，未詳。豈以菖蒲延年，服之而壽，遂可待蟠桃乎？以俟言詩者。〔伯恭曰〕蟠桃，海上物也。《史記·五帝本紀》「東至於蟠木」，劉禹錫詩「海中仙果子生遲」是已。今詩主海石而作，如「袖中有東海」，「日與山海對」，皆非實事，故云「倘有蟠桃生，旦暮猶可待」，言既是海石，亦當有蟠桃也。【誥案】紀昀曰：筆筆奇警，不覺題之瑣碎。

次韻毛滂法曹感雨〔三一〕

〔施註〕毛滂，字澤民。元祐初，東坡在翰院，澤民自浙入京，以書贄文一篇自通。坡答之曰：「今時爲文者至多，可喜者亦衆，然求如足下閑暇自得，清美可口者，實少也。」坡出守錢塘，澤民適爲掾。紹聖初，謫惠州，澤民以書問安否，又寄所擬《秋興賦》。坡答之曰：「《秋興》之作，追配騷人多矣。遇不遇自有定數，然非厄窮無聊，何以發此奇思以自表於世耶？」澤民嘗爲武康令。崇寧初除删定官，未幾爲言者論去。後知秀州。有《東堂集》行於世。〔合註〕《永樂大典》收載此集，今已採入《四庫全書》，編作十卷，而此詩原唱，集中失載。滂，衢州人也。蔡元度守潤州，澤民傾心事之，見《揮麈後録》。【誥案】毛國鎮，三衢人。以省郎之筠州子由謫所。部中相與厚善，唱酬甚多。國鎮與趙清獻閲道舊契，時閲道方養老高齋，國鎮因告歸，公爲書《歸去來詞》以美之。其子滂，嘗見公於黄，子由亦有《贈毛滂齋郎》詩。公知其父子者久矣。施註謂滂於元祐初以書自通，直是夢囈。此詩首提「江南佳公子」，將閲道、國鎮舊契領起。中間「我頃在東坡」一段，明言筠、黄通好，其中有子由在，故云「公子豈我徒，衣鉢傳一簞」也。滂先已見公於黄，故又有「一笑便傾倒」句，而此段自述東坡貧困狀，與坐擁節旄氣槩，今昔不同，正以滂向預「設客」、「筒殫」之列，而因滂親見以發之也。又公以滂尚困下僚，故前有「興雨」、「斂藏」四句，後復終以「他年」、「芋火」，皆深切誡勉之詞，若如施註，則何由及黄州耶？滂於蔡卞爲内戚，《揮麈後録》乃記蔡卞夫婦家燕與滂謔戲之語，使紹聖間滂附蔡卞以成黨禍，如葉夢得之附其兄蔡京者然，必當引此條絀之。滂無其事；而施註已有紹聖間惠州通問及公厄窮無聊之説，是滂雖熟蔡卞，並未依附之也。合註之引此條，其意焉在？

江南佳公子，遺我錦繡端。〔施註〕《文選·古詩》：客從遠方來，遺我一端綺。張平子《四愁》詩：美人贈我錦繡段，何以報之青玉案。攬之温如春，公子焉得寒。興雨自有時，膚寸便濛靄。〔王註〕《詩·小雅·大田》：興雨祁祁。又《公羊傳·僖公三十一年》：觸石而出，膚寸而合，不崇朝而遍雨乎天下者，惟太山爾。斂藏以自潤，牛斗何足干。〔王註次公曰〕牛斗何足干，借豐城之劍氣在斗牛之間，如氣干雲霓之義。空庭月與影，强結三友歡。我豈不足歟，要此清團圞。〔施註〕杜子美《薄遊》詩：淅淅風生砌，團團月隱牆。欲歡〔三〕在一醉，常恐樽中乾。〔王註〕陶淵明詩：尊中酒不乾。捨酒尚可樂，明珠如彈丸。但恐千仞雀，怱怱〔三〕發虚彈。〔施註〕《莊子·讓王篇》：以隋侯之珠，彈千仞之雀，世必笑之，以其所用重而所要輕也。追子閑暇時，種子田中丹。一朝涉世故，〔施註〕《文選》潘正叔《迎駕》詩：世故尚未夷。空腹容欺謾。〔王註〕韓退之詩：透迤不復振，後世恣欺謾。神仙伊用昌《夫婦詠鼓詞》云：釘著不知侵骨髓，打來只是没心肝，空腹被人謾。我頃在東坡，秋菊爲夕餐。永愧坡間人，布褐爲我完。雪堂初覆瓦，上簟無下莞。〔王註〕《詩·小雅·斯干》：下莞上簟，乃安斯寢。時時亦設客，每醉筒輒殫〔三四〕。〔施註〕東坡《答秦太虚書》云：初到黄，廪入既絶，人口不少，私甚憂之。但痛自節儉，日用不過百五十。每月朔，便取四千五百錢，斷爲三十塊，挂屋梁上。平旦用畫叉挑取一塊，即藏去叉，仍以大竹筒別貯用不盡者，以待賓客。此賈耘老法也。一笑便傾倒，〔施註〕杜子美《送李七丈》詩：志士感傷心，今日已傾倒。五年得輕安。公子豈我徒，衣鉢傳一簞。〔王註〕《左傳·哀公二十年》：與之一簞珠。又〔子仁曰〕禪家傳法，謂之傳衣鉢。〔施註〕《摭言》：唐進士謝恩，如得主司，或與主司先人同名第，即謝衣鉢。《古詩話》：和凝第十三名及第，後知貢舉，取范質第十三名，謂曰：「欲傳老夫衣鉢耳。」定非郊與島，筆勢江河寬。〔王註次公曰〕孟郊、賈島，爲詩寒窘，先生素所不許。如言孟郊曰：安能將兩耳，聽此寒蟲號。又曰：氣壓郊與島。是也。〔施註〕孟郊、賈島，皆韓愈門人。〔邵註〕公蓋以韓自況也。悲吟古寺中，穿帷雪漫漫。他年記此味，芋火對懶殘〔三五〕。〔王註次公曰〕唐李泌嘗於衡岳寺讀書，察懶殘所爲，曰：「非凡人也。」聆其中夜梵唱，響徹山林，先悽惋而後喜悦，必謫墮之人，時將去矣。中夜潛往，謁焉。懶殘命坐，發火取芋以啗之，曰：「愼勿多言，領取十年宰相。」泌拜而退。懶殘性懶而食殘，故以爲號。事見《高僧傳》。

送鄧宗古還鄉

〔查註〕《宋史·孝義傳》：鄧宗古，簡州陽安人。父死，自培土爲墳，廬其側，晨夕號慟，甘露降於墓木，里中號爲鄧孝子。〔合註〕《續通鑑長編》：元祐七年二月，成都府路轉運司言：簡州進士鄧宗古，閭里稱孝，詔賜絹二十匹。

廣漢有姜子，孝弟〔三六〕行里閭。赤眉雖豺虎，弛兵過其墟。〔王註〕《後漢·姜詩妻傳》：赤眉散賊經詩里，弛兵而過，曰：「驚大孝必觸鬼神。」至今空清泉，無復雙鯉魚。南鄭有李郃，妙得〔三七〕甘公書。〔王註次公曰〕《後漢書》：李郃，漢中南鄭人。善河圖風星。漢初有甘公、石公，亦知星。〔夢齡曰〕《晉·志》云：齊有甘德，魏有石申夫，皆掌著天文。夜坐指流星，驚倒兩使車。〔王註〕《後漢·李郃傳》：和帝卽位，分遣使者，皆微服單行，各至州縣，觀采風謠。二人當到益部，投郃候舍。時夏夕露坐，郃因仰觀，問曰：「二君發京師時，寧知朝廷遣二使耶？」二人默然，驚相視，曰：「不聞也。」問：「何以知之？」郃指星示云：「有二使星向益州分野，故知之耳。」後三年，其使者一人拜漢中太守，郃猶爲吏。太守奇其隱德，召署户曹史。抱關不肯仕，布褐蒙璠璵。〔王註次公曰〕抱關不肯仕，所以言李郃縣召署幕門候吏也。〔施註〕《揚子法言》：玉不雕，璠璵不作器。〔合註〕《老子》：聖人被褐懷玉。西南固多士，君得二子餘。〔王註師曰〕宗古事親孝，亦精於星曆之學，故用姜詩、李郃二子事。〔合註〕宗古精於星曆事，《宋史》本傳不載。凜凜忠文公，捜士及樵漁。〔王註次公曰〕忠文公謂范景仁也。宗古必景仁門生矣。澗溪有幽討，〔王註〕杜子美《贈李白》詩：李侯金閨彥，脱身事幽討。蘋芷真嘉蔬。〔王註次公曰〕或云無芷字，恐誤。〔合註〕次公註蓋以《左傳》作「沚」不作「芷」也。歲晚終不食，心惻當何如。

參寥上人初得智果院，會者十六人，分韻賦詩，軾得心字〔三八〕

〔王註堯卿曰〕用《圓覺經》以「大圓覺爲我伽藍身心安居平等性智」爲韻。〔查註〕《咸淳臨安志》：智果寺，舊上智果院，開運元年錢氏建。元祐中，守蘇文忠公重建法堂，有題梁。《武林梵志》：智果寺，舊在孤山。《西湖游覽志》：紹興間，徙築於寶石山麓。〔施註〕參寥智果舍下，有泉出石間，東坡名之參寥泉。故詩云：雲崖有淺井，云云。【誥案】施註「參寥泉」句下，有「且爲之銘」四字，下接「故詩云」。誤甚，已删。餘詳後詩註中。

漲水返舊壑，〔施註〕《禮記·郊特牲》：歲十二月，水歸其壑。飛雲思故岑。〔施註〕白樂天《别傷穎士》詩：浮雲暗歸山。念君忘家客，亦有懷歸〔三九〕心。三間得幽寂，〔合註〕《魯靈光殿賦》：三間四表。數步藏清深。攢金盧橘塢，〔施註〕《漢·司馬相如傳·上林賦》：盧橘夏熟。劭曰：《伊尹書》云，箕山之東，青馬之所，有盧橘。郭璞註《史記》本傳云，蜀中有給客橙，似橘而非，若柚而香，冬夏花實相繼，通歲食之，即此盧橘也。散火楊梅林。茶筍盡禪味，松杉真法音。雲崖有淺井，〔合註〕鮑照詩：雲崖隱靈室。玉醴常半尋。〔施註〕揚雄《太玄經》：飲玉醴以解渴。張平子《思玄賦》：飲青岑之玉醴。《左傳・成公十二年註》云：八尺曰尋，倍尋曰常。遂名參寥泉，【誥案】公所作《參寥泉銘敍》，乃六年去郡時事。所記別得新泉，非此參寥泉也。查註牽混載此，不知分析，其誤與題下施註同，今删。可濯幽人襟。相攜橫嶺上，未覺衰年侵。一眼吞江湖，〔施註〕《漢・司馬相如傳》：吞雲夢者八九。萬象涵古今。願君更小築，〔查註〕杜子美《畏人》詩：畏人成小築，褊性合幽棲。歲晚解我簪。〔施註〕鍾會《遺榮賦》：散髮抽簪，永絶一丘。

哭王子立，次兒子迨韻三首〔四〇〕

〔查註〕本集《王子立墓誌銘》云：子立諱適，趙郡臨城人。與其弟遹，皆從余於吳興。學道日進，東南之士稱之。余與子由有六男子，皆從子立遊學，文有師法。按，子立於元祐四年十月二十五日，没於奉高傳舍。其從先生於吳興，實元豐己未先生守湖州時，有《與王郎兄弟繞城觀荷花》詩，故第三章結句「回看十年事」云云。

其一

彭城初識子，照眼白而長。異夢成先兆，〔公自註〕余爲密州，子立未嘗相識，忽告同舍生，曰：「吾夢爲密州壻，何也？」已而果以子由之子妻之。〔合註〕王符《潛夫論》：君子之異夢，非妄而已也，必有事故焉。清言得未嘗。〔合註〕《晉書・樂廣傳》：善清言。豈惟知禮意，遂欲補詩亡。〔公自註〕子立能詩，而有禮學。〔施註〕《文選》束晳有《補亡詩序》曰：晳與同業疇人，肆修鄉飲酒之禮。然所詠之詩，或有義無辭，音樂取節，缺而不備。於是遥想既往，存思在昔，補著其文，以綴舊制。咄咄真相逼，〔施註〕《法帖·衛夫人書》：王逸少甚能學衛真書，咄咄逼人，筆勢洞精，字體遒媚。諸生敢雁行。〔王註〕《禮記·王制》：兄之齒雁行。

其　二

非無伯鸞志，〔施註〕《後漢·梁鴻傳》：字伯鸞。家貧而尚節介，鄉里勢家，慕其高節，多欲女之，鴻並絶不娶。同縣孟氏女，狀肥醜而黑，擇對不嫁，鴻聞而聘之。共入霸陵山中，以耕織爲業，詠詩書彈琴以自娱，仰慕前世高士而作頌。獨有子雲悲。〔王註次公曰〕子雲，揚雄也。子雲嘗曰：「育而不苗者，吾家之童烏乎？」卒以無子。「獨有子雲悲」，似言王子立有無子之悲。〔施註〕《漢·揚雄傳》：鉅鹿侯芭，嘗從雄居，受《太玄》、《法言》。雄卒，芭爲起墳，喪之三年。東坡志子立墓云：享年三十五，一女初，晬，有遺腹子裔。其兄遹子開葬之於臨城。《揚子法言》註云：童烏，子雲之子也。子雲傷童烏育而不苗也。〔合註〕先生《與錢穆父書》：子立只一女，竟無兒云云。當卽作詩時所寄之書。至《欒城集·王子立秀才文引》云：君之没，女初未能言，子裔未生，君弟遹裒君文若干卷，庶幾初、裔能立，以畀之。則子立後仍有子，故《墓志》亦云然也。恨子非天合，〔合註〕《東萊子》：以人合者，有時而離；以天合者，無時而離。註：人合，交游朋友之類；天合，父子兄弟之屬。猶能使我思。兒曹莫悽慟〔四二〕，老眼欲枯萎。會哭皆豪傑，〔公自註〕子立與黄魯直、張文潛、晁无咎、秦少游、陳無己皆友善。誰爲感舊詩。〔施註〕《文選》：向子期追思嵇康、吕安曩昔游宴之好，作《思舊賦》。

其　三

龍困嘗魚服，〔施註〕《文選》張平子《東京賦》：白龍魚服，見困豫且。〔合註〕《説苑》：吴王欲從民飲。伍子胥曰：「昔白龍下清泠之淵，化爲魚，豫且射中目，白龍上訴天帝。曰，白龍不化，豫且不射。」羊儇或虎蒙。〔施註〕《揚子》：羊質而虎皮，見草而悦，見豹而戰，忘其皮之虎也。〔合註〕《廣韻》：儇，智也，疾也，利也，慧也。【誥案】羊之質性，又有黠者。恖恖成鬼録，〔王註〕《三國・魏志・王粲傳》：文帝《與吳質書》：昔年疾疫，親故罹其災，徐、陳、應、劉，一時俱逝，觀其姓名，已爲鬼録。陶潛詩：昨暮同爲人，今旦在鬼録。憒憒到天公。〔王註〕《晉・天文志》載庾翼《與兄冰書》曰：歲星犯天關，占云：「關梁當分。」比來江東無他故，江道亦不艱難，而石季龍頻年再閉關，不通信使，此復是天公憒憒，無皂白之徵也。庾信詩亦云：憒憒天公曉，精神殊乏少。偶落藩牆上，同遊羿彀中。回看十年事，黃葉卷秋風。【誥案】詩謂通塞由命，龍服羊蒙，莫非天也。花落藩牆不一，猶適之與己游彀，則同傷憒憒也。

異鵲并敍〔四三〕

熙寧中，柯侯仲常，〔查註〕柯仲常，名述。見《晁无咎集》。其子暐爲廣陵掾。〔合註〕《吳興備志》：柯述，字仲常，南安人。知歸安縣。又《續通鑑長編》：元祐六年四月，左朝散大夫，權知福州柯述言：日重輪，其一圍日而五色，其一承日而純黃。又：七年十二月，左朝請大夫柯述爲光禄少卿。又：八年正月，易兵部郎中。先生作詩時，或述已權知福州矣。通守漳州，〔查註〕《職官分紀》：軍州俱有通判，大臣出鎮，多指名奏辟。《九域志》：福建路漳州漳浦郡軍事，治龍溪縣。東南至海一百六十九里。以救飢得民。有二鵲，棲其廳事，訖侯之去，鵲亦送之，漳人異焉。爲賦此詩。

昔我先君子，仁孝行於家。家有五畝園，么鳳集桐花。〔王註次公曰〕有彩羽之細禽，人謂其如鳳，名之曰么鳳。蜀有禽，五色，桐花時，來集於桐上，名曰桐花鳳。〔合註〕桐花鳳，見李德裕賦。是時烏與鵲，巢鷇可俯拏。〔王註師曰〕《禮記·禮運》：其餘鳥獸之卵胎，皆可俯而闚也。〔合註〕原註引《禮記》作「鵲之巢，可俯而窺」，今校正。〔施註〕《荀子》：王者之政，好生惡殺，則烏鵲之巢，可俯而窺。《莊子·馬蹄篇》：至德之世，禽獸可係羈而遊，鳥鵲之巢，可攀援而窺。憶我與諸兒，飼食觀羣呀。〔施註〕韓退之《讀東方朔雜事》詩：衆官助呀呀。里人驚瑞異，野老笑而嗟。云此方乳哺，甚畏〔四三〕鳶與蛇。手足之所及，二物不敢加。主人若可信，衆鳥不我遐。〔施註〕《毛詩·周南·汝墳》：既見君子，不我遐棄。東坡《雜說》云：少時所居書堂前，有竹、柏、雜花，叢生滿庭，衆鳥巢其上。武陽君惡殺生，兒童婢僕皆不得捕取。數年間，鳥鵲皆巢於低枝，其鷇可俯而窺。又有桐花鳳，四五日一翔集其間。此鳥羽毛至爲珍異難見，而能馴擾，殊不畏人。閭里間見之，以爲異事。故知中孚化，可及魚與猳〔四四〕。〔施註〕《易·中孚》：豚魚吉，信及豚魚也。柯侯古循吏，悃愊真無華。臨漳所全活，〔合註〕《漢書·成帝紀》：遣使者循行郡國，務有以全活。《晉書·王濬傳》：濬除巴郡太守，所全活者數千人。數等江干沙。仁心格異族，兩鵲棲其衙。但恨不能言，相對空楂楂。〔施註〕韓退之詩：鵲鳴聲楂楂，烏噪聲擭擭。善惡以類應，古語良非誇。君看彼酷吏，〔合註〕《漢書》有《酷吏傳》。所至號鬼車。〔王註邦衡曰〕《嶺表録異》云：鵋，夜飛晝伏，名鬼車。〔施註〕《嶺表録異》：梟，一名鬼車，或云九首。古者重鵋肉及梟羹，蓋惡鳥欲滅其族也。〔查註〕《齊東野語》：鬼車，俗稱九頭鳥。陸長源《辨疑志》：又名渠逸鳥。世傳此鳥血滴人家，能爲災咎。聞之者必叱犬滅燈，以速其過。風雨之夕，往往聞之。身圓如箕，十脰環簇。其九有頭，其一獨無，而鮮血點滴。每脰各生翅，飛時十翼競進，不相爲用，至有爭拗相傷者。

次韻詹適宣德小飲巽亭

〔王註〕《圖經》：慶曆三年，郡守蔣堂於舊治之東南建巽亭，以對江山之勝。胡宿詩云：武林天下奇，巽亭境中絶。〔查註〕趙清獻公守杭，有八詠，題云：有美堂、中和堂、清暑堂、虚白堂、巽亭、望海樓、望湖樓、介亭。《職官分紀》：寄祿文散官，有宣德郎。政和四年，以犯宣德門名，改宣教郎。《咸淳臨安志》：南園巽亭，在鳳凰山舊府治内，以在郡城東南，故名。蘇舜欽詩：東南地本多幽勝，此向東南轉壯哉。趙抃詩：閑上東南巽亭望，直疑身世似蓬瀛。

君方夢謫仙，〔公自註〕來詩記李白郎官湖事〔四五〕。〔合註〕李太白有《泛沔州城南郎官湖》詩并序。我亦弔文園。〔王註次公曰〕先生有還鄉之意，故云。〔施註〕杜牧之《爲人題贈》詩：文園終病渴。江上〔四六〕同三黜，天涯共一樽〔四七〕。濤雷殷白晝，〔施註〕金道真《浙江記》：潮頭湧激高數丈，訇隱若雷霆。梅雪耿黄昏。歸去多情雨，應隨御史軒。〔公自註〕詹爲御史臺〔四八〕主簿。〔王註〕《舊唐書》：顔真卿爲監察御史，充河西隴右軍試覆屯交兵使。五原有冤獄，久不決，真卿至，立辨之。天方旱，決獄乃雨，郡人呼之爲御史雨。韓退之《祈雨》詩：行看五馬入，蕭颯已隨軒。

東川清絲寄魯冀州，戲贈

〔施註〕魯冀州，名有開，字元翰。〔合註〕《宋史·魯有開傳》：元祐中，歷知信陽軍、洛、滑州，復守冀，先生作詩，正其再任時也。〔查註〕《九域志》：河北東路冀州，信都郡安武軍節度，治信都縣。

鵝溪清絲清如冰，〔王註次公曰〕鵝溪，東川溪名。〔施註〕《茶録》：蜀東川鵝溪，出畫絹，作羅底，佳。〔查註〕《太平寰宇記》：劍南東道梓州，舊進兩熟鳥頭紋綾、水紋綾。《九域志》：梓州路東川節度，土貢白綾十一匹，其地有蠶絲山，每歲上春七日，士女游此，以祈蠶絲，云云。清絲，必綾絹之名也。上有千歲交枝藤。藤生谷底飽風雪，歲晚忽作龍蛇升。〔合註〕此言清絲織成之紋，作交枝老藤，夭矯如龍蛇也。嗟我雖爲老侍從，〔施註〕《文選》班孟堅《西都賦序》：言語侍從之臣，若司馬相如之屬。骨寒只受〔四九〕布與繒。牀頭錦衾〔五〇〕未還客，〔王註〕杜子美《太子張舍人遺織成褥段》詩：客從西北來，遺我翠織成。開緘風濤湧，中有掉尾鯨。坐覺芒刺在背膺。豈如髯卿晚乃貴，福禄正似川方增。〔王註〕《詩·小雅·天保》：如山如阜，如岡如陵。如川之方至，以莫不增。醉中倒著紫綺裘，〔王註〕李太白詩：倒披紫綺裘。〔施註〕李太白《翫月》詩序：翫月金陵城西孫楚酒樓，日晚，乘醉著紫綺裘，烏紗巾，與酒客數人，棹歌秦淮。下有半臂出縹綾。〔王註子仁曰〕縹，普沼切，錦青白色。〔施註〕《北夢瑣言》：鄭愚好華侈，以錦爲半臂，後以所業見崔鉉，鉉歎曰：「真消得錦半臂。」《宣室志》：竇參夢德宗以文錦半臂賜之。解者曰：「半臂乃股肱之服。」後數日，果大拜。温庭筠《乾膜子》：房琯家法，不著半臂。又引《松窗録》：王后謂明皇曰：「不記阿忠脱紫半臂，爲生日湯餅耶？」封題不敢妄裁剪，刀尺自有佳人能。遥知千騎出清曉，〔施註〕韓退之詩：清曉卷書坐，南山見高稜。積雪未放浮塵〔五一〕興。白鬚紅帶柳絲下，老弱空巷人相登。但放奇紋出領袖，吾髯雖老無人憎。〔王註〕韓退之詩：我齒豁何鄙，君顔老何憎。

怡然以垂雲新茶見餉，報以大龍團，仍戲作小詩

〔查註〕怡然，名清順。《咸淳臨安志》：錢塘寶雲産者，名寶雲茶。下天竺香林洞産者，名香林茶。上天竺白雲峰産者，名白雲茶。又，寶嚴院垂雲亭亦産茶。《北苑貢茶録》：興國初，特置龍

鳳模，遣使即北苑造團茶，遂爲歲貢。大龍、大鳳，皆粗色也。

妙供來香積，珍烹具太官〔三二〕。〔王註厚曰〕先生自言其膳於公廚也。〔倬曰〕勅廚所供，曰太官食。〔施註〕《唐·百官志》：太官署令，掌供祠宴朝會膳食。揀芽分雀舌，〔王註厚曰〕揀芽、雀舌，皆嫩茶名。〔施註〕吕仲吉《建安茶録》：芽如鷹爪雀舌者爲上，一槍一旂次之。〔查註〕黄儒《品茶要録》：茶之精絶者，曰鬭、曰亞鬭，其次揀芽。遍園隴中，擇其精英，造揀芽。剔取鷹爪，乃一芽帶一葉者，號一旂一槍。賜茗出龍團。曉日雲菴暖，〔合註〕陸龜蒙詩：雲菴早晚苦。春風浴殿寒。〔王註次公曰〕浴殿，翰林學士事。唐德宗雅尚文學，注意是選，嘗召對於浴堂門，移院於金鑾殿。〔施註〕《唐·李絳傳》：召見浴堂殿。聊將試道眼，莫作兩般看。

次韻王忠玉游虎丘絶句〔三三〕三首

〔王註堯卿曰〕名瑜，時爲憲使。〔合註〕《續通鑑長編》：元祐五年八月，提點兩浙路刑獄王瑜爲刑部員外郎。九月，以孫升言，别與差遣。先生作詩時，忠玉尚在浙也。後，元符二年正月，以京東轉運使知亳州。亦見《長編》。

其一

當年大白此相浮，老守娱賓得二丘。〔公自註〕郡人有閭丘公。太守王規父嘗云：不謁虎丘，即謁閭丘。規父，忠玉伯父也。〔施註〕《文選》禰正平《鸚鵡賦序》：今日無用娱賓。〔查註〕王規父，名誨。《吴郡志》：王誨於熙寧六年知蘇州時，東坡爲杭州通守，沿檄往來常、潤，過吴，有唱和詩，見前卷。白髮重來故人盡，空餘叢桂小山幽。

〔王註次公曰〕許慎《淮南鴻烈解序》云：安與蘇飛、李尚、左吴、田由、雷被、伍被、晉昌等八人，及諸儒大山、小山之徒，共講論道德。《文選註》：《招隱士》者，淮南小山之所作也。又劉禹錫詩：淮南桂樹小山辭。則小山者，人名而已，與先生言「小山幽」，詩意不同，以俟明識。【誥案】此即用「桂樹叢生兮山之幽」句，何必明識始知。但規父守蘇時，公三過其處，必別有實事在。否則，「空餘」之下，斷不落此五字也。或謂與二丘相映成趣，然公詩無此容易之筆也。此詩指王規父。

其　二

青蓋紅旗映玉山，〔施註〕韓退之《上馬侍郎》詩：紅旗照海壓南荒。新詩小草落玄泉。〔王註〕孟東野詩：手中飛黑電，象外瀉玄泉。〔師曰〕張伯英臨池學書，池水盡黑。玄泉，黑泉也。〔施註〕張平子《東京賦》：陰池幽流，玄泉洌清。風流使者人争看，〔施註〕劉禹錫《吴郡韋太守泰郎歌》：風流太守韋尚書，道旁一見停隼旟。知有〔五四〕真娘立道邊。〔公自註〕虎丘中路有真娘墓〔五五〕。〔王註彦忠曰〕《吴郡圖經續記》：真娘墓，在虎丘寺側。真娘，吴國之佳麗也。文士遊此者，多有篇詠。〔查註〕《吴都文粹》李紳《詩序》：真娘，吴妓，死葬虎丘寺前。墓多花草，以蔽其上。白樂天詩：真娘墓，虎丘道。不見真娘鏡中面，惟見真娘墓頭草。【誥案】此詩指王忠玉。

其　三

舞衫〔五六〕歌扇轉頭空，〔施註〕杜子美《陪李梓州》詩：江清歌扇底，野曠舞衣前。只有青山杳靄中。若共〔五七〕吴王鬬百草，使君未敢借驚鴻。〔施註〕劉禹錫《泰娘歌》：舞學驚鴻水樹春，歌撩上客蘭堂暮。【誥案】此詩指閭丘公顯。

寄蔡子華

〔王註師曰〕蔡子華，名褒，乃眉之青神人也。〔堯卿曰〕先生曰：王十六秀才將歸蜀，云：子華宣德蔡丈見託求詩，夢中爲作四句，覺而成之，以寄子華，仍請以示楊君素、王慶源二老人。乃元祐五年二月七日也。所謂三老者如此。

故人送我東來時，手栽荔子待我歸〔五八〕。荔子已丹吾髮白，〔施註〕韓退之《羅池廟碑》：荔子丹兮蕉葉黄。猶作江南未歸客。江南春盡水如天，腸斷西湖春水船。想見青衣江畔路，白魚紫筍不論錢。霜鬢三老如霜檜，〔查註〕本集《與慶源尺牘》云：日與蔡子華、楊君素聚會，每念此，即致仕之興愈濃矣。楊君素，乃東坡表叔。又《與楊君素尺牘》云：吾丈優游自得，心恬體舒，必享龜鶴之壽。劣姪與時齟齬，終當捨去，相從林下云。舊交零落今誰輩〔五九〕。〔王註〕宋之問詩：舊交此零落。〔施註〕《文選》謝靈運《鄴中詩序》：昆弟朋友，二三諸彥，歲月如流，零落將盡。孔文舉《與曹操書》：海内知識，零落殆盡。陸士衡樂府：親友多零落。〔施註〕《世説》：人問王夷甫，山巨源義理何如，是誰輩？莫從唐舉問封侯，〔施註〕《史記·蔡澤傳》：嘗從唐舉相，舉熟視而笑曰：「吾聞聖人不相，殆先生乎？」澤知舉戲之，乃曰：「富貴吾所自有，所不知者壽也。願聞之。」舉曰：「從今以往，四十三歲。」澤笑謝而去。謂其御者曰：「揖讓人主之前，食肉富貴，四十三年足矣。」但遣麻姑更爬背。

和錢四寄其弟龢

〔王註堯卿曰〕錢勰，字穆父，第四，亦稱穆四。其弟，即錢七昆仲也。穆父走筆代書《寄昆仲七弟》詩云：東方千騎擁朱輪，衣錦歸逢故國春。莫向西湖戀風月，鴒原知有望歸人。昆仲《次韻穆父兄見寄》詩云：烏衣巷裏走雙輪，正是家山二月春。明日潮平定歸去，蓬萊還見謫仙人。劉季孫《和詩》云：會稽山上月如輪，鴻雁相將江水春。幕府英雄雖可數，尊前誰是急難人。周燾《和詩》云：東山蠟屐壞車輪，小草青知塞外春。園柳鳴禽喚幽夢，惠連詩句更何人。然公作兩絶，而元本止載一絶，今并舉之。先生詩云：老來日月似車輪，此去知逢幾箇春。昨夜冰花猶作柱，曉來梅子已生人〔六〇〕。【誥案】王註所載各詩，查註皆采出，列入唱和，而以云云二字終註之説。其雜説所載，亦取以入詩，而以云云爲題。此格最不佳，今仍如王註之舊云。

再見濤頭湧玉輪，〔王註次公曰〕言杭州之潮也。〔施註〕劉禹錫《言羅浮事》詩：赤波千萬頃，湧出黄金輪。〔合註〕元微之詩：黄道玉輪巍。煩君久駐浙江春。〔王註次公曰〕浙江春，指言越州也。〔合註〕《山海經》：浙江出三天子都。年來總作維摩病，堪笑東西二老人。〔王註次公曰〕越居浙東，杭居浙西，而穆父與先生爲二郡守，故曰「東西二老人」也。

故周茂叔先生濂溪

〔公自註〕溪在廬山下〔六一〕。〔王註浦卿曰〕茂叔，諱惇實，避厚陵，奉朝請，改名敦頤，春陵人也。〔黄中曰〕《廬山記》：由江之南，出德化門五里，至延壽院。過院五里，至石塘橋濂溪周郎中之隱居。周名敦頤，字茂叔，道州人。仕宦有才畧。〔施註〕周茂叔先生，道州營道人。以舅任入官。在州縣間，遇事剛果，爲政簡而密，嚴而恕。官蜀時，趙清獻爲使者，不爲所識察。逮守虔，而先生爲倅，熟其行事，乃執手歎曰：「吾幾失君矣。」用清獻及吕正獻薦，爲廣東轉運判官，提點刑獄。以疾求知南康軍，因家廬山蓮花峰下。前有溪，合於湓江，取營道所居濂溪以名之。先生博學力行，著《太極圖》，窮天地造化之妙，而及於人事之終。又著《通書》，發明太極之秘，旨約而道大，文質而義博，得孔、孟之本元，有功於學者也。初掾南安時，程明道、伊川二先生，侍其父通判軍事，聞其知道，使受業焉。二程之學由此起。子燾，字次元。東坡守杭，次元爲兩浙轉運，同在錢塘，爲賦此詩。次元終寶文閣待制。【誥案】周燾，乃公上年知舉所得士，時爲兩浙轉運判官，施註混甚。〔合註〕何焯曰：元公自爲詩云，名廉朝暮箴。則廉溪之義，當如蘇詩、黃序矣。《伊洛淵源録》有「元公之子求詩，因濂字犯黃氏家諱，乃改爲廉」之語，恐未的也。

世俗眩名實，〔施註〕《太公六韜》：名實相當則國治。所謂名者，百官號也；實者，士才能也；當者，謂才宜其官，官得其才也。《漢・元帝紀》：宣帝曰：俗儒不達時宜，好是古非今，使人眩於名實。至人疑有無。〔施註〕《莊子・逍遥遊篇》：至人無已。怒移水中蟹，〔王註〕《晉・解系傳》：張華、裴頠之被誅也，趙王倫、孫秀以宿憾收系兄弟。梁王肜救系等，倫怒曰：「我於水中見蟹且惡之，況此人兄弟輕我耶？」愛及屋上烏。〔王註〕《尚書大傳》曰：武王登夏臺以臨殷民。周公旦曰：「臣聞之，愛其人者，愛其屋上烏；憎其人者，憎其儲胥。」坐令此溪水，名與先生俱。先生本全德，〔施註〕《莊子・天地篇》：天下之非譽，無益損焉，是爲全德之人。廉退乃一隅。〔施註〕《荀子》：服近文章，砥礪廉隅。因抛彭澤米，偶似西山夫。〔王註援曰〕謂伯夷也。《史記》：義不食周粟，餓死首陽山。註：西山，即首陽山。〔施註〕《揚子・淵騫》：或問：「子蜀人也，請人？」曰：「有李仲元者人也，不夷不惠，可否之間也。」「如是，則奚名之不彰？」曰：「無仲尼，則西山之餓夫，與東國之絀臣，惡乎聞？」遂卽世所知，以爲溪之呼。先生豈我輩，造物乃其徒。應同柳州柳，〔王註縯曰〕子厚爲柳州刺史，其詩云：柳州柳刺史，種柳柳江邊。〔施註〕《唐・柳宗元傳》：嘗爲柳州刺史，世號柳柳州。聊使愚溪愚。〔王註〕子厚《愚溪對》，其畧曰：柳子名愚溪而居。五日，溪之神夜見夢曰：「子何辱予，使予爲愚耶？有其實者，名固從之，予固若是耶？」柳子曰：「汝誠無其實，然以吾之愚而獨好汝，汝惡得避是名耶？」【誥案】紀昀曰：刻意做出，語語深警。東坡傾倒於茂叔如是，而與伊川不免齟齬，則伊川有以激之也。

次周燾韻〔六三〕并敍

〔查註〕史容《山谷外集註》：濂溪二子，壽、燾。壽字季老，後改元翁。燾字通老，後改次元。元翁於元豐五年黄裳榜登第，次元於元祐三年李常寧榜登第。元翁終司封員外郎，次元終徽猷閣待制。施宿註謂終寶文閣待制，未詳孰是？【誥案】此詩施編不載，查註從邵本補編。

周燾游天竺，觀激水，〔查註〕《咸淳臨安志》：下天竺靈山教寺，隋開皇中建。中有曲水亭，一曰流杯亭，有水臺盤石刻周次元與東坡和詩。作詩云：拳石耆婆色兩青，竹龍驅水轉山鳴。夜深不見跳珠碎，疑是簷間滴雨聲。東坡和之〔六三〕。

道眼轉丹青，〔馮註〕傅大士《金剛頌》：天眼通非閡，肉眼閡非通。法眼惟觀俗，慧眼真緣空。佛眼如千日，照異體還同。〔合註〕《揚子·吾子》：如玉如瑩，爰變丹青。常於寂處鳴。〔馮註〕《楞嚴偈》云：聲無既無滅，聲亦有非生。生滅二緣離，是則常真實。乃此詩「常於寂處鳴」五字註脚。早知雨是水，不作兩般聲。【誥案】詩家運用空靈，並無迹象，若如馮景註，則詩皆魔道矣。袁子才謂争譚空理，空即是實，其説未可廢也。

送南屏謙師〔六四〕并引

【誥案】此詩施編載遺詩中，查註據外集補編。

南屏謙師妙於茶事，自云：得之於心，應之於手，非可以言傳學到者。十二月二十七日，聞軾游落星，遠來設茶，作此詩贈之〔六五〕。

道人曉出南屏山，〔查註〕《咸淳臨安志》：南屏山，在興教寺後，怪石聳秀，中穿一洞，上有石壁，若屏障然。來試〔六六〕點茶三昧手。〔合註〕《優古堂詩話》：謙師妙於茶事，東坡贈之詩。劉貢父亦贈詩云：瀉湯奪得茶三昧，覓句還窺詩一斑。忽驚午盞〔六七〕兔毛〔六八〕斑，〔李註〕按先生《月兔茶》詩云：中有迷離玉兔兒。兔毛斑，疑即指此茶也。〔查註〕蔡襄《茶録》：茶色白，宜黑盞，建安所造者紺黑，紋如兔毫，其杯微厚，熁之久熱難冷，他處或薄，或色紫，皆不及也。其青白盞，鬬家自不用。打作春甕鵞兒酒。天台乳花世不見，〔李註〕《茶寮記》：雲脚漸垂，乳花浮面。又，茶有石乳、滴乳，白乳之號。〔合註〕今本《茶寮記》云：凡茶少湯多，則雲脚散，湯少茶多，則乳面浮。玉川風腋今安有〔六九〕。先生〔七〇〕有意續《茶經》，〔王註續曰〕陸羽作《茶經》。〔合註〕見《唐書・藝文志》。會使老謙名不朽。

次韻子由使契丹至涿州見寄四首

〔查註〕《太平寰宇記》：河北道涿州，理范陽縣，古涿鹿地。唐大曆四年，於范陽縣置涿州。《水經注》：漢高六年，分燕置涿郡，晉太始元年，改曰范陽縣。今郡理涿縣故城。《欒城集・神水館寄子瞻兄四絶》自註：十一月二十六日，是日大風。詩云：少年病肺不禁寒，命出中朝敢避難。莫倚皁貂欺朔雪，更催靈火煮鉛丹。其二：夜雨從來相對眠，兹行萬里隔胡天。試依北斗看南斗，始覺吴山在目前。其三：誰將家集過幽都，逢見胡人問大蘇。莫把文章動蠻貊，恐妨談笑卧江湖。其四：虜廷一意向中原，言語綢繆禮亦虔。顧我何功慚陸賈，橐裝聊復助歸田。

其一

老人癡鈍已逃寒，子復辭行理亦難。〔公自註〕余昔年辭免使北〔七〕。要到盧龍看古塞，〔王註師曰〕古盧龍，在平州盧龍縣西。〔堯祖曰〕沈括《夢溪筆談》云：黑山在大漠之北，有黑水出其下。北人謂水爲龍，盧龍者，卽黑水也。〔施註〕《唐·地理志》：平州，武德元年，徙治盧龍。註云：有府一，曰盧龍。有盧龍軍，天寶二載置。〔查註〕《魏志》：曹公北征烏丸，田疇引軍出盧龍塞。《太平寰宇記》：盧龍，在平州郡城西北二百里。又云：契丹居黄水之南，黄龍之北，鮮卑之故地。投文易水弔燕丹。〔王註〕荆軻歌曰：風蕭蕭兮易水寒。〔施註〕《史記·燕世家》：秦兵臨易水，禍且至，太子丹使荆軻襲刺秦王，秦王殺軻擊燕，燕斬丹以獻。〔查註〕《名勝志》：易水有南、北、中三水，《水經》所云出涿郡故安縣閻鄉城谷中者，燕丹祖荆軻，卽此處也。

其二

胡羊代馬得安眠，窮髮之南共一天。〔王註援曰〕《列子》：有窮髮之北。〔次公曰〕李洞詩：島嶼分諸國，星河共一天。〔施註〕《莊子·逍遥遊篇》：窮髮之北，有冥海者，天池也。又見子卿持漢節，〔施註〕《漢·蘇武傳》：字子卿。遥知遺老泣山前。〔施註〕韓退之《和李世勣連昌宫》詩：宫前遺老來相問，今是開元幾葉孫。〔查註〕《五代史》：石晉割燕雲十六州以賂契丹，皆在山後。故云「遺老泣山前」。

其三

氈毳年來亦甚都，〔王註商老曰〕劉孝儀謂北狄曰氈鄉。〔施註〕《漢·王褒傳》：荷氈被毳者，難與道純錦之麗密。時時鴂舌問三蘇。〔公自註〕余與子由入京時，北使已問所在。後余館伴，北使屢誦三蘇文。那知老病渾無用，欲向〔七〕君王乞鏡湖。〔查註〕《元和郡縣志》：漢永和五年，太守馬臻創立鏡湖，在山陰、會稽兩縣界，築塘蓄水，水少則洩湖灌田，水多則閉湖洩田，中水入海，所以無凶年。曾南豐《元豐類稿鑑湖圖序》：鏡湖一曰南湖，周三百五十八里。【誥案】舊註引賀知章事，前註以其屢見，删去。凡似此者，非漏也，不能逐一註明，偶記於此。

其四

始憶庚寅降屈原，〔王註〕屈原《離騷》曰：攝提貞於孟陬兮，惟庚寅吾以降。旋看蠟鳳戲僧虔。〔王註〕《南史》：王曇首與兄弟集會，諸子孫任其戲，適僧虔採蠟燭珠爲鳳凰，伯父弘稱其美。〔施註〕《南史·王僧虔傳》：父曇首，與兄弟集會，子孫任其戲，適僧虔採蠟燭珠爲鳳凰，伯父弘稱其長者。或云僧綽。〔查註〕《宋書》：王弘與兄弟會集，任子孫戲，僧達跳下地作虎子，僧綽正坐，採蠟燭珠爲鳳皇，僧虔累十二碁。〔合註〕《南史·王僧虔傳》云：僧綽採蠟燭珠爲鳳皇。又曰：或云僧虔採燭珠爲鳳皇，弘稱其長者。又《南齊書·王僧虔傳》：年數歲，獨正坐，採蠟珠爲鳳皇。【誥案】此類事，傳聞異詞，並無此非彼是之别，僧虔、僧綽，皆可用也。查註駁註則可，謂公誤用卽非。今删其訟蔓，而存四註，所引之文，其義已可見矣。隨翁萬里心如鐵，〔公自註〕時猶子遲侍行。此子何勞爲買田。〔施註〕《漢書》：陸賈使南越歸，以好時田地善，往家焉。有五男，乃出所使越橐中裝，賣千金，分其子，子二百金，令爲生産。

卷三十一校勘記

〔一〕和王晉卿送梅花次韻　施乙無「次韻」二字。集甲、集丙「次韻」二字爲題下自註。三希堂石刻收此詩，題作「次韻王晉卿送梅花一首」，東坡自題此詩後「僕去黄州」云云，與題下查註「石刻先生自題此詩後」云云同，查註所云之石刻，當卽三希堂石刻。

〔二〕次韻王晉卿惠花栽栽所寓張退傅第中　類本「傅」作「傳」，集甲、集丙作「傅」。集甲「中」字後有「一首」二字。

〔三〕王鄭州挽詞　類本「挽詞」作「挽詩」。

〔四〕克臣　據集甲、類本補。當爲東坡自註。

〔五〕開封府　集甲、類本無「府」字。

〔六〕何足關　集甲、集丙、施乙作「定何間」。類本作「何足間」。類丁作「何足闗」。

〔七〕呈定國　外集作「絶句呈王定國」。

〔八〕莫能瀆　外集作「莫能續」。

〔九〕一樽醁　類本作「一樽緑」。外集作「一樽淥」。

〔一〇〕吕昌朝　集甲作「吕昌明」。

〔一一〕繼東吴　施乙作「寄東吴」。

〔一二〕府推潁州　類丙無「府推」二字。施乙「潁州」作「穎州」；類甲作「潁川」；類丙作「穎川」。作「穎」

疑誤。
〔一三〕客去而嗔　集甲、施乙作「客去而瞋」。
〔一四〕潁州之西湖也　類本此條註文，無註者姓氏，或爲自註。
〔一五〕太平寰宇記……安城故城在汝陽縣東南　「東南」原作「東水」。今據清乾隆刊《太平寰宇記》卷十一校改。
〔一六〕集甲原註與音預　「集甲原註」四字原缺，今補。又，施乙原註：「與」，去聲。
〔一七〕天外思　施乙作「天外意」。
〔一八〕刺史轓　類丁作「刺史幡」。
〔一九〕立鵠　施乙作「立鶴」。
〔二〇〕杭州　集甲無「州」字。
〔二一〕蕪漫　原作「蕪没」。今從集甲、類本。
〔二二〕馹　原作「驛」，今從集甲、施乙。案，《左傳·文公十六年》阮元校勘記，謂閔本、監本、毛本「馹」作「驛」；又謂「馹」訓傳車，當作「馹」。參看句下施註。又：集丙作「驛」。
〔二三〕武林　類本作「武陵」。
〔二四〕有美堂燕集景文有詩　集甲、類本無此條自註。施乙此註文，無「東坡云」字樣。
〔二五〕真樂不　集甲、施乙、類本作「真樂否」。
〔二六〕始於　集甲、類本「始」字前有「軾」字。

〔二七〕次韻　集甲、施乙、類本「次」字後有「其」字。

〔二八〕軾舊有怪石供　施乙此註文，無「東坡云」字樣。施註云：東坡舊有怪石供。

〔二九〕淘灑　類乙、類丁作「陶灑」。

〔三〇〕或珠琲　原作「成珠琲」。集甲、集丙、施乙「成」作「或」，今從。

〔三一〕感雨　集甲「雨」後有「詩」字。

〔三二〕欲歡　集甲、類丙作「所歡」。

〔三三〕悤悤　類本作「忽忽」。

〔三四〕筒䡊殫　集丙「筒」作「箭」。集甲作「筒䡊殫」。

〔三五〕嬾殘　集甲、施乙、類本作「懶殘」。

〔三六〕孝弟　施乙作「孝悌」。

〔三七〕妙得　集甲、施乙、類本作「得妙」。

〔三八〕軾得心字　施乙無「軾」字。

〔三九〕懷歸　查註、合註：「歸」一作「居」。

〔四〇〕哭王子立次兒子迨韻三首　合註：一本無「三首」二字。

〔四一〕悽慟　類本作「淒動」。合註：「慟」一作「切」。

〔四二〕并敍　據集甲補。施乙「敍」作「引」。

〔四三〕甚畏　施乙作「甚慰」，疑誤。

〔四四〕魚與猳　類本作「魚與鰕」。查註謂「鰕」訛。
〔四五〕郎官湖事　集甲、類本無「事」字。
〔四六〕江上　類甲作「江土」，疑誤。
〔四七〕共一樽　集甲、類本作「又一尊」。
〔四八〕御史臺　集甲、類本無「臺」字。
〔四九〕只受　盧校：「只愛」。
〔五〇〕錦衾　沈欽韓《蘇詩查註補正》：「《杜集·太子張舍人遺織成褥段》云：錦鯨卷還客，始覺心和平。東坡改『鯨』爲『衾』，取便觀者耳。」
〔五一〕浮塵　集甲、集丙、類本「浮」作「游」。
〔五二〕太官　原作「大官」。今從集甲、施乙、類本。
〔五三〕虎丘絶句　「絶句」二字據集甲、類本補。
〔五四〕知有　類本作「知是」。
〔五五〕虎丘中路有真娘墓　據集甲、類甲、類乙補。類丙註文「虎」上有「相」字，或爲「坡」之誤。
〔五六〕舞衫　集甲、類本作「舞衣」。
〔五七〕若共　集甲、類本作「莫共」。
〔五八〕待我歸　集甲、施乙作「待君歸」。合註謂「君」訛。
〔五九〕今誰輩　類甲、類丁作「知誰輩」。

〔六〇〕老來云云　查註、合註入此詩於集，爲《和錢四寄其弟龢》之第二首。今收此詩于四十七卷。

〔六一〕溪在廬山下　施乙無此條自註。

〔六二〕次周燾韻　七集作「杭州次周燾韻游天竺觀激水」。

〔六三〕周燾游天竺觀激水……疑是簷間滴雨聲東坡和之　外集以此引爲題。紀校：此後人記録之語，非引也。合註謂「間」一作「前」。類本「之」後有「云」字。外集「和」前有「聊爲」二字。

〔六四〕送南屏謙師　施乙作「南屏謙師遠來送茶」。外集「送」作「贈」。

〔六五〕南屏謙師……聞軾遊落星遠來設茶作此詩贈之　施乙無此引。七集以此引爲題。七集「落星」作「壽星寺」；盧校：「壽星」。外集無「此」字。

〔六六〕來試　施乙、類本、外集作「來施」。

〔六七〕午盞　合註：「盞」一作「琖」。「盞」、「琖」通。參卷二十六「酒醆」條校記。

〔六八〕兔毛　施乙、七集作「兔毫」。

〔六九〕安有　施乙作「何有」。

〔七〇〕先生　施乙、七集作「東坡」。

〔七一〕余昔年辭免使北　類本有此條自註。

〔七二〕欲向　集甲、施乙、類本作「欲問」。查註：宋刻本作「欲向」。

蘇軾詩集卷三十二

古今體詩六十二首

【誥案】起元祐五年正月，在龍圖閣學士充兩浙西路兵馬鈐轄知杭州軍州事任，至十二月作。

臥病彌月，聞垂雲花開，順闍黎以詩見招，次韻答之

〔查註〕順闍黎卽清順。【誥案】《西湖游覽志》：垂雲亭，在葛嶺壽星院。

道人心似水，不礙照花妍。宴座〔一〕春强半，【誥案】此句乃二月詩也。清陰月屢遷。〔施註〕《文選》沈休文《學省愁臥》詩：虛館清陰滿。《周易》：其爲道也屢遷。平生無起滅，〔王註〕釋迦偈：諸行無常，是生滅法，生滅滅已，寂滅爲樂。一念有陳鮮〔二〕。嫋嫋風枝舉，〔合註〕梁簡文帝詩：舞袂寫風枝。離離日蕚蔫。〔施註〕李義山詩：日暮不蔫花。〔合註〕韓退之詩：日蕚行爍爍。病吟終少味，老醉不成顛。向必遨頭出，〔施註〕《成都記》：太守凡出遊樂，士女列於木牀觀之，勢如磴道，謂之遨牀。故謂太守爲遨頭。湖中有散仙。

雪後，便欲與同僚尋春，一病彌月，雜花都盡，獨牡丹在爾，劉景文左藏和順闍黎詩見贈，次韻答之〔三〕

殘花怨久病，剩雨泣餘妍。不見雙旌出，〔施註〕韓退之《賀張十八》詩：免勞去騎逐雙旌。空令九陌遷。〔公自註〕開園時〔四〕，市井皆入。〔施註〕劉禹錫《和王侍郎放榜》詩：九陌人人走馬看。知君苦寂寞，妙語嚼芳鮮。淺紫從爭發，浮紅〔五〕任蚤蔫。天葩尚青萼，國色待華顛。載酒邀詩將，〔施註〕杜牧之《寄趙嘏》詩：今代風騷將。【誥案】詩將，指劉季孫也。臞儒不是仙。

仲天貺〔六〕、王元直自眉山來見余錢塘，留半歲，既行，作絕句五首送之

〔施註〕王箴，字元直，東坡夫人同安君之弟也。〔合註〕《斜川集》：過侍二親錢塘，舅氏自蜀來見先君子，留卒歲而歸。〔查註〕《山谷别集》附劉景文《和詩序》云：季孫惶恐，伏蒙知府内翰，寵示《送仲天貺、王元直》詩五首，仰同嚴韻，不勝狂妄之罪。詩云：誰懷二子千里，公賦五篇六言。月底飛雲西去，山頭歸雁雙騫。其二云：小艇辭公晚發，高齋記客初來。耿耿不忘歸路，阻修萬折千回。其三云：府下莫非羣儁，坐中不見三明。遠意關河馬首，静吟筆硯泉聲。其四云：雖到蜀都有日，却逢謝傅何年。歷歷林溪勝處，想君把酒依然。其五云：樂事無如飲酒，休官自是高

人。紅帶邀頭寄與，是翁瞿鑠尋春。山谷詩自序云，王元直惠示東坡先生與景文老將唱和六言十篇。感今懷昔，似聞東坡已渡瘴海來歸，而景文墓木已拱，天貺之甓，亦有宿草，猶喜元直尚健，能道錢塘舊事，故追韻作此五篇。只今眼前，無景文輩人，故詩語及之尤多。詩云：仲子霣霜殺草，風流無地寄言。王君攀鱗附翼，禮義端能不騫。其二云：不怨子堂堂去，蓋念君得得來。家藏會稽妙墨，晚歲喜識方回。其三云：兩公六字語妙，我獨一雙眼明。書似出林飛鳥，詩如落澗泉聲。其四云：老憶夷門老將，當年許我忘年。博學似劉子政，清詩如孟浩然。其五云：天子文明濬哲，今年不次用人。九原埋此佳士，百草無情自春。【誥案】黃魯直自戎州放還，往游眉山，見王元直，讀此唱和十詩，始和此韻在公北歸之時，但元直卽卒於道中矣。

其一

仲君豈弟多學，〔施註〕《毛詩·大雅·泂酌》：豈弟君子，民之父母。王子清修寡言。〔王註次公曰〕《揚子》云：寡言而法，君子也。〔合註〕此條見《荀子》，「寡言」作「少言」。病後空驚鶴瘦，時來或作鵬騫〔七〕。〔王註〕李太白《贈從孫義興宰銘》詩：一屆雖千里，鵬騫望三台。

其二

海角煩君遠訪，〔施註〕白樂天《春生》詩：海角天涯遍始休。江源與我同來。剩作數詩相送，莫教萬里空回。

其　三

三人一旦同行，〔公自註〕二子與秦少章〔八〕同寓高齋，復同舟北行。留下高齋月明。〔查註〕《咸淳臨安志》：高齋，唐時郡齋名。嚴維九日登高，有「遲客高齋瞰浙江」之句。葉夢得《録話》云：錢塘州宅之東，清暑堂之後，舊據城闉，横爲屋五間，下瞰虚白堂，不甚高大，而最超出州宅及園圃之中，故爲州者多居之，謂之高齋。遥想扁舟京口，尚餘孤枕潮聲。

其　四

更欲留君久住，念君去國彌年。空使犀顱玉頰，長懷髯舅凄然。〔施註〕犀顱玉頰，東坡自謂諸子。髯舅謂元直。

其　五

爲余遠致殷勤，瑞草橋邊老人。〔公自註〕老人王慶源也。紅帶雅宜華髮，〔王註善權曰〕《詩文發源》云：王慶源以恩榜得官，居於青神，來從東坡求紅帶，坡作長篇并帶贈之，詩在集中。白醪光泛新春。

次韻劉景文、周次元寒食同游西湖

〔查註〕《咸淳臨安志》劉景文原作詩云：西湖春意勝當年，公領笙簫泛畫船。錦繡一林生水面，衣冠萬堵立山前。仁恩在物禽魚遂，喜氣隨人草木妍。半醉插花風調別，寫真須是李龍眠。絮飛春減不成年，〔王註倬曰〕丘豫見庭中花落，謂友人曰：「飛此一片，減却青春色，不趁行樂，復待何時耶？」〔施註〕杜子美《曲江》詩：一片飛花減却春，風飄萬點正愁人。老境同乘下瀨船。〔施註〕《漢·武帝紀》：元鼎五年，下瀨將軍下蒼梧。藍尾忽驚新火後，〔公自註〕白樂天《寒食》詩：三杯藍尾酒，一楪膠牙餳〔九〕。遨頭要及浣花前。〔公自註〕成都太守，自正月二日〔一〇〕出遊，謂之遨頭〔一一〕，至四月十九日浣花乃止。山西老將詩無敵，〔王註次公曰〕以言劉景文。〔施註〕《漢·趙充國傳·贊》曰：秦漢以來，山東出相，山西出將。杜子美《憶李太白》詩云：白也詩無敵。洛下書生語更妍。〔王註次公曰〕以言周次元。共向北山尋二士，〔王註次公曰〕二士，言清順、道潛也。〔堯卿曰〕魏僧法度、法紹，游學北山，綜習三藏靈迹異事，世皆見聞，世號曰北山二聖。〔施註〕《維摩經》：二士共談，必說妙法。畫橈鼉鼓聒清眠〔一二〕。〔施註〕杜牧之詩：笙歌登畫船，十日清明前。

連日與王忠玉、張全翁游〔一三〕西湖，訪北山清順、道潛二詩僧，登垂雲亭，飲參寥泉，最後過唐州陳使君夜飲，忠玉有詩，次韻答之

〔查註〕張璹，安陸人。〔合註〕《續通鑑長編》：元祐五年七月，侍御史孫升言，兩浙轉運判官張璹，違法徇私，詔別與差遣。先生作詩，璹正在浙也。唐州，見前《新渠》詩註。【誥案】陳師錫，字伯修，建安人。初爲昭慶軍掌書記，公倚以爲政。及被逮，師錫獨出餞之。元祐中，公屢薦於朝。時方在杭，即陳使君也。諸註失考，今特未詳其爲唐州耳。查註改張全翁爲張金翁，誤，

今已更正。餘並詳總案中。〔案〕總案云：查註據《志》作「張」金翁。……查註所見，乃朱竹垞所藏之抄本。……此書字畫端好，似爲影抄者，然雙行繁密特甚，豈無「全」、「金」之譌乎！其他志乘引《咸淳臨安志》，皆作全翁，可見原刻與王註、施註皆同。又，總案引本集《書參寥詩》。該文作於元祐五年二月二十七日。誥案謂：詩題云云，與此記合。其云「連日」，蓋自二十五日至晦日也。

北山非自高，千仞付我足。西湖亦何有，萬象生我目。雲深人在塢，風静響應谷。〔施註〕駱賓王《月夜》詩：山虚響自應，水淨望如空。與君皆無心，信步行看竹。竹間逢詩鳴，〔王註次公曰〕言二詩僧也。眼色奪湖淥。百篇成俯仰，二老相追逐。〔王註次公曰〕言王忠玉、張全翁也。故應千頃池，養此一雙鵠。山高路已斷，亭小膝屢促〔一四〕。夜尋三尺井，〔王註次公曰〕三尺井，指參寥泉也。渴飲半甌玉。〔施註〕白樂天《酬吴七》詩：似漱寒玉水，如聞商風弦。明朝鬧絲管，〔施註〕杜子美《渼陂行》詩：絲管啁啾空翠來。寒食雜歌哭。使君坐無聊，狂客來不速。〔施註〕《周易·需》：有不速之客三人來，敬之終吉。載酒有鴟夷，扣門非啄木。浮蛆灔金盌，〔合註〕杜子美《送楊六判官使西番》詩：邊酒排金盌。翠羽出華屋。〔施註〕《文選·登徒子好色賦》：眉如翠羽。須臾便陳迹，覺夢那可續。及君未渡江，〔王註〕《晉謡》：五馬浮渡江。過我勸秉燭。一笑換人爵，百年終鬼録。

新茶送簽判程朝奉，以饋其母，有詩相謝，次韻答之

〔施註〕程朝奉，名遵彦，字之邵。舉進士。簽書杭州節度判官。文學吏事，皆有可觀。事母孝謹，有絶人者。在東坡幕府二年，替還，有詩送赴闕。公再入翰林，薦之於朝，擢宗正丞。後使廣西，入爲祠部郎，提點兩浙刑獄。〔合註〕《續通鑑長編》元豐七年四月載：詔廣南西路總畧司勾當公事宣德郎程遵彦爲通直郎。

縫衣付與〔一五〕溧陽尉，〔王註次公曰〕孟郊爲溧陽尉，有《游子吟》云：慈母手中線，游子身上衣。臨行密密縫，意恐遲遲歸。〔施註〕《唐·孟郊傳》：字東野。年五十登進士第，調溧陽尉。舍肉懷歸潁谷封。聞道平反供一笑，會須難老待千鍾。〔施註〕《毛詩·魯頌·泮水》：既飲旨酒，永錫難老。《莊子·寓言篇》：曾子再仕，而心再化，曰：「吾及親仕三釜而心樂；後仕三千鍾不洎，吾心悲。」火前試焙分新胯〔一六〕，〔王註〕《品茶要録》云：茶事起於驚蟄前，其初造日試焙，又曰一火，其次日三火。故市茶者，唯伺出於三火之前者，爲最佳。〔查註〕《苕溪漁隱叢話》：水揀茶，即社前者；生揀茶，即火前者；粗色茶，即雨前者。熊蕃《北苑茶録》有貢新胯、試新胯之名。雪裏頭綱輟賜龍。〔施註〕《茶録》：福建貢茶，每若干計綱以進。國朝故事，第一綱團茶至，即分賜近臣。從此升堂是兄弟，〔施註〕《三國·吳·周瑜傳》：孫策與瑜同年，獨相友善，升堂拜母，有無通共。《張昭傳》：孫策創業，命昭爲長史，升堂拜母，如比肩之舊。一甌林下記相逢。〔合註〕程爲先生同縣人，故末句云然。

次韻林子中、王彦祖唱酬

〔合註〕《續通鑑長編》：元祐四年二月，王汾知明州，十一月爲秘書少監，而以王子淵知明州。則其與林子中唱酬，當是北歸過潤時事，以其曾任明州，又爲秘監。故先生詩以知章比之。五六言林與己出守在外，七八言汾內召，故用「塵紅」。施註云：彥祖時守明州。誤矣。【誥案】《東都事畧》：王汾，乃禹偁曾孫。本集《王禹偁畫贊》云：公之曾孫汾。施註謂禹偁孫。亦誤。

早知身寄一漚中，晚節尤驚落木風。〔公自註〕近聞〔一七〕莘老、公擇皆逝，故有此句。〔合註〕《續通鑑長編》：元祐五年二月，知成都府李常、提舉靈仙觀孫覺卒。昨夢已論三世事，〔註施〕《圓覺經》：如昨夢故，當知生死，及與涅槃，無起無滅，無來無去。歲寒猶喜五人同。〔公自註〕軾與〔一八〕子中、彥祖、子敦、完夫同試舉人景德寺，今皆健。〔施註〕林子中名希，時守潤，故云「雨餘北固山圍座」。後爲同知樞密院。王彥祖，名汾，禹偁孫，後爲兵部侍郎。時守明州，當是道出京口唱酬。顧子敦，名臨。後爲翰林學士。胡完夫，名宗愈，後爲尚書右丞。陶淵明詩：顧留就君住，從今至歲寒。雨餘北固山圍座，〔施註〕《南史·梁平樂侯正義傳》：京城之西，有別嶺入江，高數十丈，三面臨水，號曰北固。蔡謨起樓其上，以置軍實。春盡西湖水映空。〔王註次公曰〕先生自言也。差勝四明狂監在，〔施註〕《唐·賀知章傳》：晚節尤誕放，自號四明狂客及秘書外監。更將老眼犯塵紅。

壽星院寒碧軒〔一九〕

〔查註〕《咸淳臨安志》：壽星院，在葛嶺。《西湖遊覽志》：寶雲山之西爲葛嶺，嶺下有壽星院，院中有杯泉、靈泉、寒碧軒。〔合註〕《西湖遊覽志》：壽星院中，尚有平秀軒、垂雲亭、明遠堂，其上有閣，爲江湖偉觀，安撫趙與憊建。

清風肅肅搖窗扉，〔合註〕王粲詩：肅肅淒風。窗前修竹一尺圍。紛紛蒼雪落夏簟〔二〇〕，〔合註〕杜子美

《鄭駙馬宅宴洞中》詩：留客夏簟青琅玕。冉冉綠霧沾人衣。〔王註〕杜子美《陪王侍御同登東山最高頂》詩：無使霜露沾人衣。〔施註〕《文選》謝希逸《月賦》：佳期可以還，微霜沾人衣。〔合註〕李賀詩：江中綠霧起涼波。日高山蟬〔二一〕抱葉響，〔施註〕蘇子美詩：山蟬帶響穿疏户，林蔓蟠青入破窗。人静翠羽穿林飛。道人絶粒對寒碧，爲問鶴骨何緣肥？【誥案】紀昀曰：渾成脱灑，前六句有杜意，後二句是本色。

書劉景文左藏所藏王子敬帖〔二二〕

〔王註子仁曰〕先生嘗云：世傳王子敬帖有「黄柑三百顆」之語，此帖乃在劉景文處，景文死，不知今在誰家矣。韋蘇州有詩云：書後欲題三百顆，洞庭須待滿林霜。蓋蘇州亦見此帖也。余亦嘗有詩云：君家子敬十六字，氣壓鄴侯三萬籤。見《王立之詩話》。〔施註〕章子厚《書評》云：劉季孫文思，有子敬兩帖，二十二字，雖殘缺不完，而精神骨氣具在。柳公權題數十字於其後，用筆艱辛滯澀不可言。

家雞野鶩同登俎，春蚓秋蛇總入奩。君家兩行〔二三〕十二〔二四〕字，氣壓鄴侯三萬籤。〔查註〕《困學紀聞》：李泌父承休，聚書二萬餘卷，戒子孫不許出門。有求讀者，别院供饌。鄴侯家多書，有自來矣。

書劉景文所藏宗少文《一筆畫》

〔王註〕《名畫記》：宗炳，字少文，南陽涅陽人。善書畫。《圖畫見聞志》：張愛賓稱，惟王獻之能爲一筆書，陸探微能爲一筆畫。〔查註〕《廣川畫跋》：宗少文，南陽人。善畫，好山水，凡所游歷，皆圖於壁。嘗自爲畫山水序。米海岳《畫史》：宗少文《一筆畫》，唐人摹絹本，在劉季孫家，故蘇太簡物。

宛轉回文〔三五〕錦，縈盈連理花。〔合註〕謝惠連《雪賦》：末縈盈於帷席。註：迴委之貌。《孝經援神契》：德至於草木，則木連理。何須郭忠恕，匹素畫繅車。〔施註〕《圖畫見聞志》：郭忠恕，字恕先，雒陽人。善畫，有設紈素求爲圖畫者，必怒而去。乘興即自爲之。岐有富人子，喜畫，日設几案絹素。忠恕畫一草角小童持線車，紙窮處，作風鳶，中引一線，長數丈。富家子不以爲奇，遂謝絶。

次韻送張山人歸彭城

〔王註堯卿曰〕張天驥也。【誥案】此公詩也。施編在《新茶送程簽判》詩後。查註據《詩話總龜》，指爲朱定國作，列入互見卷中，合註已辯其誤。今考詩意及本集《萬松嶺惠民院題壁記》，定爲三月杪作，改編於此。餘詳總案中。〔案〕總案元祐五年三月有「同張天驥、陳輔之游萬松嶺惠民院題壁」條，引本集《題萬松嶺惠民院壁》，敍新茶時游惠民院事。誥案謂：今考送歸彭城詩，乃聖途留杭旬餘，春盡思歸而去，與此文新茶時候在杭相合，則此詩信公作也。仍入載。其後同游七寶寺，蓋聖途再至之作耳。又按：聖途，天驥字。

羨君飄蕩一虛舟，〔王註〕杜子美《題張氏隱居》詩：對君疑是泛虛舟。〔施註〕《莊子·列禦寇篇》：泛若不繫之舟，虛而遨遊者也。來作錢塘十日游。水洗禪心都眼淨，〔王註次公曰〕先生又《次韻曹子方同遊西湖》云：上下碧流清似眼。山供詩筆總眉愁。雪中乘興真聊爾，春盡思歸却罷休。〔王註援曰〕杜牧之詩：一年春盡送春詩。何日五湖從范蠡，種魚萬尾橘千頭。〔王註〕范蠡《種魚經》云：以活鯽魚用竹刀破之，入水銀少許，同水滓油菜碎之，和拌，入魚腹内，再以菜裹之，懸空處四十九日。用河水取腹内元子一二粒，置於水中，以物蓋之。少時，一粒即一魚。乃魚活水盆中游，只依元種大云。〔施註〕《北户雜録》：陶朱公《養魚法》：凡種魚，每二月上庚日，取鯉魚懷子者投池中。

眞覺院有洛花，花時不暇往，四月十八日，與劉景文同往賞枇杷

〔合註〕《西湖游覽志》：龍山稍北爲玉廚山，舊有真覺院。〔查註〕《長公外紀》：牡丹，唐時杭州無此種。長慶開元寺僧惠澄，自都下乍得一本，謂之洛花。又《咸淳志》：枇杷無核者，名椒子。嘉會門外，舊有真覺院，蘇東坡有詩。枇杷出於潛縣黄嶺前烏巾山小錫唐塢者尤珍，白色者上，黄次之。

綠暗初迎夏，紅殘不及春。魏花非老伴，〔施註〕歐陽公《花釋名》：牡丹中，魏花者，千葉内紅，花出於魏相仁溥家。盧橘是鄉人。〔王註〕《談助》云：盧橘，枇杷也。〔查註〕李太白《宫中行》云：盧橘爲秦樹。朱新仲《猗覺寮雜記》：嶺外以枇杷爲盧橘。《太平御覽》載《魏王花木志》云：蜀土有給客橙，似橘而小，若柚而香，冬夏花實相繼，亦云盧橘。井落依山盡，巖崖發興新。〔王註〕唐王之渙《題鸛雀樓》詩：白日依山盡。杜子美詩《題鄭縣亭子》云：户牖凭高發興新。歲寒君記取，松雪看蒼鱗。〔合註〕兼用枇杷晚翠之意。【誥案】紀昀曰：宕開作收，不結本題，而恰清本題。

又和景文韻〔二六〕

牡丹松檜一時栽，付與春風自在開。試問壁間題字客，幾人不爲看花來。〔施註〕劉禹錫《贈看花君子》詩：無人不道看花回。

西湖壽星院此君軒

〔查註〕《西湖游覽志》：葛嶺壽星院有此君軒。

臥聽謖謖碎龍鱗，〔施註〕陸機《感時賦》：風謖謖而屢作。《世説》：世目李元禮，謖謖如勁松下風。俯看蒼蒼立玉身。〔施註〕白樂天《題賦武丘》詩：玉立竹森森。一舸鴟夷江海去，尚餘君子六千人。〔施註〕《史記·越王勾踐世家》：用范蠡計，發習流二千，教士四萬人，君子六千人，諸御千人伐吳。勾踐竟滅吳。范蠡乃與其私徒屬乘舟，浮海出齊，變姓名自謂鴟夷子皮。〔合註〕六千君子，以喻竹也。

觀臺〔二七〕

〔馮註〕案佛家《止觀經》云：止能捨樂，觀能離苦，止如定而後能静，觀則慮而後能得也。梵云毘鉢舍那，華言觀。〔查註〕《西湖游覽志》：葛嶺壽星院有觀臺。【誥案】此詩施編不載，查註從邵本補編。

三界無所住，〔馮註〕《釋典》：欲界爲一地，四禪四空爲八地，合爲九地，即三界，是亦名三有。《金剛經》：菩薩於法，應無所住，行千布施。一臺聊自寧。塵勞付白骨，〔馮註〕《楞嚴經》：優波尼沙陀白佛言，觀不淨相，生大厭離，悟諸色性，以從不淨，白骨微塵，歸於虛空。又：相待生勞，勞久發塵，自相渾濁。寂照起黄庭。〔馮註〕《黄庭外景經》：上有黄庭下關元。註：黄庭者，脾爲中，主横，在太倉上。《楞嚴》文殊偈：淨極光通達，寂照含虛空。却來觀世間，猶如夢中事。殘磬風中嫋〔二八〕，孤燈雪後青。須防童子戲〔二九〕，投瓦〔三〇〕犯清泠。〔馮註〕《楞嚴經》：月光童子，修習水觀，室中安禪。有弟子窺窗觀室，唯見清水。童稚無知，取一瓦礫投於水内，激水作聲，出定心痛。後入定時，童子奉教，除去瓦礫，身質如初。

遊中峯杯泉

〔查註〕《咸淳臨安志》：壽星院在葛嶺中，有杯泉。【誥案】此詩施編不載，查註從邵本補編。

石眼杯泉舉世無，要知杯渡是凡夫。〔馮註〕《高僧傳》：晉杯渡者，不知其姓名，常乘木杯渡河，因名焉。〔合註〕沈約：佛知不異，衆生知義，凡夫之與佛地。可憐狡獪維摩老，戲取江湖〔三一〕入鉢盂。〔合註〕《法苑珠林》：假使四大海水内此瓶中，猶不能滿。《後漢書·西域傳註》引《維摩經》：以四大海水，入一毛孔中。

贈善相程傑

心傳異學不謀身，〔施註〕柳子厚《冉溪》詩：許國不復爲身謀。自要清時閲搢紳。火色上騰雖有數，〔施註〕《唐·馬周傳》：岑文本謂所親曰：「馬君鳶肩火色，騰上必速，恐不能久。」急流勇退豈無人。〔施註〕《江鄰幾雜志》：錢若水謁華山陳摶。摶曰：「目如點漆，黑白分明，當作神仙。」有紫閣老僧曰：「不然，他日但能富貴，急流中勇退耳。」〔合註〕《聞見前録》：錢若水見陳希夷於華山。有一老僧與希夷擁地爐坐，熟視若水，久之不語，以火箸畫灰，作「做不得」三字，徐曰：「急流中勇退人也。」後若水登科，爲樞密副使，年才四十，致政。希夷初謂若水有仙風道骨，命老僧者觀之。老僧，麻衣道者也，希夷素所尊禮云。書中苦覓原非訣〔三三〕，醉裏微言却近真。我似樂天君記取，華顛賞遍洛陽春。〔王註師曰〕白樂天退老洛中二十餘年。〔施註〕白樂天《醉吟先生傳》：洛陽内外六七十里間觀寺丘墅，有泉石花竹者，靡不游。

次韻林子中蒜山亭見寄

〔施註〕林子中，名希，閩人。東坡起遷客，朝廷以人望，欲驟用之，議除起居舍人。公詣宰相蔡持正力辭。持正曰：「今日誰當在公先者？」公曰：「昔林希同在館中，年且長。」持正曰：「希固當先公耶？」卒不許。然希亦由此繼補記注。後以集賢殿修撰守潤。子中在潤而公在杭。公自杭召歸，子中又繼爲守，情好深厚。紹聖初，進寶文閣直學士，知成都府。哲宗親政，章子厚方治元祐諸臣，欲使子中典書命，而疑於左遷，使問之，欣然留行。復爲中書舍人。自司馬温公、東坡等數十人，皆使爲謫詞，極其醜詆，遂累遷至同知樞密院。後朝廷理其詞命醜正之罪，奪職爲舒州。建中靖國元年，東坡自海南，歸至儀真，《與子由書》云：林子中病傷寒十餘日，便卒，所獲幾何，遺臭無窮，哀哉哀哉。時論復變，又追贈賜謚云。〔查註〕林子中時以天章閣待制知潤州。【誥案】子中草子由制，辱及所生，故子由痛哭曰，先人何罪。其折資草制也，章惇許爲同省執政，而僅予樞密院。復爲邢恕所惑，而曾布所誘，惇并恕逐去之。當子中草制訖，擲筆於地，自云喪了名節。此其心非不知是非者，實爲厚利所誘，既乃利不可得，而卒以憤死，此其悔有甚於憤者矣。公嘗謂：王涯甘露之禍，樂天適游香山寺，有詩云：當君白首同歸日，是我青山獨往時。不知者以樂天爲幸之，樂天豈幸人之禍者，蓋悲之也。公之哀希，與樂天正等。施註引公書，不引此條按斷，卽有幸之之疑，殊非公之本意。施註失當，應駁正。

奇逸多聞老敬通，何人慷慨解憐翁。〔施註〕《後漢·馮衍傳》：衍字敬通。幼有奇才，博通羣書，以文過其實，遂埳壈於時。十年簿領催衰白，一笑江山發醉紅。〔王註〕白樂天詩：醉貌如霜葉，雖紅不是春。又鄭谷詩：衰鬢霜俱白，愁顏酒借紅。杜子美《寄司馬山人十二韻》詩：髮少何勞白，顏衰肯更紅。陳無己詩：髮短愁催白，顏衰酒借紅。〔施註〕白樂天《自詠》詩：朝酒發紅顏。聞道賦詩臨北固，〔施註〕《文選》謝靈運《從遊京口北固應詔》詩註云：從宋高祖登樓望江而應制。未應舉扇向西風。叩頭莫喚無家客，〔施註〕《漢·趙廣漢傳》：二人下堂，叩頭〔三〕。歸掃岷峨一畝宮。〔施註〕《禮記·儒行》：儒有一畝之宮，環堵之室。按，東坡有《與金山元長老》詩云：蒜山幸有閑田地，招此無家一房客。

再和幷答楊次公

〔施註〕此卷倡酬凡五詩，次公時提點兩浙刑獄。〔合註〕《續通鑑長編》：元祐五年七月，楊傑爲禮部員外郎。先生作此詩與下《蘭蕙》詩時，似尚未聞新命，至《次韻惠龍井水》詩，則已有罷郡之語，故卽繼以餞別詩也。

毘盧海上妙高峯，〔施註〕《華嚴經》：毘盧遮那，十身巢海。又：文殊師利告善財童子，言：「南方有一國土，名爲勝樂，其國有山，名曰妙高峯。」二老遥知説此翁。〔合註〕二老指林子中及元長老。聊復艤舟尋紫翠，不妨持節散陳紅。〔施註〕《漢·食貨志》：武帝之初，太倉之粟，陳陳相因。〔施註〕《漢·賈捐之傳》：孝武元狩六年，太倉之粟，紅腐而不可食。高懷却有雲門興，〔王註〕《南史》：何胤隱居若邪山雲門寺。〔查註〕按，禪宗雲門山在粤東韶州者，爲文偃禪師道場。越州亦有雲門，即少陵所云「若耶溪、雲門寺」也。好句真傳雪竇風。〔王註次公曰〕雪竇禪師有集行於世。〔堯卿曰〕師諱重顯，字隱之，遂州李氏子。後出家，受供，學經論業於鄉里。晚參隨州智門祚和尚，遍遊叢林，還四明之雪竇。由是雲門之道，復振於江浙。侍中賈公奏聞朝廷，乞賜明覺之號。〔施註〕次公有《雪竇語録序》。唱我三人無譜曲，馮夷亦合舞幽宫。〔施註〕司馬相如《大人賦》：使靈媧鼓瑟而舞馮夷。

次韻劉景文送錢蒙仲三首

〔王註堯卿曰〕是時穆父在越州，岊仲、蒙仲皆來錢塘。蒙仲欲往赴舉，景文以詩送之云：鄴下五車就業，殿前三月亨途。日出唤君名姓，春風吹過江湖。其二：文價從今第一，家風經古無倫。不假湘靈十字，知君才倍前人。其三：俊氣將探虎穴，清才早踐龍門。故比隔江白鷺，萬人回首王孫。自註：君出蘇翰林門下，有和君與秦少章云：二子有如雙白鷺，隔江相照雪衣明。〔施註〕錢蒙仲乃穆父内翰之子，時穆父守越，遣蒙仲從東坡學。穆父九男子，東坡每戲穆父爲九子母丈夫。故云「送盡青雲九子」。子由壻王子立新逝，故云「王郎獨爲鬼録」。

其一

誰識天閑老驥，不爭日暮長途。〔王註〕《史記》：伍子胥曰：「日暮途遠，吾故倒行而逆施之。」〔合註〕何焯曰：用杜子美《江漢》詩「古來存老馬，不必取長途」意。送盡青雲九子，〔施註〕《南史》：何承天除著作佐郎，年已老，而諸佐郎並年少，荀伯子常呼爲妳母。承天曰：「卿當云鳳皇將九子，妳母何言耶？」〔合註〕《老學庵筆記》：錢穆父風姿甚美，有九子。都下九子母祠，作一巾紵美丈夫，坐於西偏，俗以爲九子母之夫。都下謂穆父爲九子母夫。歸去扁舟五湖。

其二

寄語竹林社友，同書桂籍天倫。〔施註〕《穀梁傳·隱公元年》：兄弟，天倫也。王郎獨爲鬼録，世間無此玉人。〔王註續曰〕裴楷、衛玠，人皆謂之玉人。

其三

五字古原春草，〔施註〕《摭言》：白居易應舉，初至京，以詩謁顧況。況戲之曰：「長安物貴，居大不易。」及讀《原上草》詩云：「野火燒不盡，春風吹又生。」乃嗟賞曰：「有句如此，居天下有恁難。」千金漢殿長門。〔施註〕司馬長卿《長門賦序》云：孝武陳皇后時得幸。頗妒，別在長門宮，愁悶悲思。聞相如天下工爲文，奉金百斤，爲相如、文君取酒，因于解悲愁之詞。而相如爲文以寤主上，后復得幸。經緯尚餘三策，〔王註堯卿曰〕錢氏先世，易與醇老，皆應制舉，答策甚工。〔施註〕《左傳·昭公二十五年》：子產曰：「禮，上下之紀，天地之經緯也。」《二十八年》：成鱄對曰：「經緯天地曰文。」典刑留與諸孫。

菩提寺〔三四〕南漪堂杜鵑花

〔查註〕《咸淳臨安志》：菩提院，太平興國二年建，本名惠嚴，七年改賜今額。有堂二，曰南漪、迎春。又，錢塘門外菩提寺杜鵑花最盛。《西湖游覽志》：錢塘門緣城而北，有菩提院，本錢惟演別墅也，捨以爲寺。有南漪、迎薰等亭，後併入昭慶律寺。

南漪杜鵑天下無，〔施註〕白樂天《山石榴》詩云：山石榴，一名杜鵑花，杜鵑啼時花撲撲。披香殿上紅氍毹。〔王註〕白樂天《紅線毯篇》：紅線毯，擇繭繰絲清水煮，揀絲練線紅藍染，染爲紅線紅於花，織作披香殿上毯。〔查註〕漢宮閣名。長安有披香殿。〔合註〕見《文選·西都賦註》。鶴林兵火真一夢，不歸閬苑歸西湖。

寒具

〔公自註〕乃捻頭，出劉禹錫《嘉話》〔三五〕。〔合註〕《文選·招魂註》：粔妝，吴謂之寒具。《通雅》：寒具，糫子也。李時珍以捻頭、環餅、寒具、粺糀爲一物。何焯曰：二字出《周禮·天官·籩人註》中。【誥案】此詩施編不載，查註從外集守杭卷補編。

纖手搓來玉數尋〔三六〕，〔合註〕韓偓詩：手槎梅子映中門。碧油輕蘸〔三七〕嫩黄〔三八〕深。〔合註〕李益詩：江清展碧油。夜來春睡濃於酒〔三九〕，壓褊佳人纏臂金。〔馮註〕《釋名》：金條脱，纏臂金也，今之手釧。

題楊次公春蘭

〔王註任曰〕元祐五年庚午，先生在杭州作。

春蘭如美人，不采羞自獻。〔查註〕韓退之《猗蘭操》：不采而佩，於蘭何傷。時聞風露香，蓬艾深不見。【誥案】紀昀曰：常意而寫來深遠。丹青寫真色，欲補《離騷傳》。〔王註次公曰〕漢武帝使劉安作《離騷傳》，以其經如《春秋》，復傳其事云。〔施註〕《漢·淮南王傳》：武帝使爲《離騷傳》，旦受詔，食時上。對之如靈均，〔王註〕《離騷》：名予曰正則兮，字予曰靈均。冠佩不敢燕。〔施註〕《漢·汲黯傳》：大將軍青侍中，上踞廁視之。丞相宴見，或時不冠至。如見黯，不冠不見也。

題楊次公蕙〔四〇〕

〔查註〕黃山谷云：一幹一花爲蘭，一幹五七花爲蕙。《遯齋閑覽》云：楚《騷》之蘭蕙，或以爲都梁香，或以爲澤蘭，或以爲猗蘭，當以澤蘭爲正。今人所種，如麥門冬葉者爲幽蘭，非真蘭也。故陳止齋作《盜蘭說》以譏之。朱文公《離騷辨正》云：古之香草，必花葉皆香，燥濕不變，故可佩。今之蘭蕙，但花香而葉無氣質，弱，易萎，必非古人所指，甚明。古之蘭似澤蘭；而蕙卽今之零陵香，今似茅而花有二種者。不知何時始誤也。吳草廬《蘭說》云：蘭爲醫經上品，草之植者也。今所謂蘭，乃無枝無莖，因黃山谷稱之，世遂謬指爲《離騷》之蘭。

蕙本蘭之族，依然臭味同。曾爲水仙佩，〔王註〕杜子美《桃竹杖引》詩：江妃水仙惜不得。〔施註〕王子年《拾遺記》：楚人思慕屈平，謂之水仙。相識《楚辭》中。〔王註〕《楚辭》：余既滋蘭之九畹兮，又樹蕙之百畝。〔施註〕《離騷》：雜申椒與菌桂兮，豈維紉夫蕙茝。幻色雖非實，眞香亦竟空。云何起微馥，〔施註〕《唐·杜甫傳》：殘齋臆馥，沾丐後人。鼻觀已先通。

次韻曹輔寄壑源試焙新芽〔四一〕

〔施註〕輔時爲閩漕。〔查註〕《太平寰宇記》：龍焙監在建州建安縣南鄉。黄儒《品茶要録》：壑源在建溪。《夢溪筆談》：建茶勝處，曰郝源曾坑。又，坌根山頂，二品尤勝，李氏時，號爲北苑，置使領之。《苕溪叢話》：北苑茶，入貢之後，市無貨者。惟壑源諸處私焙茶，其絶品可敵官焙。蓋壑源與北苑爲鄰，山阜相接，纔二里餘，其茶香甘，在諸私焙之上。

仙山靈草〔四二〕濕行雲，〔施註〕《文選》郭璞《遊仙》詩：崦山多靈草。宋玉《高唐賦》：旦爲朝雲，暮爲行雨。洗遍香肌粉未勻。〔合註〕崔珏詩：粉落香肌汗未乾。明月來投玉川子，〔王註〕韓退之《李花》詩：日光赤色照來好，明月暫入都交加。夜領張徹投盧仝，乘雲共至玉皇家。又盧仝《茶》詩：手閲月團三百片。清風吹破武林〔四三〕春。〔王註子仁曰〕武林，杭州山名。要知冰雪〔四四〕心腸好，不是膏油首面新。〔王註堯卿曰〕造茶者，以膏油塗之，以欺不知茶者。〔共父曰〕《品茶要録》云：沙溪之園民，或雜以松黄，飾其首面，試時雖鮮白，而不能久。〔子翬曰〕《茶録》：茶色貴白，而餅茶以珍膏油其面，善別茶者，以肉理潤者爲重。〔查註〕熊蕃《北苑貢茶録》：南唐初造研膏，繼造蠟面。戲作小詩君一笑〔四五〕，從來佳茗似佳人。

次韻袁公濟謝芎椒〔四六〕

〔施註〕袁公濟名轂，四明人。時倅杭，後知處州。〔合註〕袁文《甕牖閒評》：東坡昔守臨安，予曾祖作倅。一日，同往一山寺祈雨。東坡云：「吾二人賦詩，以雨速來者爲勝，不然，罰一飯會。」於是東坡云：「一爐香對紫宮起，萬點雨隨青蓋歸。」余曾祖則曰：「白日青天沛然下，皂蓋青旂猶未歸。」東坡視之云：「我不如爾速。」於是罰一飯會。又，朱彧《可談》：東坡倅杭，不勝杯酌。部使者知公才望，朝夕聚首，疲於應接，乃號杭倅爲酒食地獄。後袁轂倅杭，適郡將不協，諸司亦相疎，袁曰：「酒食地獄正值獄空。」傳以爲笑云。〔查註〕《本草》：芎藭，一名山鞠窮。此藥行上，專治頭腦之疾，兼禦濕氣。出關中者爲西芎，出四川者爲川芎。《爾雅》：檓，大椒。郭璞註：椒叢生，實大者爲檓。陸璣《詩疏》：椒樹如茱萸，味亦辛香，蜀人作茶，吴人作茗，皆以葉合煮爲香。《本草服食方》：單服椒紅補下，宜用蜀椒。段成式云：椒氣下達，餌之不衝上也。

燥吻時時著酒濡，〔王註〕陸機《文賦》：始躑躅於燥吻，終流離於濡翰。要令臥疾致文殊。〔施註〕《維摩經》：文殊奉佛旨，詣維摩詰問疾。諸菩薩大弟子，咸作是念，今二大士文殊師利、維摩詰共談，必説妙法。河魚潰腹空號楚，汗水流骹始信吴。〔公自註〕《吴真君服椒法》云：半年脚心汗如水〔四七〕。〔王註〕王衮《博濟方》載《吴真君服椒法》并歌曰：其椒應五行，其仁通六義，服之半年内，脚心汗如水。〔次公曰〕吴人呼脚爲骹。〔施註〕《文選》潘安仁《射雉賦》：奮勁骹以角搓。註云：骹，脛也。《南史·王亮傳》：沈巑之曰：「未知明府諱。若爲攸字，當作無骹尊傍犬？爲犬傍無骹尊？」自笑方求三歲艾，不如長作獨眠夫。〔施註〕《神仙傳》：彭祖教采女云：服藥百裹，不如獨臥。羡君清瘦真仙骨，更助飄飄鶴背軀。〔合註〕白樂天詩：欲騎鶴背覓長生。

次韻楊次公〔四八〕惠徑山龍井水

〔公自註〕龍井水，洗病眼有效。

漏盡雞號厭夜行，〔王註〕《三國・魏志》：田豫乞遜位，曰：「年過七十，而以居位，譬猶鐘鳴漏盡而夜行不休，是罪人也。」〔施註〕《史記・曆書》：冬分時，雞三號卒，明。〔查註〕蔡邕《獨斷》：夜漏盡，鼓鳴則起；晝漏盡，鐘鳴則息。年來小器溢缾罌。〔施註〕韓退之《石鼎聯句》：方當紅爐然，益見小器盈。〔合註〕此用韓退之詩「旒大缾罌小」意也。棄官縱未歸東海，〔王註〕《前漢書》：疏廣，東海蘭陵人。廣爲太子太傅，兄子受爲少傅，上書乞骸骨，上以其年老，皆許之，賜黄金二十斤歸鄉里。罷郡猶堪作水衡。幻色將空眼先暗，勝遊無礙脚殊輕。空煩遠致龍淵水，〔查註〕蔡襄《徑山記》：山間有小井，云：故龍湫也，龍亡湫在，歲常一來，雷雨晦冥。《吴興掌故集》：蛟龍池，在天目山東南。寧復臨池似伯英。〔王註〕《晉・衛恒傳》：弘農張伯英草書甚精，凡家之衣帛，必書而後練之，臨池學書，池水盡黑。

次京師韻送表弟程懿叔赴夔州運判

〔施註〕程懿叔，名之邵，第七。先生元祐五年六月三日手書此詩，并自跋云：時德孺在嶺外，適有使至杭，當録本示之。德孺書中，自言學佛有所悟入，寄偈頌十數篇來，故有「新得道」之語。德孺名之元，懿叔兄也。詩跋刻石成都府治。〔合註〕《續通鑑長編》元祐六年十二月載：夔州路轉運判官程之邵，爲都大管勾成都府利州路茶事。其初爲夔州運判，無年月可考。〔查註〕此首次《送程七表弟知泗州》韻，詩載第三十卷中。

與子甥舅氏，摧頹各蒼顔。〔施註〕白樂天《詠懷》詩：我年日摧頹。並爲東諸侯，長此佳江山。寒松無時花，安得插髻鬟。【誥案】紀昀曰：常意而寫來超脱。惟將老不死，一笑榮枯間。我甚似樂天，〔施註〕《晉·桓溫傳》：老婢曰：「公甚似劉司空。」但無素與蠻。挂冠及未耄，〔施註〕《禮記·曲禮上》：八十九十曰耄。當獲一紀閑。〔施註〕《國語》：狐偃語晉文公曰：「蓄力一紀，可以遠矣。」韋昭註曰：十二年，歲星一周爲一紀。子亦拙進取，〔施註〕《漢·叔孫通傳》：儒者難與進取。才高命堅頑。〔施註〕《南史·羊元保傳》：宋文帝嘗曰：「仕宦非唯須才，亦須運命。」白樂天詩：自古才難與命爭。譬如萬斛舟，行此九折灣。〔施註〕杜子美《夔州絶句》：蜀麻吴鹽自古通，萬斛之舟行若風。《漢·王尊傳》：王陽爲益州刺史，行部至邛郲九折坂，歎曰：「奈何數乘此險。」〔合註〕《淮南子》：河九折，注於海。仲氏新得道，〔施註〕《毛詩·小雅·何人斯》：仲氏吹篪。一漚目塵寰〔四九〕。〔公自註〕君之兄德孺，自云近於佛法有得〔五〇〕。【誥案】嶺南提刑駐韶州。時程德孺與曹溪僧重辯講道於南華寺，建程公菴。公後過其地，改爲蘇程菴，作銘。歲晚家鄉路，莫遣生榛菅。【誥案】紀昀曰：押韻自然，通體老潔。

次韻劉景文登介亭

〔王註十朋曰〕介亭，詳見《介亭餞楊次公》詩註中。〔查註〕《咸淳臨安志》：鳳凰山，在錢塘舊治正南山顛。石筍林立，名排衙石。第二峯有白塔，塔西有小徑，青石崔嵬。夾道皆峭壁，中穿一衕，人可往來，名曰石衕。好事者，多題名其間。熙寧中，郡守祖無擇，對排衙石作介亭，天風泠然，有縹緲憑虚之意。〔王註堯卿曰〕劉景文詩云：使君中和堂，六月無炎溽。隨呼衆賓集，一笑清風足。復爲曲水欲，石面湧寒淥。持杯襟袂涼，酒出金鯨腹。旋旂登鳳皇，羽翼在林麓。半空老崖斷，千載靈藥伏。松杉各雄枝，蝸蜃傍奔逐。古韻豈塵世，遐瞻有天目。霸國荒故壇，墠社侈新屋。霞標起山近，潮勢卷江速。物外得長涼，尊前尋往躅。有客告將行，遲留待珠玉。欣然點鼠須，萬象歸一幅。終篇燦燦動，滿座琅琅讀。此時天樂奏，到夜山鬼哭。和之慚豈敢，來者信難續。粉壁鑑相射，香煤塵不觸。醉歸掃雙堵，字字照巖谷。星辰衆所仰，富貴公豈欲。一言換凡骨，芝朮誰能服。〔查註〕《汴京遺跡志》孫莘老《介亭》詩云：真人昔未起，奔鹿駭四方。連延天目山，兩乳百里長。有城跨江海，無地生侯王。中霄潦穹旻，列石表壇場。朱旂大梁野，英氣吞八荒。寥寥百年後，故物亦已亡。所餘彼巉巖，峯顛屹相望。主人承明老，星斗工文章。築亭紫霄上，坐客蒼株旁。攀雲弄明月，曉星生扶桑。禹山隔波濤，簡書永埋藏。願逢希夷使，水土還故常。〔合註〕先生作詩時，莘老已卒，孫詩中所云主人，指祖無擇也。

澤國梅雨餘，衰年困蒸溽。高堂磨新磚〔五二〕，〔施註〕《楚辭・招魂》：章高堂邃，宇檻層軒。〔邵註〕「磨磚」字出《傳燈録》。頗覺利腰足。松根百尺井，兩綆飛淨淥。〔施註〕白樂天《昆明春水滿歌》：今來淨淥水照天。流觴聚兒童，〔施註〕《晉・王羲之傳・蘭亭序》：羣賢畢至，少長咸集。此地有清流激湍，映帶左右，引以爲流觴曲水，列坐其次。一笑爲捧腹。〔施註〕《史記・日者傳》：司馬季主捧腹大笑。清風信可御〔五三〕，剛氣在巖麓。始知共此世，物外無三伏。長歌入雲去，不待絃管〔五三〕逐。西湖真西子，烟樹點眉目。濤江〔五四〕少醞藉，〔施註〕《漢・義縱傳》：敢往少醞藉。高浪翻雪屋〔五五〕。〔施註〕韓退之《贈崔立之》詩：高浪駕天輪不盡。〔合註〕僧無可詩：懸燈雪屋明。俯仰拊四海，〔施註〕《莊子·在宥篇》：俯仰之閒而拊四海之外。百世飛鳥速。遠追錢氏餘，〔王註次公曰〕指言吳越王錢氏也。近弔祖侯躅。〔王註堯卿曰〕祖無擇也。〔查註〕《邵氏聞見録》：祖無擇，字擇之，蔡州人。登甲科，與王介甫同知制誥。熙寧二年，介甫參知政事時，無擇知杭州。介甫密諭監司求無擇之罪，使御史王子韶按治，無所得。坐送賓客酒三百小瓶，責節度副使安置。元豐中復祕書監集賢學士，移知光化軍。卒，士大夫寃之。《咸淳臨安志》：英宗治平四年十月丁未，祖無擇以右諫議大夫加龍圖閣學士知杭州，嘗作介亭於鳳凰山。吾生如寄耳，寸晷輕尺玉〔五六〕。〔施註〕《淮南子》：聖人重分寸之陰而輕尺璧。誰似劉將軍，逸韻謝邊幅。〔施註〕《後漢·馬援傳》：見公孫述，曰：「天下雌雄未定，不吐哺走迎國士，反修飾邊幅，此子何足久稽天下士。」《南史·任昉傳》：爲新安太守，在郡，不事邊幅。千言〔五七〕一揮手，五車不再讀。〔王註〕韓退之詩：爲人强記覽，過眼不再讀。〔施註〕《北史·邢邵傳》：廣尋經史，五行俱下，一覽便無所遺。《唐·蕭穎士傳》：與李華、陸據游洛龍門，讀道旁碑，穎士即誦，華再閱，據三，乃能盡記。聞者謂三人才高下，此其分也。《蘇頲傳》：弱冠敏悟，一覽數千言，輒覆誦。春巖彩雞舞，〔施註〕《異苑》：山雞愛其毛，映水則舞。月峽哀猿哭。〔施註〕《宜都山川記》：峽中猿鳴至清，行者歌之曰：巴東三峽猿鳴悲，猿鳴三聲淚沾衣。陳蕭詮《夜猿啼》詩：挂月影才通，猿鳴迥入風。見《藝文類聚》。〔合註〕二句狀其詩之華麗淒清也。朝先啼鴂起〔五八〕，暮與寒螿續。〔施註〕此二句謂景文篤學苦吟也。其句如韓退之「朝悲辭樹葉，夕感歸巢禽」。我老廢吟哦，〔施註〕白樂天《自解》詩：只擬江湖上，吟哦過一生。賴君時擊觸。〔施註〕《史記·封禪書》：上見欒大，大說。使驗小方，鬬棋，棋自相觸擊。從今事遠覽，〔施註〕班固《敘傳》：超然遠覽。發軔此幽谷。〔施註〕《楚辭》屈原《離騷》：朝發軔於蒼梧兮，夕余至於懸圃。杜子美《昔游》詩：發軔在遠壑。清游得三昧，〔王註〕《法華經》：妙音菩薩有三昧者，其目凡十六。至樂謝五欲。〔王註〕《法華經》：有五欲，曰淫慾欲、曰睡眠欲、曰飲食欲、曰自恣欲、曰貪欲欲。又《維摩經》云：汝等已發道意，有法樂可以自娛，不應復樂五欲樂也。莫作狂道士，氣壓劉師服。〔施註〕韓退之《石鼎聯句序》：狂道士軒轅彌明，與劉師服進士相識，劉與侯喜聯石鼎句，彌明應之如響。二子思竭不能續，因起謝曰：「尊師非世人也，某等伏矣，願爲弟子，不敢更論詩。」

袁公濟和劉景文《登介亭》詩，復次韻答之〔五九〕

〔王註堯卿曰〕袁公濟所和詩云：東南富山水，所病在卑溽。陰晴變朝暮，梅雨大田足。翰苑燕高堂，金罍浮蟻淥。清泠四座耳，醉飽五經腹。亭午登介亭，縈紆俯山麓。行路愁渴死，是月丁初伏。乘高瞰羣峯，前後浪奔逐。三吳在指掌，百粵入雙目。漢憂分朱轓，堯意注黄屋。下輿曾未幾，傳命甚郵速。霸、遂伏下風，元、白仰高躅。倡予而和汝，談笑唾珠玉。所恨繼者貧，囊箱無寸幅。劉侯世良將，文史三冬讀。坐嘯胡騎却，行歌燕且哭。儒將久寂寥，斷絃今日續。所得最在詩，銛利鋒莫觸。唱酬黄卷上，如響答深谷。王侯富方丈，熊掌我所欲。獨餒不得飽，中心但誠服。

昏昏墮醉夢，奈此六月溽。〔施註〕《禮記·月令》：季夏之月，土潤溽暑。君詩如清風，〔王註〕《詩·大雅·烝民》：吉甫作誦，穆如清風。吹我朝睡足。登臨得佳句，江白照湖淥。袖手獨不言，〔施註〕韓退之《石鼎聯句序》：道士啞然笑曰：「子詩如是而已乎？」即袖手聳肩，傍北牆坐。默稿已在腹。〔施註〕《唐·王勃傳》：勃屬文，初不精思，先磨墨數升，則酣飲引被覆面卧，及寤，援筆成篇，不易一字，時人謂勃爲腹稿。是時風雨過，靄靄〔六〇〕雲歸麓。疎星帶微月，金火争見伏。〔施註〕《曆忌釋》：伏者，何也？金氣伏藏之日也。四時代謝，皆以相生，立夏火代木，木生火，立秋金代火，金畏於火，故至庚日必伏。顔師古曰：陰氣將起，迫於殘陽而未得升，故爲藏伏。惜哉此清景，變滅不可逐。〔施註〕《文選》曹子建《公燕》詩：明月澄清景。杜子美《渼陂西南臺》詩：從此具扁舟，彌年逐清景。歸來讀君詩，耿耿猶在目。却思少年日，聲價爭場屋。〔施註〕《後漢書》：北海敬王睦，性謙恭好士，聲價益廣。文如翻水成，賦作叉手速。〔施註〕《玉泉子聞見録》：温庭筠每作賦，一叉手，則一韻成。《摭言》：温庭筠作賦不起草，使籠袖憑案，每一韻成，則叉手一吟，故場中謂之温八叉。秋風起鴻雁〔六二〕，我亦繼華躅。〔王註堯卿曰〕公濟試秩館職首薦，公亦本場第七人，故有「繼華躅」之句。〔合註〕袁燮作《先公墓表》云：曾祖贈光禄大夫，諱轂。初，光禄公秋試開封，實爲首選，而東坡蘇公第二。後通守錢塘，坡公作牧，相得懽甚。介亭和篇有曰「秋風起鴻鵠，我亦繼華躅」，識前事也。而註家以爲同試館職，實無是事。那知君蹭蹬，獨泣荆山玉。〔施註〕《韓詩外傳》：楚人卞和，得玉璞於荆山中，獻之武王。王使玉人相之，曰：「石也。」王怒，刖其右足。王没，復獻文王，玉人又曰：「石也。」刖其左足。至成王時，和抱璞泣於荆山下，曰：「吾非悲刖也，悲夫寶玉而名之以石耳。」王乃使玉人理之，得寶玉焉，名和氏璧。〔合註〕《韓非子》作「厲王刖右足，武王刖左足」。相見南新道，〔王註無己曰〕南新縣，今併入新城縣。〔合註〕《太平寰宇記》：南新縣，本臨安縣地，錢氏割置南新場，太平興國六年，改爲南新縣。《文獻通考》：崇寧五年，省南新縣爲鎮，入新城。青衫垂破幅。早知事大謬，〔施註〕《漢·司馬遷傳》：務一心營職，以求親媚於主上，而事乃有大謬不然者。恨不十年讀。莫嫌馮唐老，終勝賈誼哭。〔施註〕《漢·賈誼傳》：上疏陳政事，曰：有可爲痛哭者一，流涕者二，長太息者六。今年復爲僚，舊好許重續。〔施註〕《左傳·桓公二年》：公及戎盟於唐，修舊好也。升沉何足道，〔施註〕《文選》李蕭遠《運命論》：升之於雲則雨施，沉之於地則土潤。等是蠻與觸。〔施註〕《莊子·則陽篇》：戴晉人曰：「有所謂蝸者。有國於蝸之左角，曰觸氏；有國於蝸之右角，曰蠻氏。時相與争地而戰，伏尸數萬，逐北，旬有五日而後反。」共爲湖山主，〔施註〕白樂天詩：「三川徒有主，風景屬閑人。」出入窮澗谷。衆馳君不争，人棄我所欲。何時神武門，相約挂冠服。【誥案】紀昀曰：氣脈滿足，復能變動開闔，筆有餘地。

介亭餞楊傑次公

〔王註堯卿曰〕次公，號無爲子。〔邦衡曰〕《杭州圖經》云：介亭在舊治後聖果寺，左江右湖皆在目。【誥案】介亭在排衙石，《圖經》謂在勝果寺，誤。

籃輿西出登山門，嘉與我友尋仙村。丹青明滅風篁嶺，環珮空響桃花源。〔公自註〕郡人謂介亭山下爲桃源路。〔王註堯卿曰〕柳子厚文曰：斗折蛇行，明滅可見。千嵓萬壑，煥若丹青。〔合註〕「千嵓」二句，今本柳文無。又〔王註堯卿曰〕風篁嶺下，山水潺湲，如聞環珮之聲，無異武陵桃源。〔查註〕《咸淳臨安志》：風篁嶺在錢塘門外放馬場，西路通龍井嶺，最高峻，修篁怪石，風韻蕭爽。又，冷水峪在嘉會門外，夾山多桃花，中有流水，爲城南勝概，舊呼桃源，游人多集焉。前朝欲上已蠟屐，黑雲白雨如傾盆〔六二〕。今晨積霧〔六三〕卷千里，豈畏觸熱生病根。〔王註〕杜子美《貽柳少府》詩：自非曉相訪，觸熱生病根。在家頭陀無爲子，〔施註〕《釋氏要覽》：梵語杜多，漢言抖擻。謂三毒如塵，能坌汙真心，此人能振掉除去。故今訛稱頭陀。久與青山爲弟昆。〔施註〕《爾雅》：昆，兄也，今江東人通言昆。孤峯盡處亦何有，西湖鏡天江抹坤。〔施註〕杜牧之《送孟遲》詩：大江吞天去，一練横坤抹。臨高揮手〔六四〕謝好住，〔施註〕《傳奇·封陟傳》：仙姝謂陟曰：「好住好住，無異日追悔。」《六祖壇經》：和尚報言好住，今共汝別。清風萬壑傳其言。風迴響答君聽取，〔詩註〕杜牧之《茶山》詩：歌聲谷答回。我亦到處隨君軒。

葉教授和溽字韻詩，復次韻爲戲，記龍井之遊

〔查註〕《咸淳臨安志》：秦少游《龍井記》：當西湖之西，浙江之北，風篁嶺之上，深山亂石中之間，蟠幽而踞阻。嶺之左右，大率多泉，龍井其尤者也。元豐二年，辨才退休於此山之壽聖院，去龍井一里。

先生魯諸儒，〔施註〕《漢·叔孫通傳》説上曰：「儒者難與進取，可與守成。願徵魯諸生，與臣弟子，共起朝儀。」飲食清不溽。〔施註〕《禮記·儒行》：其居處不淫，其飲食不溽。空腸出秀句，吟嚼五味足。〔施註〕佛書：耽著五味禪。華堂鬧絲管，眸子漲春淥。先生疾走避，〔施註〕《莊子·盜跖篇》：疾走料虎頭，編虎須，幾不免虎口哉。面冷毒在腹。〔合註〕《清異録》：符昭遠不喜茶，曰：「此物面目嚴冷，了無和美之態，可謂冷面草也。」歸來煮瓠葉，弟子歌《旱麓》。聲淫及《靈臺》，中有麀鹿伏。〔王註子仁曰〕「弟子歌《旱麓》」，意取遐不作人。「聲淫及《靈臺》」，蓋取麀鹿以爲意也。〔施註〕《毛詩·瓠葉》：大夫刺幽王也。上棄禮而不能行，雖有牲牢饔餼，不肯用也。故思古之人，不以微薄廢禮焉。幡幡瓠葉，采之亨之。君子有酒，酌言嘗之。《旱麓》，受祖也。瞻彼旱麓，榛楛濟濟。豈弟君子，干祿豈弟。《靈臺》，民始附也。王在靈囿，麀鹿攸伏。《禮記·樂記》：聲淫及商。功名一走兔，何用千人逐。〔王註〕《慎子》曰：一兔在野，百人逐之，一人得之，貪者悉止，分定故也。〔施註〕《説苑》：一兔走於街，萬人追之，一人得之，萬人不復走。故應容我輩，清坐時閉目。高亭石排衙，〔施註〕白樂天《懷微之》詩：不知雨雪江陵府，今日排衙得也無？按，今亭有石，如劍戟對峙，謂之排衙石。木杪挂飛屋。我來無時節，客亦不待速。似聞

雪髯叟，〔合註〕雪髯叟，疑指劉景文，景文髯美，謂之髯劉。西嶺訪遺躅。〔施註〕劉禹錫《登司馬錯故城》詩：周覽壯前躅。朝陽入潭洞，金碧涵水玉〔六五〕。泉扉夜不扃，雲袂本無幅。慈皇付寶偈，〔合註〕《法苑珠林》：朝宣寶偈，夕出苦海。神侶得幽讀。訥菴〔六六〕有老人，〔王註子仁曰〕訥菴，謂辨才法師也。〔查註〕《咸淳臨安志》：元豐三年，辨才自天竺退休龍井。游覽之所，有過溪亭、德威亭、歸隱橋、方圓菴、寂室、照閣、閒堂、訥齋諸名。《欒城·訥齋記》云：秦太虚名其所居曰訥齋，道潛師參寥屬余爲記。宴坐天魔哭。時來獻瓔珞〔六七〕，〔王註〕佛書：優波毬多入定，天魔波旬得便用瓔珞繫其頸上，欲敗法。〔施註〕《觀世音普門品經》：無盡意菩薩，解頸衆寶珠瓔珞，值百千兩金。法供燈相續。〔王註〕世有長明燈供。〔施註〕《僧伽難提傳》云：嗣續祖燈。吾儕詩酒污，欲往無乃觸。齋厨費晨炊，車騎滿山谷。〔施註〕引《漢·司馬相如傳》：車騎雍容。願聞第一義，〔王註〕杜子美《謁文公上方》詩：願聞第一義，回向心地初。〔施註〕《傳燈録》：達摩西來，梁武帝問如何是聖諦第一義？答云：廓然無聖。缽飯〔六八〕非所欲。便投切雲冠，予幼好奇服。〔王註〕《楚辭》：余幼好此奇服兮，年既老而不衰。帶長鋏之陸離兮，冠切雲之崔嵬。

次韻林子中見寄

飄零洛社數遺民，〔王註次公曰〕白蓮社中有劉遺民。詩酒當年困惡賓。元亮本無適俗〔六九〕韻，〔王註〕陶淵明詩：少無適俗韻，本性愛丘山。孝章要是有名人。〔施註〕《吴志·孫韶傳註》引《會稽典録》曰：盛憲，字孝章。素有高名，孫策深忌之。與少府孔融善。融憂其不免禍，《與曹公書》曰：今之少年，喜謗前輩，或能譏評孝章，孝章要爲天下大名，九牧之民所共稱歎。蒜山小隱雖爲客，江水西來亦帶岷。卷却西湖千頃葑〔七〇〕，〔施

註〕東坡開西湖，以葑積爲堤，以通南北，今蘇公堤是也。笑看〔七二〕魚尾更莘莘。〔王註〕《毛詩·小雅·魚藻》云：魚在在藻，有莘其尾。〔合註〕《東都賦》：俎豆莘莘。註引毛萇《詩傳》曰：莘莘，衆多也。末句似暗用尺素書意。

安州老人食蜜歌

〔公自註〕贈僧仲殊〔七三〕。〔施註〕僧仲殊，安州人，居錢塘。爲詩敏捷立成，而工妙絶人遠甚。殊辟穀，常啖蜜。陸務觀云：族伯父彦遠言，少時識仲殊長老，東坡爲作《安州老人食蜜歌》者。一日，與數客過之，所食皆蜜也。豆腐、麪觔、牛乳之類，皆漬蜜食之，客多不能下筯。惟東坡性亦酷嗜蜜，能與之共飽。崇寧中，忽上堂辭衆，是夕，閉方丈門自縊死。及火，舍利五色，不可勝計。鄒忠公爲作詩云：逆行天莫測，雉作瀆中經。漚滅風前質，蓮開火後形。缽盂殘蜜白，爐篆冷烟青。空有誰家曲，人間得細聽。彦遠又云：殊少爲士人，遊蕩不羈，爲妻投毒羹胾中，幾死，啖蜜而解。醫云，復食肉，則毒發不可療。遂棄家爲浮屠。鄒公所謂「誰家曲」者，謂其雅工於樂府詞，猶有不羈餘習也。〔查註〕《太平寰宇記》：淮南道安州安陸郡，唐同光元年，改爲安遠軍節度。《吴郡志》：仲殊，字師利，承天寺僧也。蘇公與之往還甚厚，號曰蜜殊。工詩，有《寶月集》行於世。《侯鯖録》仲殊《過潤州絶句》云：北固樓前一笛風，斷雲飛出建章宫。江南二月多芳草，春在濛濛細雨中。《寶月集》今不傳，附録於此。〔合註〕《中吴紀聞》：仲殊喜作艷詞。一日，造郡中，見庭下一婦人投牒，立於雨中。守命殊口就一詞，有「鳳鞋濕透立多時，不言不語厭厭地」之句。後殊自經於枇杷樹下，輕薄子更之曰：枇杷樹下立多時，不言不語厭厭地。《宋詩紀事》：仲殊俗姓張氏，名揮，安州進士，因事出家。

安州老人心似鐵，老人心肝小兒舌。〔合註〕何焯曰：《山海經》：黄山有鳥，人舌，能言，名曰鸚鵡。郭氏傳：鸚鵡舌似小兒舌。則三字又自然，非强造也。元相「言語巧偷鸚鵡舌」，亦用郭語耳。不食五穀惟食蜜，〔施註〕《四十二章經》：財色於人，譬如刀刃有蜜，小兒舐之，則有割舌之患。《莊子·逍遥遊篇》：不食五穀，吸風飲露。笑指蜜蜂作檀越。〔合註〕《後漢書·西域傳論註》引《本行經》曰：命諸同侶，波斯匿王等諸王中生，皆作國王，與我爲檀越。蜜中有詩人不知，千花百草争含姿。〔施註〕庾信《和字文内史》詩：花留釀蜜蜂。〔施註〕白樂天詩：千花百草凋零後，留向紛紛雪裏看。老人咀嚼時一吐，還引世間癡小兒。小兒得詩如得蜜，蜜中有藥治百疾〔七三〕。正當狂走捉風時，〔施註〕《後漢·朱浮傳·與彭寵書》云：伯通獨中風狂走，自捐盛時。一笑看詩百憂失。東坡先生取人廉，幾人相歡幾人嫌。恰似飲茶〔七四〕甘苦雜，不如〔七五〕食蜜中邊甜。〔公自註〕佛云：吾言譬如食蜜，中邊皆甜〔七六〕。〔施註〕《四十二章經》：若有人得道，猶如食蜜，中邊皆甜。因君寄與雙龍餅，鏡空一照雙龍影。三吴六月水如湯，〔合註〕柳子厚詩：牂牁南下水如湯。老人心似雙龍井。

次韻錢穆父紫薇花二首

其一

虚白堂前合抱花，〔施註〕《杭州圖經》：虚白堂在舊治。白樂天有詩云：虚白堂前衙退後，更無一事到中心。〔查註〕《咸淳臨安志》：虚白堂，在鳳皇山舊府治中。唐長慶中，刺史白文公有詩，刻石堂上。秋風落日照横斜。閲人此地知多少，物化無涯生有涯。〔公自註〕虚白堂前紫薇兩株，俗云樂天所種。〔施註〕《莊子·刻意篇》：聖人，其生也天行，其死也物化。又《養生主篇》：吾生也有涯，而知也無涯，以有涯隨無涯，殆已。【誥案】此述己所見，以答穆父也。必合後詩及題細讀，始知。以是知查註編唱和詩盡去原題之謬。

其二

折得芳蕤兩眼花，〔施註〕《文選》陸士衡《文賦》：播芳蕤之馥馥。題詩相報字傾斜。篋中尚有絲綸句，坐覺天光照海涯〔七七〕。〔公自註〕樂天詩云：絲綸閣下文章〔七八〕静，鐘鼓樓中刻漏長。獨坐黄昏誰是伴？紫薇花對紫微郎〔七九〕。上嘗書此以賜軾〔八〇〕。〔合註〕孟東野詩：大海亦有涯。

送張嘉州

少年不願萬户侯，亦不願識韓荆州。〔王註〕李太白《與韓荆州朝宗書》：聞天下談士相聚而言曰：生不願封萬户侯，但願一識韓荆州。頗願身爲漢嘉守，載酒時作淩雲遊。虚名無用今白首，夢中却到龍泓口。〔王註次公曰〕龍泓口，在淩雲之上，土人謂之龍嵓。〔查註〕《太平寰宇記》：嘉州治龍游縣。隋初伐陳，有龍見江水，引軍，故名。王氏舊註龍泓口，不知何據。〔合註〕施註與王註同，當皆有所本也。浮雲軒冕何足言，惟有江山難入手。峨眉山月半輪秋，影入平羌江水流。〔王註任曰〕此兩句全是李謫仙《金陵城西樓月下吟》詩，此格本出於謫仙。其詩云：解道澄江淨如練，令人還憶謝玄暉。後人襲用此格，愈變愈工。謫仙此語誰解道，請君〔八一〕見月時登樓。〔查註〕嘉州有明月樓。陸放翁《嘉州月榭》詩云：試傾萬頃湖亭酒，來看半輪江月秋。笑談萬事真何有，一時付與東巖酒。〔公自註〕佛峽人家白酒舊有名。〔查註〕《蜀中名勝記》：《方輿記》：「東巖在嘉州城東佛峽。即聖岡山。」巖半有洞，出泉清洌，宜釀〔八二〕。歸來還受一大錢，好意莫違黃髮叟。

絶句〔八三〕

【誥案】此詩施編不載，查註從邵本補編。

春來濯濯江邊柳，〔馮註〕《世説》：王恭濯濯如春月柳。秋後離離湖上花。不羨千金買歌舞，一篇珠玉是生涯。〔馮註〕杜子美《奉和賈至舍人早朝大明宮》詩：詩成珠玉在揮毫。

九日袁公濟有詩，次其韻

【誥案】此詩施編不載，查註從邵本補編。

古來静治得清閑，〔馮註〕《史記·曹相國世家》：蓋公爲言，治道貴清静，而民自定。又，百姓歌之曰：「載其清淨，民以寧一。」我愧真長〔八四〕也一斑〔八五〕。舉酒東榮挹江海，〔合註〕《禮記·鄉飲酒義》：洗當東榮。疏：榮，屋翼也。回樽落日勸湖山。平生傾蓋悲歡裏，早晚抽身簿領間。笑指西南是歸路，倦飛弱羽久知還。

次韻蘇伯固主簿重九

〔施註〕蘇伯固名堅。博學能詩。東坡自翰林守杭，道吴興，伯固以臨濮縣主簿監杭州在城商税，自杭來會，作《後六客詞》，伯固與焉。方經理開西湖，伯固建議，謂當參酌古今而用中策。湖成，其力爲多。後一歲，又相從於廣陵，有《和伯固韻送李孝博》詩。坡歸自海南，伯固在南華相待，有詩。黄魯直謫死宜州，至大觀間，伯固在嶺外，護其喪歸葬雙井。其風義如此。子庠，字養直。學世其家。坡手書其所作《清江曲》，以爲可雜李太白詩中莫辨也。號後湖居士，有文集行於世。【詰案】公自黄遷汝，無與蘇伯固同游廬山及作《歸朝歡》詞事，施註誤句已删。

雲間朱袖拂雲和，〔施註〕《周禮·春官》：凡樂，孤竹之管，雲和之琴瑟，雲門之舞。〔合註〕杜子美《觀公孫大娘弟子舞劍器行》詩：絳脣朱袖兩寂寞。知是〔八六〕長松挂女蘿。〔王註〕李太白《寄遠》詩：三鳥別王母，銜書來相過。遥知玉窗裏，纖手弄雲和。奏曲有深意，青松交女蘿。〔施註〕《毛詩·小雅·頍弁》：蔦與女蘿，施于松上。髻重不嫌黄菊滿，手香新喜緑橙搓。〔王註〕韓偓詩：手香江橘嫩。〔合註〕初白翁極賞搓字句，以爲壓倒元、白。墨翻衫袖吾方醉，〔施註〕韓退之《醉後》詩：淋浪身上衣，顛倒筆下字。紙落雲烟子患多。只有黄雞與白日〔八七〕，玲瓏應識使君歌。〔王註〕白樂天《醉示妓人商玲瓏歌》云：歌罷胡琴掩素瑟，玲瓏再拜歌初畢。誰道使君不解歌，聽唱黄雞與白日。黄雞催曉丑時鳴，白日催年酉時没。腰間紅綬挂未穩，鏡裏朱顔看已失。玲瓏玲瓏奈老何，使君歌了汝更歌。

和公濟飲湖上〔八八〕

【詰案】此詩施編不載，考外集，載守杭卷，查註從邵本補編。

昨夜醉歸還獨寢，曉來宿雨〔八九〕鳴孤枕。扁舟小棹〔九〇〕截湖〔九一〕來，〔合註〕李華《丹陽縣復練塘頌序》：公素知截湖開壞。見《文苑英華》。正見青山〔九二〕駁雲錦。須知老人〔九三〕與不淺，莫學公榮不共飲。〔馮註〕王戎弱冠詣阮籍，劉公榮在坐，阮謂王曰：「我有二斗美酒，當與君共飲。彼公榮者無預焉。」或問之。阮答曰：「勝公榮者，不得不與飲酒；不如公榮者，不可不與飲酒。惟公榮可不與飲酒。」與君歌鼓樂豐年，喚取〔九四〕千夫食陳廪。

次韻景文山堂聽箏〔九五〕三首

【誥案】此三詩施編不載，查註從邵本補編。

其一

忽憶韓公二妙姝〔九六〕，〔合註〕《侍兒小名録》：絳桃、柳枝，韓愈二妾名。韓詩：不見園桃并巷柳，馬頭唯有月團團。蓋寄意二姝也。琵琶箏韻落空無。〔馮註〕《釋名》：琵琶本出於胡中，馬上所鼓也。推手前曰琵，引手却曰琶。象其鼓，時因以爲名也。又《風俗通》：箏，秦聲也。按《樂記》，箏五絃筑身，今并、涼二州，箏形如瑟，不知誰所改易也。猶勝江左狂靈運，空鬬東昏百草鬚。〔馮註〕《南史·謝靈運傳》：博覽工文，與顔延之爲江左第一。《晉陽秋》：謝靈運髭美，臨刑，因施作南海祇洹寺維摩詰像髭。齊東昏侯與宮人鬬百草，剔取靈運髭去。〔查註〕劉禹錫《嘉話録》：謝靈運鬚，施爲祇洹寺維摩像鬚，寺僧寶惜，初不虧損。中宗朝，安樂公主五日鬬百草，欲廣其物色，令馳驛取之，又恐爲他所得，因剪棄其餘。〔合註〕《太平廣記》引《國史累纂》，與《嘉話録》同。景文美髯，故三首皆用舊事戲之。

其二

馬上胡琴塞上姝，鄭中丞後有人無。〔馮註〕《樂録》：琵琶一名胡琴，一名聾婆。鄭中丞，唐宮人，以彈小忽雷擅名，事載《豔異編》。詩成樺燭〔九七〕飄金燼，八尺英公欲燎鬚。

其三

荻花楓葉憶秦姝〔九八〕，切切么絃細欲無。〔馮註〕白樂天《琵琶行》：大絃嘈嘈如急雨，小絃切切如私語。莫把〔九九〕胡琴挑醉客〔一〇〇〕，回看霜戟〔一〇一〕褚公鬚。〔馮註〕《南史·褚彥回傳》：山陰公主淫恣，窺見彥回，悦之，以白帝。帝令彥回西上閤宿，公主夜就之，從夕至曉，彥回不爲移志。公主謂曰：「君鬚髯如戟，何無丈夫意？」彥回曰：「回雖不敏，何敢首爲亂階。」

贈劉景文

【詰案】此是名篇，非景文不足以當之。景文忠臣之後，有兄六人皆亡，故贈此詩。

荷盡已無擎雨蓋，〔合註〕秦韜玉詩：卷荷擎雨出盆池。菊殘猶有傲霜枝。一年好景〔一〇二〕君須記，最是〔一〇三〕橙黄橘緑時。〔查註〕《苕溪漁隱叢話》：天街小雨潤如酥，退之《早春》詩也。荷盡已無擎雨蓋，子瞻《初冬》詩也。二詩意同而辭殊，皆曲盡其妙。

送李陶通直赴清溪

〔王註堯卿曰〕大臨之子。大臨字才元。〔查註〕陶曾爲徐州通判，有子，能詩，結句「小麒麟」，指其子。通直，陶之官號也。《職官分紀》：寄禄文散官，有通直郎。杜氏《通典》云：通直郎，隋置，謂官高下通爲宿直者也，因此爲名。〔合註〕《元和郡縣志》：清溪縣，黄武元年置始新縣，晉改雉山，開元二年改還淳。《太平寰宇記》：唐永貞元年改清溪。《一統志》：宋宣和初改曰淳化，紹興中始名淳安。《名勝志》：縣治内有堂，名曰琢句，取蘇軾「此去溪山琢句新」之語。

忠文、文正二大老，〔公自註〕司馬温公、范蜀公，君之師友。〔施註〕温公謚文正，蜀公謚忠文。蘇、李、廣平三舍人。〔公自註〕蘇子容、宋次道與先公才元丈〔一〇四〕，熙寧中，封還李定詞頭，天下謂之三舍人。〔施註〕熙寧初，大臣薦秀州軍事判官李定，召見，擢太子中允，守監察御史裏行。知制誥宋敏求，以定驟自幕職而升朝，著任執法，非故事。蘇頌、李大臨相繼封還詞頭，不草制。敏求前罷，頌與大臨更奏，復下，至於七八，遂俱罷歸班，而定御史之命亦中寢。喜見通家賢子弟，自言得邑少風塵。〔施註〕《文選》郭景純《游仙》詩：高蹈風塵外。從來勢利關心薄，此去溪山琢句新。肯向西湖留數月，錢塘初識小麒麟。〔王註〕杜子美《徐卿二子歌》詩：盡是天上麒麟兒。

辯才老師退居龍井，不復出入。余往〔一〇五〕見之。嘗出〔一〇六〕，至風篁嶺。左右驚曰：「遠公復過虎溪矣。」辯才笑曰：「杜子美不云乎：與子成二老，來往亦風流。」因作亭嶺上，名曰〔一〇七〕過溪，亦曰二老，謹次辯才韻賦詩一首〔一〇八〕

〔查註〕《西湖游覽志》：龍井，本名龍泓。吴赤烏中，葛洪煉丹於此。林樾幽古，石鑑平開，深不可測。相傳有龍居焉，禱雨多應。《咸淳臨安志》：延恩衍慶院，唐乾祐二年居民凌霄募建，爲報國看經院。熙寧中，改壽聖院，淳祐六年改今額。元豐三年，辯才大師自天竺退休兹山，歸老於此，始鼎新棟宇及遊覽之所。有過溪亭、德威亭、白雲堂、滌心沼、歸隱橋、獅子峯、薩埵石，山川勝概，一時呈露，龍井古荒刹，由是振顯。〔施註〕辯才住天竺十七年，有僧文捷利其富，轉運使奪以與捷。師歸於潛。捷敗，事聞朝廷，復以畀師。留三年，終欲捨去，老於南山龍井之上，以茅竹自覆。吴越人争爲築室，甓瓦金碧，咄嗟而就。三年，復爲太守鄧温伯請，居南屏一年。鄧去，乃歸龍井終焉。故有「去如龍出山，來如珠還浦」之句。元祐六年九月，無疾而逝。東坡命子由爲塔銘，自製文屬參寥祭之，刻石山中。〔查註〕辯才原作詩云：暇政去旌旆，策杖訪林丘。人惟尚求舊，況悲蒲柳秋。雲谷一臨照，聲光千載留。軒眉師子峯，洗眼蒼龍湫。路穿亂石脚，亭蔽重岡頭。湖山一目盡，萬象掌中浮。煮茗欵道論，奠爵致龍優。過溪雖犯戒，兹意亦風流。自惟日老病，當期安養游。願公歸廊廟，用慰天下憂。錢穆父《次韻》詩云：幻泡本空色，真夢迷黄丘。宦學類狂走，爾來三十秋。髮齒非他時，歲月不我留。古刹插亂石，蟄龍蟠靈湫。天人大導師，駐錫今白頭。安住善護念，晚節非沉浮。昔嘗謂出處，未用相劣優。權實分二乘，股肱均九流。今知攪攪者，安得逍遥遊。從兹許禮足，尚可治幽憂。

日月轉雙轂，古今同一丘。〔施註〕《漢·楊惲傳》：古與今如一丘之貉。惟此鶴骨老，凛然不知秋。去住兩無礙，人天争挽留〔一〇九〕。去如龍出山，雷雨卷潭湫。來如珠還浦，〔施註〕《後漢·孟嘗傳》：合浦郡海出明珠，先時宰守貪穢，詭人採求，珠漸徙於交阯。嘗爲太守，革易前弊，未踰歲，去珠復還。魚鼈争駢頭。

〔施註〕《周易·剥》：貫魚以宫人寵，無不利。王弼曰：駢頭相次，似貫魚也。此生暫寄寓，〔施註〕《國語》：國無寄寓，縣無施舍。常恐名實浮。〔施註〕《越絶書》：名過實者滅，故聖人不使名過實。我比陶令愧，師爲遠公優。送我還過溪，溪水當逆流。聊使此山人，永記二老游。大千在掌握，〔施註〕柳子厚《石門精舍》詩：小刼不逾瞬，大千若在掌。寧有别離〔一一〇〕憂。

問淵明

〔公自註〕或曰：東坡此詩，與淵明相反。此非知言也。蓋亦相引以造於道者，未始相非也。元祐五年十月十四日〔一一一〕。

子知神非形，何復異〔一一二〕人天。豈惟三才中，所在靡不然。我引而高之，則爲日星懸〔一一三〕。我散而卑之，寧非山與川。三皇雖云没，至今在我前。八百要有終，彭祖非永年。【誥案】紀昀曰：純用文句，而不弱不腐，此故當參。皇皇謀一醉，發此露槿妍。〔合註〕《毛詩·鄭風註疏》：木槿，其華朝生暮落。盧綸詩：露槿月中落。有酒不辭醉〔一一四〕，無酒斯飲泉。立善求我譽，飢人食饞涎。委運憂傷生，〔合註〕《晉書·郭璞傳·論》：頽心委運。憂去〔一一五〕生亦還〔一一六〕。縱浪大化中，〔合註〕全用陶淵明《神釋》詩句。正爲化所纏。應盡便須盡，寧復事此言〔一一七〕。

偶於龍井辯才處得歙硯，甚奇〔一一八〕，作小詩

【詰案】以上二詩，施編不載，查註據邵本補編。

羅細無紋〔二九〕角浪平，〔馮註〕本集戲作《萬石君傳》：羅文，歙人也，其上世嘗隱於龍尾山。〔查註〕高似孫《硯箋》：南唐元宗時，歙守獻硯，並薦硯工李少微，擢硯官。其硯有羅文坑、眉子坑、金星坑之別。《歙州硯譜》：羅紋山，亦曰芙蓉溪，硯坑十餘處，皆山前後沿溪所生。水巖坑，在羅紋山西北，石理如浪紋。半丸犀壁浦雲泓〔三〇〕。〔馮註〕《見聞録》：蜀人景煥，嘗得墨材甚精，止造五十團。曰：「以此終身。」墨印文曰香璧。又引《後山談叢》：秦少游有李庭珪墨半丸，不爲文理，質如金石。午窗睡起人初靜，時聽西風〔三一〕拉瑟聲。

送程之邵簽判赴闕

〔施註〕程之邵，名遵彥。元祐三年六月，楊元素繪卒於杭，龍圖閣待制熊伯通本自越移杭，自杭改江寧，而先生繼之。程蓋是伯通羅致幕府，故云「賢哉江東守，收此幕中奇」。〔查註〕之邵時簽書杭州節度判官廳公事。

夜光不自獻，天驥良難知。從來一狐腋，〔施註〕《史記·趙世家》：周舍好直諫。周舍死，簡子每聽朝，常不悦。大夫請罪，簡子曰：「大夫無罪，吾聞千羊之皮，不如一狐之腋，諸大夫朝，徒聞唯唯，不聞周舍之鄂鄂，是以憂也。」或出五羖皮。〔施註〕《史記·秦本紀》：百里傒亡秦走宛，楚鄙人執之。繆公聞百里傒賢，使人謂楚曰：「吾媵臣百里傒在焉，請以五羖羊皮贖之。」楚人與之。繆公授之國政，號曰五羖大夫。賢哉江東守，收此幕中奇。無華豈易識，既得不自隨。留君望此府，〔王註〕《舊唐書·韋思謙傳》：皇甫公義檢校沛王府長史，引韋思謙爲同府倉曹，謂思謙曰：「公豈此池中之物，屈公爲數旬客，以望此府耳。」〔施註〕《新書》云：以重此府。《世説》：王東亭爲宣武主簿，既承藉有譽，爲一府之望。助我憐其衰。二年促膝語，一旦長揖〔三〕辭。〔施註〕《漢·酈食其傳》：入謁沛公，長揖不拜。林深伏猛在，岸改潛珍移。〔王註次公曰〕伏猛以言虎，潛珍以言龍。賈誼賦：襲九淵之神龍兮，沕淵潛以自珍。〔施註〕《禮記·郊特牲》：虎豹之皮，是伏猛也。去此當安從，失君徒自悲。念君瑚璉質，當今臺閣宜。〔施註〕韓退之《送諸葛覺》詩：臺閣多官員，無地寄一足。去矣會有合，豈當〔三〕懷其私。

寄題〔三〕梅宣義園亭

〔施註〕梅宣義者，吴郡人子明之父。子明爲杭州通判，與東坡同僚，嘗以白石遺子明以奉其父。此詩云：愛子幸僚友，久要疑弟昆。又云：明年過君西。蓋吴郡爲滿去歸途也。先生後有《除夜園空》詩，呈公濟、子侔二通守，不著子明，當已去官耶？

仙人子真後，還隱吴市門。不惜十年力，治此五畝園。初期橘爲奴，漸見桐有孫。〔施註〕《尚書故實》：李汧公取桐孫之精者，雜綴之，謂之百衲琴。顧況《酬給事使君》詩：桐孫兼竹祖。清池壓丘虎，〔王註〕《吴郡圖經》：虎丘山，在吴縣西北九里，舊傳秦皇求劍地，裂爲池。異石來湖黿。〔施註〕僧文覽《洞庭湖山記》：黿頭山，形如黿欲行狀，有眼鼻。山中所出貞石，郡人琢以爲器。〔查註〕《吴郡志》：太湖石出湖中之黿山，瑩潔可鑑，堅潤如金石。敲門無貴賤，遂性各琴樽。我本放浪人，家寄西南坤。〔施註〕《周易·坤元亨》：西南得朋，東北喪朋。王弼註：西南致養之地，與坤同道者也。《文選》張景陽詩：大火流坤維。註引《淮南子》曰：坤維在西南。敝廬雖尚在，〔施註〕《左傳・襄公二十三年》：杞梁之妻曰：「猶有先人之敝廬在。」小圃誰當樊。〔施註〕《爾雅》：樊，藩也。《毛詩》：折柳樊圃。註云：樊，藩也。圃，菜園也。折柳以爲樊園，無益於禁。羨君欲歸去，柰此未報恩。愛子〔一三五〕幸僚友，〔施註〕《禮記・曲禮上》：僚友稱其仁也。鄭氏云：僚友同官者。久要疑弟昆。明年過君西，飲我空瓶盆。

滕達道挽詞二首

〔王註龜父曰〕先生《滕公墓志》云：公九歲能賦，敏捷過人。〔施註〕滕達道名甫，字元發。宣仁簾聽，避高魯王遵甫諱，遂以字名，而以達道爲字。東陽人。廷試第三。早受知於范文正公，而孫威敏沔一見異之，曰：「奇材也。後當爲賢將。」授以治劇守邊之略。同修起居注。英宗書姓名藏禁中，未及用。神宗卽位，召問天下所以治亂，擢御史中丞，翰林學士，尹開封，出守鄆州。二載入覲，狠狠言新法之害。歲旱求言，又奏疏曰：新法害民，陛下既知之矣，但下一手詔，所行有不便悉罷之，則民心悦而天意解矣。〔查註〕本集《墓志》：達道留守南都，徙齊、鄧二州，妻黨有犯法者，小人因是擠公落職。知池州，徙蔡，未行，改安州，復貶筠州。上書自明，帝覽之，卽以爲湖州。今上卽位，徙蘇、揚二州，除龍圖直學士，復爲鄆州，徙真定、河東。治邊凜然，威行西北，號稱名將。年七十一，力求淮南，乃以知揚州。未至而薨，蓋元祐五年十月二十四日也。〔施註〕自鄧黜守安、池，故曰「雲夢連江雨，樊山落木秋」，指二州也。當閑廢時，東坡亦補閑郡，繼謫黄岡，皆以論新法得罪，而拳拳憂國之意若一，故曰「公方占賈鵩」云云。先生自黄移汝上書，以薄田在宜興，乞居常州，即日報可。遂與元發會於金山，故曰：「荆溪欲歸老，浮玉偶同遊，骯髒儀型在，驚呼歲月遒。」皆紀其實也。【誥案】此二詩施編在帥揚卷中，誤。今改編於此，餘詳案中。〔案〕總案云：查註從施註之誤。乃合註知施註之誤，輒委之於查，尤非是。

其一

先帝知公早，虛懷第一人。〔施註〕唐陸贄《奏議》云：虛懷待人，人必思附；任數遇物，物終不親。〔查註〕《揮麈後録》：熙寧初，滕元發與楊元素俱受上知，居臺諫。偶上殿，陳於上曰：「曾公亮久在相位，有妨賢路。」上曰：「然，卿等何故都未有文字來？」明日相約再對，草疏已畢，元發之弟由見之，密以告曾。曾先向上前辨析，上怒其爲耳目之官，不慎密乃爾，言遂不行。二人由此失眷。東坡先生挽詩云「先帝知公早」二句，謂受裕陵眷遇最先也。至今詩禮將，〔施註〕《左傳·僖公二十七年》：晉作三軍，謀元帥。趙衰曰：「郤縠可。臣亟聞其言矣，説禮樂而敦詩書。詩書，義之府也；禮樂，德之則也；德義，利之本也。君其試之。」乃使郤縠將中軍。獨數〔二六〕武、宣臣。〔王註次公曰〕武、宣，武帝、宣帝也。《兩都賦序》有云「武、宣之世」，《左雄等傳·論》有云「武、宣之軌」。是時最有名將，武之名將，則衛、霍之屬，宣之名將，則趙充國之屬。〔施註〕《漢·公孫弘傳·贊》：上方欲用文武，求之如弗及，漢之得人，於茲爲盛。蓋指孝武以及孝宣之世也。材大雖難用，時來亦少信。高平風烈在，威敏典刑新。〔公自註〕公少受知於范希文、孫元規〔二七〕。〔施註〕《唐·魏謩傳·贊》曰：論議挺挺，有祖風烈。〔查註〕《宋史》：范仲淹，其先邠州人也。《滕元發墓志》：范希文，皇考舅也，見公而奇之，教以爲文。《揮麈後録》：元發，范文正之外孫也。〔合註〕《漢書·地理志》：安定郡有高平縣。《唐書·地理志》：澤州高平郡。《一統志》：春秋屬晉，後周爲高平郡。至《元和姓纂》，不載高平郡望。《鐵網珊瑚》載：范文正公書《伯夷頌》，題云高平范仲淹書。《石林避暑録》云：范文正奇其才，謂他日必能爲帥，乃以將畧授之，達道亦不辭。然任氣使酒，頡頏公前，無所顧避，文正終不禁也。後卒爲名臣，多得文正規模。」故子瞻挽詞云：高平風烈在。〔查註〕《東都事畧》：孫沔字元規，會稽人。爲人明敏果敢，仕終觀文殿學士，謚威敏。徐自明《宰輔編年録》：孫沔自樞密直學士，除樞密副使，以嘗副狄青宣撫，賊平，遂有是除。**空試乘邊策，**〔施註〕《漢・高祖紀》：興關中卒，乘邊塞。李奇曰：乘，守也。**寧留相漢身。**〔施註〕《漢・王商傳》：河平四年，單于來朝，丞相商坐未央廷中。單于仰視商貌，大畏之。天子聞而嘆曰：「此真漢相矣。」杜子美《上韋左相二十韻》詩：韋賢初相漢。**凄涼舊部曲，**〔施註〕《漢・李廣傳》：行無部曲行陳。顔師古曰：《續漢書・百官志》云，將軍領軍，皆有部曲。**淚濕冢前麟。**〔王註〕杜子美《曲江》詩：苑邊高冢卧麒麟。

其二

雲夢連江雨，〔合註〕《太平寰宇記》：雲夢隸安州。**樊山落木秋。**〔查註〕案，東坡謫黄州，與元發往還尺牘甚多，正元發落職守池州時也。故起四句云然。【誥案】滕元發罷安州，赴闕，公與約會於岐亭。及往迎之，會連日風雨，阻於黄陂，而元發道出信陽，遂相失。「雲夢」句指元發罷安州之時，「樊山」句自謂在齊安謫籍，其意直下，而句法分起。故次聯分承，三聯總束，而四聯復分。歸老，則指買田時重遇金山，元發嘗代籌乞常事也。一路寫下，機神靈活之甚。乃施註、查註並謂起聯指池州事，則後之格法皆走，情事亦失。**公方占賈鵩，**〔施註〕《漢・賈誼傳》：爲長沙傅三年，有鵩飛入誼舍，發書占之，讖言其度，曰：野鳥入室，主人將去。**我正買龔牛。共有江湖樂，**〔王註〕韓退之《與孟郊書》云：今年秋聊復辭去，江湖餘樂也，與足下終，幸矣。**俱懷**〔三八〕**畎畝憂。**〔施註〕《漢・劉向傳》：忠臣雖在畎畝，猶不忘君。**荆溪欲歸老，浮玉偶同遊。**〔王註次公曰〕浮玉乃潤州金山也。〔施註〕《常州圖經》：荆溪在宜興縣。

骯髒儀刑在，〔合註〕《老學菴筆記》：王荆公不樂元發，目爲滕屠。與此詩「骯髒」，可以互證。驚呼歲月遒。〔王註〕宋玉《楚辭·九辨》：歲忽忽其遒盡兮，恐余壽之弗將。《文選》潘岳《秋興賦》：悟時歲之遒盡兮，慨俯首以自省。回頭雜歌哭，挽語不成謳。〔施註〕譙周《法訓》：挽歌者，高帝召田横至尸鄉，自殺。從者不敢哭，而不勝其哀，故作此歌以寄哀音焉。【誥案】紀昀曰：輓詩例多應酬，此獨其言有物。誥謂《達道挽詞》與《神宗挽詞》，同一手法。蓋二臣知遇被放，事皆一轍；其相約自效於晚節，而志弗伸，亦同。故其言外之痛，公自不能已也。合讀其義自出。

元祐五年十二月十二日，同景文、義伯〔一一九〕、聖途、次元、伯固、蒙仲遊七寶寺，題竹上

〔查註〕景文即劉季孫。聖途，張天驥字。次元，周燾字。伯固，蘇堅字。蒙仲，即錢穆父之子。義伯無可考。【誥案】錢蒙仲已見前題矣，本題譌作仲蒙，查註載明穆父之子，不知更正。此詩施編不載，查註從邵本改編，今并查編更正。

結根豈殊衆，〔馮註〕唐王維詩：賤日豈殊衆，貴來方悟希。修柯獨出林。孤高不可恃，歲晚霜風侵。〔馮註〕《禮記·禮器》：如竹箭之有筠也，如松柏之有心也。【誥案】紀昀曰：即李衛公《孤石》詩意，而語較露骨，此唐人宋人之分。

熙寧中，軾通守此郡。除夜，直都廳，囚繫皆滿，日暮不得返舍，因題一詩於壁，今二十年矣。衰病之餘，復忝郡寄，再經除夜，

庭事蕭然，三圄皆空。蓋同僚之力，非拙朽所致，因和前篇呈公濟、子侔二通守〔三〕

〔查註〕《隋書》：煬帝置通守，每郡各一人，位次太守；京兆、河南，謂之内史。《咸淳臨安志》：杭州有通判北廳、東廳、南廳。又有都廳，在府治西。祖宗時，諸郡皆有都廳。

前詩

除日當早歸，官事乃見留。執筆對之泣，哀此繫中囚。〔王註〕《後漢》：盛吉拜廷尉，每至冬月，罪囚當斷，其妻執燭，吉手持丹筆，夫妻相向垂泣。小人營餱糧，〔施註〕《孟子·梁惠王下》引《毛詩》：乃裹餱糧。墮網不知羞。我亦戀薄禄，因循失歸休。不須論賢愚，均是爲食謀。【誥案】熙寧中，杭州歲配鹽犯萬七千人。公録囚至於執筆流涕，因作此詩，故云官與犯無非謀食，而以此罪彼，是自不知恥也。必合觀《戲子由》詩，始悉。已詳載卷七總案各條下。〔案〕總案卷七熙寧四年十一月，有「時方行青苗、免役、市易，浙西兼行水利鹽法，地方騷然，公常因法以便民，民賴以少安」條。十二月，有「作《戲子由》詩」條。誥案謂此詩乃「因決配鹽犯而發」。同月，有「囚繫皆滿日暮不得返舍題壁間詩」條，條下引此詩。又引《上文侍中論榷鹽書》、《上韓丞相論災傷手實書》，皆及犯鹽事。誰能暫縱遣，〔王註〕《後漢書》：虞延除細陽令，每至歲時伏臘，輒休遣徒繫，應期而還。《晉書》：曹攄調臨淄令，有死囚，歲夕，攄悉開獄出之。剋日令還，並無違者。《南史》：何胤仕齊爲建安太守，每伏臘，放囚還家，依期而返。《北史》：蕭撝爲上州刺史，元日放獄中囚繫，聽三日赴獄，依限而至。〔施註〕《漢·高祖紀》：以亭長爲縣送徒驪山，到豐西，皆解縱所送徒。

曰：「若等皆去，吾亦從此逝矣。」《舊唐書·太宗紀》：嘗親録囚，縱使歸家，期以來秋就死。仍敕天下死囚皆縱遣，使至期詣京師。凡三百九十，無一亡匿者。上皆赦之。閔默愧前修。〔王註〕晉陶潛詩：誰云固窮難，邈也此前修。〔施註〕白樂天《寄兄弟》詩：閔默秋風前。《舊唐書·裴寂傳》：高祖曰：「我與公無愧前修。」【誥案】紀昀曰：語語真至。

今　詩〔一三一〕

山川不改舊，歲月逝肯留〔一三二〕。〔施註〕《文選》曹子建《贈王粲》詩：羲和逝不留。百年一俯仰，五勝更王囚〔一三三〕。〔施註〕《漢·律曆志》：秦推五勝，自以爲獲水德。註引《漢書音義》曰：五行相勝，秦以周爲火，用水勝也。五行有王相死囚休廢。同僚比岑、范，德業前人羞。坐令老鈍守，嘯諾獲少休〔一三四〕。却思二十年，出處非人謀。〔施註〕孟東野《百憂》詩：出處各有時，衆語徒啾啾。齒髮付天公，〔施註〕皮日休《苦雨雜言》詩：豪華滿眼語不信，不如直上天公箋。缺壞不可修。【誥案】獄空而不以聞，賢於錢穆父遠矣。至此詩并不以獄空自任，身分益高。

卷三十二校勘記

〔一〕宴座　集甲、類丙作「燕坐」。

〔二〕陳鮮　查註、合註：「陳」一作「塵」。

〔三〕雪後便欲與同僚尋春云云　七集續集重收此詩，題同。

〔四〕開園時　集甲、類本、七集續集無「時」字。

〔五〕浮紅　施乙作「深紅」。

〔六〕仲天貺　類本「天」作「元」，合註謂「元」訛。

〔七〕鵬鶱　集甲、施乙此處作「鵬騫」。

〔八〕秦少章　類丁作「秦少遊」。

〔九〕樂天寒食詩云三杯藍尾酒一碟膠牙餳　原爲「王註」註文。今據集甲、類本，定爲自註。施乙此註文，無「東坡云」字樣。施註註文「楪」作「碟」。

〔一〇〕正月二日　類乙、類丙作「正月十日」。

〔一一〕出遊謂之遨頭　集甲、類本無「謂之遨頭」四字。

〔一二〕清眠　合註作「清明」。

〔一三〕張全翁游　查註、合註「全翁」作「金翁」。查註：《志》「全翁」作「金翁」，施氏、王氏諸刻本作「全」者訛。集成謂「全」是，見此詩題下誥案引總案。類甲無「游」字。

〔一四〕屢促　原作「更促」。今從集甲、施乙、類本。

〔一五〕付與　類本作「送與」。合註謂「送」訛。

〔一六〕新胯　類丙作「新䩨」。

〔一七〕近聞　類本無「聞」字。

〔一八〕軾與　施乙作「余與」。

〔一九〕壽星院寒碧軒　此詩詩末，查註有按語，云：「愼按，《咸淳臨安志》，壽星院有石刻，公自書此詩後云：僕在黄州，偶思壽星竹軒，作此詩。今録以遺通禪師。元祐五年五月十二日(原作十二月。盧校：依石刻改)。據此，則此詩應入黄州卷中。今姑依施註原本。」

〔二〇〕落夏簟　盧校：石刻「落」作「洒」。

〔二一〕山蟬　何校：「寒蟬」。

〔二二〕書劉景文左藏所藏王子敬帖　集甲、類本無「左藏」二字，「帖」字後有「絶句」二字。

〔二三〕兩行　合註：一作「子敬」。類本子仁註文引東坡此詩，卽作「子敬」。

〔二四〕十二　合註謂《百斛明珠》作「十六」。類本子仁註文引東坡此詩卽作「十六」；合註引子仁註文作「十一」，誤。

〔二五〕回文　集甲、類丙「文」作「紋」。

〔二六〕又和景文韻　集甲、類本「景」前有「劉」字。

〔二七〕觀臺　何校：山谷詩。

〔二八〕風中嫋　類甲、類丙作「風中溺」，類乙作「風中嫋」。

〔二九〕童子戲　類本、七集作「戲童子」。

〔三〇〕投瓦　類本、外集作「投礫」。

〔三一〕江湖　外集作「江河」。

〔三二〕原非訣　集甲、施乙、類本作「元非訣」。

〔三三〕漢趙廣漢傳二人下堂叩頭　「頭」後原有「無家客」三字，乃涉合註註文而誤衍者，今删。

〔三四〕菩提寺　類本作「菩薩」。
〔三五〕嘉話　七集作「佳話」。
〔三六〕數尋　外集作「色勻」。
〔三七〕輕蘸　外集作「煮出」。
〔三八〕嫩黄　七集作「嬾黄」。
〔三九〕濃於酒　外集作「無輕重」。
〔四〇〕題楊次公蕙　施乙無「楊」字。
〔四一〕新芽　原作「新茶」。各本作「新芽」，集成目録亦作「新芽」。「茶」，誤刊。
〔四二〕靈草　集甲、類本作「靈雨」。施註云：「集本云：仙山靈雨濕行雲，戲作小詩君一笑。吴興向氏有畢良史舊藏墨迹，『靈雨』作『靈草』，『一笑』作『勿笑』。今從墨迹。」
〔四三〕武林　類本作「武陵」。
〔四四〕冰雪　集甲、施乙、類甲、類乙作「玉雪」。
〔四五〕一笑　施乙作「勿笑」。
〔四六〕謝苄椒　集甲、類丙「椒」後有「詩」字。
〔四七〕吴真君服椒法云云　施乙此註文，無「東坡云」字樣。施註註文「法」作「訣」。
〔四八〕次韻楊次公　集甲、類本「楊」字前有「和」字。
〔四九〕目塵寰　類本作「自塵寰」。

〔五〇〕君之兄德孺自云近於佛法有得　施乙無此條自註。類丙「云」作「言」；類甲「得」作「德」，疑誤。

〔五一〕新磚　集甲、類本作「新塼」。按「磚」、「塼」通。又卷四十三《自雷適廉……》有「高堂磨新甎」句，「甎」亦通「磚」。今統一作「磚」。

〔五二〕可御　集甲、類本作「可馭」。

〔五三〕絃管　類乙、類丙作「管絃」。

〔五四〕濤江　類甲、類乙作「濤沙」。

〔五五〕雪屋　施乙作「飛屋」。

〔五六〕尺玉　類本作「寸玉」。

〔五七〕千言　類甲、類乙作「千年」。

〔五八〕啼鳺起　施乙作「鶗鳺起」。

〔五九〕袁公濟和劉景文登介亭詩復次韻答之　施乙無「劉景文登介亭詩」七字。

〔六〇〕靄靄　集甲作「藹藹」。

〔六一〕鴻雁　施乙原校：「雁」一作「鵠」。類本作「鴻鵠」。

〔六二〕傾盆　施乙作「傾盃」，疑誤。

〔六三〕積霧　類本作「積雪」。

〔六四〕揮手　集甲、類本作「麾手」。

〔六五〕水玉　類丙作「冰玉」。

〔六六〕訥菴　查註：「菴」當作「齋」。

〔六七〕瓔珞　集甲、類本作「纓絡」。

〔六八〕缽飯　集甲、施乙、類本作「鉢飯」。按，《正字通》：「鉢」，俗作「缽」。以後不重出。

〔六九〕適俗　類丙作「通俗」，疑誤。

〔七〇〕千頃葑　類丁作「千頃緑」。

〔七一〕笑看　類丙作「笑他」。

〔七二〕贈僧仲殊　施乙此註文，無「東坡云」字樣。

〔七三〕治百疾　集甲、施乙原註：「治」，平。

〔七四〕飲茶　類丙作「飲茶」；註引《詩》：誰謂荼苦，其甘如薺。

〔七五〕不如　查註、合註：「如」一作「知」。

〔七六〕佛云吾言云云　施乙無此條自註。

〔七七〕坐覺天光照海涯　施乙此句下自註註文爲：「上嘗書樂天詩以賜軾。」

〔七八〕文章　集甲、類丙作「文書」。

〔七九〕紫微郎　原作「紫薇郎」。今從集甲、類丙。參看卷二十九「紫薇花」條校記。

〔八〇〕書此以賜軾　集甲、類丙「此」後有「詩」字，類丙無「以」、「軾」字。

〔八一〕請君　合註：「君」一作「看」，訛。

〔八二〕查註蜀中名勝記方輿記東巖在嘉州城東佛峽卽聖岡山巖半有洞出泉淸冽宜釀　「蜀中名勝記」原

作「輿地紀勝」。查《輿地紀勝》卷一百四十六：「東巖，在府城東佛峽，山水明秀，有洞曰東巖，泉宜釀酒。坡詩『一時付與東巖酒』是也。」又同卷：「聖崗，即郡治前岡。」無即聖岡山云云。查註所引之文，乃《蜀中名勝記》卷十一之文，《輿地紀勝》蓋爲《蜀中名勝記》之誤，今改。《蜀中名勝記》無「清冽」二字，今仍從註文。

〔八三〕絶句　類本、外集題作「西湖絶句」。

〔八四〕真長　七集作「真常」。

〔八五〕一斑　七集作「一班」。

〔八六〕知是　類本作「應是」。

〔八七〕白日　集甲、類甲、類丙作「白髮」。類乙作「白日」。

〔八八〕和公濟飲湖上　外集題作「袁公濟飲客湖上東坡來爲不速」。

〔八九〕宿雨　外集作「急雨」。

〔九〇〕小棹　外集作「短棹」。

〔九一〕截湖　外集作「絶湖」。

〔九二〕青山　外集作「晴山」。

〔九三〕老人　外集作「老子」。

〔九四〕喚取　合註：「取」一作「收」。

〔九五〕景文山堂聽筝　外集「景」前有「劉」字。查註、合註：「聽」一作「彈」。

〔九六〕二妙姝　外集作「出二姝」。外集原校：一作「二妙姝」。
〔九七〕樺燭　七集、外集作「畫燭」。
〔九八〕憶秦姝　外集作「思秦姝」。
〔九九〕莫把　外集作「欲把」。
〔一〇〇〕挑醉客　外集作「心挑客」。
〔一〇一〕霜戟　外集作「霜棘」。
〔一〇二〕好景　集甲、類本作「好處」。
〔一〇三〕最是　原作「正是」。今從集甲、施乙、類本。
〔一〇四〕才元丈　集甲、類本無「丈」字。
〔一〇五〕余往　集甲作「軾往」。
〔一〇六〕嘗出　集甲作「常出」。
〔一〇七〕名曰　集甲「名」字後有「之」字。
〔一〇八〕謹次辯才韻賦詩一首　「賦詩一首」四字，據集甲補。
〔一〇九〕争挽留　合註：「争」一作「曾」。
〔一一〇〕別離　集甲作「離別」。
〔一一一〕或曰東坡此詩與淵明相反此非知言也蓋亦相引以造於道者未始相非也元祐五年十月十四日
類本無此條自註。外集爲跋語。「東坡此詩」，外集「此」前有「作」字。「相反」之「相」，據外集補。「於道」原作「意言」，今從外集。「十四」二字據外集補。

〔一二二〕復異　合註：一作「異復」。

〔一二三〕日星懸　原作「星斗懸」，今從類丙、外集。

〔一二四〕不辭醉　類丙作「醉不辭」，外集作「飲不辭」。

〔一二五〕憂去　七集原校：「憂」一作「運」。類丙、外集作「運去」。

〔一二六〕生亦還　類丙作「生亦遷」。

〔一二七〕事此言　類本、外集作「俟此言」。

〔一二八〕甚奇　外集作「奇甚」。合註：一本無「甚」字。

〔一二九〕無紋　七集作「無文」。

〔一三〇〕浦雲泓　外集作「涌雲泓」。

〔一三一〕西風　外集作「淒風」。

〔一三二〕長揖　集甲、類本作「長挹」。

〔一三三〕豈當　集甲、施乙、類本作「豈常」。

〔一三四〕寄題　施乙無「題」字。

〔一三五〕愛子　七集作「愛予」。

〔一三六〕獨數　集甲、施乙作「惟數」。

〔一三七〕公少受知云云　類本爲次公註文。

〔一二八〕俱懷　類本作「空懷」。
〔一二九〕義伯　查註：「義」一作「羲」。
〔一三〇〕熙寧中軾通守此郡……庭事蕭然云云　西樓帖有此二詩。類本「蕭然」作「瀟然」。
〔一三一〕今詩　集甲、類本、西樓帖作「今和」。
〔一三二〕肯留　原作「不留」。今從集甲、類本、西樓帖。
〔一三三〕更王囚　集甲原註：「更」，平聲。
〔一三四〕獲少休　西樓帖作「得少休」。